3분 특혜와 억겁

3분 특혜와 억겁

박재형 지음

영원한 세상을 살려면 죄악의 인생을 청산해야 한다.

생각나눔

부하의 총에 맞아서 대통령이 서거했다.
자살이냐. 타살이냐. 감옥이냐. 탄핵이냐.

성인님들도 이 땅에 오셨다가 가시었다.
예수님도 십자가에 피를 흘리시고 운명하셨다.
석가님도 열반에 드셨다.
공자님도 생을 마감하셨으며…
세종대왕님도, 이순신 장군님도 이 나라에 오셨다가 가시었다.

세계만방에 이름도 없었고, 강대국들 사이에 끼여 죽을 고생을 하며 은근과 끈기로 버텨왔던 수천 년의 굴욕의 세월. 약소했던 이 민족 위에 무궁화 꽃이 피기 시작한 천운천복의 역사는 백여 년 전부터 개화기를 맞이했다.

이 민족이 행복의 나래를 펴며 세계 일등 국가로 나아갈 수밖에 없는 이유는 참사랑의 주인님의 보호하심과 능력으로 그 길을 닦아주셨으니 이 나라 백성들은 그 님께 감사드림을 잊지 말아야 한다. 우리 민족은 세계의 중심국이 될 것이니 하늘을 섬기고 경외하며 살면 천운천복을 받고 대박이 날 것이다.

Contents

세상을 바라보며 외치다

"오늘의 대한민국에 대해 말씀드릴 내용은…"

변방의 나라에서 세계의 중심국으로 우뚝 설 코리아.

대한민국이 세계 일등 국가로 발전해가는 것은 누구 덕일까요?

그 님께서 이렇게 잘사는 좋은 나라로 멍석을 깔아주시고, 환경권을 만들고 닦아주셨기 때문인데 알고 살아야 이 나라 백성답고, 주인다울 것입니다. 그 거룩하신 님은 누구이실까? "수신 제가 치국"은 지도자들의 최고 의무이며, 덕목입니다.

국가의 녹은 나라를 사랑하는 지도자에게 내리는 은사의 공양과 같은 것입니다. 인격을 갖춘 좋은 지도자는 좋은 백성이 되게 보호 인도해갑니다. 그런데 좋은 집에, 좋은 도로에, 좋은 차를 타고, 좋은 옷을 입고, 좋은 음식을 먹고 행복을 누리고 싶은 것은 인간의 본성입니다. 그런 것을 소유하고 행복해하는 사람들은 좋은 사람인가요, 나쁜 사람들인가요? 좋은 사람들만 있다면 오늘 제가 이런 말을 할 필요가 없었겠지요. 도둑놈이 없다면 굳이 경찰이 필요 없고, 남이 침략해오지 않으면 군인들이 필요 없는 거와 같은 것입니다.

안녕하십니까. 오늘 강의를 하게 된 강사 박호형입니다.

인사드립니다. 만나 뵙게 되어서 반갑습니다. 인생살이 팍팍하지요. 더구나 요즘 신종 코로나 때문에 고생이 이만저만이 아니지요. 누구에게 어떻게 하소연해야 합니까? 정부에게, 아니면 신님께, 아니면 걸린 사람에게? 참으로 난감하고 답답한 세상입니다. 마스크를 하고 다녀야 하니 답답한 정도가 아니라 짜증 나고 불편하여 죽겠다며 빨리 마스크에서 해방되고 싶습니까? 코 막고, 입 막고 살게 한다면서 억울함을 호소하는 분들도 많던데 여러분은 답답하지요.

맘대로 잘 안 되는 고달프고 힘든 인생살이지요.

코로나의 현상을 굳이 나름대로 해석을 붙이자면 이렇게 해석하면 어떨까요? 먹는 것 가려 먹고, 말하는 것 조심하여 쓸데없는 말들은 그만하고, 숨 쉬는 공기는 누구 것인지 생각해보고, 숨 쉬는 것은 거룩하며 경이롭고, 경천애인하라는 것이며 진리를 말하면서 살아가라는 뜻일 것이라고 생각하고 마스크를 벗으면 하늘을 경외하고 살면 좋겠습니다

절대자이신 신님께서는 어떻게 생각하실까요?

'흑사병이나 질병이나 코로나나 핵보다도 더 무서운 것은 무엇인지 아느냐? 사심으로, 거짓말로, 사기로, 남 탓으로, 폭력으로, 살인으로, 비루한 짓을 하는 중생들이 무서운 존재야. 그와 더불어 무서운 존재는 무지하게 살아가는 개념이 없는 너희들 때문'이라고 생각하실 것 같습니다. 왜, 그럴까요? 답은 차츰 알게 되겠지만, 답답하고 한스러운 심정을 어디에서 풀겠습니까? 진리의 말씀을 들으면 숨통이 확 트일 것입니다.

"위기의 대한민국."

오늘 이 시간에 드릴 제목은 '위기의 대한민국'에 대해서 말씀을 드리겠습니다. 여러분들과 같은 백성의 심정으로 좋은 시간을 함께 공유하기를 바라면서 시작하겠습니다. 그런데 먼저 '위대한 대한민국'이라는 우리나라의 좋은 우수한 점 중에 다섯 가지만 간단히 말하면

첫째는 은근과 끈기의 심정문화를 가졌습니다.

천 번에 가까운 외침과 내란을 겪었으면서도 망하지 않고 버티어온 끈기 있는 민족성을 가졌으며, 어려움이 처했을 때마다 구국의 심정을 가진 단결하는 백성들이었으므로 하늘이 돕고 있다는 것입니다.

둘째는 지정학적으로 좋은 자리를 잡았다는 증거입니다.

작지만 앞으로 세계 중심 국가가 될 명당 중의 명당이며, 지리적으로 살기 좋은 나라이기에 이웃 나라인 중국이나 일본 등 외국 나라들이 작지만 탐이 나서 뺏으려고 침략했던 것 아니겠습니까.

셋째는 위대하고 뛰어난 우리말과 한글.

전 세계에서 가장 우수한 문명이며, 문화의 역사입니다. 누구나 쉽게 배울 수 있고 엄청난 어휘력을 표현할 수 있는, 세계에서 자랑할 가장 우수한 우리나라 말과 글이 있다는 것은 참으로 탁월한 민족성을 가진 나라임이 틀림없습니다.

넷째는 우리 전통적 문화는 세계의 중심 문화입니다.

우리 민족의 자랑할 우월성을 입증하는 것입니다. 우리의 좋은 먹거리인

김치, 불고기, 음식, 한복, 노래 등 정적인 문화와 탁월한 민족성으로 지금은 경제 선진국이며, 기술 한국이 되어 잘사는 나라로 발전한 문화 강국이며, 하늘을 섬기는 도의 민족입니다.

다섯째는 경천애인할 수 있는 사상과 종교 등이 있습니다.

동해물과 백두산이 마르고 닳도록 하나님이 보우하시는 우리나라에 정도령이시며, 참부모님이 오실 수 있었던 민족의 정성과 선민의 바탕이 있었기 때문에 천손 천민으로서 그 사명을 다하는 중심국으로서 위대한 나라를 만들어나가니 좋은 나라임이 틀림없으므로 위대한 민족으로서 우수하고 좋은 점 다섯 가지를 말하였습니다.

지금부터는 '위기의 대한민국'에 대해서 말씀을 드리겠습니다.

안 좋은 것에 관하여 말씀을 드리면 우리나라의 현실적인 문제가 많이 있겠습니다. 좋지 않은 것을 고쳐나가면 좋은 것만 남을 것이기 때문에 하나하나 지적하려면 하루 종일 해도 모자랄 것이니 시간 관계상 크게 다섯 가지로 구분해서 간략하게 말씀을 드리겠습니다.

첫째는 통일을 아직 못했으므로 안보 위기인 남북문제이며,

둘째는 경제는 세계 십 위권이라는데 왜 살기가 어렵답니까?

셋째는 수신제가 못 하는 지도자의 도덕성과 문화위기이며,

넷째는 성 문제를 못 풀어 참사랑도, 가정도 무너지며,

다섯째는 정신 몰락의 영적 위기이며 인성 위기입니다.

이렇게 다섯 부분으로 구분해 말씀을 드리겠습니다.

"인생이란 무엇인가?"라고 묻는다면 한마디로

"인간은 태어나서 성장하여 결혼하여서 자녀를 낳고 늙어서 죽는 것."이라고 인생에 대해서 한마디로 말할 수 있을 것입니다. 일평생을 사는 동안에 내

마음대로 될 수 있는 것과 내 마음대로 전혀 안 되는 것들로 확실히 구분되어 있습니다마는 크게 내 마음대로 잘 안 되는 다섯 가지는

첫째는 내가 태어나는 것이고,

둘째는 내 맘대로 아들딸을 선택하여 낳을 수 없는 것이며,

셋째는 늙어가는 것도 나의 소관이 아니고,

넷째는 죽음인데 죽는 것 역시 나의 능력 밖인 것입니다.

내 마음대로 할 수 있을 것 같은 것은, 결혼은 어느 정도 가능합니다. 그렇다면 내 맘대로 잘 안 되는 네 가지 중에서,

첫 번째로 내가 이 세상에 태어난 것은 천주적인 신님으로부터 선택된 역사입니다. 태어날 때부터 내 마음대로 태어난 것이 아니고 나는 선택되었습니다. 열 달 동안 수중세계인 어머니 배 속에서 육신의 기능이 전부 다 만들어져서 더 이상 그곳에 있을 수 없었기에 어머님 몸 밖으로 나와야 되는 것입니다. 기중세계에 태어나고 보니 흙수저 집안도 있고, 금수저 집안도 있었고, 나무수저 집안도 있었습니다. 또 태어나고 보니 남자였고, 여자였다는 것은 나의 선택이 아닙니다.

성장하여 결혼할 때 배우자를 선택하는 것은 연애를 하든, 중매를 하든 어느 정도 내 마음대로 배우자를 선택할 수 있을 것입니다. 결혼하여 아들딸을 낳는 것은 역시 내 마음대로 취사선택이 불가능합니다. 사랑하는 부부가 "여보, 오늘 밤 우리 아들 하나 만듭시다. 딸 하나 만듭시다."라고 약속하고 사랑을 하더라도 맘대로 되던가요? 잘 안 됩니다. 부부의 마음대로 되면 아들딸 낳는 것은 걱정할 것이 없을 것입니다.

사람은 늙어갑니다. 늙는 것 역시 내 마음대로 늙어가는 것이 아닙니다. 늙어서 죽고 싶은 사람이 있겠습니까. 그러나 인간의 육신은 시간이 지날수록 기력이 쇠퇴하며 힘없이 늙어갑니다. 그러다가 죽기 싫어도 죽습니다. 누구든지 잘 먹고 건강하게 잘 살고 싶은데 죽고 싶은 사람이 어디 있

겠습니까?

그러나 인간은 죽고 싶지 않아도 죽어야 합니다. 어르신들은 이렇게 말하던데요. "아이고, 나는 자는 중에 갔으면 좋겠다. 그게 소원이다." 그렇게 말씀하시던데 간다는데 어디로 갈 것인데 갔으면 좋겠다고 그럽니까. 황천길로 갑니까. 지옥으로 갑니까. 천국으로 갑니까? 어디로 가든지 가는 것은 확실합니다. 같은 값이면 좋은 곳에 가야 할 텐데 글쎄요…. 혹시라도 지옥 가시면 난 몰라요. 불쌍해서 어찌합니까. 지옥 안 갈 수 있는 방법은 아는데….

내 마음대로 되는 것보다는 안 되는 것이 더 많습니다.

다섯 가지 중에서 내 맘대로 잘 안 되는 가장 중요한 것이 네 개나 됩니다. 태어나는 것, 아들딸을 낳는 것, 늙는 것, 죽는 것. 이런 것들이 내 마음대로 되는 것은 아니고 어느 무소부재하신 절대적인 우주의 힘을 가지신 이것은 하늘의 천륜의 법이므로 그 피조세계를 만드신 주인을 우리는 천지신명님이시니 한 분밖에 없는 절대적인 최고의 신을 하나님이라고 합니다. 누구나 찾고 부를 수 있는 분, 한 분밖에 없는 절대, 유일, 불변, 영원한 참사랑의 주체자이시기 때문에 하나님이라고 부릅니다. 그분은 공기처럼 아주 중요하신 무형실체세계의 주인이시기 때문에 무소부재하시는 절대적인 능력의 신이십니다. 신님의 피조세계의 창조의 법 때문에 우리 인간은 태어나기 싫어도 태어났고, 늙기 싫어도 늙으며, 죽기 싫어도 죽게 되어있습니다. 인간의 생사는 신의 영역입니다.

"만들어진 법 때문에 죽습니다."

죽고 싶은 사람은 아무도 없을 것입니다. 죽는다니 억울하지요. 영원히 살고 싶은데 죽는다니 슬프고 억울할 것입니다. 사람이 이 세상에 태어나서 겨우 팔구십 년 살다가 없어져야 할 존재로 만들지는 않았을 것인데 왜 죽을까요? 신기하게도 인간은 이중구조인 몸과 마음이 있습니다. 마음에는 영인체라는 무형실체가 우리들의 육신 안에 이미 존재하고 있었다는 것입니다.

육신은 껍데기이며, 허물이니 벗어버리면 영인체로 영원히 살도록 만들어 주셨던 그분을 우리는 하나님이시라고 부릅니다. 여러분들은 자신이 늙어가는 것이 억울하지 않습니까. 통분스럽지도 않습니까? 늙어가는 것이 당연한 숙명적인 법인데도 쓸데없이 보톡스는 왜 맞는 것입니까?

죽어가는 사람들을 보면서 억울하지도 않습니까. 한스럽지도 않다는 말입니까? 억울한 생각이 안 든다면 여러분의 만물 추종자가 되어서 돈밖에 모르며 감성은 이미 죽었거나 마비되어 있다는 것입니다. 옆 사람을 살짝만 꼬집어보세요. 세게 꼬집으면 싸우니까 살짝만. 시작! 아, 야야. 아이고, 아파라. 살짝만 꼬집어도 아프지요? 그러면 여러분들은 신경이 살아있다는 것인데도 억울하지 않다면 문제가 많은 사람 아닐까요. 감각이 없습니까? 있지요. 나도 한때는 억울하고 분하기도 하여 신님께 따지듯이 물었습니다.

"하나님이시든, 부처님이시든 계시면 제 앞에 나타나보세요. 보아야 믿을 수 믿겠습니다."라고 당돌하게 물었습니다. 어떻게 되었을까 궁금하시지요? 궁금하면 오백 원이 아니라 관심을 가지면 보일 것입니다.

"모순된 존재는 파멸하게 되는 것."

인간은 선도 있고, 악도 있는 모순된 존재입니다.

나의 몸뚱어리 속에는 양심이라는 마음이 있고, 사심이라는 악심도 있습니다. 이 두 가지 마음 중 선한 양심의 마음과 악인 사심의 마음이 둘이나 내 속에 있단 말이지요. 그러니 싸우고 미워하고 죽이기까지 하는 사심의 마음을 삭제하기가 하늘의 별 따기보다도 더 어려운 일이라는 사실을 알아야 한다는 것입니다. 물론 잘 알면서도 처치할 수 없는 것이 사심이라는 악한 마음인데 어떻게 삭제를 할까요. 방법은 있습니까?

수천조의 돈으로도 지우고 삭제하기가 어려운 것은 바로 사심이라는 것입니다. 뗄래야 뗄 수도 없는 사심을 가지고 있는 모순된 존재가 바로 '너와 나'라는 우리 인간이라는 존재입니다. 사심은 돈으로는 해결할 수 없는 아주 최고의 어려운 문제가 바로 사심이라는 마음입니다. 수술도 안 되고, 삭제도 안 되는 두 마음을 가져졌으니 인간을 모순된 존재라고 하는 것입니다.

모순된 존재는 파멸되는 것입니다.

그 파멸되는 상태를 타락이라고 하는 것인데 타락은 제자리에서 떨어져서 미급한 존재가 되었다는 말입니다. 그런 결과적인 존재이기에 모순된 감정을 가지고, 탐욕을 가지고 서로 싸우고 죽이고, 전쟁을 하고, 남의 것을 빼앗는 악한 짓들을 지금도 자행하고 있지 않습니까? 이런 모순적인 상태로 살아가는 존재가 인간이다 보니 이것을 해결해야겠지요.

여러분은 살면서 거짓말을 안 해봤습니까?

안 했으면 당신은 신입니다. 속이고, 사기 치고, 잘난 척 뻐기며 남을 업신여기며, 심지어 욕하고, 폭행도 하고, 거짓을 참인 것처럼 말하고, 살인까지 저지르는 존재는 누구인가요? 짐승이 인간을 죽입니까, 사람이 사람을 죽입니까?

그런 모순된 인간들이 모여 사는 곳이 우리들이 살고 있는 세상입니다. 세상은 온통 남의 것을 탐하고 뺏는 일이 많습니다. 자고 나면 생활의 터전을 목구멍이 포도청이라면서 생존 전쟁이라고 하며 오직 돈의 쟁탈전입니다.

그러니 모순된 사람들끼리 사는 삶의 인생살이가 고난의 연속입니다.

자, 오늘은 위기의 대한민국에 관한 현실적인 문제가 많습니다마는 다섯 가지만 제시해보겠습니다.

첫째. 남북은 아직도 통일을 못 했습니다.

북한은 지금도 미사일을 밥 먹듯이 쏘아 올리고 있지요. 일반 북한 백성들은 밥도 못 먹고 사는데 미사일은 밥 먹듯이 쏘아 올립니다. 체제만 수호하려는 북한의 이런 도발적인 상태를 어떻게 해결하여 남북이 하나가 되는 통일을 할 수 있겠습니까? 이제는 민족의 숙원인 남북통일을 반드시 해야겠지요.

남북통일을 이루는 대통령은 현대사에서 가장 훌륭한 통일 대통령으로 남을 것이 분명합니다. 탄핵을 당하거나 감옥은 가지 않을 것이며, 오히려 민족의 영웅이 될 수 있을 것입니다. 남북은 철저하게 이념적으로 갈라진 적대관계입니다. 경제의 양극화도 심각한 차이를 보이고 있습니다. 그러나 더 큰 문제는 가치관이며, 사상적인 문제입니다.

남북으로 갈라져 있는 것도 서럽고 아쉬운데, 남쪽에는 사상적으로는 신네오막시즘으로 그들의 사상에 심취한 백성들도 더러 있는 것 같습니다. 그들의 주장은 인본주의요, 선악의 기준은 인간 상식으로 기준하며 상대주의 세계관을 가지고 있답니다. 인본주의라는 말이 사람 위주로 산다는 말로, 좋은 말 같아 보입니다. 그러나 사람은 앞에서 언급했듯이 인간의 힘으로 풀지 못하는 문제들이 많습니다. 인간은 내 맘대로 되는 것보다는 어느 절대자의 힘에 의해서 되는 것이 더 많습니다. 그래서 그분을 우리는 신이라고 말합니다. 인간 위에는 신이 존재하고 있다는 것은 숙명적인 천륜입니다.

인간은 삼분의 특혜로 억겁의 세월 동안 영원히 사는 존재입니다. 인륜보다는 천륜이 더 상위에 있습니다. 부분적인 진화는 인정하겠지만, 전체의 진화에는 오류가 있는 것 같습니다. 원숭이는 천년만년이 지나도 인간은 안 됩니다. 사람은 사람을 낳는 것입니다. 피조물은 각 종류대로 만들어진 법에 의해서 존재하고 있는 것입니다.

만들어지지 않은 것이 어디에 있습니까?

여러분도 아버지, 어머니의 공로로 만들어졌으니 태어났습니다. 그다음 선악의 기준은 인간이 판단하는 것이 아니라, 이미 인간은 태어나면서 모순된 존재로 태어났습니다. 선도 있고, 악도 있는 존재를 모순되었다고 합니다. 악은 뭔가 잘못되어서 새로이 발생하게 된 것 같습니다. 이미 여러분도 모르게 혈통의 문제가 생겼지요.

신이 계신다면 인간을 모순된 존재로 만들지는 아니했을 것입니다. 창조된 인간은 실수를 하여 문제를 발생케 했습니다. 한마디로 대형 사고를 쳐버리고 말았습니다. 무엇으로 사고를 쳤을까요? 그것은 바로 생식기로 대형 사고를 쳤습니다. 사고 경위의 이 문제는 구체적으로 별도로 『태할배와 궁장』에서 밝혔습니다.

사람은 사심보다는 양심으로 살아야 한다는 것은 아주 당연한 결론입니다. 상대주의 세계관이 아니라 절대주의 세계관 속에 살아있는 존재가 '나'입니다. 태양이, 달이, 물이, 상대적이 아니며 절대적인 존재이듯이 인간도 상대적이 아니라 절대적으로 만들어진 존재입니다.

아버지, 어머니의 생식기를 통해서 만들어진 존재가 '나'인 사람입니다. 그러니 나와 부모와 신과의 관계는 절대적이며, 참사랑 관계로 천륜으로 맺어진 부자 관계입니다. 싫든 좋든 나는 부모님을 공경해야 하며, 신을 경외하며 살아야 하는 천륜적인 존재입니다. 선택의 여지가 없이 우리는 선택된 존재이며 '나'요, '우리들'입니다.

두 번째의 위기는 경제 위기라고 합니다.

수많은 백성은 경제, 경제라며 돈을 말하고 있습니다. 수출은 잘되고 있어서 경제는 그런대로 잘 돌아가고 있는 것 같습니다. 하지만 개인적인 삶에서는 여러 가지 문제가 발생하고 있는 것도 사실입니다. 빈익빈과 부익부의 이 문제를 어떻게 해결할 수가 있겠습니까?

보통 사업을 하는 사람이나 장사를 하는 사람은 100% 이윤을 남기기가 정말로 어렵다는 것을 다 압니다. 어느 정치 지도자는 자그마치 1,000% 이상의 이익을 내는 일에 책임자였고, 설계자였답니다. 얼마나 대단한 능력을 가졌기에 1,000%나 수익을 낸답니까? 그러나 그 이익이 공평하게 돌아갔다면 문제가 없겠지만, 일부만 이익을 봤으니 배신감이 들지요. 이런 모순된 경제 논리 때문에 일반 백성들은 참으로 기절초풍할 정도입니다.

1,000%나 이익을 내어서 누가 꿀꺽했을까요? 그렇게 먹고도 안 체하고 살아있다는 것은 부조리한 세상이라 것이 증명되었습니다. 양심을 팔고 사는 사람들이 지도자라니…. 수사 대상에 올라오면 곤혹스러우니 자살밖에 더 하겠습니까? 벌써 세 사람이 죽었습니다. 착하게 살아야 인간인데 어쩔 수 없이…. 이런 이런….

주택문제 역시 해결은 어려운 문제입니다.

만물의 영장이라는 인간이 가장 편안한 안식을 가지는 곳이 주택인데, 집 때문에 일평생 돈 벌어서 집 하나에 몰빵해야 할 정도이니 이게 사람 사는 세상인가요? 제가 대통령을 하면 해결해줄 것입니다. 태어나면 집 한 채를 주는데 결혼하면 제공해드릴텐데…. 아쉽지만 안 시켜주니 못 하게 되었습니다. 만물의 영장인 인간이 집 때문에 힘들어서 젊은이들은 영끌까지 하며 수익의 빚을 내어 집을 지금 안 사면 못 산다며 난리도 이런 난리는 없다며 난리랍니다.

수도권에는 주택들이 천정부지로 뛴답니다. 뛰어 올라갈 때는 잡기가 힘듭니다. 떨어질 때 잡는 것이 쉬울 것인데 꼴뚜기가 뛰듯이 집값이 마구 뛰어서 도망간다는 것입니다. 왜, 서울에만 사람들이 몰리게 하는가. 지방으로 분산하는 정책을 쓰면 될 텐데…. 수도권의 머리만 커져서는 기형이 되는 것인지 불안합니다.

주택문제는 성인님들도 고심하셨던 것 같습니다. 성인이신 예수님도 저 날아가는 새도 집이 있거늘 인자는 머리 둘 곳이 없다고 탄식하셨으며, 어느 참부모이신 성인님은 1.5평짜리 토담집을 지어놓고 이십일 세기 최고의 문화주택이라고 했다는데, 이런 성인님들도 고심하게 만들었던 주택문제였습니다.

태어난 고향에서 부모님 모시고 잘살 수 있도록 경제문제나 주택문제를 해결하도록 해야 하는 것입니다. 사랑하는 가족들과 고향 땅에서 행복하게 살 수 있는 제도와 정책이 필요합니다. 왜 그렇게 안 되는 것입니까. 못하는 것입니까? 못하는 것은 능력 문제일까요. 겁나는 것일까요? 선거 역시 문제가 많으니 선거법도 바뀌어야 합니다.

세 번째로 저출산과 사회문화적 문제입니다.

앞으로 이대로 가면 한국에는 백성이 없어서 가장 빠르게 없어질 나라라니 답답합니다. 백성이 없으니 문을 닫아야 할지 모른다니 수백조의 돈을 쏟아부어도 출산은 늘지 않는답니다. 상책은 안 쓰고 하책만 사용하기 때문에 그런 것 아닐까요? 상책은 가치관을 심어주고 그다음 지원을 해주면 효과가 대단할 것 같은데요. 왜 자녀를 3명 이상 낳아야 하는지 간단히 말하면 하늘과 땅과 바다를 상징하고 조부모와 부모와 나를 상징하는 수가 삼수이니 세 명의 자녀를 낳으면 가문의 영광이며, 인성의 도리를 다하게 될 것입니다.

그리고 지원을 해주면 해결될 것 같은데요. 그다음 먹방, 놀방, 물방 등 먹고 놀자 주의에 심취한 문화가 너무 많이 난립을 하고 있어요. 자유에도 어느 정도 책임성이 있어야 질서가 잡히는 법일 텐데 인성을 갖춘 존경할 수 있는 지도자는 적은 것인지 답답하며 생활적인 지도자만 판을 치는 세상 같습니다.

"의인님들의 뜻."

황금을 돌같이 보라는 최영 장군께서는 "나에게 탐욕이 있었다면 나의 무덤에 풀이 자랄 것이고, 그렇지 않다면 띠가 자라지 않을 것이다."라고 하셨는데 지금까지 풀이 별로 안 자란다니 한번 생각해보고 살면 좋겠지요. 영국 시사주간지 이코노미스트가 신문에서 "한국 진보 통치자들이 발산한 내면의 권위주의는 남에 대한 비판은 잘하면서 남의 비판은 못 참는다."라는 1425년 세종대왕의 어록을 인용하면서 세종대왕님께서는 "나는 고결하지도 통치에 능숙하지도 않소. 하늘의 뜻에 어긋날 때도 있을 것이요. 그러니 내 결점을 열심히 찾아보고 내가 그 질책에 답하게 하시오."라는 말씀을 인용했답니다. 참으로 훌륭하신 세종대왕님의 말씀을 외국에서도 알고 인용한다는 것인데, 이 나라 백성들과 지도자들은 생각해봐야 할 텐데 생각이 없는 것일까요. 머리가 없는 것일까요. 모른 척하고 뭉개는 것일까요? 부끄러움을 느끼는 지도자들이 되어야 할 텐데 오늘의 우리 지도자들은 부끄러움이 없이 권력에만 눈이 멀어서 상대편을 무슨 수를 쓰더라도 눌러야 한다는 흑백논리에 착한 백성들은 신물이 난답니다.

답답한 저런 지도자들을 뽑아주는 백성도 한심하답니다. 아무튼, 선거제도는 백 퍼센트 바꿔야 합니다. 인격자를 뽑아야 하는데 인성을 갖춘 인격자가 없다구요. 그렇다면 이런 낭패가 또 있을까요. 희망이 없다는 뜻일 텐데…

네 번째로 성문화에 대해서 말씀을 드립니다.

인류역사상 가장 어렵고 난해한 문제는 바로 성이라는 생식기 문제가 제일 골치 아픈 문제였습니다. 예나 지금이나 가장 관심이 많은 것이 성문화라고 봅니다. 요즈음에는 음란에 '박사방'까지 등장하며 몰카를 들이대는 세상에 성추행 문제는 풀지 못하는 수수께끼 같은 문제였습니다.

그러나 수수께끼는 답이 반드시 있습니다.

성서에 나오는 불륜적인 성관계의 이런 일이 기록되어있습니다. 다윗왕이 장수 우리야의 아내를 보고 반해서 우리야를 전장에서 죽게 하고 그녀를 취했습니다. 밧세바라는 여자가 얼마나 아름다우면 그렇게까지 했는지 이해할 수 없는 일입니다. 다말과 시아버지의 불륜적인 내용도 나옵니다. 야곱도 부인을 네 명이나 얻어서 자식을 열두 명이나 낳았답니다. 일부다처를 선호한 것은 아니겠지만…. 롯의 딸들도 소돔과 고모라성이 유황불로 멸해지고 도망가서 보니 아버지와 두 딸밖에 없어서 우리가 아버지의 씨를 받아야 손이 있을 것이라며 두 딸은 아버지에게 술을 먹여서 취하게 하고 관계를 하는 내용이 나옵니다.

어쩌면 이런 수치스러운 일들이 왜 성경에 기록되어 있답니까. 그것은 복귀 섭리의 귀한 인물을 선택하기 위한 하늘의 고육적인 방법이라고 말할 수 있을 것입니다. 정실부인을 통해서 섭리하지 못하고 첩을 통해서 역사할 수밖에 없는 하나님의 피눈물의 심정을 누가 알기나 하겠습니까. 그 뜻을 제대로 이해를 못 하면 불륜스러운 이런 내용의 깊은 의미는 무슨 뜻일까요.

그게 천륜의 비밀인 천비라는 것입니다.

인류역사상 가장 난해한 성적 문제. 생식기 문제가 제일 해결해야 할 어려운 문제입니다. 그러니 성에 대해서는 무지할 수밖에 없는 것입니다. 성의 역사를 바로 세우는 것이 역사 바로 세우기입니다. 잘못된 역사를 바로 세워야 합니다.

나의 사랑하는 부인을 찝쩍거리는 데 가만히 있습니까?

"몽둥이 들고 가야지요." 네, 맞는 답입니다. 가만히 있을 수 없습니다. 나의 사랑하는 남편을 다른 이가 손이라도 잡으면 기분이 상해서 어쩔 줄을 모르는데, 키스까지 하고 그다음 단계로 간다면 부인들은 가만히 있겠습니까? "어림 반푼어치도 없습니다. 머리를 다 뽑아버려야지요." 내 사랑하는, 내 짝인 배필의 임자는 '나'인데 남이 탐하는데 어느 누가 허락하고 좋아할 사람이 있겠어요.

그러니 생식기는 서로 엇바뀌어져 있으므로 생식기의 주인은 상대 것입니다. 남편이 필요한 것은 아내에게 있고, 아내가 필요로 하는 것은 남편에게 있습니다. 그러니 서로 하나 되는 것이 사랑의 도수이며, 궁합입니다. 하나 되었다는 것은 주인이 서로 정해졌다는 것입니다.

부부가 한번 결정되는 것은 천륜이므로 바뀌어서는 안 됩니다. 주인은 일부일처로 서로 사랑하는 것이 절대적 성의 가치관이며, 참된 사랑법이라고 말할 수 있을 것입니다. 내 말이 맞습니까? "네, 맞습니다." 생식기가 진리이며, 천비입니다. 왜 그럴까요? 거기서 사람인 인간이 만들어지기 때문에 그렇습니다. 그것이 천륜의 법입니다. 그렇기 때문에 프리섹스는 추방해야 하는 것입니다.

프리섹스보다는 절대적인 참사랑으로

신네오막시즘에서 말하기를 금욕적 성 윤리가 인간을 억압하니 프리섹스로 낡은 성문화를 타파해야 한답니다. 그럴듯하지만 전혀 왜곡된 성문화라는 말이지요. 내 사랑하는 아내를, 남편을 누구에게도 허락할 수 없는 것이 성인 생식기 문제이니 아주 잘못된 신네오막시들의 성 문제의 인식이 아니겠습니까? 잘못된 이론이라고 할 수 있을 것입니다.

일류 연예인이나 지도자들도 성추행으로 낙마하는 일들은 바로 성에 대한 인식이 부족하거나 네오막시즘적인 잘못된 성의 관념적 논리 때문이라고 봅니다. 지난번 서울과 부산에서 시장들의 성추행 문제로 보궐선거가 이루어졌습니다. 선거비용이 자그마치 팔백억이 더 든답니다. 이런 선거비용을 국민들의 피땀 어린 세금으로 충당하는 나라가 이 나라입니다. 팔백억은 누가 내야 합니까? 그러니 정치인들이 날강도보다 더한 도둑이라는 소리를 들어도 싸다는 것이겠지요. 맞습니까, 아닙니까?

"맞습니다. 맞아요." 고맙습니다. 이제는 선거법을 바꾸어서 선거비용이 한 푼도 안 드는 선거법을 도입해야 할 때입니다. 덕망 있고 존경할 수 있는 행정적인 분을 기명식으로 선출하는 것입니다. 구체적인 방법은 이미 제시해두었습니다. 아무튼, 그분들은 신네오막시즘적인 성평등을 선호하는지 모릅니다.

그러니 차별금지법에는 이런 모순된 성의 문화적인 내용도 일부 들어있으니 차별금지법이 문제가 있을 수 있다는 것입니다. 성평등이 아니라 양성평등이라야 하는 것입니다. 양성평등은 남녀의 평등권을 말합니다. 프리섹스는 추방해야 하므로 절대 사랑으로 하나 되는 양성평등의 성문화를 정착시켜야 하는데 그것은 순결운동이며, 순결문화이며 생식기를 절대 거룩한 성물로 여기는 참사랑, 참가정 운동이 제일 가치 있는 제격에 맞는 절대적인 운동입니다.

인류 역사는 선악의 끝없는 투쟁의 역사였으니 그것은 남녀의 사랑 문제였습니다. 선과 악은 어디서 발생했느냐 하면 생식기를 잘못 사용한 거기서부터 발생하였으니 순결을 지키는 운동을 해야 합니다. 순결을 강조하는 것이 제일이며, 진짜 거룩하고 신성한 진리이며 최고의 높은 이론이며 거룩한 종교입니다. 왜 그런지 이제는 아시겠지요. 아직도 모르겠다면 인식에 문제가 많은 사람들입니다. 인간은 생식기에서 만들어졌기 때문입니다. 제일 거룩한 곳이 생식기라는 성물입니다.

거기에 하나님이 임재하실 수 있는 창조법이 거기에 있습니다. 부자의 인연과 부부의 인연도 생식기를 통해서 결정된 것입니다. 그러니 생식기가 가장 거룩한 기능을 하는 창조의 법이 거기에서 결정되는 것입니다. 가장 거룩한 성물이 바로 생식기입니다. 함부로 사용하면 천륜이 어긋나는 것입니다. 내 말이 맞으시면 뜨거운 박수를 보내주세요. "맞아요, 맞습니다. 정신이 번쩍 듭니다." 뜨거운 박수에 감사드립니다. 여러분들의 성물을 항상 잘 보호하시길 바랍니다.

다섯 번째로 정신없이 살아서 그런가요.

정신몰락의 영적 위기이며, 인간성이 마모되어가는 사회입니다. 여러분의 마음은 몇 개입니까? 불행하게도 인간은 두 개의 마음을 가지고 삽니다. 하나만 가져야 하는데 둘이나 가지고 있으니 모순된 존재라는 것입니다. 양심과 사심이라는 두 마음이 있으니 사심인 비양심적인 힘으로 살면 도둑놈이 되는 것이며, 양심의 힘으로 살면 여러분은 성인이 되는 것입니다. 인간은 만물의 영장이기 때문에 우리 모두 성인이 되어야 합니다. 양심이 살아있는 사람은 신적인 존재입니다.

여러분은 양심이 있습니까, 없습니까?

"있지요."

"나는 양심적으로 산다는 분 계십니까?" (조용)

갑자기 술렁술렁. 조용…. 진리를 듣는 귀는 두껍고 둔하며, 삿된 가십거리와 성의 자극적인 말에는 귀가 얇은 것은 모순된 인간이 되었다는 증거입니다. 여기 오신 여러분들은 전부 진리에 귀를 여는 대단하신 분들이십니다. 말귀를 알아듣는 분들이시니 존경받을 수 있는 여러분들이 나는 아주 좋습니다. 여러분들에게는 항상 좋은 일만 생길 것 같습니다.

"삼생애를 사는 것이 인생의 천륜."

여러분도 물속세계에서 열 달이나 이미 살아봤습니다. 기억이 안 나십니까? 오래된 일이라 기억이 안 날지는 모르겠지만, 이미 수중세계에서 한 생애를 살아봤습니다. 수중세계인 양수의 물주머니인 엄마 배 속에서 육신이 다 만들어지면 더 이상 있을 필요가 없으므로 열 달 만에 태어난 곳이 지금 살고 있는 공기로 숨 쉬는 기중세계인 두 번째 세상입니다.

이 육신 세상에 태어난 것은 성공한 것입니다. 숨 쉬고 살아가는 육신의 세상이 지금 우리가 살고 있는 삶인데도 오랫동안 머물고 싶어서 평균적으로 백 년 산다고 보면 백 년 후에는 여러분은 이 땅에서 없어집니다. 잘해야 무덤 하나 달랑 있겠지요. 섭섭하지요. 그래서 인간은 삼 분짜리 인생이니 삼 분의 특혜로 육신은 살다가 육신 벗으면 영원히 살 것입니다.

길다면 길고, 짧다면 짧은 백 년 동안 밥 먹고 숨 쉬며 살다가 육신을 벗게 되어있는 것입니다. 그것을 죽음이라고 하는데, 누구나 죽게 되어있습니다. 육신을 벗는 것을 죽음이라고 하는데 여러분이 무덤에서 삽니까. 아니면 우주 공간에서 삽니까? 어디에서 여러분의 영혼인 영인체가 살 것 같습니까? 팔자가 좋아서 신수가 훤하신 분들도 오랫동안 살고 싶어도 어림없습니다. 여러분의 마음대로 안 되는 것입니다.

만들어진 천법이므로 이런 천륜의 법을 어길 자는 아무도 없습니다. 여러분이 능력 있으시면 이 천법을 어겨서 육신 가지고 영원히 살아보세요. 아직 그런 사람은 한 사람도 없었으며 앞으로도 절대로 없을 것입니다. 이 우주 공간을 영계라고 합니다. 그곳은 사랑의 세계인데 영인체로 영원히 살 수 있습니다. 육신 가지고는 영원히 살지도 못하며 어디든지 갈 수가 없는데, 영인체는 무형실체이기 때문에 어디든지 갈 수 있도록 만들어졌습니다. 이렇게 삼생애를 살게 되는 것은 나의 의지대로 되는 것이 아니라 그렇게 살도록 만들어진 사람들의 팔자입니다. 이런 존재가 인간인 '나'요, '우리'입니다.

인간 시조 때에 "따먹지 말라."라는 선악과를 따먹은 것이 약 십육 세 정도 되었을 때 불륜을 저지르게 되었습니다. 그리하여 에덴동산에서 쫓겨나서 인류 사회를 이루면서 같은 인간끼리 전쟁을 하고 죽이고 뺏는 역사를 이루어왔는데 지금까지 그러고 사는 존재가 인간 아닙니까?

왜 그렇습니까. 왜 그런 저급한 인간으로 변했을까요?

모순된 인간이기 때문인데 모순된 존재는 파멸한다니 어느 나라 누구 할 것 없이 난맥상은 역시 인격 완성자가 못된 인간성이 문제입니다. 참된 사람이 되겠다고 노력하며 산다면 좋아요. 그렇기 때문에 성인님들의 가르침은 '잘 먹고 잘 살아라'는 가르침이 아니라. 인간답게 사는 길과 신을 경외하면서 살도록 신의 세계를 가르쳐 주었습니다.

'인간인 너도 신이 되어야지.'

그래야 인격자가 되고, 만물의 영장이 된다는 거룩한 가르침입니다. 그러나 세상은 모순된 인간들이 제시한 사상적으로는 인본주의를 선호하면서 신본주의를 터부시하는 모순성을 여지없이 드러내고 있습니다. 첨예하게 대립하고 있는 실정입니다. 선이 언제나 몰림 받고 박해받아 오면서도 망하지 않았지만, 악은 망하게 되어있습니다. 반드시 권선징악입니다. 모순된 문제의 답은 신본주의 속에서 인본을 중시하며 사는 세상이 되면 좋은 세상이 될 수 있을 것입니다.

우리 인체의 각각의 구성요소들인 개체는 전체를 위하여 존재하는 것입니다. 개체는 싫든 좋든 자기의 일을 충실히 행할 때 몸은 건강해지는 것입니다. 귀는 듣기 싫어도 들어주어야 하고, 입은 먹기 싫고 말하기 싫어도 해야 하고, 눈은 보기 싫어도 봐주어야 하고, 코는 맡기 싫어도 숨을 쉬어

주어야 우리의 몸은 건강을 유지하는 것입니다.

모든 존재물인 개체는 전체를 위해서 존재하는 것입니다.

코가 만약에 데모를 해버리면 사람들은 삼 분 안에 즉사할 것입니다. 진리의 근본에는 데모라는 것은 있을 수 없는 것입니다. 자기주장이라는 것이 없는 것이고, 만들어진 법 안에서 살면 되는 존재가 인간입니다. 위하여 존재하고, 위하여 사는 것이 천륜의 철칙인데 이것을 참사랑이라고 합니다. 위하여 산다는 것은 참된 사랑 행위를 하는 개체의 의무이며, 책임입니다. 가정이나 사회나 국가나 어디에서라도….

우리나라는 팔도라는 이름을 가지고 있습니다.

도를 숭상하고 경천애인하는 이 전통은 영원히 잘 지켜야 합니다. 만물에 밀려나고 있는 이 경천사상을 회복해야 하는 이유는 여러분이 아무리 잘났어도 인간은 삼 분짜리입니다. 삼 분짜리 인생이 일천사백칠십만 배의 욕심을 가지고 삽니다. 어쩌면 억겁으로 살지도….

여러분들이 아직 살아있다는 것은 '3분의 특혜와 억겁'의 뜻을 알고 살아야 합니다. 삼 분만 숨 쉬지 않으면 죽는 존재인데 왜 보이지 않는 공기가 중요하며, 보이지 않는 여러분들의 마음이 왜 중요한지를 알고 깨닫고 살아야 만물의 영장이라고 할 수 있습니다. 무지에서 해방되는 길은 몰락해가는 영성을 회복하는 길뿐입니다.

사람들은 평화를 입으로 말하기는 쉽습니다.

그러나 평화를 불러오고 이루기는 쉽지 않습니다.

사람들이 평화로운 세상을 이루기 위해 가장 필요한 진리를 제쳐놓고 모른 체하기 때문입니다. 진리를 알고 그렇게 살면 대부분의 인생 문제는 풀 수 있을 것입니다. 여러분의 몸과 마음이 하나 되고, 가정에서 부부는 가정을 완성하고, 자녀를 낳아서 양육하며 만물을 주관하는 사람이 된다면 여러분은 아주 행복하며, 평화롭고 자유로운 거룩한 인생을 살 수 있는 인격자가 되어 만물의 영장이 될 수 있을 것입니다.

그렇게 살면 우리들의 인생은 성공한 것이라고 볼 수 있습니다. 이게 정도령이신 진짜 부모님의 가르침이요, 하늘의 천륜의 뜻일 것입니다. 순천자는 흥할 것입니다. 우리 민족은 경천애인하며 사는 민족이 되면 세계에서 일등 국민이 되고, 일등 국가가 될 것입니다. 흐트러진 도덕성과 인성을 바로 잡아서 마음인 양심인들이 득세하고, 인생의 앞길로 인도하는 선각자로 인정하는 영성이 밝은 세상이 되기를 바랍니다.

순천자는 흥하는 법이므로 오늘도 내가 살아있음에 감사하며 여러분 가정에 참사랑과 은혜가 충만하여 행복한 삶인 천운천복의 상속자들이 되셔서 가화만사성하고 사시길 바랍니다. 이상으로 대한민국에서 다섯 가지의 큰 문제점들을 상고하며, 좋은 세상이 되기를 우리 다 같이 노력하며, 건강하고 행복하고 진정한 자유와 평화를 누리면서 살 수 있는 지상 천국적인 삶의 이상세계인 대한민국을 만들어갈 수 있는 이 나라가 되기를 진심으로 기원하면서 여러분도 항상 건강하시며 하시는 일이 만사형통하시길 바라면서 오늘 말씀을 마치겠습니다. 감사합니다.

세상은 나를 기다렸나

"아가야, 너는 다 만들어졌으니 이곳에서 나가야 돼."

두 번은 죽고 세 번은 사는 것이 인생이란다. 아니, 두 번이나 죽는다고…. 다 만들어지다니 뭐가? 내 몸뚱어리가 다 만들어졌다는 말인가. 다 만들어졌으니 나가야 한다니…. 내가 어디로 나가야 한다는 것일까? 나가면 사는 것일까 아니면 죽는 것일까. 다른 곳으로 이사하는 것일까? 이사를 한다는 것은 엄마 몸 밖으로 나가야 한다는 것 같은데…. 아직은 잘 모르겠다. 망설여지며, 두렵고 떨리는 이 심정을 나는 아직 잘 모르겠다.

그런데 이제는 나가야 하는 것이 운명, 아니 숙명일 것 같은 느낌이다. 한곳에서 영원히 살 수는 없을 것 같은 감이 온다. 더 이상 있고 싶어도 있을 수가 없어. 자꾸만 나는 엄마 몸 밖으로 조금씩 밀려 나가는 것 같았다. 무조건 엄마 몸 밖으로 나가야 한다니…. 몸 밖에 나가면 어떻게 될까? 집 나가면 개고생이라던데, 엄마 몸 밖에 나가면 무얼 먹고 살까? 여기서는 먹을 것 걱정 없이 엄마가 나를 배부르게 해주었는데 바깥세상에서는 무얼 먹고 사는지 도무지 모르겠다. '나'라는 사람의 생명체인 몸뚱어리를 만들고 마음까지도 만들어주신 분. 또 나를 만들어주었으며, 먹여서 생명을 유지시켜주신 고맙고 고마우신 분은 울 엄마뿐이다. 뭐라고, 아빠도 있다구…? 엄마, 아빠를 부모라고 한다니 부모님께 우선 감사드리고 싶다.

들리는 소리는 통닭도 먹고, 돼지도 먹어야 된다는데…. 내가 아는 것은 탯줄이라고 하는 이 호스 같은 줄을 통해서 살아있는 '나'인데. 하여간 인생이라는 것이 힘든 삶이라는 것인가? 힘든 것은 누가 도와주겠지. 엄마 아빠가 도와주실 것 같아. 느낌이 그래…. 재미있고 좋은 세상일지도 모르잖아.

"간다. 간다. 그런데 어디로 가나."

이제는 나가기 싫어도 나는 점점 떠밀려 나아간다. 나는 밀리고 미끄러져 내려가는 것 같다. 안인지 밖인지 어딘지 모르게 자꾸만 밀려나고 있었다. 어디로 가는 것인지도 잘 알지도 못하는데 이것을 운명이라고 하나. 숙명이라고 해야 하나.

나의 몸뚱어리가 어쩔 수 없는 밀려서 어두컴컴하고 비좁았던 이곳을 조금씩 이탈하고 있었다. 아, 아. 갑자기 밝아지는 이것이 무슨 조화통인지 모르겠지만, 점점 밝아진다. 나의 정들었던 작은 공간인 밥통 같은 엄마 배 속에서 어디론지 밀려 나가고 있었다. 내가 떨어지는 것이야. 아이구, 무서워라. 이대로 가면 머리를 박고 떨어질 것만 같아…. 어이쿠.

"억겁의 과정을 넘어 빛을 보게 되다니."

몇 배로 밝아진 훤한 세상에 온 것인가? 밝다 밝아….

무엇인지 누군지 보이지는 않았지만 확실한 것은 몇 배로 밝아졌다는 것이고, 뭐라고 웅성웅성하는 시끄러운 소리와 더불어 "잘라야 한다. 가위." 잘라야 한단다. 뭘 자른다는 거야? 설마 나를 두 동강으로 자르는 것은 아니겠지. 으악… 아프다. 통증이 온다. 아 야 야. 아이구, 아파라. 아픈 이곳은 배.

나의 배에 무슨 일이 있었던 것 같은데 나의 엉덩이는 누가 때리누. 이 폭력배 같은 인간들이 감히 나의 엉덩이를 때리다니…. 이런이런 시퍼렇게 멍들겠어.

"사내가 태어났다. 경사다. 경사."

손이 귀한 집안이라 은근히 사내를 기다리고 있었다.

"야, 사내다. 고추다. 고추를 달았어."

"눈, 코, 귀, 입도 있고, 손가락, 발가락도 다섯 개씩 열 개가 다 있네. 정상이다. 정상"

인간으로서 살아야 할 나의 육신이 완성되었다니 열 달 동안에 육신의 완성을 위해 전심전력을 다했다는 말이다. 죽을지 살지도 모르면서…. 나도 모르게 완성된 육신으로 만들어졌다는 말인데, 아무튼 나보고 좋아들 하는 걸 보면 그런 것 같아. 내가 이 세상에 태어나게 된 것은 아버지 어머님의 공로다.

"새로운 세상에 왔다."

밥통보다 더 비좁은 곳에서 오랫동안 웅크리고 있다가 공기로 숨 쉬는 이 육계에 이사 와서 살게 되었다니 좋구나. 좋아. 다리도 쭉 뻗어보자. 얼마나 웅크리고 살았던 세월이었던가. 아! 이제야 좀 살 것만 같네. 육신으로 숨 쉬며 사는 이 세상에 햇빛을 보게 되었구나. 여기에서 최고 중요한 것은 '공기'라는 것이다. 공기. 그게 뭔지는 잘 몰라도 이롭고 좋은 물질인 것 같아.

'나'란 사람이 만들어져서 이 세상에 태어나게 되었다니. 얼마나 많은 몇 천만 년의 세월을 보내면서 인간으로 태어날 수 있었던 존재가 '나'란 사람일까? 확실히는 잘 모르겠지만 아마도 수억 겁의 세월을 두고 어쩌면 단 한 번의 찬스에서 '나'라는 존재가 만들어졌을 것 같은 예감이 든다.

"나는 최고의 성공자로서 이 땅에 왔다."

존재감을 지닌 나는 아무튼 좋다. 최고의 행운아가 되었구나.

이 시대에 태어나는 것이 나의 숙명이며 수천, 수억만 대의 확률을 뚫고 성공한 인생이 '나야, 나. 천주를 대표한 '나'란 말이지. 난 성공자야. 이 세상에 태어났다는 것은 천운천복을 상속받았다는 것이다. 아이구, 좋아라.

만약에 나를 낙태하여 지워버렸더라면 나에게 이런 의식도 감각도 없는, 아니 어쩌면 아무것도 모르는… 그래 모르는 것조차도 알지 못하는 먼지보다 못한 존재가 될 수도 있었다는 것인데…. 생각해보니 끔찍하다. 그러니 나를 이렇게 인식하고 감정을 가질 수 있는 인간으로 만들어주신 부모님께 감사를 드려야 한다. 감사해요. 정말 정말 감사합니다.

부모님, 그러면 우리 아버지, 어머니는 누가 만들었단 말인가. 궁금하다.

아직 그것까지 생각하기에는 내 머리의 한계인 것 같아. 나중에 알게 되겠지. 알아야 할 것이 너무너무 많을 것 같아. 그게 공부라는 것인가. 공부안 해도, 배우지 않아도 알 것 같은 이것은 무슨 촉감.

"신고식은 해야지. 울까 웃을까."

지금은 신고식을 해야 할 텐데 웃어야 할까. 울어야 할까.

그래, 울자. 울어야 내게도 더 관심을…. 나는 울어야 한다. 이왕에 울바에야 힘차게 목이 터져라 크게 울어야 제격일 것 같아. 때로는 염려되어 슬프기도 하고 짜증 나기도 하며 기쁘기도 하겠지. 또 한편으로는 어둡고 비좁은 곳에 있다가 이 넓은 세상에 나오니 배우고 체험하니 좋기도할 텐데.

내가 울어야 내 배고픈 사정도 알아서 먹을 것도 주겠지. 아직은 능력이안 되니 부모님의 손길이 필요해요. 아버지 어머니 알았지요. 내가 운다는것은 배가 고프거나 뭔가 불편하다는 것이야. 알아들었지요. 우는 것이 지금 나의 할 일이야.

"합격자로 오니 반겨주시는구나."

아주 좋아 죽는 것 같으니 나도 좋아. 좋아.

봐요. 봐요. 웬 낯선 사람들이 날 바라보며 반기는 것 같아. 내가 보고싶었나 보다. 이렇게 나를 환영하니 아주 좋구나. 이 세상에서 나도 살 수있도록 허락이 된 거야. 나는 합격 된 것이지. 합격이란, 성공했다는 말이지. 육신의 모든 것을 다 정상적으로 완성되었다는 말이니 아이 좋아라.내 몸에 하자가 없다니. 휴, 천만다행이야. 이렇게 건강한 나로 태어났다는 것은 나는 행운아야. 나는 복 받은 팔자 좋은 사람이지.

"나는 정자일 때 달리기 선수였다."

그때는 수천억 개의 많은 정자가 일제히 달음박질을 하였지.

나란 존재가 만들어질 때 처음에는 정자였지. 이 정자는 어디에서 온 것
이야. 우주인 별에서, 달에서, 태양에서… 아니면 아빠 몸에서 자연 발생된
것이야. 정자인 나는 지금 여기에 있어. 죽을지 살지는 아직은 몰라. 달리
기 경쟁에서 일등 해야 산다네. 그래야 살 수가 있다는구먼. 일등. 오직 일
등뿐이라고 하는 것 같은데. 이등은 없다는구먼. 죽을 힘을 다해 사생결
단해야 살 것 같아서 죽어도 달리다가 죽어야 해. 힘껏 달려. 죽을 둥 살
둥 모르고 달려야 했었던 시절이었어. 달려라 인생아. 내 인생은 달리는 거
야…. 정자일 때 나는 달리기 선수였다.

그때는 내가 죽을힘으로 달리기 선수였는데 일등을 해서 성공했지. 나머
지는 문 안으로 들어오지 못하고 낙오했었지. 낙오했으니 그들은 아마도 죽
었을 것이니 영영 사그라져서 이 우주에서 흔적도 없어졌겠지…. 수천만 년
에 한 번 있었던 사생결단의 단 한 번의 경쟁에서 지면 낙오자가 되어 먼지
처럼 사라져버리는 것이다. 존재성이 없어지는 존재가 '정자'라는 우리들이
었어.

지금 생각해보니 무서우면서 천만다했이었다. 이런 행운아이며, 성공자
가 '나'야. 내가 수천억 개의 정자들의 경쟁에서 당당하게 이겨서 살았다는
것은 성공했다는 말이지. 달리기에 성공한 인생. 사생결단의 경쟁에서 나
는 일등을 한 사람이야. 이때는 이등은 필요 없었지. 오직 일등만이 살아
남는 것이 철칙이었지. 가끔가다가 일등이 두 명이나 세 명이 되는 경우도
있었던 것 같아….

"안타깝지만 운수 나쁜 존재였나."

또, 가끔은 운 좋게 일등을 해서 사람으로 만들어져가는 과정 중에 재수 없으면 미운털이 되어 만들어지면서 갈기갈기 찢겨 낙태로 없어지는 경우도 있다는데… 참으로 안타까운 일이지만 가끔은 그런 인생들 있다는데 그럴 때를 재수 없다고 하는 것이지. 얼마나 재수가 없으면 재수에 옴이 붙었다고….

세상에 얼마나 재수가 없으면 연기처럼 사그라져야 했을까? 만들었으면 잘 키우도록 하지, 낙태는 왜 해서 애먼 애들을 때려잡는 거야. 얼마나 많은 세월을 이 한때를 위해서 기다려 왔었는데, 낙태되어 영원히 소멸되어 없어진 그 인생은 참으로 복 없고, 재수 없는 인생이므로 먼지처럼 허무한 인생이 되어 참말로 불쌍한 존재들로 우주에서 버려져 버렸어…. 나는 그렇게 버려지지 않았으니 천만다행 운수대통 재수대통한 천운천복을 받은 자가 된 것이었어.

"이 땅은 이미 성공한 자들만 사는 세상이었다."

천운천복이라고 해야 하나. 천만다행인 인생이야.

끔찍한 일을 당하지 않고 이렇게 살았다는 것은 성공했다는 말이니 행운아 중의 행운아야. 이 세상에 태어나고 보니 성공한 많은 사람이 이미 살고 있었네. 나와 같이… 이 중에 나도 인간으로서 이 땅에서 살 수 있다는 인정을 받은 것이지. 비로소 인간으로 살 수 있는 자격자가 된 몸뚱어리를 가지고 합격했다는 것 같아. 나는 성공자이며, 출세자이며, 자격자가 되었어.

엄마 배 속인 물속에서 열 달 동안에 잘 준비를 한 내 몸뚱어리가 완성되었으니 문제가 없다는 것이었지.

정상이라고 하는 말은 성공했다는 말이지. 그런 말이니 이곳에 발붙일 수 있는 영광을 얻을 수 있었으니 천만다행이야. 최고의 행운아로서 일단 성공한 인생이야. 열 달 동안 참고 인내하고 수고한 보람이었었네. 육신이 사는 이곳에 살기 위해 열 달 동안 다 만들어졌다는 것은 성공했다는 말이니 내 몸뚱어리가 완성되었다는 것이다. 내가 합격자가 되어 성공한 인생이 되었단다.

"두 번째로 사는 이 땅 세계에서는 무엇으로 일등을 하나?"

여기서도 당연히 일등을 해야 하나 아니면 꼴찌라도 사람답게 살아야 하나? 육신으로 사는 두 번째인 이번의 생애에서는 또 무엇을 해야 일등으로 성공할 수 있을까? 무슨 일이 좋을까. 달리기 아니면 사업, 대통령 아니면 국회의원. 아니면 선생, 종교인, 농부, 어부. 아무튼, 어렵다. 그래도 최고는 대통령이라니 한번 도전해볼까?

두 번째 내 인생에서 성공해야 하는 일은 무슨 일일까? 밥통 같은 배 속에서는 내 의지가 아니고 선택된 것 같았는데 이번에 내 인생에서는 선택은 내가 할 일을 내가 해야 하는 것 같아. 태어나고 보니 어려운 짐이 내게 이렇게 무겁게 지워져있었구나. 중요한 것은 네 몸뚱어리 속에 있는 마음이야. 마음 위에 영인체라는 것이 있지. 그 영인체를 완성시키는 업무가 육신으로 사는 두 번째 삶이야. 두 번째 인생 목표는 영인체라는 무형실체를 완성시켜야 하는 것이 나의 두 번째 임무이며, 필수야. 그것을 못하면 다음번에 육신을 벗고 영계에 태어날 때는 낙태되는 인생처럼 낙오자가 되는 것이라니 끔찍하구먼.

엄마 배 속에서 낙태되어 우주에서 사그라지듯이 우주의 가장 최악인 지옥이라는 곳에서 살아야 하니 버려진 것이나 다름이 없다는 것이라니…. 정신 바짝 차리고 오직 영인체 완성을 위해 살아야 하는 것이 숙명이야. 내 속에 이미 존재하고 있다는 양심이 바로 그것이란다. 양심과 영인체라, 양심적으로 살면 자연히 영인체는 선한 영인체로 완성된다는 뜻이라고….

알았어. 이제는 그렇게 살아서 성공하도록 전력투구 사생결단으로 살아서 영인체로 완성된 완성자가 될 것이야.

왜, 나는 두 번째 인생도 성공해야 하는 천운천복을 상속받은 성공자이니까. 성공자만이 보상을 받는다는구먼. 삼생애인 무형실체세계에서 복 받은 삶을 살 수 있는 자격을 부여하기 때문이라고 하니. 그러려면 오직 참고 인내하며 양심적으로 살아야 한다. 양심인으로서 영인체를 성장 완성해야 한다. 두 번째 미션인 인생 문제도 성공할 수 있을 것 같아. 반드시 성공하는 것이 내 인생에서 선택이 아니라 필수며 숙명이었다.

"만물을 분별하며 새로운 것을 배운다."

눈앞에 왔다가 갔다가 하는 것이 뭣인지 보인다.

저게 뭐지? 이상한 물체도 있다. 그렇구나. 뭔지도 모르고 이 세상은 밝아서 좋은 것 같았는데, 아니 무엇인지 처음 보는 것이며 신기한 것뿐이다. 무언인지는 잘 몰라도 난생처음 보는 낯선 것들이 많이 보인다. 보여.

울 엄마, 아빠라는 사람도 거인인가? 아주 크다. 크게 보인다.

내 귀에 무슨 말인지는 모르지만 다양한 소리도 들렸다. 시간이 지나면서 자꾸만 듣다가 보니 알아듣는 말이 점차 많아지고, 나의 혀도 엄마, 아빠라는 소리와 여러 가지 단어를 말하는 능력까지 생겼다. 혹시 나는 권능자, 능력자일까? 참으로 신비한 존재가 인간이라는 '나'인가. 내가 천운천복 상속자인가? 이런 말을 하고 이런 생각이라는 것을 할 수 있는 존재.

그 이름은 인간인 사람이었다. 집 밖으로 나오니 더 밝은 세상에 보이는 것들이 많았다. 눈이 부시도록 밝은 것은 태양인 햇빛이라는 느낌의 햇살이 너무 좋다. 신비하고 신기해서 이것저것 물었다. 이건 뭐야, 저건 무엇이고?

보고 배울 것이 무진장이었다. 볼거리들이 널렸다. 처음으로 보는 이 아름다운 존재들을 다 무엇인가? 뭐, 자연이라고? 신께서 만들어놓은 종류별로, 색깔별로 아름다움을 지닌 피조세계라는 자연은 좋은 것 같네. 저 많은 만물을 언제 다 배울지는 모르는데 하여간 재미있는 세상살이가 될 것 같다. 배운다는 것이 재미있는 일이고, 아름다운 일이고, 신비하고 대단한 일인 것 같았다.

"육신의 한세상은 시간성의 제약이 있다."

나를 재우려고 애를 쓰는 것을 보면 밤과 낮이 번갈아 오는 것이었고, 밤이 되면 잠을 자야 한단다. 의식이 있는 것인지 없는 것인지…. 얼마나 지났을까. 정신이 들어 깨어나면 아침이란다. 매일 그런 일이 반복되었고, 나의 몸은 몰라보게 달라졌다. 하루하루라고 했는데 이러다가 나도 거인이 되는 것인가?

하루, 하루야, 빨리 가라. 뭐, 한 달도 있다구? 아니, 일 년도 있고 어매, 십 년도 있고 어짜라구. 백 년도 있어? 뭐라케샀노. 영원히 산다구? 영원히 살 수 있다니…. 어떻게 무엇으로 영원히 산다는 거야…. 참 어렵네, 어려워. 아 참! 아까 영인체라고 했었지. 영원히 사는 존재는 나의 마음이라는 양심 위에 붙어있는 존재인 영인체. 하루야, 한 달아, 암튼 빨리 가라. 나도 얼른 커보자.

우리 엄마, 아빠처럼 나도 빨리 거인이 되고 싶다.

"아이고, 어쩌면 좋아. 저 집에는 먹을 것도 없는데…."

벌써부터 원성이 들린다. "어떻게 키우려고 자식은 왜 또 낳나."라는 원망 같은 걱정하는 투의 말은 이런 말이지. 나를 왜 낳았느냐는 말 같은데. 이런, 이런 황당한 일이 있나…. 어려운 살림살이 더 어렵게 되겠다며 동네 사람들의 걱정하는 소리. 자식 욕심은 있다는 말은 자식 가지는 게 욕심인가? 욕심이 아니고 당연한 인륜과 천륜이 아니던가. 가난해도 자식이 있어야 집안이 살아날 텐데…. 인명은 재천이고 귀한 가치를 가진 생명인데, 하여간 답답하구먼…. 담 바깥으로 들리는 울음소리에 동네 사람들은 한마디씩 더 보탠다.

"맞어, 먹고 죽을래도 먹을 것도 없는데. 먹고 죽은 귀신은 때깔도 좋다는데 귀신은 고사하고 산 사람도 거미줄 치게 생겼는데…." 걱정도 팔자라더니….

"하이구, 땅 한 평이 있나, 가진 집따가리가 제대로 있나?"

"가진 것은 달랑 몸뚱어리밖에 없는데 자식은 웬 욕심이야."

먹을 것도 없는 아주 가난하고도 가난뱅이 집이라. 이런이런 내 팔자야. 부자는 아닐지라도 먹고는 살 수 있어야지.

나는 그런 것도 모르고 이 비좁은 밥통 같은 곳에서 열 달 동안 생고생을 하고 참아왔단 말이더냐. 비좁은 곳에서 답답한 한 생애를 살아왔는데 이제 햇빛을 볼 수 있는 세상에 나가면 자유롭고 행복할 것이라 생각하고 희망을 가졌는데….

기구한 운명이라더니. 아이고, 내 팔자야. 좋다가 말았네. 으앙. 으앙. 으앙. 난 몰라. 이것이 나에게 정해진 운명이요, 팔자라는 것이냐. 이런 것이 문제인데 왜 그런 것은 미리 가르쳐주지 않았는지. 가르쳐준들 내 맘대로 선택할 수도 없었을 것이다. 내가 선택한 것이 아니라 나는 선택되었을 뿐이었다.

"내 팔자가 우리 집안의 운명이요, 팔자인가."

이런, 하필이면 이게 내 팔잔가. 태어나는 것이 내 팔자인 줄 알았는데 가난뱅이 집안에 태어나는 것도 내 팔자라니. 어쩔 수 없는 팔자. 누구도 뒤집을 수도 없는 것이 팔자인 것 같은데…. 아니, 아니야. 뒤집어볼까? 뒤집어도 팔자야. 그렇다면 이게 숙명이란 말인가. 어떻게 운명을 바꿀까?

"네가 스스로 좋은 팔자로 바꿔가면 되는 것이지. 힘은 들겠지만…, 인생은 개척이야. 고단한 삶이지만 죽을 둥 살 둥 열심히 살아갈 수밖에는 없는 것. 앞만 보고 무조건 간다."

"꼭, 그래야 해."

"되겠지. 바꿔봐. 넌 할 수 있을 것 같은데…."

"좋아, 희망을 주니 좋기는 하구먼요. 더 주세요. 희망을…."

이 나이에 인생 고민을 해야 하는 팔자라니….

"몸은 먹어야 하는 팔자."

그런데 우리 엄마는 한쪽은 구슬 젖이다.

아무리 빨아도 나의 식량인 젖이 안 나와. 그래도 한쪽만으로도 배가 불러, 한쪽만 먹어도 배부르니 난 행복해. 내게도 사랑이 내게도 먹을 것을 제공해주는 우리 엄마. 고마워요. 감사합니다. 아니, 내가 이런 생각을 할 줄도 알아. 대단해. 난 대단한 사람인 것 같아. 이다음에 크면 효도할게요. 아 참, 웃는 것도 할 수 있고, 좀 있으면 웃어줄게. 웃으면 매력이 있으려나. 이히히히힛. 지금은 난 아직 어려서 할 수 있는 게 먹는 것하고 싸는 것밖에는 난 할 줄 몰라. 응아, 응아, 응아, 빨리 좀. 아이 밑이 찝찝해. 뭉커덩거리는 것이 영 찝찝해. 빨리 내 똥 치워줘. 오줌은 왜 이리 독해. 살이 간지러워. 빨리 치워줘요. 응아, 응아, 응아. 더 크게 울어야지.

그래야 빨리 치워주겠지. 응아, 응아, 응아. 앵앵앵. 매일 하얀 물만 먹었는데 오늘은 이게 뭐야? 좀 딱딱한 것 같아. 이젠 나도 씹어 먹을 때가 되어가나 보다.

"내 몸속에서 나오는 이빨."

내 입에 이가 난다고 했다. 이빨이 무엇인지….

우리 엄마의 젖을 먹을 때 나의 잇몸이 간지러워서 꽉 물었더니 "물지 말라."라며 엉덩이를 철썩 때리는데. "아야. 아파."라며. 그래도 젖은 계속 주던데…. 하여간 울 엄마는 좋은 분은 틀림없어. 그리고 잇몸을 들춰보더니 이가 난다고 그랬어. 그래서 내 입에서 이빨이라는 것이 자란다는 것을 알았지. 암튼 내 몸은 신비해. '이'라는 것이 어디에 있다가 나오는 것이냐. 설마 내 몸 속에 숨어있다가 나오는 것일까?

몰라. 몰라. 난 모르겠어. 이빨이 입안을 가득 채우려나. 자꾸만 옆으로 번져가는구먼. 암튼 씹어 먹을 게 있으니 좋긴 하네. 물보다는 더 맛있는 것 같아. 이런이런. 내 몸이 자꾸만 커져가네. 신기하다. 자꾸만 커져라. 풍선같이. 이러다가 내가 거인 되는 것 아니야?

하긴 울 엄마, 아빠도 나보다는 엄청 큰 거인이던데…. 나도 저렇게 커진다는 거야? 아마도 그럴지도 모르겠어. 암튼 끔찍한 일들이 일어나고 있군. 내 몸에 덮는 것이 있는데, 옷이라고 하는구먼. 몸을 보호한다나 어쩐다나. 색깔이 바뀌니 좋을시고.

"재주를 부리는구먼."

이제는 엎어져서 기어 다니니 좋고 누워있을 때보다는 훨씬 좋다. 나의 동작이 바뀔 때마다 재주한다고 박수를 치고 칭찬이 자자하네. 기분이 좋아져. 이제는 일어서고 싶은데, 잡고 일어서 볼까? 몇 번이고 주저앉았다가 이제야 겨우 서게 되네. 다리도 후들거리고 엉덩방아는 몇 번이나 찧었나. 아파죽겠네. 크는 것도 시련인가. 투쟁인가. 삶의 과정인가. 기뻐해야 할까. 슬퍼해야 할까. 몰라, 아직은 뭘 모르겠어. 때가 되면 알게 되겠지. 우리 엄마, 아빠와 가족들은 아주 좋아들 해. 내 몸뚱어리가 커지려고 하나의 행동을 할 때마다 벼슬한다는구먼.

벼슬이 무엇인지는 몰라도 하나씩 더 잘하게 된다는 뜻인가? 그러면 이제는 걸어볼까. 내게도 걸을 수 있는 능력이 있다는 것이야. 엄마, 참 이상한 일이야. 나도 걷게 되네. 걸으니 누워있을 때보다는 기어 다닐 때가, 기어 다닐 때보다는 서서 걸어 다니니 마음대로 어디든지 갈 수 있어. 그럼 이제는 달려볼까? 아, 아. 된다. 달리네. 처음에는 좀 어지럽기는 해도 달리니 걷는 것보다는 훨씬 빠르네. 기분도 아주 좋고 좋아. 그런데 가슴이 답답해. 숨이 차.

그러면 내가 날 수도 있을까? 언제 날 수 있을까?

그래, 마음은 날고 싶다. 앞으로 남은 것은 날아다닐 일만 남았네. 지금의 나의 육체로는 못 날지만 마음이, 영인체라는 것이 날아다닐 수 있다니…. 기고 걷고 달리고 날고, 말이 된다. 난생 처음으로 겪어보는 재미있는 세상이다. 이런 신비한 세상이 있었다니 아이 좋아라. 정말 좋아.

"세상 구경 잘하니 아주 좋아요. 지화자, 좋구나."

누가 이런 재미난 세상을 만들어 놨을까. 신님이실까?

배울 게 많고, 해볼 것이 많을 것 같은 이 세상에 잘 태어난 것 같아. 좋아. 좋아. 이 좋은 세상에 오게 된 것은 행운 중에 다행이야. 태어나는 것은 나의 선택은 아니지만 탁월한 선택을 하게 해주신 것 같아 감사합니다. 매일 나도 모르게 정신없이 내 육신이 달라지고 있어. 이게 병인가 아니면 정상인가? 성장 과정이라는 것인가? 발육.

암튼 매일 변하는 내 모습에 나도 모르겠어. 좋아해야 하는 것인지, 걱정을 해야 하는 것인지…. 나는 잘 모르겠어. 일단은 좋아하자. 신기하잖아. 신기한 볼거리가 많아. 들을 것도 많고 재미난 세상에 태어나게 해줘서 감사합니다.

"말을 한다. 어머나, 말문이 트였어."

수없이 들었던 단어는 엄마, 아빠라는 말이었다. 들었으니 이제 내가 흉내라도 내어볼까? 이제는 불러봐도 되겠지. 불러본다. "엄마, 아빠." 불러보니 그렇게들 좋아서 자꾸만 시키는구먼. 해보라고. 까짓거 불러보는데 돈 드는 것도 아닌 공짜이니 자꾸만 불러본다. 엄마, 아빠. 아빠, 엄마.

허허, 우리 엄마 아빠가 좋아 죽네. 엄마, 아빠라는 소리에 모두들 기뻐하며 난리다. 이모, 삼촌…. 와, 신기하네. 시키는 대로 하니 된다. 돼. 이런 신비한 인생살이와 경주 같은 팔자타령으로 도전에 도전을 해야만 하는 인생살이 재밌다.

"큰 상을 주신다니 어떤 상일까?"

하여간에 만들어주신 분이 아주 큰 상까지 주신다니 잘해보는 것이 숙명일까? 주어진 삶에서 성공해야 한다. 우리 인생은 서로가 선의의 경쟁자이니 힘을 내어 영생하는 최고의 상을 받기 위해서는 반드시 성공자가 되어야 고생한 보상을 받는다는 것이야. 최고의 보상을 받는다니… 그 최고이며, 제일인 보상은 뭘까? 뭐로 보상해주신다는 거여.

첫 번째 임무는 정자 때에 달리기로 일등 해야 한다네.

정자일 때 달리기로 등수를 매기니 죽기 살기로 달려서 일등을 했고, 엄마 배 속에서 사람으로 완성되기까지 열 달 동안에 잘 참고 견뎌냈다. 태어나기까지 엄청난 도전이지만 육신이 정상적으로 다 만들어졌으니 일차 임무는 완성하였으므로 성공했다. 나는 성공자야. 성공한 사람이라구. 성공한 인생이지. 태어나서 두 번째 임무를 달성해야 한다. 두 번째 임무는 뭐지?

두 번째 임무는 육신으로 살면서 영인체를 완성하는 것.

많은 어려움과 죽을 고비로 사생결단해야 성공할 수 있다는 구면. 육신은 내 맘대로 먹고 마시며 살 수는 있지만, 육신 안에 양심을 중심으로 한 영인체가 존재하고 있는데 그 영인체가 정상적으로 완성되기 위해서 육신은 필요한 '체'라는 것이다. 영인체는 육신을 터로 하여 성장·완성되기 때문이다.

그러니 영인체 완성을 위해 육신은 전심전력으로 사생결단 최선을 다하면 두 번째 삶인 육신의 삶은 성공했다는 것이다. 세 번째 세상의 임무 완성은 두 번째 세상인 육신이 있을 때 영인체를 완성해야 한다는 것이야.

세 번째 임무는 죽으면 영원한 세상에 합격해야 한다네.

영원히 살려면 반드시 영인체를 성장시켜서 완성해야만 한단다. 완성된 사람이 되기 위해서는 영육으로 완전해야 한다. 완성된 영인체는 세 번째 임무를 성공한 것이니 성공자는 최상의 대가를 받을 것이고, 최고의 대가는 영원히 사는 복을 허락받는 것이니 한번 해볼 만하잖아. 영인체는 성장하기 때문에 두 번째 삶이 아주 중요한 것은 세 번째 삶을 결정하는데 엄청난 영향력을 미치게 된다. 육신이 있을 때 잘해야 하지 만물이나 탐하며 축내지 말고 영인체 성장에 전심전력해야 그 수확의 열매가 이곳에서 보상을 받는 것이다.

엄청난 보상은 애천권이라는 천국에서 영생을 보장받는 것이라니 당연히 그래야 하겠지. 천만다행으로 여기에서도 합격해야지. 나는 반드시 합격할 거야. 이게 나의 임무이며 의무이고, 필연이며 숙명이라는 사실이다. 나는 성공자야. 운명아, 길을 비켜라. 성공자인 내가 또 성공하러 간다.

"인간은 무얼 하려고 태어났을까?"

누구 덕에 나는 살아있는 것일까?

내가 누구인지도 어떤 존재인지도 잘 모른다. 태어나서 세근머리가 들고부터 조금씩 알게 되었는데 태양계를 비롯한 이 우주도 내가 모르는 사이에 이미 존재하고 있었다. 피조만물은 만들어진 법칙대로 내가 나올 줄 알고 있었던 것 같았다. 이 세상에 태어나고 보니 이미 나의 아버지, 어머니도 계셨다. 이 땅에 나는 왜 태어났을까? 우주를 대표한 존재로 육신이 성장하면 영인체를 완성하기 위해서는 반드시 몸으로 태어나야 하기 때문이었단다. 영인체 완성은 필수.

슬픔의 눈물은 살아가는 데 약발

"가난한 오막살이 집 한 채."

내가 태어난 이 집은 왜 하필이면 오막살이냐.

좀 더 큰 부잣집에 태어나지. 내가 보기에는 엄청 커 보이는데 더 큰 집들이 있다는 거야. 아들이 좋은 이유는 가문의 대를 이어야 하니까. 아들딸 구별 말고 많이 낳아서 잘 기르자고 하지만 잘 안 되는 것이다. 가난은 인격까지도 문제로 만들 수 있다는 것이다. 먹고는 살 수 있어야지.

그래도 양심을 팔아서 목구멍에 풀칠을 할 수는 없는 것이다. 혹독한 가난도 네 인격과 양심을 훼손할 수는 없는 것이야. 너는 양심을 지니고 있기 때문에 신적인 존재이며, 양심은 신이다. 때로는 굶을지라도 양심적으로 살 수 있는 네 집안과 너희 식구들이 더 부러울 뿐이야. 양심 하나만 제대로 지키고 살면 인생 공부는 끝난 것이니 양심보다도 더 큰 재산은 없는 것이다.

"저 어린 녀석이 제 아버지 죽은 줄이나 알까."

죽었다는 말이 무슨 말이냐. 영영 이별이라는 것 같아서 서럽고 서럽다. 우리 아버지가 살았나, 죽었나? 아무런 반응이 없으니 사람들이 죽었다고 하는 것이지. 움직이지도 못하고 방 한쪽에 발을 쳐놓고 그 뒤에 아버지는 말없이 누워서 눈도 뜨지 않았고, 움직이지도 않았다. "아버지, 일어나봐요. 왜 잠만 자요? 아빠가 죽었나?" 내가 봐도 움직이지 않으니 이게 죽음인가?

죽음이 무엇인지 나는 모르겠다.

아버지가 아무 말도 못 하고 꼼짝도 하지 않은 상태로 지낸 지 오늘이 삼 일째다. "언제 깨어나는 거야. 울 아버지! 이제 그만 자고 일어나봐요." 시신이라고 하는 말을 들으니 아무래도 깨어나지는 못하는 것이 시체일까? 사람들은 분주히 왔다 갔다 하면서 때로는 통곡을 하는 사람들도 있었다.

오늘은 초상 치르는 날인데 동네 사람들은 한결같은 소리를 내게 하곤 했었다. "저 어린것이 제 아버지 죽은 줄을 알까?" 동정심 어린 걱정들일까…? 나는 모른다. 죽음이 무엇인지.

살아생전 아버지는 주로 윗목에 누워계셨고, 어머니는 따뜻한 국물이라도 드리기 위해 바닷가에서 홍합을 따다가 국을 끓여드렸다. 아버지는 그 국물도 넘어가지 않는지 몇 모금 마시고 그대로 물렀다. 나는 세근머리 없이 그 홍합을 까 먹기도 했다. 아빠는 이 맛있는 합자인 홍합을 왜 안 먹지? 안 먹는 것인지, 못 먹는 것인지 왜 안 넘어간다는 것이야.

무슨 이유 때문에 못 먹는 것이야. 맘대로 먹어야 건강하지….

어린 나로서는 이해 불가였는데 아빠는 나 보기가 역겨워서 가시지는 않았겠지만, 그 이후로는 만날 수 없었다. 아빠의 정이 사랑이 그리울 것 같은데 추억거리가 있어야 그립기도 할 텐데 나에겐 왜 이런 것도 허락이 안 된다는 거야? 이렇게 살아야 하는 것이 나의 팔자인가?

내가 태어남으로 아버지의 목숨이 짧아진 것인가. 그런 이유는 아니겠지만, 암튼 나는 잘 모른다. 팔자가 숙명인지 운명인지…. 인명은 하늘에 달렸다는데 내게는 선택권이 없었다. 오직 살아내야만 하는 의무만 주어진 것 같았다.

"꽃상여는 산으로 산으로 올라갔다."

바다처럼 산에도 무수한 생명들이 살다가 기능이 다하면 흙과 산해되어 또 다른 만물의 거름이 되는 곳이 산이다. 가난한 집안이라서 우리 소유의 산은 없었으니 공동묘지라는 곳밖에는 아버지가 들어갈 곳이 없었다. 죽은 사람인 시신들이 집결한 공공묘지. 제2의 보금자리인 공동묘지 한쪽에 상여는 산길을 오르고 오르는데, 앞에는 나무와 풀을 헤치고 길도 아닌 길을 내면서 올라가니 얼마나 힘들고 어려웠던 상엿길이었던가. 상여꾼들의 소리가 커지는 것을 보니 험한 길을 올라가는 상여는 힘이 드는 것 같았다.

꽃으로 장식된 상여의 네 귀퉁이에서 길게 늘어진 여러 개의 꽃대가 하늘하늘거리며 춤을 추었다. 꽹과리를 치며 앞소리 꾼이 소리를 하면 따라서 상여꾼들은 "어허름차 어허름."이라고 했다. "이제 가면 언제 오나. 어허름차 어허름. 낮도 없고 밤도 없는 세상에 어허름차 어허름…." 상여는 힘들어하면서도 산신령님께 보고라도 하는 듯이 요란하게 떠들며 장지에 도착했다.

"공동묘지 한쪽에 아버지는 영면하셨다."

공동묘지 한 귀퉁이에 땅을 파고 관을 내려놓고 식을 치르었다. 관이 보이질 않을 정도로 흙은 어느새 봉분으로 변하여 묘지 하나가 만들어졌다. 누구 묘인가 알아볼 수 있는 비석 하나 없다. '암튼 우리 아버지를 잘 부탁합니다. 여기 먼저 온 귀신들도 많이 있을 텐데 먼저 자리 잡은 선배 영들이시여, 텃세는 하지 마시고 우리 아버지와 같이 잘 살았으면 좋겠습니다. 자식으로서의 바람입니다.' 흙을 쌓아서 봉분을 만드니 무덤이 되었다.

무덤을 정리하고 꽃상여는 불태워졌고, 아버지를 땅속에 흙으로 묻어버렸다. 슬픔을 억누르면서 하직인사를 하고 유족들도 그곳을 떠나 집으로 왔다. 공동묘지도 포화상태가 되어서 귀퉁이 한 자리밖에 없었다. 그 자리도 겨우 잡았단다. 아버지, 미안합니다. 이렇게밖에는 할 수가 없었습니다. 남들은 개인 장지에 넓은 터를 마련하여 봉분을 만들고, 비석까지 세우고, 상석도 만들어 놓는데 그렇게 하지 못하여 미안합니다.

집도, 무덤도, 농지도 없는 가난한 사람들은 비좁게 살아야 하는 것이 팔자인가 보다. 가난하고 불쌍한 사람들의 삶. 사람 팔자 시간 문제라고 했었던가. 가족의 일원에서 아버지는 보이지 않는 것이 슬펐다. 왠지 모르게 눈물이 자꾸만 흘러내렸다. 우리 아버지가 불쌍하게 보였다. 저 무덤이 더 처량하게 느껴졌다. 어쩔 수 없는 나의 한계.

그렇게 아버지는 공동묘지 한쪽에 자리를 잡았고, 우리들은 명절 때나 성묘 때에 아버지를 뵈러 산소인 공동묘지에 드나들었다. 우리가 찾아온들 흙으로 산해되어 가는 아버지의 시신이, 아니 무덤이 우리가 온 줄을 알기나 할까? 엊그제 살아있던 사람이 봉분하나 뿐이라니…. 영인체는 멀리멀리 떠나가서 유영을 할 텐데…. 인생은 한 줌의 흙으로 돌아가는 것이 법이니 아버지는 이미 돌아가 버리셨다. 그게 사람이 사는 법이란다.

태어나고 죽는 것이 법이란다. 사는 법도 잘 모르는데 죽는 법을 어떻게 알아? 태어나고 살다가 죽는 법을 알아야 비로소 만물의 영장이 된다고 했었나. 누구나 치러야 하는 통과제의였나?

산모인 엄마 배는 볼록 올라왔다.

아버지가 영원히 있을 무덤의 모습과 똑같아 보인다. 신기한 발견이다. 자식은 어머니 배 속에서 열 달을 지내면서 모든 육신의 기관이 다 만들어지는 신비한 물속세계. 태어나서 평생을 살다가 육신의 기능이 다되어 시신이 되면 산이라는 제2의 엄마 배 속 같은 곳이 무덤이다. 그러니 모양은 똑같아 보인다. 이게 무슨 의미일까? 산모의 배와 무덤…. 산 것과 죽은 것…. 신께서는 이런 생사의 인생길로 피조물을 만드셨다니 탁월한 능력을 가지신 무형실체의 주인이심에는 틀림이 없는 것이었다. 육신은 여기 땅에서 영면하시지만, 영인체는 무형실체로서 영원히 존재하시며 영생하게 된다니 기막힌 하나님의 심정과 신성으로 피조세계를 창조하신 것 같아서 감사드리고 감축드리옵나이다. 이런 기기묘묘하고 신비한 세상을 만들어주셨으니 감탄하지 않을 수 없사옵나이다. 순천자가 되겠나이다. 위대하시고 거룩하신 하늘 부모님 경외드리옵고, 감사드리옵나이다. 나를 만들어주신 주인이신 하늘 부모님. 우리 아버지 잘 부탁드립니다. 좋은 영적 삶이 될 수 있도록 살펴주시옵소서.

"네 아버지는 콩 팔러 갔으며, 너는 다리 밑에서 주워 왔다."

누가 물으면 아빠는 멀리 돈 벌러 갔다고 하라.

올 때는 콩을 사 가지고 올런지…. 돈을 벌어 가지고 올런지.

하여간 콩 팔러 갔단다. 동네 사람들의 깊은 속내의 말씀인지, 바람인지 지혜로운 달램인지 모른다. 어른들은 참으로 지혜로운 말들을 했다. "콩 팔러 갔다."라는 그 말을 왜 하지? 차라리 죽었다고 하던지, 돌아가셨다고 하지. 왜 콩 팔러 갔다고 했을까…. 언젠가 다시 돌아온다는 뜻인가? 아마도 그런 염원을 가지고 언젠가는 만날 수 있다는 막연한 믿음으로 믿는 미지 세계로의 상상인가. 아니면 상상을 넘어 사실일까?

이웃집에 아주머니는 아들 하나만 있었는데, 태풍이 불 때 선착장에서 배가 잘 묶여있는지 확인하려고 갔다가 봉변을 당하였다. 그 어머니는 얼마나 슬펐을까? 우리 집에 마실 오면 "아이고, 내 새끼."라며 엉덩이를 살래살래 척척 아프지 않게 때려가며 능청스럽게 "너는 팔포다리 밑에서 주워왔다."라고 말했다. 자식처럼 대리만족이라도 느끼는 것일까? 처음에 그 소리를 들을 때는 황당했었다. 팔포다리…. 어디에 있나? 아, 삼치(삼천포)라는 곳에 있단다.

나는 아버지, 어머니가 없는 고아란 말인가?

재미로 말한 그 말도 자꾸 듣다 보니 이골이 생겼고, 세월이 지난 뒤에 보니 그 말이 지혜로운 어른들의 말씀이었다. 아이들에게는 농담으로 던지는 말이지만, 지혜로운 뜻을 지니고 있었다. 다리 밑에서 주워 왔다는 말이 맞았다. 아이들은 잘 모른다. 무슨 말인지. 이 말을 이해한다는 것은 어른이 되었다는 것이다. 누구나 다 겪어야 할 일이며, 다리 밑에서 오는 것이 맞았다.

"먹고살기도 힘든데 남편 없이 어떻게 사나…?"

선하고 양심적이신 우리 엄마의 눈에는 눈물로 한세월.

우리 엄마의 팔자. 슬픔이 무엇인지도 모르는 어린 나의 가슴도 이렇게 젖어오는데…. 나도 입이 짧아서 가리는 음식이 많았던 것 같았다. 안 가려 먹어도 먹을 것도 없는데, 무엇을 가려먹는단 말인지. 내가 생각해도 어이가 없었다.

"아이고 아버지, 어쩌면 그렇게도 정도 들기 전에 떠나버리시니 얼굴도 모르겠소. 애비 없는 이내 신세가 되어버렸소. 나의 아버지여." 누구에게 하소연이라도 하고, 원망이라도 해보나.

누구 탓이야. 내 탓, 엄마 탓 아니면 아버지 탓, 조상 탓, 하늘 탓. 세상에 무슨 일이 이런 일이 있나? 알 수 없으니 그냥 팔자 탓이나 하자. 이게 내 팔자.

"원자폭탄이다. 한국으로 돌아가자."

아버지는 어머니와 결혼을 하고 외국으로 떠나셨다.

한국보다는 일본이 좀 더 잘사니 거기 가면 돈 벌기가 쉬워지고, 좀 더 안락한 생활을 할 수 있으려나? 두 분은 일본으로 건너가서 아버지는 목수 일을 하시고, 어머니는 공장에 다니셨단다. 이국만리 멀리 낯설고 물설은 남의 나라에서 말 다르고, 문화가 다르고, 음식도 다른 남의 나라에서 정착하고 산다는 것은 참으로 어려운 일 중 하나일 것이다.

'나' 위로 살아있는 사람 중에 형님이 두 분이고, 누나가 한 분이다. 두 형님은 일본에서 태어났고, 누나와 나는 한국에서 태어나게 되었다. 일본 히로시마 원자폭탄이 떨어질 때 다시 맨손으로 한국으로 나왔단다. 다시 한국에 돌아오다 보니 아버지는 어머니 친정인 외갓집 동네로 들어갔다. 왜 외갓집으로 갔는지는 나는 잘 모른다.

어머니는 아들 둘과 딸 다섯인 가정에 위로 오빠 둘이고, 그다음 첫 번째 큰딸로 태어났다. 외갓집은 동네에서는 부자로 살았다. 하지만 출가외인이 친정으로 돌아왔지만, 외갓집에서도 답답했을 것 같다. 아버지는 남의 아궁이에 불 때고 남은 재를 모아두었던 곳인 잿구덕을 한 칸 빌려서 거기서부터 살기 시작하다가 외갓집에서 땅 사오십여 평 정도를 주어서 거기다가 방 하나, 부엌 하나 넣고 살았다. 나와 누나는 이 집에서 태어난 것 같았다. 그러다가 아버지는 돌아가셨고, 이제 장례까지 치렀지마는 나에게 아버지란 까마득한 기억뿐이었다. 아버지 사랑이라고는 잘 모른다.

알아 가는 것과 어린 시절의 즐거움

"공부하러 간다. 동네에 있는 초등학교에."

이제는 새로운 인생의 길로 들어서는 것 같았다.

배운다는 것이 기약도 없는 고난의 인생길이냐 희망길이냐…. 가는 세월은 아무런 소리도 없고, 말도 없었다. 그냥 흘러가는 냇물처럼 요란한 소리를 내고 지나가나 아니면 조용히 가나. 하여간 세월은 가는 것인지 오는 것인지 모르겠다. 시공을 초월 못 하는 존재가 인간인데….

인간 세상에는 조금만 온도 차이가 있어도 난리법석이다. 바다에 물고기는 1도의 온도 차이에 아주 민감하다는데, 사람은 1도 차이는 아무것도 아닌데도 난리들인가. 세월 따라 나도 가고 너도 가고 우리 모두 간다.

비좁은 곳에서 넓은 천지에 햇빛을 본 지 벌써 여덟 해가 되었다. 학교에 간다며 초등학교에 입학한다고 엄마 손잡고 쫄래쫄래 따라갔다. 국민학교는 서쪽 바다를 바라보고 앉은 서향 건물이었다. 나무로 지은 집이었고, 외벽도 판자로 둘러싸여있었는데 널빤지에 검은 골타르 칠을 했단다. 왼쪽 가슴에 커다란 손수건 달고, 이름표 하나 달고 학교가 무엇인지도, 어떤 곳인지도 모르고 운동장에서부터 시작하여 교실로 그렇게 배움은 시작되려나 보다.

교실은 세 칸인가 네 칸이 있었던 것 같았다. 저학년은 오전 수업을 한 것 같았는데, 세 동네 아이들이 모여서 공부하는 학교였다. 교무실과 서무실이 같이 있을 정도인 시골의 작은 학교. 그때 우리 학교는 나무로 지은 집이므로 교실이나 복도 바닥은 청소 당번들이 초칠을 하여 반들반들하지만 미끄러워서 조심조심 발뒤꿈치를 들고 다녀야 했다.

"오늘은 우유 배급받는 날."

때로는 점심때가 되면 끓인 우유를 한 그릇씩 받는다.

학수고대하면서 기다렸던 오늘이 그날이다. 나라가 가난하니 미국에서 원조를 주었단다. 가끔씩은 초콜릿이라는 과자 한 조각 받을 때도 있었는데, 정말로 달콤하고 맛이 있었다. 그것이 왜 그렇게 맛있는지. 더 먹고 싶어도 먹을 수 없는 세상이다. 배고픔을 달고 살았던 우리들이 살아야 했던 세상.

방과 후에도 분유를 배급받기 위해 줄을 서서 기다리다 애들이 새치기를 하고 싸움질도 하던, 비루했던 어린 시절. 그땐 왜 그렇게도 가난에 찌들었던 이 나라 이 민족이었을까? 그 와중에 우리 집은 더더욱 가난했었다.

배부르게 먹어본 적이 별로 없었던 것 같았다. 나라님도 가난은 구제하기가 어렵단다. 가난. 있는 것과 없는 것의 차이. 설움 중에 배고픈 설움이 가장 크다는데. 가진 것이 없는 설움이 제일 클 것 같다. 언제 배부르게 먹고 살아볼까?

"운동회 때마다 하기 싫었던 텀블링."

매년 한 번씩 주로 가을에 운동회를 한다.

운동회 때가 되면 운동장은 만국기로 하늘이 보이지 않을 정도로 줄을 쳐놓았는데, 가을바람이 살랑살랑 불면 나부끼는 만국기는 보기에 좋다. 이런 맛에 시골 운동회는 재미있으며, 사람 구경이고 아이들 재롱 구경이다. 바쁜 운동회날이다. 세 동네 사람들의 즐거운 운동회날이 기다려진다.

운동회 연습 때 텀블링이라는 연습을 거의 매일 하다시피 했다. 한 사람의 어깨 위에 한 사람이 올라서는 것이었는데, 나는 체격이 작은 편이라서 항상 남의 어깨 위에 올라섰고, 심지어 삼 층 탑을 쌓을 때도 맨 위쪽이거나 2층에서는 경우가 많았다. 한 사람의 어깨 위로 올라갈 때가 제일 힘들었고 무서워서 항상 바들바들 떨어가면서 연습을 하고 운동회에 임하였다.

운동회 때에 많은 상품이 본부석 앞에서 아이들의 시선을 끌었다. 이번에는 탈 수 있으려나? 타고 싶은데…. 그러나 번번이 등수 안에 들어가지 못하여서 공책 한 권, 연필 한 자루 상을 받지 못하였다. 어쩌다가 단체 응원상이나 우리 팀이 이겼을 때 한두 번씩 받아본 적은 있었으나 스스로 삼 등 안에 들어서 상품을 받아본 것은 별로 없었던 것 같았다. 소풍 가서 보물 찾기 할 때도 다른 애들은 잘도 찾는데 나에게는 그런 행운도 없었다. 상복이라고들 하는데 상복이 없는 것일까? 세 동네 잔칫날이 바로 운동회 하는 날. 기다려지곤 하는 운동회.

"그늘이 되어주는 느티나무."

여름이면 아주 시원한 그늘을 제공해 주는 나무가 있었다.

운동장 가장자리에는 커다란 방울이 달리는 느티나무가 몇 그루 있었는데, 사람들은 '방울나무'라고 불렀다. 마을 사람들이 더운 한낮이면 그늘이 좋은 이곳에 와서 즐기기도 하였다. 그물을 가지고 와서 손질을 하는데 그물을 펼치고 깁는 데는 아주 시원하고 일하기 좋은 곳이었다. 프라타스라는 방울나무는 좋은 쉼터를 제공해 주었는데 가끔은 방울이 머리에 어깨에 툭 떨어지는 일도 있었다. 나무가 잘 성장하는 나무인지는 잘 모른다.

여름이면 좋은 그늘을 제공해 주었으므로 인기가 최고였던 우리 학교의 방울나무. 그 옆에는 빙글빙글 돌아가는 회전 그네가 있었는데 좀 무섭기도 했다. 삐걱삐걱거리면서 돌아가는데 잘 돌아갔다. 어떤 아이들은 그걸 잡고 있다가 놓쳐서 떨어지는 아이들도 있었다. 혹시 다칠까 봐 회전 그네 밑에는 모래를 잔뜩 깔아놔서 다행이었다.

"신작로 길가에 한들한들 피어있는 코스모스."

학교 가는 길 양옆에는 낭만적인 풍경이 있었다.

하늘은 푸르고 높아서 새들도 날고 싶을 것 같고, 바다는 싱그럽게 햇빛을 받아 유리판처럼 반짝거렸다. 들판은 작물들이 추수를 기다리는 듯 잘 영글어가고 있었다. 가을이면 높고 푸른 하늘을 배경 삼아 기다랗고 가냘픈 재래종 코스모스는 가을바람에 한들거리며 예쁜 자태를 유감없이 뽐낸다.

하늘거리는 코스모스는 우리들의 마음을 심란하게도 하고, 감상에 젖게도 한다. 어쩌면 이렇게도 아름다움을 우리들에게 주는 것이야. 가냘픈 네가 애처롭기도 하고, 예쁘기도 하다. 꽃을 피워주는 청순한 네 모습이 이유 없이 좋을 뿐이다. 나를 위해서 이렇게 예쁘게 피어준 것이냐. 하늘거리는 네가 맑고 순수해 보여서 예쁜 네가 난 좋다.

코스모스 한들한들 바람에 춤을 추는데 잠자리 한 마리가 앉으려고 이리저리 기회를 엿보고 있었다. 꽃구경하는 것일지도 몰라. 드디어 꽃잎에 앉은 고추잠자리. 너의 꽁지를 잡아도 날아가지 않고 잡혀주는 것이냐. 날아가면 아쉬움이 남겠지만, 내 손이 그리웠더냐…. 이 가을의 코스모스는 항상 우리들을 반기고 있었다. 어제나 오늘이나 언제까지라도….

"면장님 오토바이."

신작로라는 포장되지 않은 돌들이 많은 흙길이 학교 밑으로 쭉 동네까지 이어져 있었다. 어느 날인가 신작로 길을 따라 우리들이 집으로 가는데 우리 앞을 휙 앞질러가던 오토바이가 있었다. 그런데 조그마한 돌멩이에 걸려서 오토바이는 그대로 쓰러졌다. 넘어진 오토바이는 헛바퀴만 돌았다. 쓰러진 분은 다시 일어나서 오토바이를 일으키며 "아이고. 이런." 신음하듯이 한마디 남기고는 부릉부릉거리며 아이들 보기가 부끄러웠던지 동네로 쏜살같이 사라졌다.

고장은 아닌가 보다. 그분은 알고 보니 면장님이었다.

약간 풍풍하신 면장님이셨는데 우리들은 그 면장님의 넘어지는 장면을 보고 얼마나 웃었는지 눈물이 날 정도로 웃었다. 면장님이 넘어지다니…. 심심하면 애들은 오토바이를 타다가 넘어지는 면장님 이야기를 하곤 했었다. 그런 순진하고 착한 아이들이 사는 시골 동네가 좋다.

"장래 희망은 대통령."

너의 희망은 무엇이냐? 나의 장래 희망은 대통령.

초등학교에 다닐 때에 장래 희망을 적으라면 대통령이 되고 싶다는 희망자들이 몇몇 있었다. 아니, 대통령은 아무나 하나? 그런데 아무나 할 수 있는 것 같아. 누가 정해놓은 것도 아니고, 정해지는 것도 아닌 것 같았다.

선거 바람만 잘 타는 운이 있다면 가능할 수도 있겠다. 꿈을 꾼다. 대통령이 되는 꿈을….

"여봐라, 게 아무도 없느냐! 아무도 없어?"

아무런 대답이 없다. 누구 한 사람도 반응이 없다. 이게 무슨 일이고. 분명 메아리라도 들려와야 하는 것인데 아무런 반응도 없다. 야, 봐라…. 헛꿈일세. 감히 누가 나에게 이래라저래라 명령을 하는 것이야. 내가 명령을 해야지. 나는 그럴 수 있는 사람이며, 자격이 있어. 무슨 자격? 대통령이니 명령할 수 있는 자격이 있지.

"야, 인마. 헛꿈 꾸지 말고 정신 차려라."

일성에 깨어보니 꿈이었구나. 꿈이었어. 정말 좋다 말았네.

햐, 나도 대통령이 될 수 있다는 희망이 꿈이냐. 꿈이라도 꾸어보니 좋다. 아니, 누구는 타고나면서 이마에 대통령 팔자라고 쓰여있다는 말이냐? 나도 대통령 해볼래. 어차피 인생이란 개척해야 하는 것이란다. 인간으로 태어나서 대통령 한 번 못 해보고 죽는다면 그것도 억울할 것 같아. 버릴 수 없는 모순성을 가지고 태어났으며 양면성을 가진 존재가 아니더냐?

대통령이 되려면 현란하고 요상한 논리로 말을 잘해야 가능할 것 같다. 말을 잘하려면 웅변학원에 다녀야 하겠지. 아무리 좋은 생각을 가지고 있다고 하더라도 대중정치가 안 되면 갑 속에 든 칼 같은 것이란다. 정치는 바람 같은 것이니….

반장 선거…. 대통령 하고 싶으면 어릴 때 반장이라도 해보고 대통령이 되겠다는 꿈이라도 꿔라. 좋아, "에, 여러분 나는 지금 여러분들이 내가 무슨 말을 할 것인가를 생각하지요. 그럼 나는 여러분들의 귀와 마음에 심란한 말을 할 것입니다. 깜짝 놀라서 경기 들지 않도록 긴장하세요.

그 깜짝 놀랄 말이 무슨 말이냐? '나는 대통령이 될 것입니다.' 대통령이 되기 위해서, 아니지 실언을 했습니다. 반장이 될 것입니다. 반장이 되기 위해서 우선 여기 삼십팔 명의 친구, 동료들의 마음과 생각을 내가 빌리도록 할 것입니다. 어떻게 빌릴 것이냐? 여러분들이 좋아하는 떡볶이로 환심을 사볼까 해서 떡볶이 잔치를 한 달에 한 번씩은 할 예정입니다. 육 개월에 한 번씩은 여러분에게 필요한 학용품 일부는 지원을 할 것입니다.

여행은 일 년에 한 번씩 가면 좋을 것 같습니다.

여행은 유익한 것이며, 견문을 넓히고 새로운 것들을 경험해 봐야겠지요. 우리나라에도 좋은 곳이 많으니 가볼 곳이 많습니다. 어디가 좋을지는 다수결로 정할 것입니다. 조직 인선은 이렇게 할 것입니다. 백점 만점에 인성과 도덕성 30점, 리드로서의 통솔력 20점, 친화력 20점, 성적 20점, 기타 10점으로 평가합니다. 평소에 내가 여러분을 감찰하고 있다고 생각하세요. 여러분들이 평소에 도덕성은 어느 정도이며, 리더십은 어느 정도이고, 능력은 어느 정도인가를 학교생활을 하면서 눈여겨보겠다는 것입니다. 그렇다고 갑자기 잘 보이려고 하지 마세요.

마지막으로 여러분들의 개별적인 소원을 따로 메모지에 적어서 제게 언제라도 제출해 주시면 가급적 소원풀이가 되도록 해결해 드리겠습니다. 그럼 여러분들의 현명한 판단을 기다리겠습니다. 순간의 선택이 평생을 좌우하기도 합니다." 선거는 끝이 났고, 반장에 당당하게 합격했다.

당선 소감을 한마디 듣고 싶다고 해서 소감 한마디는….

"반장 선거에 출마해서 당당하게 반장에 당선되었습니다. 평가는 일 년 후에 해주시면 되겠습니다. 일을 잘하려면 제정이 있어야 합니다. 그런데 우리 반에 재정은 단 한 푼도 없습니다. 그래서 재정은 한 달에 여러분들이 오천 원씩 세금 같은 회비를 내면 됩니다. 아니, 회비가 아니라 반원으로서 의무이며, 책임이기도 합니다. 그 자금이 우리들을 행복하게 해줄 공약 이행 지원금이라고 하겠습니다. 우선 나부터 솔선수범하여 저는 지원 회비 오천 원에 찬조금 만 원을 내겠습니다.

여러분들도 오천 원씩 잘 내주시기를 바라겠습니다.

여유가 있는 친구들은 오천 원 이상 상한선은 없으니 형편이 좋은 친구들은 많이 납부해 주시기를 간절히 부탁드립니다. 우리 반원들의 행복을 위해서 잘 지원해 주시면 더더욱 고맙겠어요. 그렇게 해줄 것이지요? 재정부장으로는 합격점에든 두 번째 서열의 친구를 선정하겠습니다.

그래서 은행에서 통장 하나를 개설하여 우선 제가 보관하겠습니다. 지원금은 제출 기간은 지금 당장 내주시고, 없는 친구는 이번 주말까지 제게 제출해 주시면 고맙겠어요. 내지 않은 사람은 비인격적이요, 비협조자요, 반원의 자격이 없는 사람으로 간주하여 징계도 고려해 보겠습니다만, 사정이 안 되는 친구는 성의껏 하세요. 안 하는 것보다는 나으니까요. 그러니 모두가 기분 좋게 찬성하며 헌납해 주면 아주 좋겠습니다. 찬성하는 사람은 큰 소리로 대답해 주세요. 예, 그래야지." 와, 됐다 됐어…. 뭐, 이게 꿈이라고. 정말 꿈.

"내일은 휴교다."

학교 쉬는 날을 애들은 그렇게 좋아들 한다.

학교에 안 가는 것이 그렇게 좋으면 학교에 다니지 말지….

그러나 그런 맘들이 애들의 심리일까? 어느 날 선생님이 옆 동네에 가서 내일은 '휴교'라고 전달하고 오라고 했다. 이럴 때 전화가 있어야 하는데, 전화는 언제 들어오는 거야. 할 수 없이 나와 내 친구는 옆 동네에 갔다. 그때 해가 넘어가는 때여서 우리 둘은 후레쉬를 들고 옆 동네를 가야만 했었다. 산언저리를 넘어가는 동네인데 중간쯤에 몰팀벙이라는 자그마한 물이 고여있는 팀벙이 있었는데, 보기만 해도 으스스하고 무서워 보이는 팀벙이있었다.

"여기는 귀신이 잘 나오는 곳이야."

아이들은 항상 그곳을 지날 때마다 그런 말들을 했다. 그곳은 항상 으스스하고 소름 돋고 머리카락이 삐죽삐죽 올라오는 그런 곳이었다. 우리가 이 밤에 그곳을 지나게 되었으니 얼마나 무섭겠나? 발걸음이 잘 떨어지지 않았다. 친구와 나는 손을 꼭 붙잡고 빠른 걸음으로 옆 동네에 갔다. 돌부리에 걸려서 넘어질 뻔하면서도 빠르게 달리듯이 걸어갔다.

드디어 호롱불빛이 보인다. 동네에 다 온 것같아 보였다.

그 동네에서 공부도 제일 잘하고, 부잣집인 처우라는 친구 집을 찾아갔다. 그 집은 크고 마당도 넓어서 한눈에 봐도 부잣집같아 보였다. 그런데 아이들이 금방 몇 명이 모여들었고, 그들은 우리 둘을 보고 방 안에 가만히 있으란다. 그들은 후레쉬를 들고 밖에서 손가락으로 여러 가지 동물들 모양을 만들기도 하고 춤도 추면서 그림자가 방문에 비치도록 하였다. 우리에게 볼거리를 제공해 주었는데, 재미있었다. 우리들의 무서움과 긴장감이 금방 사라졌다.

"내일 학교에 안 와도 된다고 선생님이 말씀하셨어."

"와, 좋아라. 학교에 안 간다니 좋다." 아이들은 환호성을 질렀다. 우리는 아이들에게 선생님의 전달사항을 알려주고 다시 그 무서운 곳을 지나서 돌아와야 했었다. 귀신. 무서운 존재일까?

"부자로 살게 해주는 발이라는 죽방렴."

친구 집은 이 동네에서 제일 잘사는 것같아 보인다.

부모를 잘 만나면 흔히 금수저라는 팔자 좋은 사람으로 결정된다는 것이었다. 동네 앞바다에 발이라는 것을 만들었다. 바다에 나무를 박아서 자연 수렵을 하는데, 입구는 넓고 안으로 들어갈수록 좁아지며 마지막 끝에는 둥그렇게 해서 고기가 물살 따라 들어오면 밖으로 나갈 수 없는 구조로 되어 있게 죽방렴이다. 그것을 운영하다 보니 친구 집은 부자로 살았다.

주로 멸치가 들어오고, 나머지 잡어는 반찬 해 먹는다.

죽방렴의 생선은 스트레스를 덜 받아서 고기의 육질이 더 좋단다. 부자로 사는 걸 보면 그의 아버지의 죽방멸치 사업이 잘되는 것 같았다. 처우 친구의 필통은 언제나 새 연필로 가득 차있었다. 그는 부잣집 아들처럼 보였고, 그렇게 행동하며 다녔다. 그가 학교에 오면 아이들은 그저 좋아라 하며 대환영이었다.

그의 필통에는 항상 새 연필이 가득했으며, 아이들은 그 연필 한 자루 얻으려고 쉬는 시간만 되면 그 아이 옆에 장사진이었다. 그는 연필을 길게 깎아가지고 나누어 주기 때문이다. 그렇게 하는 것이 그 친구의 재미 같아 보였다. 애도 여자애처럼 피부도 희고 곱상하게 생겼었다. 내가 사는 동네도 밤에 다니는 것은 무서운데 옆 동네에 밤에 가는 것은 아주 무서웠다.

"학교는 힘이 약한 네들 동네에다 지어야지."

아주 오래전에 우리 학교에 관한 재미있는 전설이 있었다.

세 동네에서 모여가지고 한 학교에 다니는데 세 부락 중에 우리 동네에 학교가 있다. 이름은 옆 동네 이름을 따서 광천초등학교라고 지었다. 그 이유는 세 개 부락 중에 광천 동네 사람들이 제일 똑똑하고 힘이 세다 보니 우리 동네에 학교를 못 짓는다고 했단다. 그 옆에 느린게라는 동네에서는 우리 동네에도 못 짓는다. 그러다 보니 자연히 가운데 있으며, 제일 힘이 약한 모락이라는 우리 동네에 학교를 짓게 되었다는 것이다.

그런데 왜 자기 동네에 안 지은 이유는 뭘까?

농경사회이다 보니 학교를 지으면 농사지을 땅이 그만큼 줄어들기 때문이란다. 그러다 보니 제일 힘이 약하고 착한 동네인 우리 동네에 어쩔 수 없이 짓게 되었다는 것인데요. 요즘 같으면 제일 똑똑한 자기 동네에 지으려고 오히려 힘자랑을 했을 것인데. 암튼 그러다 보니 이름은 자기 동네 이름으로 해야 한다면서 광천국민학교가 되었다는 것이었다. 믿어도 돼.

"방풍림이라는 바람막이 나무들."

바다를 끼고 있는 동네들은 울창한 나무들이 동네를 호위하듯 서있었다. 농사를 짓는데 바닷물이 치고 바람이 불어서 바닷가에 농사가 잘 안되어서 마을 사람들이 바람막이와 바닷물을 막아줄 수 있는 나무를 심었다는 것이다. 그런데 그 나무들이 지금은 묘하게도 관광객들이 찾아올 수 있는 그늘막이 되어주고, 마을에 풍광도 제공해 주는 곳이 되었다.

조상들이 어쩔 수 없이 나무를 심었는데 지금은 아주 탁월한 선택을 한 결과가 되었다. 지금의 사람들은 지나친 이기주의와 기득권 챙기기 자기의 마을만 잘살면 된다는 이기주의가 팽배해졌다. 앞으로 후손들은 무슨 혜택을 볼런지 아니면 몹쓸 환경을 만들었다고 할런지는 모르겠으나 미래를 볼 줄 아는 세상이 되기를 바란다. 좋은 나라를 만들어가는….

"점심 먹자. 밥 먹을 때가 됐다."

저 멀리 토끼 바위 위로 해가 지나간다.

그때 대부분 집에서는 시계가 없어서 대충 때를 맞춰서 식사를 하는 편이었고, 해의 위치를 보고 시간을 예측하는 것은 생활 풍속도가 있었다. 때로는 사이렌이 요란하게 울리면 점심때가 되었다는 것이다. 옛날에는 마을회관에서 사이렌을 울려주기도 했다. 저 멀리 남쪽 산인 보광산이라는 산을 바라다보면 산꼭대기에 큰 바위 두 개가 토끼 귀처럼 생겼다. 토끼바위를 바라보면 해가 그 위에 떠있었는데, 그 위로 해가 지나가면 대략 12시쯤 되었다는 것이다. 그러면 점심시간인 줄 알게 되어 식사를 했다.

큰 바위가 어쩌면 그렇게 신기하게도 보일까.

그 산은 영험한 산이라서 큰일을 앞둔 인생지표에 대단한 영험을 가져다 주기도 한다는 것이었다. 어떤 분은 거기서 백일기도를 하고 나라를 세웠다는 기록도 있다. 그분은 계룡산에서도, 지리산에서도 백일기도를 했는데 효험이 없어서 이곳 보광산에 와서 백일기도를 했단다. 그러고 이씨 조선을 창건하고 이 산의 고마움으로 선물을 해야 하는데 어떻게 할까?

고민하다가 비단으로 두른다는 뜻으로 금산이라고 지었다는 것이다. 대단한 발상이었다. 암튼 영험하고 아름답고 정감이 가는 산이다. 사계절 관광객들이 많이도 찾는 좋은 명산이며, 아름다운 산이다.

"책 읽기를 좋아했어야 했는데."

우리 학교에 조그마한 도서관이라는 곳에는 책들이 많이 있었다. 독후감 경시대회도 있었고, 책 한 권을 금방 읽는 애들도 있었다. 그런 때에 책 읽기에 별 흥미가 없었던 것 같았다. 별로 기억나는 것이 없다. 그때 책을 많이 읽었어야 했는데 왜 그리 독서에 관심이 없었던고. 지금은 책만 보면 왠지 가슴이 설레고 책장에 진열된 책만 봐도 기분이 좋아지는데 그때는 왜 그렇게 무관심했었던가….

어린 시절에 책에 관심이 많아서 책을 좋아해야 했었는데….

책 속에 길이 있다는데 왜 길을 찾으려고 하지 않았을까? 감성과 이성을 일찍 일깨웠더라면 아주 유익한 청소년 시절을 보냈을 텐데…. 지금은 책장에 꽂혀있는 책만 봐도 그저 좋으며, 나도 책을 집필하고 있다. 이게 무슨 이유일까…?

"선생님이 날 사랑하신다니."

초여름 어느 날엔가 수업이 끝나고 집에 가는데 갑자기 비가 내렸다. 우산도 없고, 피할 곳도 없었다. 마침 지나가시던 여선생님이 나를 업어주셨다. 그때 우리 엄마 등처럼 포근하고 따뜻하고 좋았다. 아이 좋아라. 부끄럽기도 하고, 좋기도 했다. 선생님이 나를 업어주시다니. 언제 또 선생님 등에 업혀보겠나. 아버지 등에도 못 업혀봤던 내게 이런 행운이 있었나. 어렸을 때 그래도 참신하고 영특하게 생겼던 모양이다.

선생님께서 나를 예쁘게 봐주시다니….

그 여선생님의 얼굴도 이름도 기억이 나지 않는다. 세월은 여지없이 인간 세상을 바람처럼 훑고 지나가 버리는 것 같았다. 시간은 예외 없이 내게도 많은 추억을 남겨두고 세월 따라 가버렸다. 어렸던 그 순수하고 철없었던 어린 그 시절. 인생에 한 번뿐인 그때는 다시는 돌아오지 않을 줄 몰랐다.

"일몰의 아름다움에 감탄."

고즈넉하면서도 때로는 시끄러운 우리 동네.

팔구십여 호 정도가 옹기종기 모여서 사는 말 많고 시끄러운 동네다. 헛똑똑이들이 많아서 그런 것 같았다. 자칭 타칭 판사, 검사, 박사들이 모여서 사는 동네다 보니 시끄럽다. 시끄러움을 달래주는 것은 자연 풍광이었다. 해 넘어가는 서쪽에서 태양과 구름이 지금은 무엇을 만들어내고 있을까? 서쪽 하늘의 저녁노을은 나의 순수한 마음을 몽환 속으로 끌어가고 있었다. 그 매일매일 바라보는 서쪽 산으로 넘어가는 태양은 어디로 갈까?

따라가 볼 수가 있다면 좋겠다…. 마음은 서쪽 하늘을 따라서 날아가고 있었다. 넋을 놓고 한참을 그렇게 빨려들어 갔었는데…. 어느새 아름다운 작품은 없어지고 시커먼 또 다른 색깔로 황칠을 해버렸나. 왜 그랬을까? 이미 어두움은 내리깔렸고, 마음도 스산해진다. 내일이면 아름다운 풍광을 또 볼 수 있겠지?

아쉬움은 늘 그렇게 내 마음속을 들락거렸다.

동쪽인 마을 뒤로는 제법 높은 대방산이라는 산이 동네를 지키듯이 버티고 서있었고, 그 산 정상에 올라가면 사방팔방으로 확 트여서 잘 보였다. 경치가 아주 좋은 곳이라서 늙으면 고향에서 살고 싶다. 하지만 내가 들어갈 수 있는 공간은 없었다. 추억으로만 살아야 할 것 같아서 아쉬울 뿐.

"삼촌 대나무 하나만 잘라주세요."

집 뒤에 대나무가 많이 있는 삼촌뻘 되는 그분은 재주가 많았다. 주로 동네에서 기계가 고장 나면 그 삼촌이 수리해 주었다. 보리타작 때가 되면 시커멓고 커다란 원동기 디젤기계를 가지고 다니면서 타작을 해주기도 했다. 어느 날에는 큰형님께서 같이 작업을 하고 원동기를 옮기다가 뜨거운 물이 넘치는 바람에 팔을 데이기도 했었다.

그 집에 가서 낚시할 수 있는 대나무를 얻었다.

심줄이라는 낚싯줄에 바늘을 묶어서 미끼로는 담사리라는 고동을 주워서 껍질을 깨고 미끼로 사용한다. 갯지렁이를 파서 사용하기도 하는데, 쉬운 것은 담사리 고동이다. 선창가에 가서 낚시를 하면 제법 낚을 때도 있다. 주로 문절이라는 고기가 제일 많이 잡히고, 초여름이면 보리 밀인 밀찌라는 고기가 잡히는데 회로 먹거나 구워 먹어도 맛있다.

제일 많이 달라드는 고기는 복지라는 작은 복어였다.

복지는 못 먹는 고기로 알고 있었다. 복어가 물면 바닥에 놓고 배를 문지르면 부풀어 오른다. 배를 밟으면 빵하고 터진다. 그게 재미가 있어서 빵빵 하는 소리가 자주 들린다. 그때는 왜 못 먹는지는 잘 몰랐는데, 알고 보니 독이 많아서 못 먹는 고기라고 말했던 것 같았다. 가끔 도다리가 잡히기도 한다.

아이들은 늘상 선창가에 낚싯대를 들고 나타난다.

선창은 낭만과 추억이 서려있는 곳이다. 어른들에게는 삶의 힘든 노정의 추억이 있을 것 같다. 고기를 낚는 재미, 손맛을 보는 재미가 있어서 낚시질을 한다. 그때는 고기가 많았는데…. 낚는 재미와 먹는 재미로 낚시를 한다.

"북새가 떴다."

아! 누가 하늘에다가 저 아름다운 붓질을 하였을까?

해가 뉘엿뉘엿 질 때면 서쪽 하늘은 말할 수 없는 아름다움을 우리들에게 보여주었다. 하늘은 커다란 화선지인데 화가는 누구일까? 누가 저런 아름다움을 그려서 우리들의 마음을 사로잡는 것일까? 어떤 때는 아름다운 산을 그리고, 어떤 때는 아름다운 용을 그리고, 어떤 때는 아름다운 새들을 그리고, 어떤 때는 타는 듯한 붉은 색으로 갖가지 모양을 그린다.

북새는 붉은 태양을 품은 새였는데 정말 환상적이다.

저녁노을이다 보니 붉고 선명한 아름다운 풍경들이 많았다.

참으로 아름다운 이 경관을 언제까지 즐길 수 있으려나. 사람들이 고향을 그리워하는 이유는 그런 추억과 정이 담겨있어서 늘 마음에 두고 있는 것 같다. 나이가 들어가니 그런 옛 추억들이 새롭다. 다시 한 번 그런 때가 돌아온다면, 돌아와 준다면…. 돌아올 수 없는 과거의 시간들을 생각하면 한숨만 나온다. 지나온 기억으로만 추억을 되새길 수밖에 없는 현실이 아쉬울 뿐이다. 행여나 돌아올까 봐.

기다려도 오지 않는 것은 시간이라는 세월 속에 내 인생은 늙어가고, 그리운 것은 청춘뿐일까? 만약에 다시 온다면 더 멋진 삶을, 더 많은 추억을, 더 열심히 살아서 더 멋진 인생이 되도록 할 것인데…. 기약 없는 생각을 하다니. 다시는 오지 않는 것을 바라다니…. 왜 안 돌아온다는 거야. 육신으로는 못 돌아와도 영인체로서는 그런 옛 추억의 향수를 느끼면서 살수가 있을까? 너무 낙심하지 마시게. 천만다행으로 그림 같은 아름다운 내세가 있으니 그곳에 갈 수 있는 준비나 잘하시는 게. 아름다운 무형실체세계에서 살고 싶다면 양심인으로 영인체를 완성하면 가능할 것 같으니 준비는 사람의 도리이며 책임이라오.

"맛있는 새를 닮은 새조개다."

껍질 속에는 새를 닮은 아주 맛이 좋은 조개가 있다.

썰물 때가 되어 물이 나가면 뻘밭에는 조개가 자라는데, 껍질 안에 조갯살은 새 모양을 닮아서 갈망조개 또는 새조개라고 부른다. 물이 어느 정도 빠진 뻘밭에 발로 바닥을 이리저리 쓸고 다니다 보면 발에 동글동글한 돌멩이 같은 느낌이 나면 물속으로 들어가서 손으로 끄집어내 보면 돌멩이일 때도 있지만, 조개를 잡았을 때의 기쁨이 두 배가 된다. 그 조개가 맛있는 조개였다.

삶아도 맛있지만, 구우면 지글지글 거품을 품어내는데 그 맛이 정말 좋다. 조개 중에서는 맛이 최고인지, 암튼 맛은 끝내주는 것 같았다. 조개들은 무얼 먹고 살까? 분명 무언가를 먹어야 살 텐데, 뻘을 먹고 살까? 미생물이라는 프랑크톤…. 일몰의 바다는 언제나 저녁노을이 유리알처럼 반짝거린다.

여름이면 짐질이라는 길고 약간 넓은 해초가 자라는데, 그것을 캐서 껍질을 벗겨 먹으면 제법 달짝지근한 맛이 있어서 아이들은 자주 캐서 먹곤 했다. 썰물로 물이 빠지면 호미로 조개도 캐고 굴 쪼시개로 바위에 붙은 굴을 캐서 먹는다. 굴 맛이 일품이다. 굴이나 조갯살을 넣은 미역국이나 초무침들은 입맛을 가중시킨다.

"자, 팽이 여기 있다. 네 거야."

도시 아이들은 시골의 아름다운 낭만을 잘 모를 것 같다.

초등학교 선생님이 새로 부임해 오셨는데 부모님과 동생과 같이 왔다. 그 아이는 우리와 같은 학년이었다. 그는 자치기도 나무칼도 팽이도 만들 줄도 몰라서 팽이 하나를 잘 다듬어서 선물했다. 이 애는 시골살이에 대해서는 전혀 몰랐다. 나무할 줄도 몰랐고, 풀을 벨 줄도 모르고 낫질도 해보지 않은 도시 아이였다.

방과 후에는 그 애와 자주 만나서 놀았다. 여름이면 바다에 나가서 수영도 하고, 짐질도 캐고, 조개도 잡고, 낚시질도 하며 살았던 어린 그 시절이 정말 재미있는 인생살이였다. 돈을 많이 벌어야 할 이유도, 공부를 열심히 해야 할 이유도, 출세라는 것을 해야 할 이유도 잘 모르던 때였으니 좋은 것 같았다.

그 좋은 시절. 다시 한 번 그 동심의 세계가 돌아온다면…. 육신으로 사는 동안에는 그런 신선함은 다시 돌아오지 않을 것 같아서 서럽고 서러웁다. 옛 추억이 그리워질 뿐.

"내가 왕이다. 여봐라. 저 녀석을 당장 포박하라."

최고의 자리는 왕이 되어 나라를 통솔하는 대장 놀이.

우리 동네는 아랫동네와 윗동네가 있었다. 같은 동네이지만 산에 올라가는 방향이 조금은 달라서 그렇게들 부른다. 애들이 편을 갈라서 칼싸움도 하고, 전쟁놀이를 한다. 산에 가서 낫으로 나무를 잘라서 칼처럼 다듬어서 옆구리에 차고 전쟁놀이를 한다.

나는 왕으로 추대되었다. 힘이 약해서인지 아니면 왕 역할을 잘해서인지. 암튼 왕 노릇을 하라고 해서 나는 왕이 되었다. 전쟁에서 지고 온 장면을 연극하는 것이다. 왕 앞에 신하들은 무릎을 꿇고 쭉 늘어서 앉는다. 오늘은 전쟁에서 진 패잔병들을 나무라는데…. 작심하고 근엄한 표정으로 엄초를 한다.

"너는 전쟁에서 왜 졌느냐?"

"황송하옵나이다. 패장은 변명이 없으니 죽여주시옵소서."

"그래, 네가 또 죽을 짓을 하였구나."

"네, 황송하옵나이다."

"벌써 세 번째나 살려달라는구먼. 너는 무능한 장수야."

"연극이니 살 수 있지 실제 같았으면 죽었을 것입니다. 그러니 살려주시옵소서. 죽었으면 살려달라고 못 했을 겁니다. 폐하."

아이들은 웃음을 감추지 못하고 여기저기서 키득거렸다.

"살고 싶은 것이로구나."

"네, 죽고 싶은 사람이 어디 있겠습니까? 살려만 주신다면…."

"죽음이 무엇인지 아느냐."

"잘 모르옵니다. 그저 살고 싶을 따름입니다."

"그래도 죽을 나이는 아니니 다시 한 번 기회를 주면 이기고 돌아오겠느냐?"

"네, 살려만 주신다면 반드시 이기고 오겠나이다. 전하."

"그래, 네 죄를 용서하며 네게 다시 기회를 주겠노라. 죽을 각오로 싸워서 이기고 돌아오라. 알겠느냐."

"감사하옵고 황송하옵나이다. 전하."

"여봐라. 저놈을 당장 포박하여 내 앞에 무릎을 꿇려라."

"네, 전하. 명령대로 하겠나이다."

애들은 전쟁놀이 중에 왕의 근엄한 모습이 좋단다. 나보고 왕을 하라고 했다. 힘 좋은 애는 장군이고, 나머지는 졸개들이며 적군 편도 있었다. 오늘도 무사히 재미있는 전쟁놀이는 끝났다.

"달아 달아 밝은 달아 이태백이 놀던 달아."

달 밝은 밤에 하는 숨바꼭질하는 아주 재미있는 놀이.

술래는 여기저기를 뒤지고 다닌다. 어쩌다가 여자아이와 같이 숨을 때가 있었다. 서로 몸이 조금이라도 닿으면 왠지 모르는 묘한 감정이 들곤 했다. 이런 것이 무엇인지는 몰라도 그냥 그게 좋고 재미있는 달밤의 숨바꼭질이었다. 그런 달이 뜨는 달 밝은 밤이 좋았다.

저 달 속에는 계수나무가 있고 토끼도 있다는데 신기하다.

밤마다 저렇게 밝게 빛나는데 저 토끼는 우리가 여기 숨어있는 것을 알까? 순박한 우리들의 동심이 저 달빛만큼이나 은은하고 토끼처럼 순하고 정겨웁다. 토끼야 너희들은 숨바꼭질할 줄을 아니 모르니…? 우리 집 토끼는 울안에만 있지.

"얼레리 꼴레리."

성적을 높이고 공부하는 분위기를 만들기 위해 선생님이 가까이 사는 애들과 조를 편승해서 저녁에 공부를 하게 했다. 가끔은 선생님이 순찰을 돌기도 한다. 그러다가 거기서 잠을 자기도 하는데 하루는 어떤 애가 소문을 냈다. 여자 몸 위에 다리를 얹고 잤다는 것이다. 다리를 얹고 잤는지 구부리고 잤는지 잠에 취하여 잤을 뿐이고, 어떤 감각도 감정도 없는데 가십거리를 좋아하는 애들은 그렇게 떠들었다. 어이가 없었지만 하는 수 없었다.

"갑돌이와 갑순이가 한마을에 살았더래요.

둘이는 마음뿐이래요." 마치 그 노래가 떠오른다.

오작교도 아니고 사랑도 아니고 한마디로 아무것도 아닌 그냥 아는 동네 여자애일 뿐이었다. 그러나 아이들은 그런 가십거리를 만들어 퍼트리고 이야기하는 재미로 사는지도 모른다. 철없으니 철딱서니 없는 소리들만 한다.

태초에 에덴동산에서 아담과 해와라는 남자와 여자가 있었다는 이야기를 그때는 들어보지도 못했다. 지금은 그 에덴동산에서 철없이 순박했던 사내와 여자인 그들도 우리가 어렸을 때와 같은 동심이었는지 모른다. 아마도 같은 마음으로 살았을까? 그런데 왜 쫓겨나고 말았을까? 무슨 나쁜 짓을 하였길래 쫓겨났다는 말일까? 참으로 궁금.

"똥개 똥개 또똥개 똥개."

넓은 바다에 배들이 떠다니는데 유독 전어 배들이 많았었다.

큰 전어잡이 배가 바다에 그물을 뺑 둘러치고 배를 두들기면 육지에서 들어보면 '똥개, 똥개' 하는 듯이 들려서 사람들은 '똥개 배'라고 부른다. 그러면 전어들이 놀라서 도망가다가 그물에 걸려버린다. 큰 전어잡이 배가 서너 척

있었고, 작은 전어잡이 배도 여러 척이 있었던 것 같았다.

바다를 휘젓고 전어를 잡아 오면 그것을 아낙네이 이웃의 도시의 시장에다가 판다. 배 타는 선원이 보통 열 명 정도 되는데, 마치 동네 일처럼 많은 사람이 연관되어 있었다. 백 가구 중에 최소한 십 분의 일, 이 정도는 연관되어 있는 것 같았다. 작은 전어 배를 따라가면 배 위에서 갓 잡은 전어를 손톱으로 비늘을 치고 된장에 찍어 먹는 그 맛이 제일이었다.

그리운 그 생선 맛은 전어였다. 그래서 그런지 "전어 굽는 냄새에 집 나갔던 며느리도 돌아온다"는 말이 있다. 얼마나 구수하고 맛이 있었으면…. 제때에 나는 생선이 싱싱하니 맛은 최고였다.

"전어 배는 언제 들어오나."

바다는 항시 기대감을 주는 것 같았다. 전어 배가 들어오길 기다려진다. 선창가에 도착한 배는 그물을 풀어 물에 씻는데 "어기어차 어허. 어기어차 어허." 입을 맞추어 소리를 내가며 선원들은 그물을 털 때 그물코에 걸려있던 디포리나 작은 전어들이 물 밖으로 떨어진다. 그러면 그것을 먼저 줍는 사람이 임자이다. 갈매기가 어찌나 빠른지 좀만 동작이 뜨면 갈매기가 언제 물고 갔는지 날아가버린다. 어떤 갈매기는 미처 제대로 물지 못하고 급하게 날아가다 보니 떨어뜨리는 경우도 가끔은 있었다.

갈매기도 급하긴 급했는가 보다. 아이들과 갈매기들의 한판 디포리를 선점하는 먹이 전쟁이다. 어부들은 열심히 그물을 털고 손질을 하고 그물을 말려놓는다. 물속에서 떨어지는 작은 생선들을 줍는 낭만이 있었던 여름바다가 그리운 시절이었다. 그런 여름이 항상 그대로였으면 좋겠어.

여름날의 추억

반짝 반짝이는 물 볕에
갈매기들은 신이 나서 날고
전어 배가 좋아 춤을 춘다.
아이들도 오매불망 기다리는 전어 배
갈매기와 같은 생각일까?
어기어차. 어허. 어기어차. 어허.
그물 터는 선원들의 손길이 분주하다.
어둠이 내리면 밤하늘의 저 수많은 별들은
누가 밝은 빛을 더 낼까?
별들이 자랑하고 자랑하고 자랑하는
이곳이 사람 사는 최고의 정겨운 마을.
남해 바다와 아름다운 밤하늘은
영원한 내 맘의 천국 같은 이 여름밤.
아름다웠던 사랑심이 내게도
저 빛나는 별들처럼 많았을까?

"와, 색시처럼 예쁘다."

동네 무덤가에서 놀고 있었는데 예쁘게 한복을 차려입은 아주머니가 친정에 가는지 하여간 예쁘게 화장도 하고 가니 새색시처럼 보였다. 그래서 나도 모르게 "와, 색시처럼 예쁘다."라고 했는데 아이들이 잘못 듣고 "내 색시라고 했다"는 말도 안 되는 소리로 재미를 붙이는 촌 아이들이었다. 그래도 애들은 순수하지만 철딱서니는 없었다.

그래서 애들이다. 남의 부인을 어린 내가 색시라고 말할 이유가 어디에 있다고 애들은 철없이 말을 지어내거나 오도를 하며 재미있어했다. 철딱서니 없는 녀석들. 인생의 철이라는 것이 늙어서 죽을 때까지도 못 드는 중생도 있을 것 같아서 떫어요. 철들면 죽는다는데 그 말이 틀렸으면 좋겠다.

"내 다리 돌려다오."

저녁을 먹은 여름밤은 바람 한 점 없이 더웠다.

경변이라 부르는 바닷가에는 길 밑에 자갈밭이었다. 거기에 끄적데미를 깔고 누워서 밤하늘을 바라보고 라디오를 듣는 친구가 있었다. 우리 집에는 라디오가 없었지만, 그 친구 집에는 라디오가 있었다. 자기 집에서 이삼십 미터 거리밖에는 안 되었다. 그러니 늘 그곳에서 여름밤을 즐긴다. 우리는 이삼백 미터를 걸어 내려와야 했기 때문에 가끔 내려가곤 했었다. 여름밤의 납량 특집의 무시무시한 연속극은 무서우면서도 궁금하고 재미있었던 한 여름밤의 무서움이었다.

한밤에 병원에서는 곡소리와 밤중에 시체가 일어났다는 이야기와 수술을 했는데 내 다리 돌려도 하는 이야기라든가 땡중이 절에서 여자를 유린한 연속극이라든지 참으로 무서우면서도 궁금했고 재미있었던 라디오의 연속극들을 듣기 좋아했었다. 네모진 조그마한 상자 속에서 온갖 소리가 나온다. 사람 소리, 개 짖는 소리, 바람 소리, 천둥 치는 소리까지 신기한 박스다. 그러다가 잠이 들곤 했다.

"이런 데서 자다가 물이 들어오면 큰일 난다."

늦게까지 집에 들어오지 않으니 엄마가 찾으러 온 것이었다.

깜빡 잠이 들었던 모양이었다. 나는 초저녁잠이 많았던 것 같다. 지금도 그 초저녁잠의 습관성은 그대로인가. 예전에는 머리를 베개만 대어 눕기만 하면 금방 곯아떨어지곤 했었다. 날 데리러 온 어머니는 바닷가에서 자면 안 된다고, 물 들어오면 큰일 난다고 하셨다.

"저 별들은 살아있을까?"

밤이 짙어갈수록 여름밤에는 별들은 더욱 총총하다.

한밤의 별들은 반짝거리며 밝기를 자랑이라도 하는 듯이 빛을 쏟아낸다. 누가 누가 더 밝을까. 별들은 하늘을 수놓은 듯이 꽉 채우고 있었다. 저 별들도 이름이 있겠지. 그렇지 그중에서도 유난히 밝게 빛나는 삼투성도 있었고, 오줌 바가지라는 북두칠성도 빛나고 있는 이 밤. 남해의 밤하늘과 밤바다는 끈끈하면서도 야릇한 감성이 치솟는다.

달빛에 반사되어 유리처럼 반짝거리며 빛나는 밤바다. 달빛은 점점 바다를 장악하듯이 은은하게 품어오는 것 같고 물 위로 걸어오라는 듯이 말을 하는 것 같았다. 내 맘도, 내 몸도 그 속으로 휘감겨 들어가는 듯이 제정신이 아니었다. 가끔씩 들려오는 개 짖는 소리만이 이게 꿈이 아니라는 사실을 인식시켜주고 있을 뿐. 누군가 같이하면 더 좋을 것 같은 이 밤….

물 위를 걸었다는 예수님. 걷지 못하고 빠져버린 베드로를 보고 의심이 많은 자라고 했었는데 의심을 하지 않고 순수하면 걸을 수 있다는 말일까? 어린 시절이나 지금이나 그 밤바다는 지금까지도 우리를 유혹하고 있었다. 저 달이 더욱 가까이 오라고 손짓하는 듯 미소를 보낸다. 부끄러운지

구름 속으로 살짝 들어갔다가 다시 얼굴을 살며시 내민다.

그래 반갑구나. 빨리 안 오면 나는 넘어간다. 빨리….

이 밤에는 더더욱 야릇하고 은밀한 밀도가 서려있는 무한대의 이 밤하늘의 빛나는 별들과 달빛. 세상의 끝은 어딜까? 저 높은 하늘의 별들을 날아 올라가면 잡을 것만 같았다.

"흰 뱀. 백사다."

조그마한 집터에 자리 잡은 우리 집은 앞마당이 없었다.

마루 앞에 2미터 내에 담이 있기 때문이다. 여름철 어느 날이었다. 하얀 뱀이 잠시 나왔다가 다시 돌담 구멍 사이로 들어갔다. 신기하였다. 하얀 뱀은 그날 처음 봤다. 흰 뱀을 보면 재수가 좋다고 사람들은 말했다. 실제로 재수가 좋은지 어떤지는 잘 모른다. 앞으로 좋은 일이 있을까? 백사가 우리 집 담 안에서 살다니…. 길조냐, 흉조냐. 암튼 색다른 광경을 목격했다.

"버드나무 불피리."

개울가에 버드나무가 몇 그루 있었고, 우리 집 울에도 있었다.

봄이 오면 그 버드나무에 새순이 야릇야릇하게 나온다. 어느덧 자란 잎들은 바람이 불면 나뭇잎이 하늘하늘 춤을 추었다. 버드나무 잎은 앞뒤의 색깔이 다른 색을 지니고 있었다. 바람이 불면 잎의 그 색이 묘하게도 아름다웠다. 나뭇가지도 길고 가늘어서 춤을 추는 것 같이 하늘거리는 이 나무가 항상 계절마다 눈에 잘 띄었다. 약하지만 길게 뻗어 올라가는 버드나무.

겨울이면 잎은 다 떨어지고 앙상한 나뭇가지만 죽은 듯이 남아있는 그 벗은 몸뚱어리가 처량하게만 보일 뿐. 봄이 오면 작은 가지 하나를 잘라서 껍질을 손가락 하나 정도로 양쪽을 잘라서 속을 빼내고 불면 소리가 나는 버들피리가 되었다. 아이들이 여기저기서 불러대는 뽈피리 소리는 이 봄을 더욱 정겹게 해주었다. 아지랑이가 감도는 그 봄이 그립고, 따뜻한 양지에 엉겅퀴와 할미꽃이 그립다.

"이동식 극장."

어떤 날에는 배가 선착장으로 들어오면서 확성기로 노랫소리가 나고 선전하는 말이 들린다. 그런 날이면 저녁에는 천막을 쳐놓고 영화가 상영되는 날이다. 칠 공주라는 영화가 재미있었다. 돈이 없으니 어떤 때는 천막을 걷어 올릴 때 들어가기도 하고 어떤 때는 천막 속으로 기어들어가다가 들키기도 했던 어린 시절. 이동식 극장은 우리들의 마음을 늘 설레게 했었다.

"내가 장기는 우리 동네에서 제일 잘 둬."

방학이 되면 감나무 밑에 평상엔 장기 운수소리가 시끄럽다.

훈수는 뺨을 맞아가면서도 한다는데 애들은 항상 상대를 훈수했다. 장기는 내가 항상 이긴다. '일수불퇴', '훈수불가.'라고 약속을 해도 막무가내다. 철 없는 녀석들…. 나는 졌으면 졌지 무를 줄을 모르는 철벽이다.

그런데 보통 애들은 물러달라고 떼를 쓰기도 한다.

어느 날은 우리 동네에서 제일 장기를 잘 두는 친구 아버지가 한번 두자고 왔었다. 3전 2승으로 내가 약간 위에 있었다. 그때는 수 계산이 잘 되었고, 죽는 자리에만 갖다 놓지 않으면 이길 수 있는 놀이가 장기였다.

그 이후 부산에서 살 때에 우리 동네 살았던 아는 누나 신랑이 회사에 다녔는데 장기를 그렇게 잘 두는 줄 몰랐다. 내 수로는 도저히 이길 수 없는 수를 구상하고 있었고, 왕 앞에 면상 장기를 두었는데, 그 수법을 깨기가 너무 어려웠다. 하여간 나보다는 두 수 정도 위여서 이기기가 하늘의 별 따기만큼 어려울 정도로 잘 두었다. 기가 막힌 수법이었다.

바둑도 우리 동네에서는 내가 잘 두는 편이었다.

요즈음은 프로들이 두는 바둑을 소개하는 바둑방송이 있을 정도로 많이 변했다. 우리가 살던 어린 시절에 바둑이나 장기를 두면 부모님께 혼이 났다. 공부 안 하고 그런 것 한다고…. 세상이 많이 변하였다. 프로바둑인들이 살아갈 만한 사회가 되었다. 상금이 몇억 대를 넘어가는 대회들이 많아져서 일급의 프로들은 많은 수익을 올리고 있다. 그런데 프로들도 때로는 실수를 하고, 때로는 착각을 하기도 하는 것 같았다.

한판 하실래요? 일수불퇴입니다.

"엄마, 밥 주세요, 밥. 배고파요."

어머니는 밥을 만들어내는 대단한 능력가였다.

밥, 밥이 뭔지. 밥 없이는 못 살아. 밥 때문에 사는 것 같기도 했다. 어머니는 자녀들 밥을 준비하는 사랑의 엄마다. 밥 달라고 재촉하면 언제나 밥이 뚝딱 나온다. 밥은 사랑이라고 하셨는데, 정말 사랑이시었다. 학교 갔다 온 아들이 밥 달라는데 맨날 꽁보리밥만 줘서 미안했는데, 그것마저도 먹일 것이 없었다. 배가 고팠는지 허겁지겁 먹는 아들을 바라보는 어머니 가슴도 미어진다.

항상 먹는 밥이지만, 항상 먹을 수도 없는 것이 밥이다.

점심때가 되거나 학교를 파하고 집에 와서 "아이고, 배고파라. 엄마, 빨리 밥 줘." 맡겨놓은 듯이 재촉을 해도 엄마는 도깨비방망이라도 있는 것인지 뚝딱 만들어내신다. 그래도 어머니는 불평 한 번 하지 않으시고 사랑스러운 얼굴로 "천천히 먹어라. 체하겠다. 물도 마셔가며…."

밥이 없어서 고구마를 먹는 나를 바라보고 있는 어머니는 마음이 저미어 오는 것 같아서 고구마에 목메고 울 엄마의 사랑심에 목멘다. 커가는 자식만이라도 잘 먹이고 잘 입히고 싶었지만, 마음대로 잘 안 되었다. 그 고구마도 날일 갔을 때 어머니 먹으라고 주는 간식인 중참을 남겨두었다가 자식에게 내어놓은 것이었다.

건건히 미역국 한 그릇에 삶은 고구마로 허기를 때우는 자식의 모습에 그저 눈시울만이 파르르 떨리며 울렁거릴 뿐. 오늘따라 마음이 더욱 심란하다. 제대로 먹지도 못하니 살이 오를 리가…. 그래도 오늘은 생일인데….

맛있는 것을 기대하지 않는 자식이 그래도 대견스럽기만 하고 신기하며, 기특한 아들을 바라보는 것만도 고맙고 감사해 하시는 울 엄마. 때로는 꽁보리 반, 고구마 반으로 짓는 고구마밥도 배를 채우는 데는 고급 음식이었다.

"수학여행은 토끼 귀가 있는 보광산으로 간다."

여행은 즐거운 것인데, 학창 시절의 수학여행은 더욱 깊은 추억거리. 가장 재미있는 시절인 초등학생 때에 수학여행이라는 것은 새로운 경험일 것 같았다. 나는 수학 여행비가 없어서 합류하지 못하였다. 아마도 나만 못 갔던 것 같았다. 오늘 애들은 배를 타고 보광산으로 수학여행을 떠났다. 선창가에서 멀리 떠나가는 배를 바라보니 내 마음이 뭔지 모르게 허전하고 공허해진다. 애들은 재미있겠다. 좋겠다. 난, 뭐야.

나는 섭섭하기도 하고, 소외되는 것 같기도 했다.

그래도 나는 엄마에게 한마디도 불평을 하지 않았다.

나는 효자는 못 되어도 불쌍하신 우리 어머님을 슬프게 해드리지는 말아야지…. 이다음에 어른이 되면 신비롭고 영험한 저 산에는 꼭 가봐야지. 반드시 가볼 것이야. 엄청 좋은 산이라니 산의 정기를 받으면 좋은 일만 생길 것 같은 느낌이었다. 못 가는 아쉬움은 남았지만, 그래도 너무 섭섭해할 것 없어.

지게를 지고 산에 올랐다. 나무는 오늘도 내가 해야만 했었다.

차라리 이런 날에는 나무나 하는 것이 오히려 덜 서운했다.

"우려먹는 땡감 맛."

감나무 한 그루 자랄 수 없는 비좁은 집터.

우리 집 담 밑에 있는 집은 울안이 넓었고, 그 집 감나무는 무리 감인데 그 가지 일부가 우리 집 마당으로 뻗어와 있었다. 가끔씩 우리 마당에 떨어지는 감이 있었고, 옆집에도 무리 감이라는 감나무가 있었는데 아침에 나가보면 담 밖으로 주먹만 한 감이 떨어져 있었다. 그것을 주워다가 물에 며칠 동안 담가놓으면 떫은맛이 빠진다. 간식거리가 없던 시절에 제법 먹을 만했던 우려낸 감. 어린 시절에는 남의 집의 감나무가 부럽기도 했었다.

어른이 되면 집 울안에 감나무를 심을 것이라고 생각을 했었는데, 아직도 내 집에 감나무를 심을 단독주택은 구입하지도 못하고 꿈만 꾸고 있다. 꿈을 꾸면 이루어진다는데 아직은 꿈을 꾸고 있는 인생. 이 가을이 오면 빠알갛게 매달린 감들이 부르는 것 같아서 가을이오면 감나무가 있는 집이 부럽다. 단감도 좋고, 무리 감인 대봉감도 좋고, 고추감이라도 괜찮을 것 같다.

"부침개 따먹는 윷놀이."

칠월 칠석날은 견우와 직녀가 만나는 칠석날.

칠석날이 되면 집집마다 호박을 썰어서 밀가루 반죽을 하여 솥뚜껑을 뒤집어놓고 기름칠을 하여 부침개를 부쳐 먹는 풍습이 있었다. 때로는 풋고추를 썰어 넣기도 하고 소풀이라는 전구지인 부추를 썰어 넣고 전을 지지기도 한다. 아이들은 부침개 한두 개를 가지고 나무 밑에 모여서 부침개 따먹기 윷놀이를 한다.

윷가락을 세워서 살짝 놓으면 대부분은 걸이 난다. 칠석이면 견우와 직녀가 일 년에 한 번 만나는 날인데, 그들은 왜 일 년에 한 번밖에는 못 만날까? 얼마나 그리움에 사무쳐서 울다가 웃다가를 반복하면서 오매불망 만날 그 날만을 기다리며 살았을까? 덕분에 우리들은 일 년에 부침개를 실컷 먹어보는 날.

"드디어 우리 집에도 땅을 샀다. 우리 땅."

땅 한 평 없었는데 이제 우리에게도 땅인 전답이 생겼다.

큰형님은 배를 타면서 돈을 조금 벌어서 전답을 사서 고구마농사와 보리농사를 지었다. 어머니는 고구마라도 내놓을 수 있는 게 얼마나 다행인지 가끔씩 가난과 설움에 눈물을 보이기도 했었다. 내 땅에서 키운 작물인 고구마는 배부르게 먹을 수 있었다. 어릴 때는 그 고구마저도 동네 아이들이 길에 들고 나와서 먹으면 침을 삼키곤 했었다. 왠지 모르게 아이들이 들고 다니는 폭신하게 삶긴 자기 머리통만 한 고구마가 더 맛있게 보였다. 없으면 갖고 싶은 게 인간인가보다.

남의 떡이 더 크게 보이는 법이라더니…. 어머니는 인간의 생사를 놓고 슬퍼할 겨를도 없었다. 서글픈 임자의 신세를 어디에도 하소연할 곳도 없었다.

장성한 큰아들 덕분에 이렇게 내 손으로 내 땅에서 농작물을 재배하는 일이 즐겁기만 한 것 같았다. 얼마나 부러웠던 세월이었었나. 내 땅에서 내가 심은 작물로 먹고사는 날이 왔다니 기쁨의 눈물이 목을 메이게 했다. 이제야 이렇게 살아보다니. 얼마나 부러웠고 기다렸었던 날들이었나.

남들이 흔히 가지고 사는 전답을 이제야 가지다니…! 똑같은 일을 하여도 내 땅에서 짓는 농사일은 힘이 들지 않았다. 기쁘고, 즐거운 일이었다. 고구마를 심을 때에도 보리를 벨 때도 밭을 갈 때도 기쁘고 좋은 것은 내 것이라는 이유였다.

"오늘부터 이틀 동안은 고기 잡으러 가지 말라."

오직 인생을 맡기고 매달릴 곳이라고는 신밖에 없었던 것 같았다. 부처님께 불공을 드리려 절에 열성적으로 다니는 어머니의 마음을 조금은 알 것 같았다. "이틀 동안에 살생은 안 된다."라며 작은아들인 형님에게 이르고 절에 기도하려고 떠나셨던 어머님.

큰형님은 멀리 고기 잡으러 떠나서 몇 달이 지나야 집에 돌아온다. 오늘 작은형님인 아들에게 신신당부를 하고 기도하려고 길을 나섰다. 그런데 뒷날 오더니 아들에게 화가 단단히 난 얼굴로 "어제 고기 잡으러 갔느냐?"다그쳤다.

"네, 갔어요." 미안하고 걱정스러운 얼굴로 형은 대답했다.

"내가 분명히 가지 말라고 일러놓고 절에 갔는데 왜 내 말을 안 들어? 너 때문에 내가 죽을 뻔했다. 저녁에 법당에 촛불을 켜고 우물에도 촛불을 켜러 가다가 어두운 곳에서 그만 발을 헛디뎌서 낭떠러지에 떨어졌다. 다행히 절벽 중간의 나뭇가지에 걸려서 살았지. 네가 고기 잡으러 갔기 때문에 부정을 탄 것이야!"

어머니는 화가 단단히 난 얼굴로 호통을 쳤다.

평소에는 인자하신 어머님이었는데 오늘은 사정이 달랐다. 구사일생으로 구조되었다는 어머니는 그날 있었던 이야기를 했다. 형은 아무 말도 못 하고 묵묵히 앉아있었다. 한쪽 고무신은 잃어버리고 한쪽만 신고 왔다. 몇 군데 긁힌 자국의 상처 흔적만이 그때를 대변해 주는 듯이 여러 군데 남아 있었다.

어머니는 그 한쪽 고무신이 아까우신지 만지작거리며 그때를 생각하시는 것 같았다. 구사일생으로 살아 돌아온 것에 감사해서 그런지 한쪽 고무신을 자주 만지작거렸다. 좋으신 우리 어머니의 인생살이는 왜 이렇게 힘이 들까? 먹을 것도 제대로 없는데, 오직 희망은 신께 간구하는 것이라고 어머니는 생각했었던 것 같았다. 새벽에 일찍 일어나면 항상 정화수를 떠놓고 열성을 다하여 빌어왔던 우리 어머니. 천지신명님께 비나이다….

"무당의 푸닥거리에 밤을 새워."

어머니는 날마다 정화수를 떠놓고 지극정성이었다.

새벽에 일찍이 일어나서 집 옆에 있는 우물에 가서 물 한 바가지를 떠온다. 그 물이 정화수다. 부엌 한쪽에 항상 물을 떠놓고, 때로는 촛불을 켜기도 하며 지극정성을 들이시는 우리 어머니. 가난한 집안을 바꾸고 싶었던 어머니. 가끔씩 무당을 불러서 굿을 하기도 하는 이유는 남편을 일찍 여의고 살림살이 힘드니 무당 말을 들을 수밖에 없었을 것 같았다. 희망을 걸고, 믿고, 위안을 받을 수 있는 길은 이 길이라고 생각한 어머니.

초저녁부터 풍악을 울리기도 하고, 기도도 하고, 대를 잡는다며 대나무에다 오색 줄을 묶어놓고 흔들어댄다. 신이 잘 내리면 그것이 잘 풀리며, 집안일도 잘된다고 했다. "천지신명님께 비나이다. 아무쪼록 이 집안이 잘되게 해주시옵고…." 자정이 넘도록 무당과 함께하는 어머니. 그렇게 할 즈음 나와 동갑내기인 무당집 딸이 등잔불에 빤스 고무줄을 태워서 말랑말랑해지면 껌이라고 그것을 씹기도 했다. 단맛은 없었지만 그저 노는 재미와 씹는 재미로….

얼추 새벽녘이 되면 무당의 할 일은 끝난 것인지 조용해지고, 무당은 딸과 함께 집으로 돌아간다. 어머니는 뒷정리를 하고 잠자리에 들었다. 푸닥거리 뒤치다꺼리하는 것도 힘들 텐데…. 그래도 기쁜 마음으로 어머니는 오늘도 고단한 하루를 보내셨다. 가난 탈피. 고단한 인생을 탈피하고 싶으셨던 어머니….

"산다는 것이 이렇게밖에는 안 되는가?"

가난을 좋아할 사람이 어디 있겠는가? 탈피할 수만 있다면, 있다면…. 학교에 보낼 형편도 안 되었지만 빚을 내서라도 막내만큼은 공부를 시키고 싶었던 것 같았다. 위에 세 자녀는 엄두도 못 내었지만 하나라도 가르쳐야 집안을 살릴 수 있을 것이라고 생각했던 것이었다. 어머니는 무슨 일이라도 닥치는 대로 했다. 날일을 하며, 날일이라 해봐야 시골에서 남의 농사를 거들어주는 날품밖에는 할 일이 없었다.

그것도 일당을 제대로 쳐주는 것이 아니라 대충 셈을 하여 보리쌀이나 쌀을 주는 정도였다. 어머니는 바닷가에 조개나 굴을 채취하여 반찬거리를 만들어 먹는 정도였고, 땔감을 구하기 위해 산에 나무하러 다니며 근근이 자식들에게 입에 풀칠할 정도로 힘들게 살았다. 희망은 어디에서 찾을 것인가?

"나무꾼."

나무하는 것도 힘이 있어야 하는 일이다.

땔감을 구하기 위해 주말이나 학교가 쉬는 날에는 지게를 지고 산에 나무하러 간다. 나무도 낮은 곳에는 없어서 높이 올라갈 수밖에 없었다. 나무를 하다 보면 다리를 긁히고 손을 베여서 작은 상처들은 훈장이었다. 어느 날은 벌집을 건드려서 오른쪽 팔에 물리고 쏘였다. 지금도 그 상처의 흔적은 남아있다.

어떤 분은 독사에 물려서 실명이 되었다.

그러니 산에 다니는 일도 항상 조심해야 했었다.

도끼를 들고 가는 날에는 끌티기라는 죽은 나무뿌리를 도끼로 패 담는다. 때로는 나무뿌리를 괭이로 파가지고 도끼로 잘라서 바지기에 담는다. 어느 정도 하면 내려오곤 한다. 그때 주로 소나무 뿌리에 자생하는 복령이라 것이 약인지도 몰랐다. 아는 것이 힘이라고 했는데 그저 하루하루를 살아갈 뿐.

"쇠 지게를 맞추어 주겠다."

집안 살림살이를 잘 알기에 어머니한테 공납금 달라고 조르지 못한 착한 아들이었다. 학교에 다닐 때도 공납금을 제때에 내지 못해서 퇴학을 맞을 뻔한 적이 한두 번이 아니었다. 세상살이는 돈이 제일인가. 주말이나 공휴일이 되면 여지없이 산에 나무하러 간다. 봄은 갈비라는 것을 주로 한다.

갈비는 소갈비가 아니고, 소나무 잎이 떨어지면 누렇게 변해버린 낙엽을 까쿠리로 긁어 가지고 온다. 여름철에는 푸스리라는 풀과 어린나무들을 베어서 중간쯤에 말렸다가 이삼일이 지나면 집으로 가지고 오기도 하고,

때로는 집으로 바로 짊어지고 올 때도 있다. 가을이 되면 억새풀이나 갈비를 하고, 겨울에는 갈비와 끌티기라는 것을 한다.

어머니는 여러 번 말했다. 쇠 지게를 맞추어 주겠다고….

나무를 잘해서 쇠 지게따리를 맞추어 주겠다는 말을 한 것이 아니었다. 공부를 열심히 안 하면 쇠 지게를 맞추어 줄 테니 나무나 하고 살아라는 뜻이었다. 나무나 하고 살라는 말은 아닐 테고, 공부해야 살길이 있다는 어머님의 속 깊은 뜻을 알기는 알 것 같은데 실행하는 데는 아직 깨닫지 못하고 있었다.

나는 공부에 대해 그렇게 애착을 갖지 못하였다. 그런 어머님의 심정을 조금이라도 알았다면 열심히 했을 텐데…. 철이 일찍 들었더라면, 그랬더라면 좋았을 텐데…. 옛날에는 개천에서 용이 난다는데 요즘에는 개천이 말라서 미꾸라지도 살기가 힘든 때.

"백 점이다. 나도 백 점 받았다."

나도 만점을 받을 때가 있었다. 와, 백 점이다.

초등학교 수업시간에 국어시험을 보는데 문제가 왜 그리 쉬운지 백 점을 받았다. 내 옆에 공부 잘하는 아이가 같이 시험을 쳤던 것인지. 아이들은 내 시험 점수를 보고 놀리기도 했다. 커닝을 했다고…. 그 아이는 구십몇 점 받은 것 같았다.

그러나 양심을 걸고 내 인성과 인품으로는 남의 시험지를 쳐다보고 커닝을 할 정도의 위인은 되지를 못했다. 한마디로 숙맥인데 어찌 남의 시험지를 보고 베낄 수 있느냐는 말이다. 그런데도 아이들은 막무가내였다. 한 명이 말하니 덩달아서 옮겨갔다. 무지한 중생들. 네들은 그 정도밖에는 안 되는 것이야. 하든지 말든지. 나는 신경 쓰지 않았다.

남 말하기를 좋아한다. 그래서 애들이라고 하는 것 같았다.

마침 그날은 작은형님이 제대를 하고 들에 갔다가 오다가 점심 먹으러 집에 가는 우리 일행과 만났다. 철없는 애들이 형님이 있는 데서 내가 커닝을 해서 백 점을 맞았다고 놀렸다. 아이들 말에 의아했던 형님은 "그런 말에 신경 쓰지 말고 열심히 공부나 해라." 애들은 가고 형님은 독려해 주셨다.

나중에 고등학생이 되었을 때도 그랬고, 어른이 되어서 이것은 무슨 현상일까? 나는 책을 열심히 읽지도 않았는데 그날따라 문제가 아주 쉬웠다. 영성 발동인가? 암튼 그런 일이 실제로 있었다. 이게 무슨 현상일까? 이게 뭐지…?

"술 마시고 다니는 사람에게는 밥도 주지 말라."

작은형님께서는 나보다 십 년 연상이다. 군대 갔다가 휴가 나왔었는데 동네에서 친구들과 술을 마시고 온 것 같았다. 저녁 식사를 하는데 나는 대뜸 한소리 했다.

철없던 나는 그때는 왜 그런 말을 했는지 모른다. 술 마시고 다니는 사람에게는 밥도 주지 말라고 했다. 밥을 먹던 형님은 밥숟갈을 놓고는 밖으로 나가버렸다. 나도 말은 그렇게 했지만 어찌할 바를 몰랐다. 나의 철없던 말 한마디에 형님은 엄청 서운했던 것 같았다. 한잔 술 때문에… 아니, 나의 철없는 말 한마디 때문에… 말 한마디에 천 냥 빚을 갚는다더니 철딱서니 없는 말 한마디가 이런 고단함을 느끼게 할 줄은 미처 몰랐다. 형님 미안합니다. 이런 난처할 때는 어떻게 해야 하는 거야. 맘은 그게 아닌데 본의 아니게 표현할 줄을 몰라서, 어휘력이 부족해서 그만 형님 마음을 불편케 했습니다. 깊이 반성합니다.

"생선은 큰 고기가 맛있다."

죽은 마른 물고기도 생선이고, 살아있는 횟감도 생선이다.

왜 그럴까? 고깃덩어리를 제공하기 때문이다. 사람은 죽으면 시신, 시체, 송장이라고 부르지 사람이라고 하지 않는다. 사람이라는 말은 마음이나 영인체가 있을 때 사람인 것이다. 사차원의 세계가 있다는 말이다.

잘 숙지하고 살면 좋은 사람이 될 수 있을 것 같았다.

큰형님이 돈도 벌어오지만, 아버지가 없는 우리 가정을 이끌고 가야 할 가장이다. 몇 달 만에 들어오는 어선은 한 번 들어오면 민어나 돔이나 고지 등 마른고기들을 많이 가지고 오면 이웃에 나누어 먹는다. 그 생선들이 크니 정말 맛이 좋았었다. 그날 저녁이면 맛있는 생선을 굽고 쩌져서 포식을 하는 날이다.

"큰형님의 결혼."

초등학교 육 학년이 되었을 때 큰형님께서 결혼을 하게 되었다.

가난하게 살아도 때가 되면 결혼을 해야 한다. 큰형님이 결혼을 해야 하는데 방이 없으니 큰 방 옆에다 작은 방 하나를 달아냈는데, 그때가 겨울이었던 것 같았다. 방을 넣고 불을 때는데 얼마나 뜨거운지. 형님 덕분으로 나도 중학교에 가게 되었다. 새봄이 시작되면 중학생이 된다. 기쁜 맘을 억누르기가 힘들 정도로 좋았다. 새로운 공부를 해야 한단다.

뜨거운 방에 앉아서 영어 알파벳을 뜨겁게 열심히 외우고 있었다. 친척분이 오셔서 공부를 열심히 한다고 했다. 사실 나는 공부를 열심히 하는 편은 아니었다. 열심히 했으면 더 나은 인생살이를 기대했을 텐데. 암튼 외워야 한다는 일념으로 열심히 외웠을 뿐. 형님은 드디어 결혼을 하게 되었다. 중학생이 된 뒤에 형님은 배 타러 나갔고, 형수는 내가 학교 갔다가 오면 고구마를 먹으라고 주곤 하였다. 우리 형수님도 가난한 집에 시집와서 고생을 많이 했다.

"불쑥 솟은 대방산에 기상을 받아."

졸업식장에서 울려 퍼지는 우리 학교의 교가 중에 일부.

우리 동네 뒷산 이름이 대방산이었다. 향내 나는 좋은 산이라는 뜻이다. 산능성이를 타고 올라가는 길이 있고, 골짜기로 가는 길이 있었는데 골짜기로 가는 길 도중에 물방골이라는 곳에는 물이 내려오는데 3, 4미터 높이의 널찍한 바위에서 떨어지는 물소리가 장관이다. 아름다운 곳이다.

여인들은 칠석날이면 물 맞으러 몰려다니곤 했다. 그기로 올라가다 보면 가파른 숲속에는 아름드리나무들이 울창한데, 얼음이라는 열매가 있었다. 달고 맛이 좋은 열매였다. 일개면을 두루 내려다보는 크게 향내가 나는 산 정상에서 내려다보는 주위의 경치는 참으로 아름다웠다. 봄을 맞으면 어느 날 꽃구경하는 날이다. 시골에서는 봄이 오면 어느 하루 쉬는 날이 있었다.

그날은 일개면 사람들이 대방산이라는 정상에 도시락 싸 들고 올라와서 하루 즐겁게 즐기는 풍속도가 있었다. 사람들이 입고 온 옷들이 살아있는 무지개로 떴다. 우리 동네 작은형의 친구인 그 형은 학교 다닐 때 어떠한 일로 다리에 부상을 입었다. 사고로 엉덩이뼈가 위골이 되었는지 다리를 좀 저는데, 기타를 아주 잘 쳤다. 그런 날은 기타 잘 치는 그 형님 주위로 남자든 여자든 몰려들었다.

그런데 오늘은 지게도 지지 않고, 나무도 하지 않는 쉬는 날이다. 이런 날이 있었구먼. 새로운 기분이었다.

"억새풀 전쟁."

찌는 듯한 무더위가 지나면 산들은 형형색색으로 옷을 갈아입는다. 불그스름하기도 하고 누르스름하기도 하며, 노오랗기도 한 가운데에 빠알간 색의 단풍이 더욱 눈에 선명하다. 서로 나의 색이 아름답고 제일이라고 자랑하는 듯이 자기의 색깔을 드러낸다. 산능성이에서는 하얀 억새풀들이 한들한들 바람결에 장단을 맞추며, 새색시처럼 하얀꽃으로 나풀나풀 춤을 추었다.

사악사악. 동네 사람들은 낫을 서너 개 갈아가지고 도시락까지 싸 가지고 그곳에 억새풀 베러 간다. 억새는 베일지도 모르면서 반기는 듯 하늘거렸다. 우리 옆 동네 복상이란 별명을 가진 아저씨는 산에 살다시피 하여 거기 억새풀은 전부 다 벨 정도로 집착한다. 그 아저씨는 담배를 많이 피우는지 웃으면 이빨이 누런 사이로 시커멓다. 아름다운 억새는 그 아저씨의 낫질에 그만 드러눕고 만다. 생풀은 베면 무거우니 어느 정도 늘려서 마르면 집으로 짊어지고 온다. 때로는 그냥 짊어지고 올 때도 있다.

앞서가는 사람의 지게에 양옆으로 지워진 억새. 발걸음을 걸을 때마다 하늘하늘하게 일제히 춤을 춘다. 아름다운 억새꽃. 바람에 장단을 맞추기도 하며, 나무꾼의 지게 위에서도 하늘거리는 하얀 억새꽃이 춤을 추고 있었다. 너무나도 아름다운 풍광이다.

햇살을 받아 더욱 나풀거리는 억새꽃. 이 가을의 전유물이다.

집집마다 억새풀이나 갈비나 나무들을 마당 한 모퉁이에 가득히 쌓아놓고 땔감으로 사용한다.

올가을은 마당 모퉁이에 억새꽃으로 한비늘 쟁여져 있다.

겨울나기 준비는 잘된 것 같았다. 아궁이는 많은 땔감 나무를 필요로 했다. 입에 넣는 대로 버얼겋게 삼켜버리는 무서운 아궁이.

"돌고 또 도는 팽이."

　세상은 돌고 돈다. 인생살이도 돌고 도는 팽이 같을까.

　돌다가 기력이 쇠하면 꺼지고 멈추겠지. 팽이처럼 중심이 잘 잡힌 나라는 살기 좋은 나라다. 그 중심이 잘 맞지 않은 나라는 망하기도 하는 것이다. 원심력이 좋을수록 잘 돌아가기 때문에 둥그스름하게, 균형 있게 잘 깎아야 오래도록 돌아가는 팽이가 된다. 중심을 잘 잡고 살아야 행복할 것이다.

　자치기는 나뭇가지를 양쪽에 반대로 비스듬하게 잘라서 땅에 놓고, 나무 작대기로 한쪽 끝을 치면 튀어 오른다. 튀어 오르는 것을 작대기로 야구공 치듯이 멀리 치고 자치기자로 몇 자라고 부른다. 그러면 대충 눈대중으로 보고 턱없이 많이 부른다는 생각이 들면 자로 재어본다. 부른 만큼 안 되면 취소가 되어 공격권이 상대방에게로 넘어간다. 많이 기록을 내는 사람이 이기는 놀이다. 자치기, 구슬치기, 돌 치기, 동전 맞추기, 제기차기 등등 놀이들이 많다.

천명으로 해야 할 최고 지도자

"선거는 착한 백성들을 편 가르며 내 편을 만든다."

나는 YS가 좋아. 나는 DJ가 좋아. 나는 JP가 좋아.

그 시절 유권자들은 난리들이었다. 나는 노무현의 꿈이 좋아…. 아니야, 이명박이야. 나는 박근혜가 좋아. 아니야 문재인이 좋아. 대깨문이야. 시비하지 말어. 촛불 정신을 이어받을 이재명이 좋아. 아니야 부패한 권력으로는 안 돼. 윤석열이가 좋아…. 그러다가 2022년 3월 9일 날 윤석열이 20대 대통령이 되었다. 대한민국의 좋은 대통령이 되려면 남북통일을 이룩하고 하늘을 경외하면서 참부모님과 뜻을 같이하여 세계 일등국이 될 수 있도록 하면 최고로 성공한 대통령으로서 인류 역사와 이 민족사에 길이 남을 것이다.

"비난 없는 선거 방법은 이렇게."

지금의 선거풍토는 바꾸어야 한다.

좋아하고 찍어주는 선택은 유권자의 자유다. 그러나 선거 때가 되면 유권자들의 인심은 서로 자기가 지지하는 후보자를 좋다고 선택하기 마련이다. 갈라치기에 이용당하는 정치형태를 이대로 두고 볼 수가 없는 것이다. 이런 주도권 잡기와 내 편 만들기로 백성들을 피곤하게 하는 선거제도는 이제 삭제하고 선거비용도 들지 않는 제도가 필요하다.

최고 선출직 지도자 자격은 십 년 전에 예고한다. 누구든지 공모에 신청할 수 있는 제도이므로 신청자는 사전 검증에 통과된 자에 한해서 선택된다. 모든 조직에 제일 적합할 유능한 인재를 공개 지원을 통해서 선출할 수 있다.

공평하며 비용이 들지 않는 선거법은 20세 이상 되는 모든 국민은 선거권이 주어지며 자기 자필로 체크 검인할 수 있다. 자격선출선거법은 기명식 직접 투표를 한다. 행정부에서는 집계 수만 발표하지 개인 투표는 공개하지 않는다. 재검표가 필요할 경우 공정한 검표를 하도록 한다. 출마 자격은 선거일로부터 10년 전에 미리 광고를 한다. 다음 대통령선거에 홍길동 다음 국회의원선거에 홍길동 다음 시장·군수 선거에 홍길동 이렇게 미리 공고를 하고, 선출직에 출마할 사람은 미리 선거에 출마하겠다고 접수를 하면 그때부터 사생활이던 공적 업무든 그의 능력과 언행에 대해서는 철저한 검증을 거치게 되는 것이다.

국가에 충성할 수 있는 애국자이며, 국가와 국민의 생명과 재산을 지킬 수 있는 천손천민다운 인격적인 사람이어야 한다. 하자가 있으면 출마를 할 수 없으며, 임기는 5년으로 하되 한 번 연임할 수 있다. 돈 안 들이고 할 수 있으며, 단일지도 체제이니 비난을 할 이유가 없다. 국가의 최고 지도자로서 좋은 정책을 입안하여 애국심으로 일하는 것이다. 좋은 정책은 공모하여 선택한다.

국가와 국민을 위해 채택하여 정책에 반영하면 되는데 누가 낸 공약이던 좋은 것을 취사선택하면 된다. 감사팀은 정책의 오류는 걸러내어서 시정하도록 관리 감독한다. 정치인이 존경받을 수 있는 제도로 만들어가는 것이 좋은 제도일 것이다.

"새마을을 꿈꾸던 대통령."

어릴 때 나라에서 대통령 선거가있었다. "보선은 보선인데 떨어진 보선." 이라고 사람들은 말했다. 박정희와 윤보선이 한판 붙은 선거 벽보. 마을 집회소 벽에다 대문짝만한 포스터가 여러 장 붙어있었다. "배고파 못 살겠다."라는 문구도 있었다. 시골 오지에서도 떨어진 보선이라며 어른들도, 아이들도 노래를 불렀다. 그래서 떨어진 것인지는 잘 모른다. 하여간 선거란 그런 것 같았다.

"새마을운동의 선구자 대통령." 나머지는 다 떨어지고 박정희 씨는 대통령이 되어서 동네마다 새마을 바람을 불어넣었었다. 동네에서 무슨 일이든지 하면 밀가루도 나오고, 돈도 조금씩 일당을 쳐주는 것 같았었다. 선창을 쌓기 위해 돌을 한 짐씩 지고 갔다. 길 닦는다고 괭이를 들고 소쿠리로 흙을 퍼서 나르기도 했었다. 마루 밑에 비어있는 공간들을 막았다.

환경을 깨끗이 한다고 초가집도 걷어내고 슬레이트나 도단이라는 양철로 바꾸는 작업들이 한참이었다. 동네마다 온통 나라가 새마을 바람이 심하게 불었다. 아침마다 동네 확성기를 통해 「새마을 노래」가 매일같이 흘러나왔다. "새벽종이 울리네 새 아침을 맞았네 너도나도 일어나 새마을을 가꾸세 살기 좋은 우리 마을 우리 손으로 가꾸세…" 시골에 더 많은 변화가 일어났던 새마을운동은 기적 같은 대단한 성공을 이루었다.

그분은 가난한 나라의 최고 통치자가 되어 남의 나라에 가서 차관을 빌리고 싶었으나 누가 그냥 돈을 꾸어주는 나라가 있겠는가. 독일 가서 사정하기도 하며 결국 조건부로 광부와 간호사를 파견하는 조건으로 차관을 빌려와서 경부고속도로를 닦는다고 할 때 많은 지도자는 반대를 할 수밖에 없었을 것이다.

한국 나라 실정으로서는 지식인들이 반대를 안 하는 것이 오히려 이상할 정도일 것 같아 보였다. "자동차도 없는 나라에 도로만 닦으면 뭐한데. 일부 부자들이 벤츠를 타고 희희낙락거리는 꼴을 보아야 하는가? 안 된다. 게다가 남의 나랏돈을 빌려 왔으니 나라가 망할 징조."라며 반대하는 사람들이 아주 많았다.

개척자는 힘들고 모진 박해와 욕을 얻어먹을 수밖에는 없는 것 같았다. 왜 그럴까? 수천 년 동안 지식의 이론은 넘쳐나겠지만 법쪼가리 하나 모르고 살아도 법을 어기지 않는 착한 백성들에게 부끄러운 정치인이 되어서는 안 될 텐데…. 정도를 지키는 의인들이 많아질 때면 무궁화 꽃이 피겠지요.

"한 시대를 주름잡던 정치인들은 신 삼국시대로."

사십 대에 불혹으로서 오십 대는 지천명하며 살아야.

지금도 지역 타파가 힘이 든다. 망국적인 지역감정의 정치 풍토를 바꾸어야 한다. 삼김씨가 정치를 할 때 지역감정은 절정에 다다랐다는 사실이다. 경상도는 김영삼. 전라도는 김대중. 충청도는 김종필이 그 지역을 기반으로 나라를 삼등분해서 조각내놨다 해도 틀린 말은 아닐 것이다. 제갈공명은 삼분지계로 하면 평화로운 세상이라고 했던 것 같았는데, 이게 신 삼국지인가. 아니면 신 삼김씨 나라인가?

그들의 정치는 지역감정을 극에 다다르도록 만들어버리고 말았다. "지역감정을 없애려면 이런 방법으로 빅딜을 하면 좋을 것 같은데…. 호남에서 김영삼 씨 당에 5명 당선하게 하고, 영남에서 김대중 씨 당이 5명 당선되게 해라." 그때 그렇게 외쳤다.

정치 지도자들의 과욕을 탈피하기 위해서라도 그렇게 하면 좋을 것 같았다. 하도 답답해서…. 내 소리는 메아리도 알지 못했다. 서로 그렇게 지역민들에게 전략적으로 호소를 했으면 성공했을지도 모른다. 그 정도로 삼김씨의 정치 역량이랄까. 아니면 국민의 지역 볼모라고 할까. 암튼 지역감정이 극에 다다랐을 정도였다. 망국의 지역감정을 누가 만들었을까?

정치인들은 지역을 볼모로 자기들의 영달을 추진해 온 것은 사실이고, 거기에 유권자들은 경우 없이 정치인과 한편이 되어 광기 수준으로 서로 미워하고 싸우는 대리전 양상으로 변해버린 작금이기도 했다. 좋은 정치를 할 수 있는 제도와 정치인이 그립다. 격조 높은 지도자상. 존경받는 정치인을 기다리는 희망을 가져본다. 뭐, 기대는 하지 말라고….

"정치, 그게 뭐 그리 어렵다고."

새로 만들어지고 없어지는 흥망성쇠의 역사에는 이유가 있었다. 좋은 정치를 하려면 앞 정부에서 잘못한 것을 뒤 정부가 참고로 해서 수정하여 잘하면 백성들로부터 박수를 받을 것인데 복수만이 능사가 아니다. 모순된 악의 고리를 누가 풀 것인가? 순천할 수 있는 지도자는 없고 복수에 칼날만 가는 것이 최고 지도자들의 생각이며, 그들의 일하는 수준일까?

주택정책=어느 성인께서는 날아다니는 새도 집이 있거늘 인자는 머리 둘 곳이 없다고 탄식을 하셨듯이 주택문제는 심각하다. 어느 성인께서는 비가 새는 1.5평짜리 흙과 박스로 집을 지어놓고 21세기 최고의 문화주택이라고 하셨다. 성인님들도 주거 때문에 고생이 많으셨던 것 같았다. 성인님을 보통 사람들이 자기 수준으로 바라보니 그냥 일반인과 같이 생각하는 것 아닌가.

더더구나 성인님들도 기거할 주거 때문에 고심했던 것이었다. 내가 기거할 집은 그만큼 중요한 것이다. 주택문제는 태어나면 집 한 채씩 제공해 주는 것이 좋은 정책 같다. 만물의 영장이라는 인간이 주거 때문에 고민하고 살아야 한다는 것은 비극 중 비극일 수 있다.

집을 사기 위해 돈을 벌어야 하는 이런 세상이 제대로 된 세상은 아닐 것 같다. 암튼 결혼하면 제공하는데 살고 싶은 곳이나 직장에서 적당한 거리에 주택을 제공한다. 주택의 매매는 일체 할 수 없고, 다른 곳으로 직장 따라 이사를 할 경우는 같은 조건으로 제공받을 수 있다.

은퇴 후에 평생 살고 싶은 곳을 지정하면 제공받은 거기서 사망할 때까지 살 수 있다. 증개축 보수는 개인이 할 수도 있으며, 국가에서 수리비 일부를 제공해 준다. 사안에 따라서.

수도권 과밀현상은 관공서나 회사와 대학을 적절하게 지방으로 분산한다. 물류비 등은 감면을 통해서 어디라도 골고루 배치할 수 있도록 하여 지방분권정책을 제대로 활용하면 과밀한 도시와 공해 및 주택문제도 해결할 수 있을 것이다.

교육의 단계=초등교육은 기본과목을 배우는 과정이다. 5, 6학년 방학 때가 되면 중학교에서보다 전문과목을 배우기 위해 방학에 예전 학습인 사전학습을 미리 이론이나 실전을 실습해 보면서 자기가 잘할 수 있는 적성에 맞는 직업을 선택하기 위해 준비하는 학습이다. 중학교 때부터 전문과목을 배우기 위해 학교나 반을 선택하여 공부할 수 있도록 전인교육을 하는 것이다.

고등학교과정은 한 단계 진전된 지식의 습득을 위해 고등학교만 졸업해도 사회의 어디든지 적성에 맞는 직업을 선택하여 기쁨으로 살 수 있도록 한다.

대학과정은 더 많은 기술이나 이론을 공부하고 더 연구하는 전당으로서 모든 과정에서 미비한 학습이나 부족한 기술 부분을 더 연구하며 공부와 학문을 완숙시켜가는 곳이다.

학력은 있으나 학력을 가지고 사회에 혜택을 보는 일은 없어야 한다. 능력자가 우대받는 세상이 되어야 한다. 경력 역시 참고자료일 뿐이다. 누구나 공평한 대우를 받는 인평선의 나라에서 평안으로 자유를 누리고 최고의 안락한 삶을 살 수 있도록 해주는 것이다. 직업 선택은 인품과 책임감으로 능력을 발휘하는 곳. 누구든지 무슨 일이든지 할 수 있는 기회를 주기 때문에 각자의 일에는 전문성과 책임성과 의무성을 가지고 양심인으로 프로답게 최선을 다해야 하는 것이 필수조건이다. 내 사업이며, 우리 마을 일이며, 우리나라의 일이다. 최고를 지향하는 프로정신으로.

"진인께서 바라시는 이 나라의 통치는."

나라를 사랑하는 애국민의 노래. 애국가. 애국가에도 나온다.

동해물과 백두산이 마르고 닳도록 하나님이 보호하는 우리나라는 백성과 신인일체가 되어 경천애인 할 수 있는 나라가 되면 세계 일등 국가가 될 수 있을 것 같다. 남북통일을 하면 민족이 하나 되어 고난은 없어지고 세계의 중심 나라가 되어 최고의 존경을 받는 대통령이 될 수 있을 것이므로 대통령의 수난시대는 끝이 날 것 같다. 가짜가 많은 세상에 진짜는 분명 존재하는 것이니 순천자가 지도자가 되면 고난은 해결될 것인데, 그것이 하늘의 뜻이다. 뿌리인 근원이요, 근본은 하늘이다. 범 내려온다. 진인께서 나오신다. 눈을 들어 저 높은 하늘을 바라보며 하늘을 경외하자.

"남북통일은 숙명이니 통일을 이루면 세계 중심국."

남북통일을 하는 대통령이 되면 수난은 끝이 날 것 같다.

만물제일주의가 아니다. 인본제일주의도 아니다. 부모제일주의의인 신본주의로서 신성통치를 하게 되면 태평성대를 맞이하게 될 것이다. 신통은 하늘에도, 땅에도, 만물에도 모든 것에 무불능통하는 좋은 때이며, 천운천복으로 태평성대를 맞이할 수 있는 때이다. 뜻을 가진 훌륭한 선각자인 지도자를 필요로 한다.

도덕적이고 인격을 갖추고 하늘을 공경하며 진실한 믿음을 가진 자로 하늘 법에 맞는 사랑정치를 행하는 신통정치를 할 수 있는 최고 지도자라야 한다는 것이다. 어지러운 세상에서 대안과 답은 진실과 진리뿐이다. 진리를 알고 천운천복을 상속받으면 흥할 것임이 틀림없을 것이다. 오직 신통뿐인데 경천애인 할 수 있는 의인이 있어야 빠른 속도로 행복의 세계, 피안의 세상으로 들어갈 수 있을 텐데….

지식은 나무, 흙 속에 뿌리는 진리

"쟤가 중학교 시험에 붙을까?"

졸업은 다음을 새롭게 출발하는 시작이라던데….

어느덧 초등학교를 졸업하고 이제 중학교에 가야 할 때가 되었다. 육신인 몸은 성장했고, 마음도 성숙해진 것인가. 엄마와 형들의 한이 서려있어서 공부를 많이 시키려고 했다. 항시 조용한 나를 보고 어떤 사람은 중학교에 갈 수 있을까 염려하는 것 같았다. 그러나 나는 당당히 시험에 중상위로 합격해서 입학하게 되었다. 그때는 성적순으로 반 편성을 하는데, 나는 에이반에 들었기 때문이다. 그때만 해도 응시자가 많아서 떨어지기도 하는 시절이었다. 우리 동네 선배 중에 한 사람은 중학교에 입학시험을 보고 왔는데 동네 사람들이 "시험이 어떻더냐?"라고 물었다. "그 시험 쉽디쉽던데." 라고 답해서 합격할 줄 알았다.

그러나 그 선배는 떨어졌다. 그 후에 사람들은 '쉽디쉽다.'라는 말이 동네에서 유행했다. 그럴 정도여서 나도 그럴 줄 알아서 걱정하는 사람도 있었던 것 같았다. 걱정도 때로는 팔자라더니…. 차라리 타고난 팔자를 믿어보는 것이….

"걸어서 십 리 밖의 중학교에 진학."

중학교는 4킬로 정도 산길을 넘어서 걸어 다니는 곳이었다.

학교는 면 소재지에 있었는데 산길로 넘어가면 한 시간 정도 걸리는 거리였으며, 신장로로 가면 한 시간 반 정도 걸리는 거리였다. 여름이면 배가 고파 산 중간쯤에서 도시락을 절반 정도 까먹고 갈 때도 있었다. 길 밑에 마을에는 못난 놈들이 아이들을 잡으러 올라오면 도망 다니기가 일쑤였다.

암튼 못난 촌놈들은 꼭 촌발을 날리며 티를 냈다.

초등학교 때의 점심시간은 도시락이 필요 없었다. 집에 가서 점심은 해결했지만, 중·고등학교 때에는 도시락을 싸 가지고 다녀야 했었다. 점심때가 되면 나의 도시락은 항상 거의 99% 꽁보리밥이었다. 쌀알을 셀 수 있을 정도여서 도시락 뚜껑을 닫아놓고 밥을 먹었다. 한번은 짓궂은 녀석이 "네 도시락은 특급이냐. 너는 얼마나 맛있는 것을 싸왔길래 뚜껑을 닫아놓고 혼자 먹느냐?" 하며 뚜껑을 확 열어젖혔다. 얄미운 녀석. 열어젖힌 녀석도, 주위의 애들도, 나도 놀랐다. 그 뒤로는 나의 도시락에 대해서 누구도 가타부타 말하지 않았다. 못된 심술은 잘 없어지지 않는가 보다.

하긴 놀부 심보를 가져야 잘 산다고들 하는 세상이니….

"가난의 혁명은 새마을 운동."

지지리 가난으로 쪼들렸던 민족에게 혁명 중 혁명은 가난 탈출. 가난을 운명으로 생각하고 생활을 해왔던 것 같았다. 나라님도 구제를 못 한다는 가난. 힘들고 궁핍한 생활을 탈피하기 위해 무엇을 어떻게 해야 할까? 박정희 대통령이 통치자가 되면서 연탄을 때고, 지붕 개량도 하고, 새마을을 가꾼 이후로 지금은 산불 예방을 위해 산에 나무를 솎아낼 정도가 되었다. 북한에 있는 산들은 모두가 벌거벗은 민둥산이라는데, 남쪽에 있는 산들은 나무와 풀로 가득한 푸른 산으로 변한 지 오래되었다. 살기 좋은 우리 마을. 우리 손으로 가꾸었고, 정부의 시책에 따라서 이렇게 변하였다.

산에는 길이 없을 정도로 가득 찬 나무들….

"산에 산에 산에는 산에 사는 메아리 언제나 찾아가서 외쳐 부르면 반가이 대답하는 산에 사는 메아리 벌거벗은 우리 산엔 살 수가 없어 갔다오 메아리도 살게시리 나무를 심자"라는 노래를 부른 이후에 이렇게 녹야청천한 산이 되었다. 한 사람의 지도자인 나라님께서 드디어 가난을 구제하셨다.

그 바탕 위에 이제는 선진 국가에 들어간 이 나라가 되었다. 한 분의 탁월한 능력과 뚝심으로 이루어낸 결과였다. 이 나라 어느 누구라도 가난 탈피의 제일 선각자는 박정희 대통령이라는 사실에 억하심사가 아니라면 이의를 달 사람은 없을 것 같다. 이렇게 살기 좋은 세상으로 만들어놓았다.

살만해서 그런 것일까. 먹고 놀아도 된다고 봐서 그럴까? 요즈음에는 방송국마다 먹자 놀자 즐기자는 프로가 대부분이라서 너무 심한 것 아닌가 염려할 정도가 되어버렸다. 제발 기우이기를 바랄 뿐이다. 퍼주기 일색에다가 놀판, 먹판, 즐판만 좇다가 곳간이 텅텅 비는 날에는 또다시 가난에 찌들 일이 발생할까 봐 염려 아닌 염려는 나만 그럴까?

백성은 줄고 있는데 콘크리트 집들은 자꾸만 늘어가는데 곳간도 비고, 인구도 줄면 불을 보듯이 뻔한 결과는 나라가 없어질지 모른다는 말이 만우절이기를 바랄 뿐이다. 정도로 살아야 할 천손천민인 줄 알아야 할 것인데…. 언제 하늘 뜻에 동참하는 선민의 백성으로 거듭날 수 있을까? 바빠도 하늘 한 번 보고 살자.

"영어라는 낯선 단어. 에이, 비, 시, 디."

중학생이 되면 영어를 배워야 한다던데, 영어가 뭐지?

세계 공용어가 영어라서 중학교 가면 영어를 배워야 한다기에 영어 알파벳을 열심히 외우고 있었다. 처음 해보는 남의 나라말인 영어 공부가 재미가 있었다. 남의 나라말을 배운다는 것이 쉬운 일은 아니었다. 말부터 배우고 문법을 배워야 하는데, 문법부터 배우니 쉽게 인식을 못 하는 학습 방법이라서 아직까지 영어를 말하기는 어려웠다. 중학생이 되었던 어느 날 영어 시험 시간이 되었다.

다음 영어 시간에 선생님께서 "영어야, 본국으로 돌아가라."라고 쓴 학생이 있었단다. 영어가 얼마나 힘이 들었으면 그 친구는 그렇게 썼을까? 천재 아니면 둔재 아니면 무조건 싫어….

외국에 유학을 많이들 간단다. 그 비용이 만만찮게 드니 나라에서 차라리 몰입 교육을 하면 좋겠다고 한때는 난리들이었다. 지금도 신문방송에서나 일상에서 국적 없는 영어인지 구분도 안 된다는 말들을 많이 만들어내고 있는 실정이다. 암튼 순수한 우리나라 말이 조금씩 조금씩 훼손되어서 이질감이 많이 드는 것 같다. 그러다가 어느 날 우리말은 자취도 없이 사라지지 않을까 하는 걱정은 나만의 몫은 아닐 것이다. 있을 때 잘 지키자.

"데모가 뭔데 전부를 모이라고 하는 거냐."

아무런 영문도 모르고 우리들은 운동장에 집합을 했고, 선배들은 거리로 나가자고 앞에서 선동을 한 것 같았다. 뒤에는 무슨 영문인지도 모르고 따라간다.

"왜 '교장 선생님 사퇴하라'고 하는 건데?"

"글쎄, 왜 그러는지는 나도 모르지. 너는 알아?"

아무런 물정도 모르던 어느 장날이었다. 고등학교 선배들이 모든 학생은 전부 운동장으로 나와서 우리를 따르라고 했는데 면직시킨 선생님들을 복직시키라는 내용이었던 것 같았다. 아마도 그때 선생님 자격증이 없는 분이 몇 분 계셨던 것 같았다. 데모 후에 어느 정도 복직이 되었고, 교장 선생은 그대로 유지되었다. 데모를 해야 바로잡는 것인가. 미리 제대로 하면 좋을 텐데….

"이런 빌어먹을 재수에…."

학교에 다닌다는 것만 해도 대단한 일이다.

우리 동네 어떤 형은 학교에 못 가서 친구의 책을 빌려서 스스로 공부하기도 했다. 학교에 다니는 것만 해도 행운이라고 생각한다. 우리 집안은 가난하였고, 아버지는 일찍 돌아가셨으니 큰형님께서 가장 역할을 하고 있었다. 형님의 친구분은 "동생들 공부시켜봐야 말짱 헛일."이라고 했다며 어느 날 형님은 내게 공부를 열심히 하라고 말하였다.

그러던 중2 때는 큰 사고를 당했다. 여름방학 며칠 전이었다.

우리 동네 친구들과 동네 선배 몇 명이 모여서 선배 집에 가서 화투를 쳤다. 나는 돈도 없어서 마당으로 나와서 집에 가려니 무서웠다. 집에 가는 것도 겁이 날 정도로 겁이 많았던 것 같았다. 괜스레 나왔다가 방 안에 들어갔다 하다가 마루 위에 초롱 거는 걸이에 눈이 걸려서 사고를 당했다. 참말로 이해할 수 없이 희한한 것은 그렇게 걸려 고해도 걸 수가 없을 정도인데 어떻게 걸린단 말인가? 줄인데, 조금만 닿아도 흔들리는 줄인데….

이것이 신의 장난인가. 운명인가? 그 집은 무당집이었고, 우리 집에 와서 가끔은 굿을 하는 먼 친척 집이었다. 악령들의 장난인가. 이게 나의 운명이며, 숙명이란 말인가. 내가 치르고 살아야 할 팔자란 말인가? 도저히 상상도 안 되고, 이해도 안 되는 끔찍한 사고가 발생하고 말았다.

방학 삼사일 전에 사고를 당했었는데 방학이 되어 병원엘 갔다. 이동 시장 장터 옆에 큰집이 있었다. 큰아버지는 돌아가시고 큰어머님이 혼자 계시는 곳에 며칠 묵으면서 병원엘 다녔다. 마당에는 우물이 있었고, 물을 퍼 올리는 두레박이 있었다. 작은방에 세를 들어 사는 집이 있었는데, 그 집에 초등학생인 그 아이는 코를 질질 흘리며 다녔다.

그래서 두레박에 물을 길어서 깨끗이 씻으라고 했는데 애가 줄을 놓쳐서 두레박이 우물에 빠져버렸다. '으이쿠, 큰일 났구나. 그것도 제대로 못 해서. 어떻게 건지나?' 고민하고 있었는데 큰어머님이 오셔서 건졌다.

초등학교 다니는 병원장의 딸이 있었는데 놀러 왔었다. 아마도 나의 뒤를 따라왔겠지. 예쁜 동생 같았는데 며칠 지나니 오지 않았다. 뒤에 들었는데 가지 말라는 말을 듣고 오지 않았단다. 왠지 서운한 마음이 들었다. 오빠라는 말이 듣기에 그렇게 좋았었는데…. 나는 막내였고, 낯선 여자아이로부터 들은 오빠라는 그 말이 오랫동안 남아있었다.

"저마다의 타고난 소질을 개발하고…."

새로운 변화에 적응해야 하는 국민교육헌장.

중학교 다니던 한 해가 다 넘어가는 때에 국민교육헌장이 나왔다. 어느 날인가 선생님이 "다 외우는 사람은 집에 가고, 못 외우는 사람은 오늘 다 외워야 집에 간다." 종례시간에 하신 말씀이다. 나보다 먼저 외운 아이가 선생님 앞에 나가서 외우다 틀려서 다시 들어갔다. 다음은 내 차례. 내가 세 번째인가 나가서 제일 먼저 통과하여 집에 일찍 간 적이 있었다. 집중하면 되는 것. 이렇게 기분이 좋을 때가 있었나? 내 머리도 괜찮은 것 같은데…. 공부에 취미를 붙여야 할 텐데….

"밥은 먹고 사는 세상이 되었으면 얼마나…."

누가 가난 좀 해결해 줘요. 지긋지긋한 가난.

암튼 국가도 가난하였지만, 우리 집은 더더욱 가난에 쪼들려서 살았다. 그때는 동네마다 잘살아보자며 동네 확성기로 새마을 운동 노래를 귀가 따갑도록 아침저녁으로 들었다. 새로운 바람이 확 불어서 삶의 생활 풍속도가 바뀌고 있었다. 뭔가 될 것 같은….

모든 동네 사람들이 마을을 가꾸고 다듬고, 선착장도 손질을 하고, 신장로도 넓히고…. 대한민국의 새로운 바람이 불었다. 보릿고개에 가난을 해결하기 위해 새로운 대변화의 바람이 불고 있었다. 아니 이것은 혁명이었다. 무혈생존변화의 혁명. 그때 그렇게 시작했으니 이렇게 선진국으로 변화되고 발전된 계기가 되었다. 탁월한 선택이었다. 국민교육헌장까지 발표하고 우리는 그것을 외웠다. 국민들에게 희망의 바람을 불어넣고 있었다. 타고난 저마다의 소질을 개발하고….

"나의 소질을 나도 잘 모르고."

타고난 나의 소질은 뭘까. 나는 무슨 재주를 가졌을까?

그러니 학창 시절에 자기의 소질을 알고 소질을 개발하여 값진 인생을 살 수 있도록 지도·교육하고 발전하도록 하는 것이 교육일 텐데, 일방적인 과목에 관심도 없고 취미도 없는 글자만 외워서 성적만 올리는 것이 교육이란다. 많이 변했다고 한다지만 지금도 그러고 있다. 하지만 진정한 교육은 뭘까?

십 년, 아니 몇십 년을 공부하고 글자를 익히고 기술을 배워도 사람 되는 교육은 없었던 것 같다. 지금까지도…. 인성 교육, 만물의 영장 되고 인격자 되는 교육이 진정한 인생 교육일 텐데. 많은 지식을 배워서 지도자가 되어도 만물의 따까리로 전락하는 일이 다반사다. 참된 사람 되는 교육이 진정한 지식일 것이며 그게 바른 교육 같았는데, 흥미 없고 관심 없는 과목을 들어야 하니 일방적인 주입식 교육의 폐해라고 할 수 있겠다.

타고난 저마다의 소질을 알아낼 수 있는 교육법이 필요하다. 잘할 수 있는 것, 관심 있는 것, 좋아하는 것을 해야 능률적이 된다. 나의 소질은…. 남에게 말하는 것, 강의하는 것이 나의 타고난 소질인가? 암튼 이제는 그 것이 나에게는 제일로 재미난 일이었다. 나이 불혹을 넘어서야 알게 된 사실이다. 젊은 시절에 알아야 할 자기의 소질을 개발하여 더 희망적이며, 무궁한 발전이 있으며, 진정한 행복을 누릴 수 있으련만.

"이마에 피 난다. 피다."

재단 이사장님은 사학으로 가방끈을 길게 해주시는 개척자였었다. 중·고등학교는 확장되었다. 옆 논밭을 사서 학교를 짓다가 보니 학생들은 점심시간이나 실업시간이 되면 괭이나 소쿠리로 흙을 담아서 나르기도 했다. 중학교 다니던 어느 날 점심시간이 되었다. 그날도 역시 돌멩이를 전교 학생들이 한 번 주어서 운동장 가에 모아놓고 점심을 먹는 것이 연례행사처럼 되었다. 그날도 돌멩이를 주워서 버리는 곳에 버리고 돌아서는데 어느 놈이 던졌는지 내 이마박에 정통으로 맞아서 "아이쿠!"라고 비명을 질렀다. 이마에 흐르는 피를 한 손으로 막고 피를 흘리며 교무실로 가서 약을 바르고 반창고를 붙였다.

아직도 그때에 그 상처가 훈장처럼 이마박에 남아있다. 가해자는 누군지도 모른다. 던진 인간은 알고 있을 텐데 나타나서 미안하다는 말 한마디 듣지를 못했다. 인간들의 양심이 그런 것이다. 참으로 신기한 것은 나의 부인의 이마박에도 나와 비슷한 흉터가 있어서 물었더니 어릴 때 넘어져서 다쳤다는 것이다. 인연이란 게 이렇게 통하는 것일까. 예정된 일인가? 인간으로서는 알 수 없는 일이지만, 세상을 알고 보니 예정 같은 것이 실제로 존재하고 있었다. 이런 일을 하고 살아야 한다는 것이 나의 인생의 예정일까. 내가 태어난 목적은?

"어느덧 고등학생이 되었다."

지식은 갑 속에 든 칼이 되지 말아야 할 텐데….

그러나 학문을 배우며 익히는 것도 쉬운 일은 아니다. 공부라는 것이 힘든 중학 시절을 보내고 같은 장소에 있는 고등학교에 진학을 했다. 박바른 이사장님께서 돈을 많이 벌어서 지역민들을 위해 학교를 세웠단다. 그러다 보니 자주 작업 현장에 투입되기도 했다. 새로운 교장 선생님이 부임해 왔다.

그때 교장 선생님은 교육수준을 높인다면서 중학교 때도 그랬고, 매주

월요일에 에이포 용지 한 장 정도 되는 문제를 토요일에 내주고 월요일 되면 백지에 그대로 쓰기를 원하는 공부를 시켰다. 그렇게 공부를 시키는 이유는 알겠으나 감성적인 나는 자주 두세 글자가 틀려서 곤욕을 치르기도 했다. 매정한 주입식 교육을 그대로 나타내는 실정이었다.

"내가 네들 같으면 그렇게 안 살아."

머리가 하얀 노인이 선생님으로 새로 부임해 오셨다.

연세가 칠순을 넘었던 것 같았다. 얼굴은 늙어서 주름살이 짜글짜글했으며 턱은 쭉 빨릴 정도로 야위었고, 허리는 약간 구부정했으며 머리는 눈발이 휘날렸고, 눈초리는 매서워 보였다. 영어 선생님으로 오셨던 그분은 이미 교단을 떠나야 할 분이지만, 사학인 우리 학교에 온 것이다. 그나마 실력은 있어 보이지만, 인간성은 아닌 것 같았다.

왜냐면 수업시간에 한 그 말은 공부를 열심히 하라는 독려 같았으나 은근히 시골 아이들이라고 무시하는 투였다. "내가 네들 같으면 그렇게 안 살아." 이북 사투리가 약간 섞여있는 서울 말투였다. 그 말은 젊은이들이 너무 많은 허송세월을 보내고 있다는 말인데 공부 안 하면 인생살이 힘들지 않겠느냐는 그런 말 같았다. 인성을 갖추어야 인간이 되지.

선생님이 학생들을 무시하는 듯이 말해도 누구도 참견하지 않은 그런 때였다. 올바른 스승의 상이란, 과연 어떤 선생님이라야 존경받고 존중받는 참된 스승이 될거나. 스승의 그림자도 밟으면 안 된다. 선생님도 직업상 선생님이고, 많은 선생님 중에 그분도 한 분일 뿐이다. 그러니 진정한 인성을 갖추고 존경할 수 있는 참된 스승이 적은 것이 아닐까?

"스승 중의 스승님."

정말로 기억에 남는 선생님 한 분이 계셨다.

선생님 중에 훌륭한 선생님이시고, 스승 중에 참된 스승님이신 이희서 선생님은 독일어와 영어를 가르쳤는데 실력도 대단하신 것 같았다. 내 기억에 가장 훌륭한 스승이요, 선생님으로 기억에 남는다. 실력만큼이나 인성이 되신 그분은 교내에서 휴지 조각이 떨어져 있으면 보통선생님들은 주위에 있는 학생을 불러서 "쓰레기를 주워."라고 하는데 이 선생님은 항상 자기가 주워서 휴지통에 버리는 모범을 보여주시는 훌륭한 스승님이셨다.

이만하면 최고의 스승이지. 남에게 시키는 것이 아니라 본을 보이시는 분이 선생님 중에 최고의 스승님이 아니신가? 글자인 지식은 문자일 뿐이다. 그러니 지식만 많다고 사람다운 인격자가 되는 것은 절대로 아니다.

인성을 갖춘 공부는 언제 해야 할까? 세상살이에 눈을 뜨게 하는 진리가 있다. 관심이 없으면 못 찾는 꾀꼬리가 되고, 관심 있으면 알게 된다. 매일 숨 쉬고 사는 것이 진리인데도 진리는 언제 알고, 깨닫고 살 수 있을까? 사랑하면 보인다는데….

"이번에 지리 시험에 만점을 받은 학생."

내가 지리에 언제부터 관심이 많았다고 좋은 점수를 받았다니…. 키가 훤칠하게 크시고 이목구비가 또렷하니 미남형으로 생기신 젊잖으신 지리 선생님이 나의 이름을 부르면서 누구냐고 일어서라고 했다. 중간시험이 끝났을 때 나의 이름을 부르는데 나는 놀라서 두리번거렸다.

멋쩍게 일어섰다. 때아닌 박수도 받으면서…. 그때도 내가 특별히 지리를 공부하지도 않았는데 반짝 성적이 좋기도 했다. 이상하다. 내게 영적 능력이 있는 것인지는 모르겠지만, 자동으로 알게 되는 일이 있었다. 그때 그런 정신세계와 무형세계에 관심을 가졌더라면…. 인간의 능력으로 지식으로는 풀지 못하는 고차원의 정신세계는 존재하는 것 같았다. 어릴 때일수록 감수성은 더 예민할 때인데 그때 자기 개발을 하면.

"수학에 흥미를 못 가졌다."

작은 것은 잘 못 세고 큰돈은 잘 기억한다.

공부를 열심히 하지 않았으니 자연적으로 수학이 싫어졌고, 관심도가 떨어졌다. 제일 재미없는 것이 수학이었다. 선생님은 정말 열심히 책을 외워서 책도 가지고 다니지 않으면서 가르쳤지만, 내게는 재미없고 흥미없는 과목이었다. 고등학교는 역시 대학 진학을 얼마나 많이 하느냐에 달렸다. 입시용 공부가 중요하다는 것 같았다. 사람 되는 인격적인 공부. 살아가면서 알아야 좋은 지식이 아니라 입시에 맞추어서 해야 하는 공부. 이런이런. 운전면허시험을 열심히 공부해도 사실은 운전할 때는 그게 필요 없는, 시험용이라는 사실을 알게 된다. 세상은 왜 이렇게 형식에 쩔어서 사는 것이지? 네 마음, 양심의 마음에는 관심 없는 지식은 어디에다 쓸 수 있을까?

삼 분짜리 인생들이 할 수 있는 것은 외형지상주의뿐일까? 공식은 분명 있었다. 인생의 삶의 공식과 숫자의 존재성도 있다. 살면서 배우는 논리와 무형실체를 깨닫는 것이 진정한 수학 공부 같았다. 손가락이 다섯 개인 이유는 뭘까. 손은 왜 둘인가. 발가락은 왜 다섯 개이며, 발은 둘인가? 진정한 인문학인 것 같기도 하고 과학적인 수학일 것 같기도 했다. 내 몸뚱어리의 존재 이유는 무엇이며, 나는 누구일까. 무엇을 목표로 살아야 할까? 재물은 수치로 나타나지만, 양심의 마음은 수치와는 무관한 것 같다. 더 깊고 더 넓은 무한대의 마음…. 지금은 인생공부는 끝났고, 몸 마음 일치로 살아가는 수행으로 살아가는 삶일 뿐.

"제일 잘 나가는 썰매."

재미 중에 제일 큰 재미는 썰매를 타는 것.

추운 겨울이 좋은 점은 얼어붙은 저수지에서 썰매를 맘껏 타는 일이다. 얼음이 얼어있는 저수지에서 최고로 빠른 썰매…. 나의 썰매가 단연 으뜸인 것 같았다. 주말은 언제나 나무하려 다녀야 한다. 겨울 방학이 되면 저수지에 썰매 타려고 아이들이 북새통을 이루기도 한다.

나는 쇠까꾸리 못 쓰는 것을 분해해서 뺀지와 망치로 대충 바르게 펴서 썰매 밑에 대고 잘 고정을 시킨다. 얼음 위에 닿는 밑바닥은 노면을 최대한 적게 하면 유선형이 되어 마찰력이 적으니 아주 잘 나간다. 어느 정도 타다가 보릿대 벼늘 속에 숨겨놓고 나무하러 간다. 그다음에 가보면 아이들이 손댄 흔적이 있었다. 알고 보니 내 썰매가 제일 잘 나가니 인기도에서 제일이라는 것이다. 추운 겨울에 하얀 눈이 올 때나 썰매를 타다가 물에 빠져 옷을 말릴 때나 고구마를 구워 먹을 때가 때로는 그리운 계절이기도 하다. 새봄을 기다리며….

"와, 우월반이다."

대학을 가기 위한 준비하는 곳이 하이스쿨이란다.

제도에 따라 가정형편이 어려워서 검정고시를 공부하는 학생도 있다. 고등학생이 되니 일 학년 때에는 두 반 정도 되었다. 학생은 공부를 하는 것이 할 일이다. 대학을 가기 위한 반 편성이었고, 성적 올리는 공부였다. 오직 진학을 위한 글자와의 씨름일 뿐이었다. 성적이 인생을 갈라놓는 어처구니없는 짓이 바로 이런 학습이다. 인성은 간곳없고 글자만 떠다니는 세상이다 보니 모순성은 타파가 안 되고 있었다. 인생은 분명 성적순이 아닐 텐데…. 남녀공학인 학생들이 진학을 하기 위해서 교장 선생은 반 편성을 했다. 역시 수학은 재미가 없었다. 방학 때 특별히 시험에 준비한 우월반과 열등반을 나누는 시험문제를 잔뜩 주었다.

그때는 공부를 좀 했다. 그래서인지 개학을 하고 시험을 치른 성적의 결과를 가지고 반을 나누었다. 우등반으로 편승되었다.

3학년이 되니 다시 반 편성을 하는데 대학 갈 진학반과 안 갈 반으로 나뉘었다. 나는 자연히 대학 가는 것에 흥미가 없었다. 우리 집 형편에 대학은 무슨…. "너만 공부를 잘하면 대학에 보내주겠다."라고 말한 어머니는 대학까지 보내줄 생각이셨던 것 같았다. 어머님의 마음은 알겠지만, 비싼 등록금을 어떻게 대줄 수 있을 것인가? 암튼 엄마는 어릴 때부터 그런 말씀을 하셨는데 나는 긴장감도, 열성도 부족하였다. 암튼 진학반에 들어가기를 스스로 포기를 했다.

인생은 성적순이 아니다. 타고난 팔자대로 살아라. 너의 소질은 바로 타고난 인성을 갖춘 팔자이니라. 자신의 소질을 끝없이 개발하며 과거보다는 현재에, 현재보다는 미래를 위해 살아야 진정한 가치 있는 삶이 될 것 같다. 신성한 참된 사람이 되는 것.

"힘자랑."

어느 날에 쉬는 시간에 학교에서 싸움이 붙었다. 덩치가 좋은 편이고, 미남형으로 생긴 운석이라는 애를 외지에서 전학을 온 학생이 선공으로 구타를 한 것 같았다. 그는 다른 도시에 살 때 약간의 사고를 치고 우리 학교에 전학을 온 것 같았다. 고지하라는 그 애는 눈매가 날카롭고, 코도 날카롭게 생긴 애였는데 성미가 약간은 거칠고 날리는 애 같아 보였다. 동물의 본성을 나타내고 싶은 것일까?

내가 너보다는 위라는 우월감을 가지고 싶은 것일까?

다른 학교에서도 행하던 그 버릇을 우리 학교에서도 그대로 행한 것 같았다. 그날 이후에 운석이는 방학 때에 태권도를 학교 강당에서 배우고 있었다. 그 이후로 고지하는 운석이와 싸우는 일이 없어졌다. 자식들이 갑질하려고, 친구끼리 갑질을 하면 뭐할 것인데? 동물 새끼들처럼 싸움질이나 하는 미숙한 중생들이 되었나. 사내들이란 남의 우위에 서려는 동물적인 습성이 있는 것 같았다…. 들소를 닮았나 하이에나를 닮았나? 모순성의 존심….

"이런 시골에 예쁜 총각도 있었나."

고향에서 부모님 모시고 어릴 때 추억으로 살아야 좋은 세상. 현실은 정든 고향을 떠나서 밥벌이하러 가야 하는데, 먹고살아야 한다는 것은 숙명이다. 아직은 계획도 없고, 갈 곳도 없었기에 별생각도 없고, 갈급함도 들지 않아서 당분간은 집에 머물고 있었다. 어느 날이었다.

옆집에 친척 되는 새색시가 놀러 왔었던 것이었다. 20여 미터 나가면 동네 우물이 있었는데, 그 젊은 처자가 물 길어 나왔다. 나는 처음 보는 사람이었는데 그 처자는 날 보더니 한마디 했다. "아니, 세상에 저렇게 참하고 이쁜 총각이 있었나?" 나는 그 소리가 너무 듣기에 좋아서 할 일 없이 자주 우물가를 나갔다. 두세 번 봤는데 그러고 보이지 않았다. 아마도 자기 집에 돌아간 것 같았다. 뒤에 듣고 보니 친척 아들의 부인인데, 새댁으로서 인사차 다니러 왔다는 것이었다. 이야기 중에 옆집에서 하는 그런 말을 들었다.

남의 색시라. 그런데 왜 칭찬은 하고 난리냐. 암튼 한동안 그 소리가 귓속과 뇌리 속에 굴러다니고 있었다. 여태까지 누구에게도 들어보지 못한 말이었기 때문일까? 순진하기는…. 칭찬하는 말 한마디에 정신없이 뿅 가버리다니….

"봄바람에 일렁이는 청보리 들판."

한겨울의 엄동설한을 견뎌내는 작물 중의 하나인 보리.

새봄을 열어주는 푸르른 청보리밭. 늦가을에 파종을 하여 한겨울의 엄동설한을 견뎌낸 보리다. 겨울에는 웃자라지 않도록 밟아주기도 한다. 살랑거리는 봄바람을 맞으며 보리는 잘 성장하여 아름답고 풍성해지는 봄을 맞이한다.

초여름이 되면 푸르던 보리는 누렇게 익어서 농부의 추수를 기다린다. 옆 동네 사는 후배 되는 하영이라는 처자는 화장품 케이스 가방 하나를 항상 들고 다닌다. 한번은 보리를 베려고 밭에 나갔는데 친구 동생 영난이도 우리 밭 밑에 일을 하러 나와서 옆 동네 처자인 하영이와 같이 이야기를 하고 있었다. "이 오빠네 집은 옹골 부자."라고 말을 했다. 영난이는 괜스레 칭찬을 해댄다. 예쁘장하게 생긴 하영이는 우리 밭을 보고 "이 큰 밭이 오빠네 밭이냐?"라고 의아스러운 듯 다시 물었다.

"응, 맞아."라고 하니 "와, 부자네." 부자는 무슨, 우리는 아직도 가난하다고 생각하는데…. 이제 겨우 전답을 산 지 얼마 안 되었는데 부자 소리를 들으니 기분은 좋았지만…. 시골은 그런 날들이 있었다. 영난이는 어느날 "오빠는 하영이를 좋아하는 것 같다."라고 말을 했다. 무슨 영문인지. 그냥 아는 사이일 뿐인데 좋은지 아닌지는 아직은 잘 모른다. 청보리밭이 어느새….

"땀 흘린 대가만큼 만물은 그 열매를 주인에게 드린다."

엄동설한을 보내고 때가 되면 농부의 낫질을 기다리는 보리.

가을에 파종하여 추운 겨울의 해를 잘 넘기면 초여름에 수확을 한다. 땀에 젖어있는 살을 파고드는 보리 까시락. 잘 익은 그 시기를 놓치면 보리는 고개가 꺾여서 떨어지면 일일이 이삭을 주어야 하니 일이 몇 배로 더 많아진다. 그러니 빨리 수확을 해야 한다. 추수에는 시기인 때가 있다.

누르스름하게 익은 보리의 색깔이 아름다워 보인다. 그래도 낫질을 하여 베어서 눕혀놓았다가 삼사일 정도 지나면 타작을 한다. 보리단을 나르다 보면 까시락이 땀이 난 살에 엉겨 붙는데, 엄청 따갑고 싫다. 예전에는 들에서 전답 일부에 물로 닦아서 맨땅 만드는 작업을 했다. 땅이 마르면 탱마당이라고 부르는 마당에 보리를 죽 늘어놓는다. 그리고 도리깨질을 한다.

그 탱마당이라는 것도 우리가 만든 것이 아니기 때문에 빌려달라고 해야 한다. 그러면 주인이 일을 다 끝내야 사용할 수 있는 것이다. 그것도 주위에 탱마당을 닦지 않은 농부들의 경쟁이다. 서로 먼저 하려고…. 보리를 타작하고 나면 정말 온몸이 지글지글하며 따갑다. 이런 덥고 땀나는 날에는 물 한잔이 제격이다. 잠시 쉬면서 벌컥벌컥 들이마시는 물에 고구마 한 개를 게 눈 감추듯이 먹어치우고 다시 작업을 시작한다.

그 보리는 겨울을 이겨내서 그런지 영양가가 많은 것 같다. 미숫가루는 보리를 빻아서 더운 날에 얼음이나 찬물에 타 먹으면 시원하고, 허기를 달래기도 한다. 간식거리로는 아주 좋다. 추수하고 남은 보릿대는 썩혀서 거름으로 재사용하기도 하며, 땔감으로 사용하기도 한다. 겨울을 지낸 작물이 영양가가 많다는 것이다. 추운 겨울을 이김은 인간이나 만물이나 참아야 할 일이다.

"이랴, 이랴, 좌라 좌라. 이눔 우소야. 빨리 가라."

도살장에 끌려가는 소도 죽을 곳을 가는 줄 안단다.

봄이 오면 소 몰고 논갈이하는 소리가 정겹다. 보리를 벤 논에 물을 대
놓고 논갈이가 다 되면 써레질을 하여 바닥을 고른다. 그리고 모판은 쏘물
게 볍씨를 뿌려서 어느 정도 자라면 한 모타리씩 묶인 모를 논 여기저기에
던져놓는다. 던져놓은 찐모를 심을 준비를 하는데, 논두렁 양옆에서 보릿
대 모자를 푹 눌러쓰고 못줄을 잡은 두 사람이 입을 맞추어 "자!"라는 구
령에 맞추어 줄을 놓으면 옆으로 한 줄을 선 아낙네들은 수건을 머리에 잘
쓰고 엎드려서 열심히 두세 개 포기를 떼어서 손에 잡고 논에 꽂아 넣는
다. 그 손길이 정말 빠르다.

한여름의 뜨거운 햇살에 어느새 그 들판의 모들이 잘 자랄 때가 정겹다.
물을 먹고 무럭무럭 자라난 모들이 어느새 피어 고개를 수그리겠지. 그러면
추수할 때까지 벌레와 한판 전쟁을 해야 하며 물도 잘 조절해 주어야 풍년
을 기다릴 수 있다. 만물도 자신의 책임인 줄은 아는지 스스로 되는 것 같아
보인다. 모는 기계로 심고 베는 것도 기계로 수확하는 세상이 되었으니….

이제는 기계화된 영농법. 트랙터로 논을 갈고 이앙기로 모를 옮겨 심었다가
자고 나면 콤바인으로 수확하는 나라, 대한민국. 손으로만 하던 옛날은 추억
과 정겨움이 있지만, 능률면에서는 상상을 초월한다. 상상이 안 될 정도로 잘
사는 나라를 만들었다. 하나님이 보우하사 우리나라 만세.

들판의 농작물은 아름다움과 풍족한 먹거리를 제공해 주는 고마운 작
물이다. 그러나 농사가 천하대본이라는 말은 현대 자본주의 사회에서는 무
색한 용어가 되어버렸다. 황금이 천하대본이 되어버렸다. 인간은 농작물로
만든 음식을 먹어야 하루하루를 살아간다. 농사가 돈이 안 된다니 하늘만
쳐다보게 되었다. 육신은 먹어야 하는데 인간의 양식인 농작물을 재배하

는 농사일은 돈이 안 된다니 이런 모순이 또 있을까?

"이밥, 즉 쌀밥에 고깃국."

만물제일주의라는 이론으로 무장한 시람들.

북한은 사람들이 먹고살기가 어려워서 이밥에 고깃국을 먹는 게 소원이란다. 한국은 흰쌀밥 먹는 사람은 별로 없다. 대부분 영양가가 많은 잡곡밥을 많이 먹는다. 북한은 만물에서 인간이 나왔다며 학습한 만물숭상주의자들은 밥 먹고 사는 것도 힘이 들어서 오히려 만물의 혜택을 못 보고 살면서도 신은 믿지 않는다. 반대로 한국은 만물은 신께서 만들어주었다고 믿는 자들은 풍족하게 사는 반면에 인성은 쪼그라들어서 일부는 만물이 최고라며 물질제일주의자들 같다.

남북의 차이도 이렇게 다르다. 이북은 지나친 통제된 사회요, 남한은 지나친 자유가 허용된 사회로서 양극화된 이 민족이 아닌가 싶어 심히 걱정이 되기도 한다. 언제쯤 하나 된 자유 천지가 될 수 있을까? 암튼 흰밥도 못 먹는 세상을 동경하는 사람들이 상존하는 곳이다. 그런 삶을 사는 그 집단을 동경하는 것은 고집인가. 이론의 왜곡인가 고모부마저 시신도 남기지 않고 처리해 버리는 잔인성을 알면서도 동정인가. 사상에 물든 사행심인가? 차라리 꿈이라면 이해를 할 수가 있을 것 같은데.

갈라진 남북의 이질성의 골이 깊다. 좌와 우로 첨예한 이민족은 두익사상으로 하나 된 나라를 만들어야 살길이 있고, 희망이 있을 것 같다. 그런데 만물의 영장이라는 인간이 언제 진리를 알고 하나 되어서 행복을 누리며 자유롭고 편안하게 살아볼까? 불쌍한 것이 인간이라던데…. 진리를 찾으려면 진실함이 있어야….

"벼는 익을수록 고개를 숙인다."

벼는 무거워서 고개를 숙이는 것일까?

완성되어서 고개를 숙여야 하는 걸까 아니면 겸손의 미덕인가? 만물은 익을수록 더 고운 자태와 때깔로 겸손과 아름다움을 제공해 준다. 벼는 익을수록 고개를 수그릴 수밖에 없는 것은 알알이 들어찬 알곡들이 잘 익어갈수록 무거워져서 그럴까? 벼목은 몇십, 몇백 배의 무게를 잘 견디어내고 있다. 참으로 경이로운 일 중 하나가 바로 가느다란 목이 무거운 알곡들을 지탱하며 잘 익게 하고 있다는 것이다.

사람은 잘되고 출세하고 잘나갈수록 거꾸로 고개를 빳빳하게 치켜들다가 목이 날아가기도 하고, 망신살이 뻗치기도 한다. 만물을 먹으면서도 만물의 가치를 잘 못 느끼어 참된 사람이 되기에는 역부족인 이들이 더러 있을지 모릅니다. 떫은 것은 떫은 물을 빼내면 단물만 남는다. 황금을 돌같이….

"만물의 가치와 모순된 인간성."

어쩌면 그렇게 아름다운 색깔을 가졌으며, 특이한 모양을 지녔으며, 제철마다 맛있게 잘 익어서 우리들을 기쁘게 해주니 고맙고 감사할 마음뿐입니다. 바다에 아름다운 생선들, 은 빛깔이 으뜸인 갈치, 붉은 빛깔의 돔과 등 푸른 고등어를 비롯한 온갖 모양과 색깔은 바닷속을 총천연색으로 장식하고 있다.

이름없는 풀 한 포기가 황금으로 만든 왕관보다도 더 생동감이 있는 것도 그렇고, 동물들도 어쩌면 그렇게도 종류별로 고유성을 지녔을까요? 천지의 조화통은 최고 신의 작품. 피조물체는 전부가 최고를 자랑한다. 만물보다 상위그룹에 속한 인간이 만물에 감사할 줄 아는 사람으로 인격자가 될 수 있도록 지음해 주셨지만, 타락이라는 덫에 걸려서 무지한 인간으로 전락해 버린 무지하고 모순적인 존재인데 언제 만물의 영장이 될까?

"마늘은 건강식에 아주 좋은 식품."

매워도 당기는 그 맛. 영양가 많은 마늘.

지금은 그 보리밭에 마늘들이 대부분 차지하고 있다. 마늘 역시 보리 파종 시기와 비슷하다. 추운 한겨울을 이기고 봄이 오면 종대라는 것이 올라오는데 그것을 뽑아주어야 마늘 뿌리가 더욱 커진다. 봄에 올라오는 종대는 반찬을 해먹으면 신선하고 아삭한 감칠맛이 아주 좋은 반찬거리다.

일은 많지만 종대를 팔면 부수입이 된다. 보리에 비해서 수익률이 훨씬 높으니 마늘을 심는다. 생마늘을 껍질 째로 구워 먹어도 좋고, 육고기를 먹을 때는 생마늘을 잘게 썰어서 상추쌈에 싸먹으면 그 맛은 일품이고 영양가도 많다는 마늘. 어쩌면 사람은 마늘을 좋아해야 하는 것이 당연하단다.

『삼국유사』에 재미난 일화가 기록되어 있는 것 같다.

환웅은 곰과 호랑이에게 쑥과 마늘을 주고 "이것을 백 일 동안 먹고, 햇빛을 보지 않으면 인간이 될 수 있다."라고 일러주었다. 호랑이는 수행 도중 도저히 참을 수가 없어서 동굴 밖으로 뛰쳐 도망갔다. 곰은 환웅의 말대로 수행에 매진하여 마침내 인간 여성이 되었다. 하지만 반려자가 없었기에 웅녀는 다시 한 번 환웅에게 남편감을 찾아달라고 기원했다. 이 말을 들은 환웅은 웅녀를 아내로 맞아들였다. 이 둘 사이에서 태어난 인간이 바로 한국인의 시조로 알려진 단군설화이다.

마늘을 좋아하는 동물은 곰이라 했던가. 매운맛을 잘 참으면 인간이 된다는데 잘 참아보면 건강해질 것이다. 때로는 곰처럼 미련스럽게 보이지만 결과가 좋은 경우도 많이 있는 것 같다. 참을 줄 안다는 것은 도의 지름길을 안다는 것이다.

참는 자에게 복이 온다는 말이 맞는 것 같았다. 곰은 참아서 사람이 되었다니 참는 훈련이 필요할 것 같다. 참을 줄 아는 사람은 성공자가 되고 인격자가 되고, 만물의 영장이 될 수 있을 것 같다. 참을 인 자 셋이면 살인도 면하고, 때를 기다릴 줄 아는 사람.

"고구마로 배 채우던 시절."

씨고구마를 땅에 심어놓으면 싹이 올라온다.

고구마순을 심으려면 밭이랑을 괭이로 땅을 파서 두둑을 크게 만든다. 그러면 고구마가 뿌리를 잘 내리며, 튼실한 고구마가 주렁주렁 달린다. 소가 없는 우리 집에는 괭이로 두둑을 만들어야 하니 정말로 힘이 들었다. 밭에는 고랑을 만들고 이랑의 두둑을 약간 높여서 고구마순을 잘라서 비가 오는 날을 택하여 꽂아놓으면 번식력이 좋아서 넝쿨은 잘 자란다.

농약을 치지 않아도 잘 자라주는 고구마. 한여름이 되면 넝쿨이 무성하게 잘 자라서 온 밭에 고구마 넝쿨로 가득 찬다. 그 넝쿨 일부를 따와서 껍질을 벗겨서 삶아 데치면 아주 맛있는 나물이 된다. 열무김치와 더불어 고추장에 밥을 비벼 먹으면 정말 입맛이 돌고 돌아서 또 먹고 싶어진다. 늦여름이 되면 엄마는 그 고구마 넝쿨 중에서 튼실한 것을 골라 그 밑을 파서 큰 고구마만 몇 개 솎아서 삶아 먹는다. 그 맛은 정말 달고 맛있는 여름날의 맛난 진풍경이다. 가을이 되면 고구마 넝쿨을 걷어내고 고구마를 캔다. 삶으면 목이 메일 정도로 맛있는 밤고구마.

겨울에는 말랑말랑한 고구마가 달콤하고 단맛이 있어서 좋다. 자잘한 고구마는 삶아서 말려놓았다가 겨울에 과자처럼 간식으로 먹으면 맛이 있다. 예전에는 고구마 껍질을 일일이 벗겨서 먹었다. 요즘에 건강식은 엷은 고구마 껍질에 영양가가 많으니 삶을 때 깨끗이 씻어서 삶아서 껍질 째로 먹는게 좋다고 해서 껍질 째로 먹는다.

그 엷은 껍질이 땅속에서 병균도 막아내고 해충도 막아내면서 제 역할을 잘하고 있는 이 만물은 인간을 위하여 최고의 공여물이다. 허기를 채워주는 만물은 탐욕의 대상이 아니라 질서의 물성으로 존재하니 인성을 갖춘 사람들의 먹거리가 되기를 학수고대할 것 같다. 감사하며 가꾸면서 먹고 마시면서 좋은 사람으로 거듭나야 인간의 특혜라고 할 수 있을 것이다.

"겨울에 제맛을 더하는 빼데기 죽."

추운 겨울에 호호 불어가며 먹는 빼데기 죽.

다 캔 고구마는 물로 씻어서 칼로 일정 두께로 잘라서 말리면 빼데기가 된다. 새알을 동글동글 말아서 끓인 빼데기 죽은 허기를 달래주는 더없이 따뜻하고 좋은 음식이다.

잘 말려서 팔기도 하고, 일부는 저장을 하였다가 겨울에 새알을 만들어 넣고 죽을 끓여 먹으면 맛나는 빼데기 죽이 된다. 달콤한 빼데기 죽이 그리운 계절이 다가오는데 겨울이면 그 맛은 잊을 수 없다. 순박한 마음으로 살았던 그 시절, 만물과 스스럼없이 고마움을 느끼며 살았던 그때가 정겹고 그립고 아련하다. 가난하고 힘들었던 시절이었지만, 고향이 그래서 좋은 것 같다.

"빠알간 고추잠자리."

붉은 태양빛을 받은 빠알간 고추잠자리는 더욱 선명성을 자랑한다. 냇고랑과 논 사이에 둑이 있고, 좁은 길이 있다. 거기에 커다란 느티나무가 있는데 여름이면 애들은 자주 올라가서 더위를 이겨낸다. 맴맴 거리는 매미의 울음소리를 수없이 들으며, 한여름은 그렇게 뜨거운 햇볕을 선사하며 작물을 풍성하게 영글게 한다. 만물들은 알알이 제 빛깔로 만들어가는 용한 재주를 가졌다. 벼가 자라는 논에는 항상 물을 제공해 주는데 논가에는 물을 저장하는 텀벙이라는 것이 있다.

텀벙가에 자귀나무라는 나무가 있는데 꽃이 피면 바늘과 같이 꽃잎이 수백 개씩 달려있는 붉은색 꽃이 핀다. 여름이면 그 꽃이 가장 아름다움을 나타내는 것 같았다. 녹색의 나뭇잎과 들판 사이에 피어나는 자귀꽃은 확실히 눈에 띄는 여름의 풍미를 더하는 꽃 중의 꽃인 것 같다.

뜨거운 여름의 햇살은 만물을 잘 농익게 하여주는 늦여름부터 빠알간 고추잠자리는 석양빛을 받아 더욱 붉은 날갯짓을 하며 창공을 마음대로 날아다닌다. 서쪽 하늘은 저녁노을로 물들여지고 옥수수는 농익어가는데 고추잠자리가 떼 지어 나는 이 계절. 아이들은 실없이 잠자리채를 만들어 잠자리를 잡으려 공중에 휘젓고 다니다가 넘어지기도 하는 이 계절이 좋다. 어느 분의 능력으로 이렇게 풍성한 계절을 느끼게 해주시는 것일까? 날마다 달마다 해마나 언제까지나 이런 감상적인 풍광이 우리들 앞에 펼쳐진다.

이 여름의 붉어지는 노을처럼 감미로운 마음으로 살아야 하는 내가 되면 더욱 좋을 것 같았다. 창공을 마음대로 나르는 고추잠자리처럼 맘대로 날고 싶은 계절에 엄마야 나는 왜 자꾸만 보고 싶지. 파란 하늘에 빠알간 잠자리떼. 이 계절의 그리움을 가슴은 아는지 격한 몸부림을 친다.

"동생, 여기 와서 좀 도와주게."

지붕 위에서 날개도 없이 날았다.

난생처음 올라가 본 지붕이었는데 그곳에서 그만 사고를 칠뻔하였다. 우리 바로 밑에 집에는 전어 배를 운영했던 그 형님은 동네 이장도 했었다. 서쪽 집을 돌려서 남향으로 보게 했고, 아래채의 지붕 개량을 하고 있었다. 초가 집에서 슬레이트로 바꾸는 중이었는데, 나보고 도와달란다.

나는 지붕 위에 올라가는 것도 무서운데, 사다리를 타고 지붕 위로 일단 올라갔다. 그런데 나는 지붕의 어디를 밟고 다니는지를 잘 몰라서 발을 내 딛는 순간 슬레이트가 와작 깨어지는데 나의 동작이 얼마나 빨랐던지 얼른 발을 옮겨서 반쯤 날았기 때문에 밑으로 떨어지지는 않았다.

그때 밑으로 떨어졌으면 큰 사고를 당할 뻔했는데 참으로 식은땀이 줄줄 흘렀다. 아차 하면 큰일을 당하게 되는 것이다. 언제 어디에서라도…. 살아 간다는 것은 생활 속에서 경험을 통해 알아간다. 인생 경험은 살아있는 최 고의 지식이니 아주 소중한 것이다. 놀란 나에게 일침이다. "야, 이 사람아. 여기 못질한 데를 밟아야지. 죽으려고 환장했어?"

그 형님은 그때서야 그런 말을 해주었다. 내가 그것을 알았더라면 이런 불상사는 없었겠지…. 사람들은 언제나 무엇이든 다 안다고 생각하는지도 모른다. 그러나 모르는 것은 모른다. 사전 인지가 필요할 뿐. 알고 보면 별 것도 아닌데 모를 때는 답답한 것이니 알아야 하는 이유는 바로 이런 이유 때문이다.

"아이고, 허리야."

역도선수냐? 이렇게 무거운 바위를 들라고….

친척의 삼촌뻘 되는 분이 블록 찍는 기계를 사 와가지고 도와달라면서 블록을 찍었다. 세면과 모래와 물을 잘 배합하여 섞은 세면 반죽을 직사각형의 철판으로 된 판 안에 퍼담은 다음에 잘 골고루 다져서 나무 판데기 위에 놓고 기계를 살짝 들어서 빼내면 되었다. 그 일도 만만찮은 일이었다. 일당도 없는, 한마디로 도와주는 봉사다.

어느 날에는 큰 돌을 옮기는데 허리가 뚝 했다. 아이쿠, 큰일 났구나. 삼일 정도는 꼼짝할 수가 없었다. 삼 일이 지나니 통증이 가라앉고 좀 괜찮아졌다. 시골의 삶이라는 것이 그랬다. 촌음을 아껴서 써야 할 텐데 무엇에 정신이 팔려서 살아가나. 내게 맞는 일을 해야 재미나겠지….

"꿈의 세계. 꿈꾸는 꿈을 바라는 세상."

현실과 꿈의 연관관계는 있는 것인가? 꿈은 사실일까, 허구일까? 신기하고 신비한 용이 하늘에 떴다. 손을 뻗으면 잡을 수 있을 만큼 바로 머리 위에 커다란 용이 떠있었다. 참으로 신기하고 신비한 일이었다. 이게 꿈인지 생시인지 헷갈릴 정도로 현실 같았다. 눈을 떠보니 꿈이었다. 용꿈은 무슨 뜻일까? 벼슬을 한다는 거냐. 암튼 오늘은 무슨 일이야.

어느 날에는 돼지가 새끼를 낳았는데, 아니 이게 몇 마리냐. 열두 마리인가. 열세 마리인가. 많이도 낳았네. 신기한 꿈이었다. 돼지꿈은 복 꿈이라던데…. 주택복권이나 한번 사볼까. 일 등을 한다면 그 돈으로 무엇을 할까?

집부터 살까. 자동차를 살까? 머릿속은 이미 일 등을 한 것처럼 복잡하게 돌아가고 있었다. 부푼 마음을 억제해 가며 엄청난 기대와 희망을 가지고 복권을 샀다. 일주일이 왜 이리 빨리 안 가는 거야. 손꼽아 기다려진다. 드디어 발표날이 다가왔다. 손도 떨리고, 마음도 울렁거린다. 설레는 마음은 마치 일 등이나 한 것처럼 긴장하며 번호를 맞추어본다.

에게게, 겨우 500원짜리야. 이게 오백원짜리 복꿈인가? 그러면 그렇지, 무슨 일 등…. 너무 기대를 했었나? 허탈한 마음을 가눌 길이 없었다. 기대가 크면 실망도 크다더니….

태양은 무엇을 뜻하는 것일까…. 하늘을 뜻하겠지.

하늘이라면 하나님. 그러면 절대적인 신님을 말하는 것일까. 무엇을 뜻하는 꿈일까? 동쪽 하늘에 붉은 태양이 떠올랐다. 태양. 아, 돼지꿈은 자식이나 부귀를 나타내고 용꿈은 후에 소설책『봉황은 무지개를 넘어서』라는 책을 집필할 때 용의 실상을 적는 데 도움이 됐다.

태양은 부모나 신을 나타내는 꿈인가? 그렇다면 내가 하나님을 만날 수 있다는 것일까? 그런 것 같았다. 최고의 좋은 꿈이라는 것인데 암튼 좋은 일이 일어날 것을 기대한다. 밝은 태양이 떴다. 솟아오른 태양을 한참 동안 바라보았다. 동녘 하늘에 찬란하게 빛나는 눈 부신 햇살이 너무 좋았다. 느낌이 아주 좋았었는데 깨어나고 보니 꿈이었다. 아니 이게 꿈이라니…. 태양이 떠오르는 꿈을 꾼 뒤에 아무것도 당장 이루어진 것은 없었으나 왠지 기분은 아주 좋았다. 꿈 중에서 가장 귀하고 좋은 꿈은 역시 태양이 떠오르는 꿈인 것 같이 느껴진다. 하나님을 만난다는 몽시일까. 절대신님의 사랑일까?

"시골에서 뭘 먹고 살아. 객지에 나가야지."

뉘 집 숟가락이 몇 개인지를 알고 사는 좁은 동네 사람들.

초지를 조성하여 소나 돼지를 키우고 그 거름으로 마늘 농사를 지으면 이들이 삼위일체가 되어 계획대로 수입을 올릴 수 있다는 생각을 했었다. 그러나 그런 땅 한 평이 없어서 꿈으로만 가능할 판이었다. 고등학교를 졸업하니 동네 사람들이 더 난리다.

"너는 왜 돈 벌러 객지에 안 가? 촌에서 무얼 먹고 살아."라는 소리를 귀가 따갑도록 들었다. 떠나야 할까…? 망설이고 있답니다. 내 친구는 육군사관학교에 당당히 합격하였다.

S대 가는 것보다도 더 환영받을 수 있었던 것은 돈이 들지 않기 때문이었다. 우리 동네 친구들 중에 그 친구만 육사에 당당히 입학했다. 공부는 성공에, 아니 직업에 비례할 수도 있다. 이미 세상은 그런 판으로 짜여 있기 때문이다. 새로운 세계를 들어가는 것은 기득권자들의 버팀에 엄청난 노력과 고역도 감당해야 할 것이다. 생활 터전의 삶의 자리를 잡을 때까지는….

"바닷속에 있는 많은 어류."

육, 해, 공이라고 하던데 바다는 신비 그 자체.

잠시 있는 동안에 고대구리라는 배를 좀 타자고 해서 며칠 다녔다. 초저녁에 밥을 일찍 먹고 바다로 나아간다. 적당한 자리를 잡아서 갈퀴가 달린 그물을 내리고 그물을 삼십 분 정도 끌고 가다가 그물을 올린다. 고대구리는 작은 치어까지 걸려 올라오면 큰 고기만 골라내고 작은 고기나 찌꺼기는 버린다. 치어를 길러야 할 판에 이렇게 쓰레기로 버리는 이 작업을 한다는 것은 미래가 없어지는 꼴이다. 작업 역시 물론 불법.

낙지잡이는 시울이라는 줄에 사금파리라는 그릇 깨진 것을 질렁게만큼 깨어서 낚시와 같이 줄을 묶어놓고 그 위에 질렁게를 줄로 묶어놓는다. 낙지는 게를 먹으려고 앉았다가 낚시에 걸려서 도망을 못 간다. 초저녁 해가 떠있을 때 작업하러 나간다. 그때 끓여주는 라면 맛은 최고였었다.

추운 겨울에 낙지 잡는 밤 작업은 손도 시렵고 힘들고 고단한 작업이며, 쉽지 않은 일이었다. 낙지 한 마리 떨어뜨리면 엄청난 욕을 얻어먹는다. 그것도 제대로 못 하느냐, 그래가지고 무슨 일을 하겠느냐, 한 마리에 돈이 얼만데 돈 벌기가 얼마나 어려운데…. 때로는 만물의 영장이라는 인간보다 낙지가 더 대우를 받고, 귀한 취급을 받기도 한다. 낙지 한 마리 때문에 욕을 얻어먹어야 하는 인생이 불쌍하다. 만물의 영장으로서 가치는 언제 인정받고 사는 세상이 될까? 이런 고달픈 맘을 누가 알아준다고….

"내 친구, 귀안이."

법 없이도 살 수 있는 좋은 친구.

귀안이는 아버지의 방앗간 일을 돕고 있었다. 방아를 찧을 때마다 아버지를 도와주는 착하고 좋은 사람이다. 그가 노는 날을 택하여 미조 어디 섬에 근무한다는 선생을 찾아갔다. 예전에 우리 동네 학교 선생님이었을 때에 알고 있던 선생님이다. 둘은 무작정 묻고 물어서 찾아가니 아직 수업 중이어서 우리는 바닷가 바위에 걸터앉아 낚시질을 했다.

"왜, 내게는 안 무는 거야. 어떻게 하는 것인데."

가르쳐줘도 입질이 안 온다. 낚시는 낚는 손맛 때문에 하는 것인데 입질이 없으면 아주 재미없는 것 중에 하나다. 물속에 사는 어심을 어떻게 알 것인가?

"너 아니면 나는 결혼 안 한다. 내 색시가 되어줘."

젊은 청춘 시절, 우리 동네에 예쁜 친구가 있었다네.

시선은 모두 그녀에게로 향할 정도로 예뻤다네. 그런데 느닷없이 어느 녀석이 미리 점을 찍었다네. 그런 줄도 모르고…. 우리 동네에도 초등학교가 있었다. 총각 선생님은 그 친구를 보더니 그 애가 아니면 장가를 안 간다고 소문을 냈고, 결국 그 여자애는 고등학교를 졸업하자 바로 결혼했던 것 같았다.

한번은 어느 도시에서 정오 정착의 큰 행사가 있어서 버스 한 대를 대절해가지고 그 여자친구도 자기 일행 두 명을 데리고 같이 동승하게 되었다. 버스에서나 현장에 도착하여 신경을 쓰며 챙겨주었다. 그녀는 나를 고향친구라고 소개를 했다.

"그럼, 이 남자에게 시집을 가지. 갔으면 좋았을 것을 이렇게 친절한데…" 라며 그들 일행은 호들갑을 떨며 좋아했었다. 그런 여자친구를 그 선생이 일찍 낚아채버렸다. 우리는 그냥 동네친구일 뿐이었고, 애들은 그 여자친구를 다 좋아할 정도로 예뻤다. 그 친구와 남편인 선생은 나이 차이가 제법 있을 것 같은데 정확히 몇 살 차이인지는 잘 모르겠다.

흙탕길을 넘으면 꽃길

"연탄불을 피워놓아라."

시골에는 나무밖에는 없었는데 시커먼 연탄이….

백문이 불여일견이라고 했던 것 같았는데 한 번이라도 듣거나 봤으면…. 나는 한동안 그렇게 지내다가 새로운 세상을 봐야겠다는 마음에 도시로 가 보기로 했다. 부산에서 회사에 다니는 누나가 사는 만덕동이라는 곳을 갔다. 내 털 나고 부산이라는 곳은 처음이었다. 어느 마을에 집을 새로 얻어서 셋방살이를 하는 누나에게 신세를 지고 있었다. 낮이면 할 일이 없어서 동네를 돌아다니기도 했다.

누나는 출근하면서 연탄불이 꺼졌으니 불을 붙여놓으라고 했다. 나는 한 번도 연탄을 갈아본 적도 없었고, 불을 피우는 것을 본 적도 없었다. 일회용 숯만 몇 개를 태웠지만 불은 붙을 기미가 없었다. 맨 밑에 연탄재를 놓고 그 사이에 숯을 놓고 그 위에 새 연탄을 놓으면 간단한 것을 몇 개나 숯만 태워버렸고, 연탄불 피우는 것은 성공하지 못했다.

바보 같은 짓은 이런 것인가. 모르면 물어보면 될 것을….

우리가 사는 그 집에 딸이 초등학교 6학년이었고, 아래채에 공장 다니는 아저씨의 딸도 같은 초등학교 5학년생이었다. 학교에 갔다 오면 애들은 나를 놀린다고 "용용 죽겠지." 하고 도망 다니고 그랬는데, 나는 조그만 돌멩이를 집어서 겁주려고 던졌는데 아래채에 사는 응숙이라는 애의 앞니에 맞았단다. 그리고 그 집은 이사를 가버렸다. 일부러 그러려고 그러지는 않았는데…. 여자애의 앞니가 부러졌다는 것이다.

그러나 나는 그 모습을 보지는 못했다. 그의 아버지는 일방적인 통보만 하고 이사를 가버렸으니…. 아니, 이사갈 때가 되어서 간 것인지도 모른다. 암튼, 그 애의 부모님들과 응숙이는 얼마나 나를 원망했을까? 그 아이의 이름을 아직도 잊지 못했다. 지금은 어른이 되어서 늙었겠지.

"서면은 어떤 곳이길래, 나도 서면에 간다."

도시에 중심가는 상상을 초월했다.

동네 사람들은 "부산 시내 서면 간다."라고 했다. 앉으면 못 가고 서면 간다는 말인가. 처음에 그 말이 이해가 안 되었다. 한번은 서면이라는 곳이 어떤 곳인지 나는 호기심이 나서 서면까지 걸어가 보기로 했다. 돈도 없고 어디쯤 얼마나 가야 할지를 몰랐기 때문이었다. 무작정 걷기 시작했다. 그 때가 여름이었다.

날씨는 더운데 지나가는 버스에서는 매연과 더불어 아스팔트에서 풍기는 열기는 과히 상상을 뛰어넘었다. 그래도 어차피 시작했으니 끝까지 서면이라는 로터리를 돌았다. 그때 서면은 로터리가 있었는데 거의 한나절을 걸어서 서면까지 걸어서 도착했다. 로터리를 한 바퀴 돌아서 다시 집으로 걸어서 돌아왔다. 참으로 무모한 짓인지 몰라도 내게도 그런 끈기가 있었구나.

모르면 궁금하고, 알면 별것이 아닌 것이 인생.

"그럼, 이제는 따로 다니자. 같이 다니면 안 돼."

그러다가 어느 날 일을 해야겠기에 찾아보다 세일즈라는 것을 알게 되었다. 물건을 내가 사가지고 팔면 되는 것인데 한 번도 그런 일을 해본 적이 없었는데 어찌하나. 상품은 수도꼭지에 끼우는 필터를 파는 일이었다. 나는 필터 열 개 정도를 사서 길을 나섰다. 경험 있는 선배를 따라가보기로 하였다.

연산동 어느 주택지로 갔다. 선배는 설명도 잘하고, 잘 파는 것이었다. 잘 배워야 잘할 수 있을 텐데 배우지도 못하고 홀로서기라니…. 홀로서기를 권해서 할 수 없이 선배는 자기 길로 나서고, 나는 어쩔 수 없이 혼자 어느 집을 방문했다. 마치 마당에서 물을 주고 있는 아주머니가 있어서 들어가서 인사를 하고 이렇게 말했다. "이 필터는 수돗물을 정화해 주는 역할을 합니다. 수도꼭지에 끼워서 물을 틀고 다시 빼서 보면 엄청 더러워져 있을 것입니다. 그 정도로 물이 깨끗하지 않습니다." 잠시 후에 빼보니 필터가 시커멓게 오염되어 있었다. 우리가 이런 물을 먹고 있다며 사기를 권했다. 천 원만 깎아달라고 아주머니가 졸랐다.

나는 안 된다고 했다. 천원을 깎아주면 내게 남는 돈이 없었다. 더 이상 합의를 보지 못하고 나는 철수를 했다. 몇 군데 다녀보니 팔기가 어려웠다. 나는 그 일을 너무 쉽게 포기하고 말았다. 내 인생 첫 사회생활로 그 어려운 세일즈에 도전했다가 본의 아니게 실패를 맛보았다. 그럴 즈음에 주유소에 기름 넣어준다고 누군가 말해 주었는데, 거기는 왠지 취직하기가 싫었다. 타향살이, 도시 생활이라는 것이 만만찮은 것 같았다. 언제 나의 적성에 맞는 일을 찾을 수 있을까. 내가 해야 할 일은?

"노래는 만인에게 기쁨과 사랑을 주기 안성맞춤."

심금을 울리는 맛있는 소리가 노랫가락이라는 요물일까.

맘의 소리가 노래일까. 만인의 애인처럼 사람들의 마음을 긁어주기도 하고, 울려주기도 하고, 슬퍼하게도 하는 매체가 노래라는 명물이다. 내가 즐겨 불렀던 노래.

「우수」: 맺지 못할 인연이란 생각을 말자. 마음에 다짐을 받고 또 받아 한백 번 달랬지만 어쩔 수 없네…

「가지 말라고」=가지 말라고 가지 말라고 애원하며 잡았었는데 돌아서는 그 사람은 무정했던 당신이지요 가지 말라고…

"대도시의 변두리는 완전한 시골."

어디에서 많이 본듯한 눈에 익은 풍광들이 더 정겹다.

누나는 동래 부곡동이라는 곳으로 직장을 옮기고, 나도 따라갔다. 부곡 역시 만덕만큼이나 자연 마을이 있는 시골이었다. 누나는 기숙사라는 곳으로 들어갔고, 나는 조그마한 집에 세를 들었다. 방세를 아끼려고 여러 명이 같이 방세를 내며 합숙하는 곳이었다. 조그마한 마당이 있었는데 담은 없는 옛날 집이었다. 주인은 다른데 살고, 남자들이 사는 방 한 칸과 달아낸 부엌 하나와 화장실은 공동으로 사용하는 푸세식 옛날 화장실이었다. 여자들 방도 같은 구조였다. 생판 모르는 사람과 같이 살게 되었는데, 방세를 줄이려면 그렇게 하고 사는 길이 최선이었다. 선배 되는 남자 둘과 내가 같이 살았다. 옆방에는 여자가 둘이 살았다.

"첫 출근한 회사에서 피를 봤다."

하는 일마다, 직종마다 다를 것인데 내가 해야 할 일은 무슨 일일까? 정문 앞에 붙은 구직 광고를 보고 처음으로 회사라는 곳에 취직을 했다. 첫 직장이라 떨리고 긴장되고 기대도 되었다. 어떤 일을 하는지도 모르고 채용 공고를 보고 입사하게 되었는데 내게 처음으로 주어진 일은 0.2밀리 얇은 철판을 세링 해 놓은 것을 정리하라는 것이었다. 희망을 가지고 첫 직장을 얻어서 처음 맡은 일을 하는데 이런 고통의 업무부터 시작되었다.

철판을 만질 때마다 손바닥은 베인 듯했다. 피가 곳곳에 비치고 따갑고 쓰려 온다. 그래도 아프다는 소리도 못하고 참고 또 참았다. 횟집도 아닌데 손바닥을 베인 후에야 반장이라는 사람이 와서 "장갑을 끼고 하지."라고 했다. 장갑도 얇은 철판에 쓸려서 금방 해어져버렸다. 첫날부터 엄청난 피를 보는 곤욕을 치르는 일을 했었다.

철판 정리작업이 끝나자 반장이라는 사람은 내게 프레스라는 작은 기계 앞에 앉으라고 하면서 그 일을 시켰다. 손이 쓰리고 따갑고 아파도 참고 일을 할 수밖에 없었다. 나는 불량을 안 만들기 위해서 천천히 작업을 했고, 반장은 "그렇게 해서 하루에 몇 개를 찍을 것이냐."라는 핀잔을 주었다. 그렇게 시작된 첫 직장을 그만둘 수가 없어서 꾸역꾸역 다녔다.

싫든 좋든 선택의 여지가 없었다. 나 역시 싫든 좋든 상관이 없었다. 먹고살아야 하는 인생이니 누가 나한테 돈 한 푼을 그냥 줄까. 내 힘으로 살아야 한다. 무슨 일을 하더라도 내가 벌어서 먹고살아야 존심이 살아있는 사람다울 것 같았다.

"대학이 통과제의인가. 체면 아니면 진짜."

내가 배운 것은 얼마이며, 무엇을 더 배워야 하며 언제까지….

이제야 철이 좀 드는지 대학을 가야겠다는 생각은 들었으나 먹고살아야지, 공부해야지 그게 맘대로 잘 안 되었다. 공부도 잘 안 되고…. 회사는 목구멍이 달렸으니 꾸준히 싫든 좋든 다녔다. 직장생활을 하면서 주경야독이든, 주독야경이든 해야만 하는 인생살이가 고달프기는 마찬가지였다.

배우지 않으면 알 길이 없는 인생살이. 알아야 뭐라도 할 수 있는 것이다. 박사 아버지, 어머니를 둔 사람은 부모의 높은 학문의 지식을 물려받는 것일까? 궁금하고도 궁금했다. 부자들은 재산을 자식에게 물려주는데, 지식은 그렇지는 않은 것 같았다. 이상하다. 지식은 상속이 전혀 안 되는 것 같으니 왜 그럴까? 이유는 아직은 잘 모르겠다.

세월이 지나서 알고 보니 인성의 감성적 성품은 유전이 되었다. 그러나 이성적인 지식은 유전이 안 된다. 이유는, 감성은 혈통을 타고 전수가 되는데 지식은 자기의 머릿속에서만 머무르고 있기 때문에 혈통적인 문제가 아니라서 상속은 전혀 되지 않는 것이었다. 성품보다 중요하지 않기 때문에 유전이 안 되는 것이었다. 감성적인 부분은 유전이 되나 이성적인 부분은 유전이 안 되는 것 같았다. 지식과 성품이라.

"저 총각이 저 처자를 어떻게 했다."

가짜뉴스에 재미난 사람들. 남들도 그럴 것이라고 생각하는 것 같았다. 한번은 뒷집에 할머니가 하는 말이 저 총각과 옆방에 처자가 그렇고 그런 짓을 하는 소리를 들었단다. 나는 어처구니가 없었다. 옆방의 처자의 얼굴은 알고 드나들며 서로 만나면 인사하는 정도였고, 더 이상도 더 이하도 아니었다. 누구와도 손도 잡아본 적이 없었다. 한 처자는 얼굴이 약간 둥그스름하고 예쁜 얼굴이었고, 다른 처자는 약간 갸름한데 좀은 그랬었다.

내가 좋아한다면 얼굴이 약간 둥근 처자가 더 마음에 들었으면 들었던 것 같다. 그 나이에 여자에 대해서 별 관심도 없었고, 어떻게 한다는 것도 몰랐다. 한마디로 뒷집 할매는 생사람을 잡았다. 더구나 둥그스름한 여자도 아닌 다른 여자와 그렇고 그렇다는 것이었다. 나는 여자에 관심도 없었고, 그럴 처지도 아니었는데…. 참으로 할매가 원망스럽기도 해서 가서 따졌다.

"할매, 왜 그런 소문을 냈소?"라고 물었더니 할머니 말이

"그런 소리를 분명히 내 귀로 들었다."라며 오히려 따진다.

"무슨 소리를 들었다는 것입니까?"

"너는 내 여자야. 내 거라고 하던데…"

"아니, 그가 나인 줄을 어떻게 압니까?"

"총각 목소리이던데…" 이런 이런, 미치고 환장할….

누명. 이런 것이 누명인가. 이를 어떻게 벗기나. 하이구. 미치고 환장한다더니 바로 이런 상태를 두고 미친다고 할 것 같았다. 아주 난감했다. 그러던 어느 날. 그 처자가 내게 이렇게 물었다. "박 군, 날 좋아하나요? 내가 마음에 들어요?"라고 그 처자는 나에게 대답을 요구했다. 그 처자도 할매한테 그런 말을 들었는지 어느 날 느닷없는 질문에 황당하기도 했지만, 그 처자는 나에게 관심이 있었는지 모르겠다. 하지만 나는 관심도 없었고, 마음에도 전혀 없었다.

나는 싫다, 좋다는 표현도 하지 않고 그 자리를 피했다.

마음에도 없을 뿐만 아니라 싫다고 하는 것은 더더욱 상처를 줄 수도 있을 것 같아서 대답은 회피를 했다. '박 군, 날 좋아하나요?' 그 소리를 들으니 더 미칠 것 같았다. 이런 경우 없는 일들이 일어난다. 오핸가 아니면 뭐

야. 장난도 아닐 테고 할매가 그런 말을 하다니…. 아무리 생각해도 답이 나오지 않았다. 우리 방에 사는 형들일까…?

"아니, 동생하고 누나하고 바뀌었으면 아주 좋았을 텐데."

나는 아직은 어리다. 성에 대해서 무관심이며 잘 모른다. 누나야. 봄의 춘풍이 시골 같은 이 도시에도 불어온 것일까? 어딘지 그냥 가고 싶은 계절이 돌아왔다. 꽃피는 어느 봄날. 일요일은 특근을 하는데 오늘은 쉬는 날이었다. 기숙사에 있던 누나가 친구 둘과 내가 사는 곳에 놀러 왔다. 나와 같이 사는 두 형님은 누나 일행이 마음에 있었는지 나는 전혀 눈치를 채지 못했었다. 그날은 내 친구도 같이 우리 방에 있었고, 두 형들은 어디 갔는지 보이지 않았다. 누나 친구와 나와 내 친구는 한방에 앉아있었다. 덕자 누나는 예뻤다.

누나 친구 덕자가 말하기를 "동생하고 바뀌었으면 좋았을 것을…."라고 말했다. 나는 아주 날씬한 체질이고 누나는 약간 몸집이 있는 체격이어서 덕자 누나가 그렇게 말하는 이유를 알 것 같았다. 덕자 누나는 얼굴도 예쁘고, 몸집은 누나보다는 약간 날씬한 편이었다. 나는 그 당시 여자에 관심이 없었다. 누나 친구가 나가고 내 친구가 하는 말은 이랬다.

"시선을 어디에 둘지 몰라서 혼났다." 그 녀석은 나보다는 성적으로 조숙했나 보다. 그런 말을 하는 것을 보면…. 덕자 누나는 치마를 입고 왔기 때문이었다.

"동치미 국물을 좀 주라."

잘 사용하면 이롭고, 잘못하면 죽음의 가스로 변할 수 있는 연탄. 어느 날이었던가. 추운 겨울에 누나와 나는 연탄가스에 중독이 되었다. 아침에 일어나려니 왠지 몸이 무겁고 머리가 띵하고 아팠다. 누나를 불렀는데 나보다 심각한 것 같았다. 나는 일단 방문을 열고 밖으로 나왔다. 좀은 살 것 같았다. 공기가 순환되니 그제야 누나도 약간 정신이 맑아지는지 동치미 국물을 달라고 하였다.

나는 부엌에서 동치미 국물을 따라서 누나도 주고, 나도 마셨다. 그랬더니 거짓말같이 머리가 더욱 맑아지며 기분이 나아졌다. 까닥하면 그날 황천길로 갈 수도 있었다. 누구나 한 번은 반드시 가야 하는 길이 황천길이라고 하던데 그러나 그렇게 빨리 가야 할 길은 아니었나 보다. 우리들의 팔자도 빨리 죽을 팔자는 아닌가 보다. 암튼 천만다행이었다.

"아무에게도 말하지 말라."

돈을 좀 더 주는 회사로 옮겼다.

기계 바퀴가 엄청 커서 겨울에는 기계 돌아가는 바퀴에 바람이 싱싱 불어서 추웠다. 유달리 나는 추위를 잘 타는 편이었다. 차라리 여름이 내게는 좋았다. 객지 생활, 회사 생활이 내게는 맞지 않았지만 하는 수가 없었다. 그 회사에 첫 월급을 받고 회사 동료와 더불어 호빵을 다섯 개나 사서 게 눈 감추듯이 먹어치웠던 기억이 난다. 왜 그렇게 호빵이 먹고 싶었던지 모르는 일이었다.

동네에 껄렁한 애들의 갑질에 나는 운동을 하기로 마음을 먹고 처음에는 '야와라'라는 체육관에 등록을 했다. 어느 날 휴일이었던가 아침 운동을 나갔었는데 거기에 차장님이 백띠를 달고 기본동작을 연습하고 있었다. 나를 보고 놀란 차장님은 나에게 당부를 했다. 나도 놀랐지만 그 나이에 체육관에서 운동을 한다는 게 부끄러울 수도 있었을 것 같았다. 나는 그 약속을 지켜주었다. 회사 통근버스를 탈 때 차장님을 자주 만날 수 있었다.

가까운 태권도 도장에 등록하고 운동을 했다. 운동은 의외로 나의 적성에 어느 정도 맞는 것 같았다. 같은 도장에서 대련을 하면 백띠인 나에게 홍띠와 대련을 붙였고, 흑띠와도 대련을 붙였다. 나는 밀리지 않았고, 흑띠는 오히려 대련을 기피했다. 나는 3개월 만에 구덕 실내체육관에서 부산시 태권도 승단시험에 합격하여 초단이 되었다. 우와, 나도 단증을 딴 거냐.

"관리 감독을 잘해야지. 그러라고 조장으로 세운 줄 알아?"

어느 날 다니는 회사에서 아찔한 사고가 났다.

나는 조장의 임명을 받았고, 75톤 기계의 조장이 되어서 조원들의 불량 문제와 사고를 예방할 수 있도록 해야 했던 어느 날, 우리 조원의 애가 손가락이 네 개나 절단되는 불운을 겪었다. 회사의 프레스라는 기계는 위험했다. 손가락 한두 마디씩 날아간 사람들이 제법 많았다.

까딱하는 순간에 사고가 나는 것이었다. 나는 "죄송합니다."라고 말했다. 다행히 내 손가락은 그대로 있었다. 얼마나 고마운 일인지…. 과장에게 나는 혼났지만, 조장 일은 계속 유지가 되었다. 나의 근면성과 작업 지휘 능력을 인정해 주는 것인가. 그래도 나는 작업은 하지 않고 관리 감독만 했다.

"역시 공부는 인문계야."

그럴 즈음에 공대를 나온 실장은 조원들에게 작업 시작하기 전에 한 시간씩 일찍 와서 작업에 필요한 이론의 공부를 가르쳤다. 그러고 어느 날 시험을 쳤다. 내가 성적이 제일 좋았던 것 같았다. "역시 공부는 인문계 사람이 잘하는구먼." 관심 가지고 정신일도를 하면 안 될 것도, 못할 것도 없었다. 기분 좋은 칭찬을 받았다. 거의 만점이었단다.

그때 비로소 내가 학교 다닐 때 지금처럼 공부를 관심 있게 정신일도로 했더라면 장학금으로 가든, 암튼 대학에 들어갔을지도 몰랐는데…. 나는 지레 포기를 하고 돈벌이에 나섰지만, 회사 생활, 공장 생활이라는 것이 내 적성에는 맞지 않았다. 작업복은 항상 기름때에 찌들어서 번들번들할 정도였다.

그래도 목구멍은 여전히 포도청이었고, 별다른 방법도 없었기에 꾸준히 다녔다. 금성사에 납품하는 회사였는데, 우리 시골 후배는 바우라는 일을 하는 부서에 취직을 했다. 가끔 쉬는 시간에 그를 보면 온통 먼지를 뒤집어쓴 것처럼 험한 일 같아 보여서 안타까웠다. 그래도 그는 명랑하게 보여서 다행이었다. 용접하는 부서도 있었다. 앞으로 집을 지을 때 써먹을 수도 있다는 생각을 할 때면 그때 배워났더라면 좋았을 것을….

"또 다른 미지의 붓으로 만드는 세계."

나도 아직 모르는 세상이 많이 있는 것 같았다.

상상을 초월한 세계. 내가 모르고 사는 것도 많았다. 끝없이 발전하면서 해보고 싶은 것도 많을 것 같았다. 작은형님은 부산에서 표구 일을 배워서 표구사를 운영했다. 나는 형님 일을 도와주었다. 표구 일이라는 것이 작품을 배접하고 액자를 만들거나 족자를 만들거나 병풍을 만드는 일이다. 그것도 좀 배우고 나니 단순노동이어서 쉽게 흥미를 잃어갔다. 그림을 그리는 사람은 좋을 것 같아서 틈틈이 그림을 연습했다. 그림도 천차만별이었다. 유명한 작가가 그린 그림은 비싼 값으로 팔려 나갔다.

이 세계도 높고 낮은 폭이 어느 세계보다도 더 큰 것 같았다. 한마디로 이름값이라고 했다. 알려진 이름을 가진 사람은 값이 많이 나간다는 말이다. 인정받으면 유명해진다는 것인데 좋은 작품을 만들어내면 자연히 유명세를 탄다는 것일까.

한 분야에서 성공하여 유명인이 된다는 것도 결코 쉬운 일이 아니다. 엄청난 경쟁에서 이겨내야 한다. 남보다도 더 잘한다는 것이 결코 쉬운 일은 아닌 것 같았다. 그 세계에 일인자가 되기 위해서는 얼마나 열성적으로 사생결단하면서 노력에 노력을 더해야 그렇게 될까?

"간장 공장 사장님 집."

형님이 세 들어 살던 곳은 삼사백 평 정도 되는 옛날 집이었고, 길가에는 가게가 있었다. 형님은 그곳에 표구사를 차렸다. 장사는 잘되었다. 예전에 간장 공장을 했던 곳이라 안쪽에는 커다란 창고가 있었는데 액자 틀을 만드는 기계를 사서 병풍 틀과 액자 틀을 직접 만드는 목공소 일도 겸하였다.

그 주인집 영감님은 매일 몇 번씩 인사를 했다. "박 군, 잘 잤나?" 참으로 친절하신 분이었지만, 돈에는 아주 인색하신 분이었다. 간장 공장을 해서 얼마나 돈을 많이 벌었기에 동래에서 수영까지 자기 땅이라고 했다. 그런데 큰아들이 사업한다고 해서 여러 번 말아먹었다. 그래도 많은 재산을 가지고 있었다.

부자도 자식 때문에 골치가 아픈 것 같았다. 큰아들은 가끔 술을 마시고 아버지를 찾아오곤 하였다. 그럴 때마다 큰소리는 담을 넘었고, 그러다가 한동안 조용해졌다가 다시 그런 일이 재발되고 연장되었었다. 그러면 자금을 또 대주는 것 같았고, 하는 사업마다 실패를 하니 가정사도 제대로 지키지 못했다. 부인하고 이혼을 한 것 같았고, 그 집에 딸 하나는 할아버지 집에 왔다 갔다 거의 살다시피 하면서 학교에 다니고 있었다.

"어머님이 위독하다."

사람은 왜 병이 들고 늙어갈까. 그러다가 세상을 떠날까?

어느 날 어머님이 곧 돌아갈지도 모른다는 연락이 왔었다. 어쩌나…. 그래서 시골 집에 갔다. 그때가 여름이었는데 어머니는 여름 볕이 드는 서향집 마루에 나와서 비스듬히 누워계셨다. 서향집이라 마루에는 햇빛이 많이 들고, 더운 여름이었는데도 어머님은 나와 계신 것을 보면 답답해서 그런 것 같았다. 내가 가니 앉으려고 했지만 불편하신 것 같았다.

나는 무릎을 꿇고 큰절을 하려다가 "아픈 사람에게는 절을 하지 않는다."라는 말이 문득 생각이 나서 그대로 멈추었다. 그때 나도 모르게 입에서 튀어나온 말이 "하나님, 살려주십시오." 간절한 듯이 입에서 생각하지도 않았던 말이 튀어나왔다. 절대적인 신께 나도 모르게 호소하게 되었다. 그때 나는 종교에 관심도 없었고, 신앙을 하지 않았던 때여서 나도 놀라지 않을 수 없었다.

어머니의 병은 자궁암으로 판명되었다. 그때 수술비가 천만 원이 든다고 했는데, 천만 원이면 부산 변두리에서 작은 집 두 채를 살 수 있는 큰돈이었다. 참으로 난감한 일이었다.

"죽어도 좋으니 수술은 안 된다. 내 몸에 칼은 못 댄다."

어머니는 황소처럼 고집을 부렸다. 암튼 수술하지 않고 굿을 해달라고 해서 굿도 해주고, 탄약도 지어먹고, 그러다가 그냥저냥 건강을 회복하여 일상생활을 하는 데는 별 지장이 없어 보였다. 나의 갑작스러운 소원 기도 덕분일까?

"꼬막인 피조개가 동네 사람들에게 행복을 가져다주었다."

맛좋고 영양가 많은 피를 흘리는 조개를 피조개 또는 꼬막이라 한다. 우리 집 아래 전어 배 사업을 해본 경험이 있는 그 형님이 역시 똑똑한 것 같았다. 이장할 때 동네 앞바다에 꼬막이라는 종패를 바다에 묻었다가 이삼 년 후에 다 자라면 그것을 배들이 갈퀴 그물을 넣고 끄는 작업을 해서 올린다.

피조개는 사람 주먹만 한데 껍질을 벗겨보면 피가 줄줄 흘러서 피조개라고 한다. 맛은 정말 좋았고, 영양가도 많아서 전량을 일본에 수출하던 때였다. 좋은 것은 돈 벌기 위해 일본으로 수출하고 나머지 파손된 것들은 동네 사람들 반찬거리였는데, 그것도 공평하게 나누어 가진다.

"형제간의 돈거래."

가까운 사이일수록 돈거래를 해야 하나 말아야 하나.

아마도 그해에는 꼬막값이 좋아서 한 가구당 몇천만 원씩 분배를 받았다고 소문이 났었다. 다른 동네 사람들은 개인별로 작업장을 만들어서 했는데, 말 많고 탈 많은 우리 동네에서 어떻게 그런 공동생산과 공동분배를 할 생각을 했을까? 그런 일을 성사시켰다니 상상이 안 되었다.

그런 면에서 그 형님은 대단하신 일을 했다고 본다.

동네에서 금년에 수입이 많았다는 소문이 났었다. 그 소식을 듣고 작은형님은 돈이 필요했는지 어떤지 큰형에게 돈 꾸어달라고 해서 몇백만 원인가를 빌려달라고 하니 큰형은 친척들에게 빌려가지고 주었던 것 같았다. 작은형은 그 돈을 결국 갚지 못한 것 같았는데 형제간에 신뢰가 어그러졌다.

안 그래도 친밀하지 못한 성격에다가 살갑지 못한 형제들인데 이런 일까지 발생했으니 앞으로 걱정이 된다. 그것이 현실화되어서 종교에 대한 편견과 불신과 형제간에 관계가 소원해진 것은 사실이었다. 가까운 사이일수록 돈의 관계는 명확해야 한다.

"먼지 나는 신작로라도 있었으면…."

농경사회에서는 한 뼘의 땅이라도 금싸라기.

그래서 시골길은 다 좁았다. 그때는 넓어야 할 이유도 없었다. 농경사회에서는 별수 없이 한 뼘의 땅이라도 농작물을 심어야 하는 것이다. 그만큼 먹고살기가 어렵고 힘든 시절이었다. 일면에 신작로를 만드는 일이 진행되니 우리 동네도 그 일이 시작되었다. 그런 시절에 도로를 넓히는 일은 쉽지 않았던 것 같았다. 자기 토지가 들어가는데 가만히 있는 것도 이상한 일이겠지마는 아마도 보상이 되었을 것 같았는데….

그래도 땅 주인은 내 땅에 불도저가 못 들어간다고 드러눕는 일이 실제로 일어났었다. 그럴 때 불도저 기사로 왔던 총각과 눈이 맞아서 결혼한 겹경사도 일어났었다.

그런 시기를 잘 넘기고 세월이 많이 흐른 후에 아스팔트로 잘 포장된 도로 위를 버스가 들어오기도 했고, 자동차들이 신나게 달렸다. 지금은 편리하고 좋은 세상으로 변했고, 육지 사람들이 보면 "아니, 이렇게 아름답고 좋은 곳에서 태어났냐."라며 복 받았다고 입이 마르도록 칭찬을 했다.

도로가 뚫리고 다리가 놓이니 좋아 보이지, 옛날에는 오지 중 오지인 곳인데 천지가 개벽을 했다며 가장 아름다운 곳이라고들 사람들은 감탄을 했다. 동네에서 배를 타고 삼천포장을 봤던 시절이 있었다. 그 이후에 배를 실어나르는 나룻배인 도선이 있었고, 지금은 다리가 놓였으니 차들이 맘대로 다니게 되었다. 현재는 가장 아름답고 좋은 곳이다.

"이놈들아. 이곳을 떠나거라."

먹고살기도 힘든데 좁은 곳에서 뭘 해. 넓은 천지로 나가라.

비좁은 땅에 사는 젊은이들이 안타까워서 정다운 고향 땅을 떠나란다. 그 시절 그때에는 그런 말씀을 할 수밖에 없었을 것이다. 예전에 이 고장 출신으로 수학을 담당하셨던 임 선생님께서는 수업시간마다 한마디씩 하셨다. 가난하고 먹고 살기가 어려운 환경을 벗어나라는 뜻에서 말씀하신 것이다.

"이놈들아, 이곳을 떠나거라." 그렇게 말씀하신 선생님의 깊은 뜻을 알 수 있을 것 같았다. 세상은 넓고 할 일은 많다는데 시골에서는 할 일도 없었다. 산에 나무를 하거나 농사나 가축을 기르는 일이나 바다에 고기를 잡는 일 말고는 별일이 없었다. 시골의 세상은 좁을 뿐이었다.

"친구야. 사업을 하고 싶어."

젊은 시절에 성공하고 싶은데 왜 반대만 할까?

옷감에다 붓으로 그림을 그리는 나염을 한단다. 상상도 못 했는데 나염을 잘하는 친구를 만났다. 나염을 배워서 이미 상당한 기술을 연마한 것으로 보였다. 자기가 직접 사업을 해보고 싶다고 포부를 밝혔는데 부모나 친구나 아는 사람들은 "더 배워서 해라. 아직 사업을 하기에는 너무 이르다."라는 것이었다. 나는 그 친구에게 용기를 주었다.

용기를 주게 된 긍정심은 어디에서 나왔을까? 일찍이 나는 케이 작가의
『인생독본』을 읽어보고 많은 감동을 받았으며, 세상을 살아가는 데는 사람
과 사람과의 관계가 아주 중요하다는 것을 배우고 깨달았다. 대화는 어떻
게 해야 하는 것인지를 조금이라도 알 수가 있었기 때문이다. 나에게 감동
을 아주 많이 준 책이었다. 인과관계가 아주 중요하다. 사람은 말 한마디에
기분이 좋았다가 나빴다 하는 존재이기 때문이다. 그 친구의 답답한 하소
연은 이랬다. "친구야, 나도 사업을 해보고 싶은데 아무도 동의를 안 해."
간절한 구원의 눈빛으로 나에게 말했다.

"실력으로나 경험으로나 걱정되니 모두가 반대하겠지."

"내 실력 정도면 사업을 해도 될 것 같아서 해보고 싶어."

"그러면 해봐라. 성공하면 좋겠지만, 만약 성공치 못한다 하더라도 실패
한 이유를 분석 검토하면 유익한 경험을 한 것이고, 다음번에는 성공할 수
있는 방법도 알게 되겠지. 할 수 있는 여건이 된다면 해봐라." 적극적으로
지원을 했다. 그 친구는 용기를 내어 작지만 자기 일을 시작하여 잘되고 있
었다.

옷감에 자기가 그린 그림을 가지고 나염을 해서 넥타이도 만들고, 한복
도 만드는 일을 하였다. 어느 날은 내게 매화를 그린 넥타이를 선물했다.
지금도 가지고 있지만 솜씨 있게 잘 만들었다. 나는 그 보답으로 대나무를
그려서 족자를 만들어서 그 친구에게 보답으로 전했다.

나만의 세계, 그곳은 어디?

"될 때까지, 정신일도하사불성."

어린 시절부터 화가가 될 것이라는 계획도 없었고, 상상도 못 했다. 나의 소질은 무엇일까? 그림을 그리고 싶어졌는데 그림이 쉬운 것은 아니었다. 어려운 작업 중 하나가 작품세계이다. 마음대로 잘 되지 않는 것이 붓으로 그리는 그림이었다. 마음대로 잘 안 되니 짜증이 난다.

자기 수양부터 해야 할 것 같았다. 나 자신과의 싸움에서 스스로를 조절하여 이겨내야 했었다. 힘들어도 그림을 열심히 꾸역꾸역 연습을 했다. 다작의 좋은 점은 숙달이 빨리 된다는 것이다. 수천 번, 수만 번의 선을 긋고 붓에 온 정신을 집중하여야 겨우 어느 수준까지 도달할 수 있는 것이었다. 자신과의 싸움이며, 내 속에 하고 싶은 마음과 하기 싫은 마음과의 갈등이요, 전쟁이었다. 내가 나를 이겨야 했다.

어느 분은 붓을 꺾어버렸다는 말을 들었다. 그런데 나는 왜 꾸역꾸역 그리고 있을까? 한번 결심을 했으면 어느 정도 수준까지는 해봐야지. 그래야 미련도, 후회도 없을 것이다. 그때 가서 포기를 하든 안 하든 내 맘이지. 하기 싫을 때는 붓을 놓고 하고 싶은 마음을 자꾸만 더 확장시켜 나아간다. 붓을 잡고만 싶도록 습관화시켜 나아가니 어느 정도 길이 보였다. 인내는 쓰고 열매는 달다더니…. 천 번, 만 번이라도 인내로 승화시켜 될 때까지 하는 거야. 인생이란 다 그런 것.

흉내만 낼 줄 아는 실력으로는 아직 갈 길이 멀다. 이것은 단순노동의 정도를 확실히 뛰어넘는 것이었다. 예술이요, 작품의 경지까지…. 인간은 개성진리체이므로 자기의 화풍이 나올 것 같은데…. 끝없는 노력을 하고 또 하고 또 해야만 했었다. 끝없는 무한대가 작품세계였다. 그러니 피조만물을 만드신 하늘 부모님의 그 심정과 신성에 모든 정열과 에너지를 정신일도로 만들어주셨던 그 심정을 조금이라도 느낄 수 있어서 천만다행이었다. 마치 산모가 마지막 기운으로 전신전력을 다해 힘을 쓰듯이….

"나는 서울에 간다."

사람은 태어나면 서울로 보내야 한단다.

한 번도 가보지 못한 서울. 그림을 더 배워보고 싶다는 충동이 나서 한양을 가보기로 했다. 가보고 싶은 수도, 서울을 아무 연고도 없이 무작정 서울행 고속버스에 올랐다. 시골 촌사람으로서는 떨리고 두려운 서울. 차 안에서 수많은 생각이 번잡스럽게 돌아다녔다. 가는 이 길이 과연 잘하는 길일까?

아니면 고생을 바가지로 할 텐데 제 앞가림도 못 하면서 아는 사람 한 명도 없는 서울에서 어쩌려고 무모한 짓을 할까? 마음속도, 머릿속도 복잡하고 힘들었다. 선택의 기로에서는 생각이 갈팡질팡 왔다 갔다 할 수밖에 없었다.

터미널에 내리면 다시 돌아가야 할까. 코 베어 간다는데 서울에서 과연 내 잘생긴 코가 그대로 붙어있을까? 염려스럽다. 나의 생각에는 관심 없다는 듯 드디어 버스는 도착을 했고, 수많은 사람이 사는 넓고 광대한 서울 땅을 밟았다. 무수한 사람들이 지나다니는데 아는 사람은 코빼기도 안 보이는 서울. 가만히 서있어도 사람끼리 부딪치는 수도 서울. 아무도 나를 반기지 않았고, 우리 친척들은 아무도 서울에 살지 않아서 아는 사람이라고는 단 한 명도 없었다.

오히려 웬 봉이라고 접근하는 자들도 있었다. 조심하고 또 조심해야 코를 지킨다. 정신 차려…. 일단은 서울역 가는 버스를 타고 역에서 내렸다. 역전 근처에 많은 여관이나 여인숙이 있어서 일단 값이 제일 싼 여인숙에 매일매일 얼마를 주고 임시로 숙소를 잡았다. 하루 숙박비 주고 최소한으로 먹으면서 버텼다. 기껏해야 열흘 정도 버틸 수밖에 없는 자금으로 무모한 짓을 하다니…. 낙향을 해야 할지, 자생하게 될지는 아직은 모른다. 한 치 앞도 보이지 않는 외국 같은 서울.

"서울서 첫 일자리를 찾았다."

우선 목구멍이 포도청이고, 이슬을 피할 잠자리는 있어야지.

그림을 배우려고 한양땅을 밟았는데…. 그림은 뒷전이고, 일단은 목구멍이 포도청이니 숙식부터 해결해야 했었다. 여인숙을 잡고 매일 일자리부터 찾아다니다가 드디어 일자리를 찾았다. 배운 게 도둑질이라고 했던가. 일단은 표구 일을 찾았다. 족자 만들어서 수출하는 곳인데, 거기는 숙식도 제공해 주었다. 마치 여관비도 하루치밖에는 없었는데 아슬아슬하게 취직을 하게 되었다. 일단은 거기에 일을 하기로 하였다.

일본 그림을 그리는 사람이 따로 있었고, 화실에서 그린 그림을 족자로 만들어서 수출하는 곳이었다. 사장의 지시에 따라 가끔은 병풍을 만들기도 했다. 나는 그림 그리는 화실 쪽을 기웃 그렸다. 그렇게 살다가 다른 곳으로 가니 거기는 월급은 좀 더 많이 받았으나 숙식 제공이 안 되어 하숙을 했다. 하숙비 제하고 나머지는 집으로 보내주었다. 나는 용돈도 별로 없이 어머님께 매달 우체국에서 일정 금액을 송금을 해주었다.

"드디어 선생님 집에 들어가게 되다."

그러다가 족자 만드는 일도 단순노동이어서 본격적으로 동양화를 하는 사람을 만나서 먹고자고 배울 데가 없느냐고 떼를 쓰다시피 부탁을 했다. 그분은 나를 국무총리가 거주하는 삼청동 공관 옆 어느 화가의 집을 소개해 주었다. 삼청동 근처는 무장한 경비들이 자주 보였다. 아이고 무서워라. 이곳이 그런 곳인가? 이 근처 사는 사람들의 주거 공간은 그저 그랬어도 공기는 공원이 가까워서 그런지 좋아서 그나마 다행이었다. 그곳에는 민화를 그리거나 남의 그림을 카피하는 곳이었다. 화실은 단독주택 2층이었고, 선생님하고 그림 배우는 아가씨가 있었다.

선생님의 아들은 고등학생이었는데, 사군자를 그리는데 대단한 실력이었다. 그런데 그 아이는 화가가 되기 싫다고 했다. 왜 그러느냐고 물었더니 "그냥."이라고 답했다. 아마도 아버지가 삼류 화가로서 고생하는 것을 보고 별로 맘이 내키지 않았던 것 같았다. 일류 화백이 된다는 것은 어렵고 힘든 과정이었기 때문일 것 같았다.

"아카시아 향이 좋은 계절."

꽃을 좋아하는 나는 이다음에 꽃집을 해야 할까?

주말에 야외로 나갔다. 5월경이 되면 피는 아카시아꽃이 나의 코를 자극했고, 나의 마음을 들뜨게 했다. 어쩌면 이 향이 그렇게 좋은지는 나도 잘 모른다. 왠지 상큼하고 신선하고 은근해서 좋을 뿐이다. 어떤 사람들은 향이 너무 강하다고 싫다는 사람도 있었지만, 나는 제일 좋은 향이 아카시아향이었다. 주머니에 넣고 싶다. 오월의 그 향기야말로 꽃 중에서 으뜸이었다.

아카시아는 번식력이 아주 강하고 그 주위에는 다른 생초들이 잘 못 자랄 정도로 왕성하게 자란다. 조금 더 있으면 밤꽃향이 천지를 뒤덮는다. 그런데 밤꽃향은 왜 그리 느끼한지, 그 향은 싫다. 밤꿀은 위장에 좋다는데 나의 위장이 나빠서 그런가? 아닌 것 같은데, 나는 소화를 잘하는 편인데 암튼 그 향이 내게는 별로였다. 아니, 아주 느끼하고 싫은 밤꽃향.

"홀로서기."

집 떠나면 개고생이라고 했는데. 아, 아. 언제 편히 살아볼까. 그래도. 이만큼 버틸 수 있는 것에 도취될 정도로 내가 나를 보면서도 놀라웠다. 막내인 나는 개척이나 도전은 아예 불가능할 것이라고 생각했는데 내가 도전을 하다니…. 아는 사람 한 명 없는 한양땅에서 내 갈 곳이 있다니…. 그곳에도 더 이상 있을 수가 없어서 나왔다.

일본 족자를 만들 때 알았던 노갈이와 가까이 지냈다. 그 친구가 소개해준 여추라는 친구는 담당 선생님의 마지막 제자라고 했다. 국전에 몇 번 입선도 하다가 보니 사람들이 제법 돈이 된다고 찾았다. 헌데 그 친구도 술을 좋아해서 돈이 모이질 않았다. 그리고 그림 그리는 여추와 같이 지하실을 얻어서 거기서 기거하면서 그림을 그려 팔았다. 겨우 연명하는 정도도 못 되었다. 차가 다니는 길가이다 보니 우리가 얻어 사는 곳은 차고이며, 보일러실이 붙어있는 아주 열악한 곳이었다.

그렇게 살아가니 얼마나 힘이 드는지 몰랐다.

하루는 이렇다 할 안주도 없이 노가리 한 마리 놓고 친구와 같이 깡술을 마시는데, 옆방에 세 들어 살던 어느 여대생이라는 학생과 같이 술을 마시고 이런 이야기, 저런 이야기를 했다. 새벽녘에 우리는 산책을 했다. 술도 깰 겸. 그런데 그 학생이 무엇을 전공하는지는 묻지도 않았다. 내 처지가 처지인 만큼 여자에게는 관심이 없었다. 내 한 몸뚱이도 지탱하기 어려운 실정인데…. 그냥 같이 하루 술친구로 마시는 정도. 날이 밝아오자 그 학생은 대뜸 내가 혼자 사니 만만하게 보는 거냐고 했다. 아니, 나는 무슨 영문인지 몰랐다. 혹시 국문학을 전공하는 것일까?

여자들은 이해할 수가 없었고, 나의 관심에서 멀었다. 마침 그때 일본 그림을 그리던 병차라는 친구가 가까운 곳에 살았기에 자주 만났다. 전라도가 고향인 그 친구는 농담을 아주 잘했다. 입만 벌리면 사람들이 재미있어서 웃고 난리가 날 정도로 입담이 좋았다. 수도권이 고향인 노가리는 그냥 말을 잘하는 것이고, 이 친구는 유머가 대단했었다. 그 친구도 결혼을 해서 가정이 있었는데, 아직 아기는 없었다. 그 친구는 티 종교에 다니는 것 같았는데, 나보고 한 번도 가자고 권하지도 않았다. 그때 적극적으로 권했으면 어떻게 되었을지는 모르는 일이었다.

내가 좋아하며 즐겨 불렀던 노래.

「빗속을 둘이서」

너의 마음 깊은 곳에 하고 싶은 말 있으면 오고 가는 눈빛 속에 살며시 전해주요 이 빗속을 걸어갈까요

「창밖의 여자」

창가에 기대서면 눈물처럼 떠오르는 그대의 흰 손 돌아서 눈감으면 강물이어라 한 줄기 바람 되어

"종교를 믿는 이유."

사람에게 종교는 어쩌면 선택이 아니라 필수일 것 같다.

그럴 때 신의 증거자라는 종교를 믿는다는 아주머니가 자주 전도하러 왔었다. 그 아주머니는 귀부인같이 생겼고, 우리가 기거하는 곳에 의자도 갖다 주면서 적극성을 보였다. 나는 술도 마시느냐고 물었다. 가끔 맥주 정도는 조금 마신다고 했다. 나도 술이라는 것이 내 체질에 맞는 것은 아니었다. 그런데 사회생활이라는 것이 그렇게 선호하도록 만들어가고 있었고, 화가들 사이에서는 자주 마시는 것이 일상이었다. 어떤 때는 낮술도 마셨다. 말로는 '좋은 구상을 위하여'라고 하며…. 그 문화 속에서 살다 보니 하는 수 없이 마시기도 했다.

그 아주머니는 가보자고 자꾸 권하길래 한번 동참해서 보니 거기에 다니는 사람들은 아주 열심히 성경 공부를 하고 있었다. 나도 공부를 하다가 '영혼불멸'이라는 단어가 아무리 생각해도 이해가 되지 않았다. 아무리 하나님이 전지전능하신 분이시라고 해도 성경에 기록된 대로 무덤이 열리고 자던 성도들의 죽은 시체의 뼈가 붙어서 살아난다는 말을 도저히 믿을 수가 없었다.

내 머리로서는 이해가 도저히 안 되었다.

그들은 자기들 방식대로 구절구절 설명을 했지만, 나의 의문을 풀어주기에는 역부족이었다. 성경책이 아무리 경서라고 해도 이건 무엇인가 잘못되었거나 해석이 다를 수 있거나 암튼 나로서는 믿을 수가 없었다. 논리와 과학적 이론에도 안 맞았고, 내 생각으로는 도저히 이해를 할 수 없는 상태였다. 나는 맹신자는 되고 싶지 않았다. 확실한 영육적인 이론이 있어야 믿을 수 있을 것 같았다.

"나를 설득시키지 못하면 나는 다음부터 안 나옵니다."

"공부를 좀 더 하면 이해가 될 것입니다."

"저는 맹신은 안 합니다. 제가 생각해 보고 과학적이고 논리적이며, 내가 이해할 수 있어야 믿지 않겠습니까? 안 그러면 믿지 못하겠습니다."

영혼불멸설은 없고, 하나님의 죄의 역사가 끝나면 육신으로 영원히 산다는 것이었다. 영혼은 없고, 죄의 역사가 끝나면 육신으로 영원히 산다. 시체들이 하나님의 죄의 역사가 끝나면 하나님께서 육신으로 영원히 살게 해주신다니 나로서는 도저히 믿을 수가 없는 것이었다.

몇백 년 전에, 몇천 년 전에 죽은 사람, 시체가 살아나서 정상인처럼 되어 영원히 육신으로 산다는 것이다. 이해가 안 되니 나의 시선에서 마음에서 점점 멀어졌으므로 결국 거기를 안 다니게 되었다. 거기에 다니는 사람들은 친절하고 좋은 사람들이었다. 그러나 성경을 해석하는 교리에서 해석이 제대로 되지 않으니 이해가 안 되어서 더 이상 다니지를 않았다.

"졸이다가 남은 면발. 쫄면."

밀가루 소리만 들어도 신물이 나고 질린다.

맛있는 라면도, 국수도 매일 먹으면 질리고 물린다. 그것도 못 먹을 때가 많았으니 얼마나 힘든 고역의 삶이었을까? 부잣집의 개들은 쌀밥에 고기를

먹고 산다는데 이런 개만도 못한 생활을 해야 하는 나의 무능. 개를 좋아
하는 사람들은 개를 무시했다고 말할 수도 있겠지만, 그때 나의 한양 생활
은 참으로 비참했기 때문에 그런 표현 역시 사실이었다.

라면을 끓이다가 시간을 놓쳐서 아차 하면서 뚜껑을 열었다.

다행히 완전히 타지는 않았지만, 물은 다 닳아서 없고 일부의 면발이 냄
비에 붙어있을 정도였다. 그런데 그 맛이 정말로 새로운 감칠맛이었다. 그
이후로 자주 끓여서 먹곤 한다. 물을 다 졸이면 수프를 넣고 잘 섞어서 먹
거나 물이 거의 졸일 때 수프를 넣거나 물이 졸일 때까지 냄비에 붙지 않도
록 잘 저어준다. 나의 제일 요리법은 바로 졸인 라면. 맛 좋다.

"작품 산실인 화실을 열다."

잘하든 못 하든, 죽든 살든 이 길뿐이었다.

다시 서울로 와서 선배와 화실을 하나 얻었는데 돈은 내가 마련했다. 작
은형님에게 돈 이백을 빌려서 친구인 이맹추와 같이 지내고 있었는데, 후
조라는 후배가 같이 합숙하자고 왔다. 같이 생활을 하며 밥은 우리가 끓여
먹었고, 김치는 선배 부인인 형수가 가끔 담가왔다.

현실은 현재이며, 살얼음처럼 냉혹했다. 상상만으로 사는 삶에 힘이 들
었다. 현실감각이 떨어지는 정도가 아니라 아예 맹탕 같은 나의 생활감각
이었다. 그 알량한 인성의 존심으로는 코 베어 가는 사회생활이 힘들 수밖
에 없었다.

"진국이다. 뚝배기 같은 사나이."

사람은 많다. 믿을 수 있는 잘 우려진 진국 같은 사람.

충청도가 고향인 선배는 나보고 칭찬을 자주 했다. 조그마한 일에도 변명하기도 바쁘고, 발을 빼기가 일수이고, 급하게 보채고 조르는 것이 보통 사람들인데 나는 그렇지 않다는 것이다. 그 선배도 술을 자주하다 보니 형수라는 분이 철저하게 챙기는 것 같았다. 대부분의 남자가 그렇겠지마는….

동양화를 전공한 그 선배는 그래도 돈을 좀 만지는 것 같았다. 주로 고서화 같은 것을 수리해 주는데 상당한 실력인 것 같았다. 수금할 때가 되면 소주 한잔이라도 같이 기울이자며 우리를 불러낸다. 그러면 형수 되는 분은 여지없이 찾아왔었다. 부인들은 그렇게 해야 생활을 할 수 있는 것이다. 남자들만 맡겨놓으면 가정이 거덜날 지도 모른다.

물론 사람마다 다르기는 하겠지마는 살림은 부인들이 잘할 수 있을 것 같았다. 가정을 가져야 안정된 생활이 된다고 어른들은 늘 말했다. 그러나 지금 내 형편으로는 혼자 입에 풀칠하기에도 쉬운 일은 아니다. 의식주가 우선인 것을 모르는 사람은 없다.

"궁핍은 같이 오는 것인가?"

돈 떨어지면 모든 것이 동시에 일어났다. 어쩌면 그렇게….

식당에서 밥을 먹는데 미역국이 나왔다. 먹어보니 소고기를 넣었는데 너무 느끼해서 도저히 먹을 수가 없었다. 자주 먹다가 보니 어느 정도 익숙해졌다. 우리 시골에서는 먹는 미역국은 바다 굴이나 조갯살을 넣는 아주 담백한 미역국인데…. 서울 생활인 객지 생활이라는 것이 그런 것이었다.

돈 떨어지면 쌀 떨어지고, 연탄 떨어지는 그런 시대였다.

자취 생활이라는 것은 늘 그랬다. 삼 일을 굶고 나니 너무 허기가 졌다. 하늘이 노래진다더니 정말로 노랬다. 터덜터덜 걸어서 단골 가게에 가서 할머니에게 외상 좀 달라고 하니 할머니는 흔쾌히 승낙을 해주셨다. 호빵 다섯 개를 사서 게 눈 감추듯이 해치웠다. 식사 문제부터 해결해야 하는데 호빵이라니….

친구들에게 말했더니 "돈 좀 꾸어달라고 말을 하지." 그랬다.

그런 때도 남에게 돈 꾸어달라는 소리를 못 하는 나는 존심인가, 미련함인가, 주변머리가 없어서 그런 것인가. 암튼 나는 그런 현실감각이 떨어지는 인간이었다. 아파도 아프다는 소리를 못하고, 힘들어도 힘들다는 소리를 못하는 사람이 나였다. 코 베어 가는 세상에서 주도면밀하게 살아야 할 텐데 사는 법도 모르면서 무조건 살아야 하는 무지함을 드러내고 있었다. 성격 탓인가, 인성 탓인가, 팔자 탓인가…. 융통성이 없는 미련곰탱이. 그가 누구였던가. 그 사람이 '나'란 사람이다.

"교회에 예배 보러 가야 할 윷놀이."

교회라는 곳은 어떤 곳인가? 그곳이 항상 궁금했다.

후배인 후조는 교회에 다니고 있었는데, 녀석은 우리를 교회에 끌고 가고 싶어서 안달이 났었나 보다. 후조의 제안으로 우리 넷은 일요일 아침에 윷놀이를 했다. 우리 편이 져서 교회에 가게 되었다. 그리고 아침을 먹는데 형수가 담가준 김치에 벌레가 있는 부분을 후조는 집었다. 배추벌레였다. 그리고 모두 다 께름칙했지만 어쩔 수 없이 그 김치를 먹을 수밖에 없었다.

"어느 목사님의 설교."

목사는 눈이 네 개인가, 목이 네 개인가. 그 능력은 어떨까?

내가 교회에 가다니…. 얼마 전에 신의 증거자라는 아주머니를 따라서 가봤지만, 똑같은 성경을 가지고 공부하면서 믿을 텐데 방식은 전혀 다른 것처럼 느껴졌다. 성경책 하나를 놓고 인간들이 파를 나누었다고 생각되었다. 해석하는 것이 자기들 수준으로 하기 때문이었다.

일반 교회는 난생처음 가보는 제법 큰 교회였는데, 예배당에는 사람들이 많았다. 교회에도 처음 갔었고, 목사의 설교도 처음 듣는 것이었다. 어쩌면 이것이 행운일까 아니면…. 그날따라 목사의 설교는 우리가 교회를 새로 증축 개축을 해야 하는데 옆집을 사들여야 한다, 여러 신도께서 특별히 신경 써주시고 헌금을 많이 해주시면 고맙겠다는 헌금 설교였다.

우리는 하루 끼니를 해결해야 하는 인생들인데 헌금 소리를 들으니 정나미가 뚝 떨어졌다. 교회도 돈 달라는 구먼. 어딜 가도 돈이야. 돈이 구세주이며, 돈이 신이야. 황금이 만능이라는 생각을 아니 할 수밖에 없었다. 인간의 신분 상승은 돈이 제일 바로미터였다. 그래서 사람들은 입만 열면 돈, 돈 했다. 여기서도 돈, 저기서도 돈, 돈타령하면서 살아야 하는 우리들의 인생살이…. 목사도, 교회도 돈만 밝히는 것은 아닐 텐데 가는 날이 장날.

"화실도 운영이 어려워 접었다."

정신 차려야지. 세상이 그렇게 호락호락하지 않아.

화실도 운영이 쉽지 않았다. 다섯 사람이 그림을 그리는데 형님은 형수에게 돈 들어 오는 날이면 다 뺏어가다시피 했다. 국전에 입선한 녀석은 나까마라는 중간상인들에게 그림을 그려줘도 돈 받아오는 날이 별로 없는 것 같았고, 설령 받는다 하더라도 술 마시기가 쉬웠다. 노갈이도 가정을 가지고 있었기에 별 도움이 안 됐다. 막내는 술은 안 먹었지만, 역시 운영은 어려웠다.

달세가 밀리기 시작했고, 계속하다가는 안 되겠다 싶어 접기로 했다. 막내 녀석은 처음에 올 때부터 '돈 자랑하지 말라'는 식으로 사람을 왜곡하는 이해력이 넓지 못한 녀석이었다. 내가 언제 돈 자랑했다고 오해를 하고 난리냐. 그런데 집세에 보탬도 안 되는 녀석이 좁은 자존심은 있는가 보다.

평소에는 착하게 보였지만, 교회 다닌다는 녀석이 그릇은 좁쌀만도 못했다. 착한 사람 같았는데 그도 돈에 대한 콤플렉스인지…. 우리는 각자 헤어지게 되었다.

"남의 화실에서 같이."

그렇게 동경하던 한양. 서울 생활은 내게 벅찬 삶이었다.

강남 잠실에서 어느 선배가 얻은 건물에 화가 네댓 명이 모여서 같이 그림을 그리는 화실에 나도 합류를 하였다. 거기서 방은 조그마한 것 하나 얻어놓고 출퇴근을 하였다. 거기서 산수 그림을 그려서 팔아가지고 겨우 연명을 했다. 제법 화가티를 냈지만, 나의 실력은 아직 미천했다.

선배 되는 사람은 막걸리를 좋아해서 그런지 코는 항상 딸기코였었다. 마트에서 줄줄이 소시지 한 줄 사서 한잔 술로 시름을 달래기도 했다. 그 선배의 그림은 전라도에서 먹히고, 나의 그림은 서울 인사동에서도 먹힌단다. 끝도 없이 노력하며 자기화를 만들어내야 하는 것이었다.

"양심적 병역거부로 판결 났다."

누군 고된 훈련을 받고 싶어서 아니면 총알받이 하러 군에 가나. 누군 양심이 없어서 군에 가야 한다는 말입니까. 양심 없는 짓들을 그만하는 것이 좋을 텐데요…. 사법고시에 합격하려면 엄청난 공부를 해야 한단다. 판검사가 되면 사안에 따라서 다른 판결이 나오기도 하는데, 법 앞에서는 만인이 평등하다는데 그것은 말짱 거짓말이랍니다. 법 앞에 만인은 차별받는 게 현실이라는데 "유전무죄, 무전유죄"라는 말이 있다지요.

양심적 병역거부를 인정한다는 판결이 나왔다는데.

그렇다면 모든 병사가 나도 군대 가기 싫은 것이 내 양심이니 병역을 거부한다면 나라는 누가 지킵니까? 판검사들이 전방에 나가서 총 들고 유격 훈련하고, 보초를 서고, 나라 지키는 일을 해야 할 것 같은데요. 안 그런가요? 한마디로 말도 안 되는 논리를 내세우는 판결은 무슨 의도입니까? 지식의 한계, 인격인의 한계, 법의 한계. 모순이 뭔지도 모르고 모순되게 판결을 하는 것은 아니겠지요. 만인은 법 앞에 공평해야 한다면서 양심 판결을 하면 누가 군대 가서 힘든 훈련을 받고 보초를 서고 싶어 할까요.

"그림은 끝없는 자기와의 싸움."

화가란 듣기에 좋은 직업 중 하나인 것처럼 보일 뿐.

삼류 작가와 일류 작가의 차이는 거기서 학벌에도 연관이 있었고, 작품에도 연관성이 있었고, 경력과 인기도에도 아주 연관이 많았다. 공모전에도 당선하여 경력을 쌓아야 유명 작가가 되는 것이다. 그런 세계이다 보니 아주 유명한 작가들의 그림은 가짜가 더 많을지도 모른다.

어떤 분들은 제자가 그리는 경우도 있고, 제자가 절반 그려 준 경우도 있고, 제자가 그려가지고 자기 낙관이나 사인만 선생이 하는 경우도 있단다. 어떤 경우는 제자가 다 그려가지고 선생 낙관을 찍어서 팔아먹는 경우도 있단다. 어느 재주 많은 유명인은 내 그림인지 아닌지 시비가 붙어서 재판까지 갔단다. 다른 사람의 덧칠이 있으면 자기 그림이라고 볼 수 없는 것이다. 이제는 제자들이 한 번이라도 붓질을 보태는 작업은 전부 합작품으로 봐야 할 것이다. 정도가 있어야 하는데 관례처럼 되어있는 이런 행위들은 청산해야 할 것 같다. 작품이라는 것은 자기 혼자서 그려야 자기의 영혼과 심정과 정성과 노력으로 탄생된 것이라고 볼 수 있다. 그래야 자기 작품이 되는 것이다. 예술을 위한 작품이어야지, 영혼 없는 상품을 만들어서 작품이라고… 차라리 공장에서 제품 찍듯이 찍어낸 상품이라고 하면 좋을 것 같은 느낌이다.

"바다는 항상 우리에게 무한한 먹거리를 제공."

깊고 넓은 바다는 온갖 생물들이 생존한다.

훈련 나왔다고 해서 부산으로 내려가서 눌러앉게 되었다. 생물들이 생성되고 키워내는 바다는 늘 풍성하다. 명절에 한 번씩 가면 늘 그대로인 바다가 있는 고향. 그리웠던 우리 마을 앞바다. 언제나 우리를 반겨준다. 날씨도 아주 청명하고 좋은 날이기에 일행과 같이 배를 타고 해삼을 잡으러 갔다. 물이 맑으니 해삼이 잘 보였다. 낚싯바늘을 대나무에 묶어서 해삼을 낚아 올리면 된다. 해삼을 낚다가 나는 물에 첨벙 하고 빠졌다. 수영은 할 줄 아는데 물에 빠진 것이 창피하기도 한 일이지만, 아마도 좋은 일이 있으려나. 이 넓은 바닷물에 목욕을 하고 앞으로 좋은 일만 일어났으면 좋겠다. 갯벌의 뻘 속에는 생명들이 숨어 살고 있다.

호미로 개불을 파서 먹는 재미가 아주 흥미롭고 재미있는 일이다. 뻘 속

깊이 파고 들어가야 잡을 수 있는 개불은 빠알간색을 온몸에 감고 있는데 쫄깃하여 맛이 좋다. 수염이 있어도 별로 상관은 없다. 속이라는 뻘 속에 사는 생물은 강아지풀을 구멍 속에 넣어서 흔들면 그것을 물고 올라오기도 하며, 된장을 풀어놓으면 올라오기도 한다. 고동도 잡고, 조개도 파고, 낙지도 잡고, 개불도 파고, '속'도 건져 올린다. 바다에는 풍성한 먹거리들이 많다.

"독방에 갇힌 고기."

생선이나 동물은 인간의 지배를 받아야 할 대상.

만물의 최상위층은 인간이다. 사람의 지능은 만물보다 아주 높아서 여러 가지 방법으로 생선을 잡는다. 바닷가에 돌을 반원형으로 쌓아놓은 것을 독방이라고 한다. 물이 빠지면 고기들이 물 따라 나가다가 돌담에 걸려서 웅덩이 같은 곳에 모인다. 아주 옛날 방식의 어업법이다. 구술네 집에는 항상 생선이나 게나 기타 이런 어류들이 떨어질 날이 없었던 것 같았다.

잘사는 것을 보면 부자들은 역시 그런 사업성이 남다르다고 볼 수 있다. 이런 공동 바다를 선점하려면 적극성이거나 마을에 대가를 지불하고…. 하여간 모든 마을 사람들에게 맛있는 먹거리를 제공하는 바다. 그런 바다가 언제봐도 한결같고 변함없이 그대로인 것이 좋다.

나의 반쪽인 임자, 내 님은 어디에

"선보는 자리."

배필이라는 짝은 사랑을 완성하는 상대가 되어 영원한 한 쌍의 동반자인 임자. 외무부 장관이 형님이셨던 성재 선생님이란 분이 나의 배필에 관심이 많았던 것 같았다. 어느 날 차 한잔하러 가자고 해서 다방에 같이 갔다. 나는 성재 선생과 같이 평상복을 입고 갔는데, 다방에는 웬 아가씨와 중년 부인이 같이 앉아있었다. 직감적으로 선보는 자리라는 것을 알았다. 처자의 어머니는 귀부인처럼 품위 있어 보이며 아주 잘 생겼었다. 그런데 처자는 아버지를 닮았는지 모르겠지만, 엄마와는 전혀 다른 모습이었다.

어른들은 자리를 비켜주고 우리는 경양식집으로 가서 식사를 했다. 나만 말을 좀 하고 그 처자는 한마디도 하지 않았다. 얼굴은 자기 어머니 반도 안 닮은 것 같았다. 식사를 다하고 나도 모르게 내 입에서 "당신은 시집가기 틀렸다."라는 말이 나왔다. 왜 그런 말이 나왔는지 이상하구먼. 왜 그랬는지 나도 모르게 입에서 튀어나온 말이었다. 참 별일이야. 내가 남의 처자에게 시집가기 틀렸다고 하다니 이런 이런. 내가 안 하면 그뿐이지. 왜 그런 말을 했는지 나도 모르겠다. 참 별일도 다 있네.

"신문은 새로운 소식과 희망을 알려주는 것일까?"

저녁때에 성재 선생께서 전화가 왔다. 관심 없다고 했더니 내일 서면에 차 한잔 마시러 가자고 했다. 그냥 평상복차림으로 동래에서 만나가지고 버스를 타고 서면에서 내렸다. 지금도 잊어버리지 않는 서면의 케이 다방이 라는 곳에 들어갔다. 좀 있으니 처자의 부모와 비슷한 연배의 아주머니와 같이 들어와서 합석을 하였다. 역시 성재 선생께서 마련한 자리였다. 부모들과 일행은 다 나가고 나와 그 처자만 남았다. 우리는 경양식집에 들어가서 저녁을 먹었다. 나도 그림을 그린 사진을 몇 장 가지고 있었기에 보여주었는데 그녀는 이런 말을 했단다.

"내하고 나이도 비슷한데 출세했구먼. 이정도 남자면 결혼하겠다."라고 중얼거렸단다. 신문에 난 나의 기사를 가지고 있었다. 결혼하기 전 미혼일 때 부산에서 출품을 하는 미술공모전이 여러 군데 있었다. 작품을 출품하면 입상도 주고, 특상도 주어서 받았다. 상 받은 기사가 신문에 났었다. 이 아가씨도 그 신문기사를 보고 이 정도 남자면 결혼하겠다고 중얼거렸단다.

이명희는 이게 운명인가 숙명일까. "이게 무슨 일이래. 현실인가 꿈인가?" 신문에 난 그 남자가 내 앞에 앉아 있다니 이게 무슨 일일까? 명희는 도대체가 이해가 안 되어 무슨 이런 일이 다 있노. 꿈만 같은 이런 일이 일어났으니 놀라서 긴장감이 산을 뚫었다. 입에서 튀어나온 한마디 말이었는데 이것이 꿈도 아니고 생시에 그 남자가 내 앞에 앉아있다니….

하나님의 역사가 이런 것이었구나. 내 맘을 아시다니. 나의 생각과 마음을 아시고 이런 역사가 일어나고 있으니 당연히 관심이 많이 갈 수밖에 없었다. 이게 내 운명이고, 내 팔자일까? 이건 운명을 넘어 필연이며, 숙명일 것 같았다는 것이다. 암튼 하나님, 감사하옵고, 고맙사옵나이다. 이런 일이 나에게 일어나다니…. 놀란 명희는 믿을 수 없는 일에 감탄하면서도 이게 꿈도 아니고 현실이라니 놀라운 마음뿐이었단다. 그런 상태이니 하고 싶은 말을 하면서 아주 푹 빠져들었다. 이 남자가 내 남자라니. 이제 내 남자이다. 내 남자라야 할 것 같았다.

둘은 주거니 받거니 이야기를 하다가 헤어졌다. 그다음 날도 만나서 밥 먹고, 이야기하고…. 숙명이니 받아들여야지. 이삼일 만나다가 할 일이 있어서 며칠 쉬고 다시 만나자고 한 다음에 전화를 해서 만났다. 다대포 바닷가에 가면 포장마차 횟집들이 줄지어 많이 있었다. 거기 들어가서 회 한 접시 시켜서 저녁을 먹고 집에 바래다준다고 버스를 타고 가다가 내려서 잘 가라고 했더니 여기서 집까지 올라가는 길이 멀다는 것이었다. 멀다고 했으니 집 앞까지 바래다주기 위해서 걸었다. 집은 영도 버스 다니는 길에서 백 미터쯤은 더 되는 길을 올라갔다. 생각보다는 집이 멀었는데 한참을 올라갔다. 단독주택 집 앞에 다다르니 발걸음을 멈추고 말을 했다.

"여기가 우리 집인데 온 김에 들어가서 차라도 한잔하고 가세요."라면서 명희 씨는 들어가자고 했다. 무심코 따라 들어갔는데 대지는 팔십여 평 정도 되고, 건평은 삼십 평 정도 되는 단독주택에 한 평 정도 되어 보이는 조그마한 연못도 있었다. 소파에 앉았는데 그녀의 부모와 언니와 동생과 남동생들을 소개를 했다. 나도 낯선 환경에 약간 긴장하고 있었는데 "결혼을 할 것인가, 말 것인가?" 처녀의 아버지는 대뜸 나에게 대답을 강요하듯이 말했다. 빨리 대답하라고 재촉하는 듯했다.

다급하게 물어왔다. 생각지도 못한 말을 빨리 답해야 하는 일이 발생했다. 어쩌지 망설이다가 "하겠습니다."라고 엉겁결에 대답을 했다. 마음의 준비도 안 된 상태인데 나의 입으로 그렇게 말해 버렸다. 이제는 어쩔 수 없었다. 그리고 날 잡고 그해 오월 하순경 어느 날인지 하여간 우리는 만난 지 두어 달이 되기 전에 결혼했다. 삼십 대 초반에 한 살 차이로 만난 노총각과 노처녀가 만나서 일사천리로 성사되었다. 결혼식을 마치고 신혼여행을 일주일간 일정으로 제주도로 가기로 했다.

"신혼여행의 제일 장소. 가보고 싶었던 제주도."

상상을 초월한 신비한 곳이 제주도였다.

처음 타보는 비행기로 처음 와보는 제주도여서 더 호감이 갔다. 신혼이라 설레는 마음으로 긴장하고 있었는데, 공중을 선회하던 비행기는 드디어 공항에 소리 없이 내려앉았다. 공항은 관광객들로 붐볐다. 적당한 곳에 모텔을 하나 잡아서 짐을 풀고 지도를 사서 일주일간 버스를 타고 둘이서 가고 싶은 곳을 다니기로 했다. 그리고 저녁이 되어 신혼의 첫날밤이 되었다.

설레는 마음과 긴장된 몸뚱어리는 순진한 초보들의 사랑의 욕정에 두 몸이 한몸이 되었다. 첫사랑의 달콤함으로 둘은 백년가약의 언약을 지키며 평생을 함께할 첫발을 내디딘 잊을 수 없는 날이었다. 신혼의 단꿈을 꾸던 날.

제주도의 풍물을 구경하고 마지막 날 전날은 제주도의 백록담에 올랐다. 때가 5월 하순을 막지나 유월 초가 되었다. 올라가는 데는 철쭉꽃과 잡목들의 조화로 이루어진 제주도산의 아름다운 경관들이 시야에 들어와 매력적이었다. 우리가 사는 산의 나무들과 분위기가 조금 달라서 좋았다. 중간쯤 올라가는데 벌써 갔다가 내려오는 중년 부인들 칠, 팔 명이 떠들고 내려오면서 어느 부인이 하는 말이 "저 총각은 처자의 웃는 소리에 반하여 장가 갔는갑다."라며 자기들끼리 좋아서 키득거리며 떠들고 난리가 났다. 재미있어하는 부인들의 웃음소리는 점점 멀어졌고, 철쭉은 흐드러지게 피어서 우리를 반기는 듯하였다.

그래, 항상 이 자리를 지키고 있는 네들도 기분이 좋은 것 같구나. 나도 착한 색시를 얻었으니 기분이 좋다. 사실 그런 면도 없는 것은 아니었다. 내 색시가 된 명희 씨는 웃는데 모나리자보다도 더 아름다운 미소 짓는 웃음을 나에게 선물로 주었다.

강하지도 않고, 약하지도 않는 소리와 더불어 가지런히 아랫니와 윗니가 합해지면서 입꼬리는 위로 살짝 올라가면서 웃어주는 그 미소와 웃음에 어쩌면 나도 뿅 갔는지는 모른다. 참으로 매력적인 묘한 끌림의 웃음이었다. 백록담을 비롯해 여러 군데를 구경한 신혼의 단꿈을 꾸었던 제주도 관광이었다.

"신혼 생활."

만물도 짝이 있으니 당연히 사람도 배필이 있는 것.

그렇게 우리들의 결혼 생활은 시작되었다. 동래에서 작은방 두 개와 부엌이 달린 방을 전세로 얻어 살다가 정리를 하고, 연산동에다가 가게를 얻어서 내 그림을 액자로 만들어 걸어놓고 그림도 가르치며 표구 일도 하며 열심히 살려고 노력했었다. 결혼은 해도 당장 인생살이는 별로 나아진 게 없었다.

현실을 무시할 수 없는 금전인 돈이 생활을 좌지우지하는 삶의 무게에서 벗어날 수 없는 인생살이가 보통 사람들의 삶일 것인데, 나 역시 다를 바가 없었다. 결혼이라는 것이 많은 것을 바꾸어 놓는다. 혼자 살 때와 둘이 살 때가 다르고 자녀가 생기게 되면 또 다른 분위기가 만들어질 것 같다.

행복한 가정은 참사랑의 결실

"야, 이눔아 애는 왜 만들었어. 아이구. 아야."

큰아기가 태어날 것 같아서 병원으로 가야 했다.

결혼한 이듬해 아들을 보게 될 것 같았는데, 노산이라서 걱정이 되었다. 마누라에게 첫애의 산통 신호가 왔다. 병원비 아끼려고 작은 병원에 초저녁에 들어갔었는데 밤새도록 부인은 용만 쓰고 아기는 나오지 않았다. 마누라는 나의 머리를 잡아당기며 욕을 했다. 얼마나 힘들었으면 옆에 앉아 있던 나의 머리를 잡고 욕을 했겠는가? 뒤에 마누라보고 그 말을 했더니 기억이 안 난다고 했다. 설령 기억이 난다고 해도 안 난다고 해야겠지….

하여간 뒷날 아침에 고모 되는 분이 와서 보고 이대로는 안 된다고 해서 앰뷸런스를 타고 큰 병원에 갔다. 의사 선생님은 수고를 하시고 나이가 많아서 난산인데 작은 병원에서 생고생을 했으니 산모가 얼마나 힘들었겠는가.

밤새도록 난산에 힘에 겨운 사투를 벌이다가 낮 열한 시 반경에 간호사가 "아들입니다. 축하합니다." 희소식은 지친 나의 귓전을 긴장케 해주었다. 사실 아들을 바라고 있었다. 나에게도 마누라가 있고 자식도 생겼으니 어매 좋은 것. 얼마나 힘든 노정을 치렀는지 부인은 녹초가 되었다. "수고 했소." 그 말이 위안이 될런지 모른다. 얼마나 밤새도록 힘이 들었을 텐데 …. 그깟 말 한마디에 기분이 전환될런지….

그래도 아들이 건강하게 태어난 모습을 보고 기력을 찾았다.

그런데 삼 일째 되는 날 나는 아기를 데리고 택시를 잡아타고 집으로 돌아왔는데 부인은 의사가 애를 꺼낼 때에 오줌보를 건드려서 보름 정도 더 입원을 했다가 퇴원을 했다. 어머니가 우리 집에 와서 밥을 해주었다. 아직 며느리는 병원에 있었고, 엄마는 손주를 보면서 식사를 해주며 나와 같이 며칠을 지냈다.

"엄마의 손맛을 잊을 수 없는 된장국."

우리 엄마 된장국이 세상에서 제일 맛있는 된장국이었다.

이렇게 맛이 좋았었던가? 그런데 그때 끓여준 엄마의 된장국은 잊을 수 없을 정도로 맛이 있었다. 후에 부인은 그런 맛을 내려고 아무리 노력해도 엄마가 끓여준 된장국의 맛은 결국 내지를 못했다. 첫애를 낳았을 때는 그렇게 힘들게 생고생하면서 낳았다.

산모가 노산 때문에 그랬고, 병원비가 없어서 적게 드는 조산소에 간 것도 하나의 원인이었다. 처음부터 큰 병원으로 갔어야 했었는데…. 그때 병원비가 오십만 원 정도 나왔는데, 나는 단돈 십만 원밖에 없어서 장모님께서 그 돈을 지불해 주었다. 장모님이 얼마나 고마운지. 고맙습니다. 장모님.

"반갑다. 친구야. 신수가 좋구먼."

힘들게 살아왔던 한양살이가 때론 그립기도 했다.

어느 날 우리 가게로 찾아 들어온 사람이 있었다. 뜻밖이었다.

예전에 서울에서 만난 친구였는데 멀리서 소식 없이 날아왔다. 서울에 살 때 음으로, 양으로 밥도 먹여주고, 술도 같이 마시며 좋은 친구로 지냈던 명세였다. 어찌나 반갑던지⋯. 그 친구 고향은 경기도 어디였다. 그 친구는 술을 먹고 길에서 뻗어서 자고 있는데 어느 처자가 보고 매력적이라며 거두어 주어서 둘은 결혼하여 이미 아이가 둘이나 있었다. 친구는 작은 편이었는데 그의 부인은 친구보다 키가 컸고, 인물도 괜찮았다. 처가의 친척이라며 나에게 자기 친척의 처자를 소개를 해주었는데 큰딸이었고 동생들이 셋이나 되었는데 결혼을 하면 동생들을 거두어 주어야 한다고 했다. 나는 막내라서 내 한 몸 거천하기도 어려운 때여서 나도 적극적으로 나서지 않아서 흐지부지되었다.

나도 뜻밖이었고, 그 친구도 뜻밖이었을 것 같았다. 나는 생각지도 못했는데 반갑고 반가웠다. 그래도 친구에게 뭘 해줄 게 없어서 술 한잔 사주고 헤어지게 되었다. 술 한잔으로 때우기에는 나의 보답이 너무 약했으나 그 당시 나도 적자를 면치 못하는 생활이어서 그 친구에게 변변히 차비도 제대로 못 주어서 보냈다. 옛정과 옛 추억을 생각해 보면 너무나 소홀한 대접이라서 사람들이 왜 돈, 돈 하는지 실감이 나는 삶이었다.

"내 팔자는 무슨 팔자란 말이냐?"

팔자는 구자로 고치든지 극복을 하든지 해야.

내 팔자에 그림 그리고 액자나 병풍 만들면서 살아갈 팔자는 아닌가 보다. 비싼 달세 줘가면서 가게를 운영한다는 것도 힘들었다. 어떤 체육관도 하고 무형문화재를 한다는 사람이 오십만 원어치 정도 병풍과 액자 등을 표구해달라고 맡겼다. 다 만들어주었더니 재료값은 고사하고 몽땅 떼먹을 궁리를 했는지 외상을 해달라고 사정했다. 떼어먹을 궁리를 하니 온갖 핑계를 대었다.

내일 준다며 오늘 꼭 가져가야 된단다. 사정을 봐달라고 애원이다. 나도 마음이 약해서 알면서도 외상을 주었다. 이런 부류의 인간들의 심보야 뻔했다. 이런 이런. 알고도 눈앞에서 사기를 당하는 꼴이 되었다. 인간의 본래 모습이 그렇기는 해도 백 프로 떼먹는 인간이 있더라.

며칠 있다가 와서 한다는 말이 염장 지르는 소리를 해댄다.

"병풍 하나가 거꾸로 작품이 붙어서 그걸 새로 하는데 혼났다." 거짓말도 정도껏 해야 하는데 정도를 넘어버린 악습 중에 최악이었다. 사기꾼 인간들의 심보는 이리 핑계, 저리 핑계를 대고, 그다음 허물 아닌 실수나 꼬투리를 잡아서 뒤집어씌우는 그들의 사기 수법이다. 온갖 술수와 거짓으로 그렇게 거짓말을 하더니 결국 떼먹고 도망가버렸다.

그래도 재료값은 주어야지…. 세상에 참말로…. 내 팔자도 이런…. 가게를 힘들게 운영하고 있었는데 사기까지 당하니 더욱 힘이 들었다. 그때 집세도 만만찮았다. 한 달에 오십을 주었는데, 그 돈이면 한 달 집세값이었다.

해운대에서 서실을 운영하는데 괜찮단다. 한번 놀러 갔었다.

학생도 몇 명 없는데 어렵겠다는 생각이 들었다. 그분은 자기는 나이도 많고 이제는 서실도 그만하고 쉬겠단다. 나보고 인수받아서 해보라고 성화였다. 나도 비싼 가게 세를 주고 운영한다는 것은 쉬운 일은 아니었다. 그래도 달세는 안 들어가니 한번 해볼까 하는 생각이 들었다.

"바닷가 모래밭처럼 사연 많게 사는 것이 우리들의 인생."

가게를 정리하고 해운대로 갔다. 아무런 연고도 없었던 해운대는 그냥 시골 읍 정도 되는 것 같았다. 서예와 그림을 가르쳐도 서실 운영도 쉽지는 않았다. 어떤 남자가 오더니 그림을 교습하는 총각에게 초안을 잡아주는데 와서 그것 배워서 뭐할 거냐고 소리를 질렀다. 남의 화실에 와서 깽판을 놓는 격이었다.

초등학교 학생 십여 명이 다녔었는데, 4~6학년 애들 몇 명이 연습을 하다가 모여서 자기들끼리 이야기를 하는데 나는 깜짝 놀랐다. 어떻게 애들이 그런 말을 할 수 있는 것인지… 당돌한 것인지, 철이 없는 것인지… "우리들이 내는 회비 가지고 먹고산다." 한 녀석이 말하니 "그렇지. 우리들이 먹여 살리네." 애들로부터 그 소리를 들으니 정나미가 뚝 떨어졌다.

아는 사람이 자기 딸이 고등학교 다니는데 그림을 좀 가르쳐 달란다. 수강료는 내지도 않고 또 커다란 작품까지 가지고 가서 팔아서는 돈도 주지 않았다. 80호 정도 되는 그 작품은 어느 결혼식장에 가니 걸려있었다. 이런 이런. 거기에서 나올 때 며칠 전기세와 물세만 받는 것이 아니라 한달치를 계산했고, 나중에 고지서가 나오면 돈을 내고 남는 돈은 돌려준다는 것이었다. 이런. 그 남은 돈을 찾으러 갈 사람이 얼마나 된다고 얄팍한….

"해조류의 별미."

바다 밑에는 맛있는 먹거리들이 빼곡하게 들어차 존재하고 있다. 바닷가에서는 미역국에 조개나 굴을 넣으면 담백하고 맛이 있었다. 서울 생활하면서 미역국을 먹어보니 쇠고기를 넣어서 그런지 느끼하고 감칠맛이 없었다. 배고프니 안 먹을 수 없는 현실을 어찌하랴. 자주 자꾸 먹다가 보니 이제는 쇠고기 넣은 미역국도 잘 먹을 수 있게 되었다.

역시 미역국에는 신선한 굴이나 조갯살을 넣으면 맛이 제일인 것 같다. 도다리나 낭태 같은 생선을 넣고 끓여도 깔끔한 맛이 나는 미역국. 지금은 신선한 미역을 아주 좋아하며 잘 먹는다. 미역국이든, 미역나물이든 제철에 나오면 꼭 먹고 싶은 해초류 중 하나다. 미역귀와 줄기와 잎도 맛이 좋아서 즐겨 먹곤 한다. 곤피라는 다시마는 간장을 넣고 쌈을 싸서 먹으면 그 맛은 신선하고 감칠맛이 나는 좋아하는 식품인데 별미다. 해운대에서 위로 몇 동네 올라가면 대변이라는 곳에는 갓 잡아 온 멸치생선회가 아주 별미였다. 싱싱할 때 먹어야 하는 것이 멸치회다.

"죽을 고비를 넘기다."

인명은 재천이라며 하늘에 달렸단다.

태어나고 죽는 것이 큰일 중 하나. 자녀를 낳는 것도, 양육하는 것도 쉬운 일은 아니다. 큰아들이 네다섯 살 정도 되었을 때 시골 어머님께 잠시 맡겼다. 시골에 어린애를 맡기는 것도 가슴 아픈 일이다. 애를 데리고 들에 나갈 수밖에 없는 실정이었다. 며칠 지나니 마누라는 보고 싶다고 아들을 데리고 오라고 했다. 보름 있다가 가니 애가 시커멓게 그을리고 형편이 말이 아니었다. 알아듣지도 못하는 사투리를 듣고 애가 이런 말을 사용했다.

"게바."라고 말하니 아내는 못 알아듣겠단다.

"그게 무슨 말이냐?"라고 물으니 "할머니가 가르쳐 주었다."라고 했다. 할머니에게 듣던 말을 집에 와서도 게바라고 했다. 몇 개의 사투리를 사용하는데 마누라는 못 알아듣겠단다. 유달리 내가 태어났던 우리 동네는 사투리가 심했다. 사투리는 고향의 추억이 담겨있어서 그립고 정겨울 뿐이다.

외할아버지, 외할머니가 애를 돌봤다. 처갓집에 연못이 있었는데 연못 위에는 장미 덩굴을 뻗으라고 쇠파이프로 사다리 아치를 만들어놓았다. 외할아버지와 외할머니와 친구분들이 모여서 고돌이를 치다가 손자 생각이 나서 애를 찾았다. 나가 보니 애가 연못의 파이프를 잡고 대롱대롱 달려있더라는 것이었다. 생각만 해도 끔찍한 일이 벌어질 뻔하였다. 아차 하면 소름 끼치는 일이 벌어질 텐데, 자식 키우는 일이 결코 만만찮다. 죽을 운명은 아니었는지 천만다행이었다. 하늘이시여, 감사합니다.

"고마운 파출소."

치안을 책임지는 경찰로서 백성을 보호하는 곳.

예전에 젊은 시절에 장발로 다니다가 머리를 잘리는 수모를 겪기도 했던 파출소였다. 그 이후로 좋은 인상은 못 주었다. 어릴 때 애들이 울면 "순사가 잡아간다."라는 말 한마디면 애들이 울음을 그치는 때도 있었다. 일제시대에 순사들이 사람들을 잡아가고 난도질을 할 때가 있었기에 순사 온다는 말 한마디면 울음을 딱 그쳤다. 우는 아기에게 "호랑이 온다."라면 애들은 호랑이 무서운 줄을 모른다. "곶감 줄게." 하니 울음을 딱 그치더라는 것이다. 호랑이에게는 곶감이라는 것이 제일 무서운 존재였는지 모른다.

십수 년이 흐르고 난 어느 날, 하루는 네댓 살 먹은 애를 잃어버려서 동네방네 찾으러 다녔는데 어떤 마음씨 좋은 사람이 파출소에 애를 데려다주었단다. 예전에 장발에 걸려 머리를 잘렸던 그 파출소가 이렇게 좋고 고마울 때가…. 자식을 잃어버렸을 때의 그 심정은 세상을 다 잃어버린 거와 같은 것이었다. 자식은 나의 뼈와 살과 모든 것을 상속받은, 눈에 넣어도 아프지 않을 정도로 사랑스러운 대신자. 어떤 부모도 마찬가지 입장일 것이다.

"탐나면 남의 자식이라도 데려갈 심산."

없는 것보다는 있는 것이 좋다. 좋은 것은 잘 지키고 가꾸어야 한다. 애가 어릴 때 마누라는 목욕탕에 애를 데리고 가서 씻겨놓고 자기의 머리를 감는데 옆에 아줌마가 소리를 지르더라는 것이다. 그래서 집사람은 머리를 감다가 돌아보니 어떤 아주머니가 애를 안고 밖으로 나가더란다.

"아줌마, 남의 애를 왜 데리고 가느냐?" 머리를 감다가 놀란 아기 엄마가 다그치듯이 물었다. "애가 예뻐서 안아봤다."라며 살며시 내려놓았다는 것이다. 아니면 말고. 그렇게 어린애를 데리고 나가버리면 애는 영영 못 찾게 되고, 남의 자식이 되는 것이다. 이런 끔찍한 짓을 하는 사람들이 있다니. 옆에 아주머니가 봤기에 불상사를 면할 수 있었지…. 그 이후로 마누라는 목욕탕에 애들을 데리고 간 적이 없었고, 목욕은 집에서 했다.

"입 덧."

인간의 창조는 바로 자식을 만들고 낳는 일이다.

이런저런 수난을 많이도 겪는데 애를 셋 낳는 동안 입덧이 심하여 세 아이 모두 그랬다. 음식을 못 먹으니 평균 칠, 팔 킬로는 빠졌다. 첫애를 가졌을 때 자정 정도 되었는데 갑자기 짜장면이 먹고 싶다고 했다. 오밤중에 짜장면이 어디 있나. 요즈음 같으면 간단한데 그 시절에는 짜장면이 짜장면 집에나 가야 먹을 수 있었던 음식이었다.

밤중이라 못 사주었는데 그때부터 입덧이 심하여 아무것도 못 먹었다. 다음 날 날이 밝아 사주려고 했더니 먹기 싫다고 했다. 그때 그 사정을 본의 아니게 못 들어준 것이 이렇게 입덧이 심할 줄을 몰랐었다. 여자는 용감하고, 여인은 강단이 있고, 엄마는 훌륭했다. 자녀는 세 명 정도는 낳아야 한다고 생각했다. 부인께 진심으로 고마워하며 감사하고 있다.

오죽하면 장모님도 애를 셋이나 낳으니 "너 죽으려고 환장했냐?"라고 하더란다. 작은 체구에 애를 셋이나 낳으니 어머니로서는 걱정을 할 수밖에 없었을 것이다.

"에덴동산이라는 거룩한 곳에서 추방당한 인류."

아이를 잃어버리면 세상이 눈에 안 보였다. 인류 시초에 이별을 할 수밖에 없었던 기막힌 사연이 발생했었다. 에덴동산에서 자식을 쫓아낼 수밖에 없었던 하나님의 억울하고 애달픈 심정을 누가 알 것인가. 오죽했으면 자식을 쫓아낼 수밖에 없었을까? 그 안타까운 부모님의 심정은 누가 어떻게 알겠는가. 그 죄가 얼마나 컸기에 자식을 쫓아냈을까?

사랑 많은 하늘 부모님의 그 쓰라린 심정을 알아야 참된 사람이라고 할 수 있을 것 같았다. 거룩한 천륜의 법을 어기면 자식이라고 하더라도 추방할 수밖에 없는 법이 천법이다. 천신님의 심정을 아는 자는 깨달은 자이며 선각자요, 거룩하고 신성한 인격자라고 할 수 있을 것 같았다. 에덴동산에서의 인간이 실수한 첫 사건은 『태할배와 궁장』에서 구체적으로 이미 밝혔다.

"새로운 인생길을 가게 되었다."

인생 곡선은 직선이 아니고, 쌍곡선일 때가 많다.

인생의 절반의 삶을 살아오면서 흔들림 없이 살아야지. 대나무는 속은 텅 비어있지만, 겉은 똑바로 직선으로 자라 올라가는 것이다. 죽순은 단번에 쑥쑥 자란다. 그러나 인생은 산전수전을 겪으며 산다. 세월은 말없이 화살처럼 빠르다는데, 벌써 불혹이라는 40대가 되었다. 인생의 절반을 살아온 때였는데 중심축이라는 나이가 되었다. 세월은 화살촉 같고, 흐르는 물처럼 빠른 인생살이란다. 삶은 새로운 인생의 진미를 알게 되는 때이기도 하니 새로운 변화에 잘 맞추고 적응해가야지.

내 인생도 새로운 변화의 바람이 이미 불고 있었다.

서대신동의 조그마한 달세 없는 작은 가게를 얻어서 들어갔다. 그 가게는 얼마나 안 나갔으면 입구에 가시와 부적들이 걸려있었다. 이곳에 살면서 나는 종교를 하나 가지면 좀 더 안정감 있는 삶이 될 것 같아서 관심을 가지게 되었다. 불혹을 눈앞에 둔 나. 팍팍했던 나의 인생살이는 대기만성형일까 아니면 이렇게 계속 살아야 할 팔자일까? 이제부터 새로운 삶을 살아야 할 때가 왔는지 상상이 안 되었다.

케이 신문하는 할아버지가 자주 놀러 왔다. 바둑도 두고 식사도 같이하며 잘 지냈다. 신문지국이라는 그 일이 하기 싫어진 것인지 어느 날 "나는 나이도 많아지고 신문도 지겹다. 박 사장이 한번 해보시게."라고 했다. 느닷없는 제의에 당황도 했었다. 최소한의 생활비는 안정적으로 나오니 나보고 그냥 해보라고 권유를 했다.

"오토바이 운전면허시험"

태어나서 처음 타보는 오토바이였다.

나는 오토바이 운전도 할 줄 몰라서 남의 오토바이를 빌려가지고 시험 치는 당일 날 벼락치기로 타보기로 했다. 잘 타는 사람은 문제가 없었지만, 팔팔 고물 딸따리라는 오토바이를 빌려서 처음 안장에 걸터앉아서 액셀을 당겼다. 가기는 나아간다. 동네를 한 바퀴 돌고 오는데 브레이크가 말을 잘 듣지 않아서 주유소 조그마한 담과 전봇대 사이에다가 처박았다.

다행히 오토바이도 깨지지는 않았지만, 다리를 좀 다쳐서 걷기도 힘이 들었다. 절뚝거리며 시험장에 도착했다. 시험장 오토바이 안장에 앉아서 커브를 도는데 아직 미숙할 정도가 아니고 완전 초보자다 보니 각도를 제대로 못 꺾어서 주행선을 이탈하여 불합격 처리되었다.

그다음번에 어찌하여 합격을 해서 신문지국을 인수받아서 매일 아침 운동한다고 생각하며 배달을 하였다. 수금을 해보니 60~70만 원 정도 되어서 용돈 쓰기에는 딱 알맞았다. 그러나 비가 오나 눈이 오나 매일 배달한다는 것이 정말 힘들었다.

"자동차 운전면허증은 칠전팔기로."

차를 운전하고 다니는 사람들은 대단한 사람 같았다.

오래전 아주 젊은 시절에 자가용 운전하고 다니는 사람은 특별한 줄 알았다. 운전면허증 취득을 위해 면허시험장에 등록을 했다. 학원에 등록도 하지 않고 시험 보러 가는 날이 핸들을 처음 잡아보는 날이었다. 일곱 번이나 떨어지고 나니 이래서는 안 되겠다는 생각이 들어서 동서의 차를 잠깐 빌리고 처남의 차를 잠깐 빌려서 운전연습을 한두 시간 했다.

그리고 다음 날 8번째 시험을 보러 가서 겨우 실기에 합격하였다.

연습을 하지 않으면 할 수 없는 것인데도 막무가내로 되는 것은 아니었다. 배울 돈도 없었기에 칠전팔기를 할 수밖에 없었다. 시험 보는 날이 운전대를 잡아보는 날이었다. 이론은 한 번에 92점을 맞아서 합격을 했다. 신문도 몇 달 하다가 더 이상 재미없어서 도로 넘겨주었다. 서대신동은 새로운 일들을 경험을 하게 되는 대신 살아가는 삶 같았다.

"주역은 두루 변한다."

『주역』 속에 원형리정이라는 것이 나온다.

봄, 여름, 가을, 겨울의 사계절처럼 진행된다는 것이다.

사람의 팔자를 아는 것은 대단한 일이고, 운명을 알고 대처하는 것은 지혜로운 사람이다. 산다는 것은 죽지 못해서 사는 것이 아니라 사람답게 살아야 하는 것이 생존 목적의 삶이다. 뒷골목에 박 씨 영감님이 살고 있었다. 그분은 국회의원에 두 번 나가서 떨어졌다. 어느 지도자의 시절에는 정치적인 고난을 많이 받았던 것 같았다. 삼청교육대라는 것은 잡범, 불량배, 깡패, 정치적 반대자 등이 가는 곳인데, 암튼 억울하게 끌려가신 분도 많은 것 같았다.

그래서 그런지 정치에 대해서는 극과 극을 달릴 정도로 한 맺힌 심정을 억누르면서 살고 계시는 분이시었다. 그분이 주역 공부하러 가자고 했을 때 시간 없다고 했더니 주역 책 상, 중, 하 세 권을 복사해 주서서 그것을 혼자 공부하고 있을 때였다. 무슨 공부인들 쉬운 것이 있겠으며, 어떤 일이든 쉬운 일도 없고, 세상에는 공짜도 없는 것이다. 누군가 나의 인생살이에 힘이 되어주고 있는지도 모른다.

"보여주시면 그럼 믿겠습니다."

신의 세계는 아주 먼 세상의 범접할 수 없는 것이라고 생각했다. 당돌하게도 "하나님이시든 부처님이시든 계시면 나타나 보세요."라고 했다. 인간과 신의 관계는 어떤 관계일까? 종교는 필수인가, 선택인가? 참으로 신비한 일은 이제는 종교를 하나 가져봐야겠다는 생각했더니 이상하게도 종교를 믿는 사람들이 우리 집에 자주 왔다. 궁즉통일까.

종교도 그 종류가 많아서 선택하기가 쉽지 않았다. 신은 한 분인데 믿는 자들의 시각적인 관점이나 인식의 차이가 다른 것 같았다. 선택은 내가 하라는 것 같았다.

"둘째를 낳을 신호가 왔다."

아빠가 된다는 것은 삶에서 가장 경이로운 일 중 하나.

어느 해 여름날이었다. 그날따라 저녁을 조금 일찍 먹었던 것 같았다. 산모가 분만기가 있어서 부인과 큰아들을 데리고 산부인과로 갔다. 산모는 분만실로 들어갔고 나와 아들은 복도의 병원 벤치에 앉았다. 초저녁인데 벤치에 잠깐 누워있었다. 큰애 낳을 때 힘들게 낳은 경험이 있어서 이번에도 밤중을 넘기려나. 어려운 산모의 고통의 시간들이 얼마나 있어야 할까?

"너를 낳을 때 병원을 두 군데 다니며 엄마가 고생을 많이 했다." 그때를 기억하며 아들보고 출산에 대해 말했다.

"그랬어? 어쩐지…."

"네가 이 병원에서 태어났다."

"아빠, 내가 여기에서 태어났어?"

"응, 그때 엄마가 힘들게 너를 낳았단다."

"그러면 내 동생도 여기에서 태어나니 동생과 나는 같은 고향이 되겠네."

"응, 그래. 기특한 녀석." 항상 아들은 조그마한 상을 놓고 공책에다 무엇을 적는지 혼자서 그림도 그리고, 공부를 열심히 하기도 했다. 신비한 아들이다. 책을 좋아하고 자동차만 보면 사달라고 졸라서 자동차 전시회를 열어도 좋을 정도로 외할아버지는 장난감 차를 외손자에게 잘 사주었다. 할아버지와 할머니가 애를 데리고 나들이 나가면 사람들이 손자 예쁘다는 칭찬을 많이 한단다. 손자는 "할아버지. 나중에 나와 같이 사업하자."라고 했단다. 어린 손자를 보고 할아버지는 깜박 넘어갈 수밖에 없었다.

"그래, 우리 둘이 손발을 맞춰 사업을 잘해보자."

"응, 그러자. 할배." 이런 대화를 나누었다며 외할아버지는 좋아하셨다. 공원에 가면 놀이기구를 겁 없이 잘 탄다는 것이었다. 힘들게 마음 졸이며 낳았던 그런 큰아들과 같이 이 병원에 지금 둘째가 태어나기를 기다리며 누워있다. 그때는 얼마나 초조하고 긴장감이 상승하여 힘이 들었던지…. 간호사가 나와서 상냥한 목소리로 말했다.

"저, 명희 씨 보호자 되십니까?"

"네, 맞습니다. 무슨 일이라도…."

"축하드립니다. 공주님을 낳았습니다."

"네, 고맙습니다. 수고하셨어요." 그렇게 쉽게 낳는단 말이냐. 첫애 낳을 때는 엄청 고생을 많이 했는데…. 큰애도 동생이 생겼다고 싱글벙글이다. 혼자 있을 때 동네 아는 애들이 놀러 오면 그 애들이 집에 가면 가지 말라고 우는 아들이었다.

"조그마한 애들만 보면 저게 내 자식인가?"

없는 것과 잃어버린 대가는 참으로 혹독했다.

아들이 집을 못 찾아와서 온 동네를 다 찾아다녔다.

이 동네에서도 큰아들을 잃어버려 본 적이 있었다. 아이가 마실을 나갔다가 길을 잃어버렸던 것 같았다. 청천벽력 같아서 아무 생각도 안 났고, 조그마한 애들이 지나가면 내 아들같이 보여서 쫓아가서 확인하여 보곤 실망하기를 여러 번 했다. 자식을 잃어버린 부모의 마음은 세상만사를 다 잃어버린 것 같았다. 날은 저물어가는데…. 걱정이 태산이었다. 파출소에 신고를 했다. 몇 시간을 헤매다 애를 찾았다는 연락이 왔다.

마음씨 좋은 분이 애를 파출소에 데려다주었단다. 너무 고맙고 감사했다. 얼마나 반갑고 좋은지…. 감사합니다. 감사합니다. 이렇게 좋을 수가. 너무너무 좋았다. 세상을 다 얻어도 이렇게 기쁘지는 않을 것 같았다. 몇 번째야. 암튼 감사하옵나이다.

"에덴에서 부모로부터 쫓겨난 자식."

인간사가 허물어졌을 때가 언제였을까? 상상도 할 수 없는 일이…. 하나님의 아들딸인 아담, 해와가 죄를 지었을 때 에덴동산에서 쫓아내셨단다. 거룩한 곳이었으므로 실수를 하면 그냥 용서해 줄 수도 없는 것이었다. 쫓아내시는 하나님의 심정도 괴롭고, 쫓겨나는 아담과 해와도 괴로운 것은 마찬가지였을 것 같았다. 하늘 부모의 심정은 천주를 말아먹은 자식보다 더 속이 타들어 가는 것이었다. 사랑의 질서가 깨어져 버린 대형참사는 충격이었고, 절망뿐이었다. 죄 중 가장 큰 죄는 바로 생식기를 잘못 사용해서 선악을 알게 되었다는 것이다. 악은 몰라도 되는 것인데, 악을 알게 되었으니 하나님께서도 청천벽력같은 고통을 아담과 해와가 안겨준 꼴이 되어버렸다.

에덴동산에서 해와가 바람을 피웠다는 것인데, 순결을 경홀히 여겨 실수를 하였다는 것은 상대가 바뀌었다는 것이다. 그것이 절대사랑이 아니기 때문에 프리섹스라고 한다. 그 후손으로 태어난 인간은 오늘날까지 내로남불이며, 아시타비로 성추행이 지구촌을 뜨겁게 달구는 이유였다. 남녀의 참사랑과 갈등은 여기서부터 시작되었다.

성추행의 그 피를 상속받았으니 인간은 모순된 존재가 되었고, 선악으로 분쟁하며 생식기는 갈 길을 잃어버려서 지금까지 헤매고 있는 실정이다. 이것을 알아야 진정한 식자가 되고, 천륜을 알게 되는 것이므로 생식기 타령을 해서 순결을 잘 지키는 사람이 되어야 한다. 순결과 정조를 잘 지키는 이것이야말로 인간의 최고 덕목이며, 지켜야 할 순애보이며 책임일 것이다. 성범죄를 지어 불륜을 저질렀으니 에덴동산에 둘 수가 없어서 쫓아낼 수밖에 없었던 하나님이시었다.

"마하반야바라밀다심경. 톡 톡 톡 또 똑 똑."

언제 들어도 정겨운 목탁소리다. 목탁은 왜 두들길까?

암튼 청량한 소리는 듣기에 좋다. 어느 날은 스님이 시주를 하러 와서 반야심경을 목탁을 치면서 독경을 하였다. 가만히 들어보니 진짜 스님이었다. 보통 땡중은 몇 마디 읊조리며 중언부언하다가 돈 안 주면 가버리는데, 이 스님은 진짜였다. 끝까지 270자를 다 독경하고 끝나자 내가 돈을 안 주니 가시려고 했다.

"스님, 누추하지만 들어오십시요."

같이 앉아서 이것저것 물었다. 업은 언제부터 시작되었으며, 인생살이는 왜 이리 고달픈지 한참을 묻고 대답하고 하다 보니 점심때가 되었다. 식사를 드려야 하는데 포켓을 뒤져보니 돈이 오천 원밖에 없었다. 난감했지만 어쩔 수 없었다. 용기를 내서

"식사를 대접해야 하는데 지금 제가 가진 게 짜장면 값밖에 없는데 스님, 짜장면 괜찮습니까?" 조심스럽고 미안한 마음으로 물었다. "네, 짜장면 좋습니다." 스님으로부터 시원한 대답을 들었다. 스님도 흔쾌히 좋다고 해서 짜장면 두 그릇 시켜 먹고 또다시 많은 대화를 했던 적이 있었다. 스님은 진짜 스님이었다.

"조그마한 나무를 보고 깨달음이 왔다."

신기한 일이었다. 나무가 말을 하는 것 같았다.

매일 아침이면 모 대학교 뒷산에 등산 겸 약수를 뜨러 다녔다.

한번은 길가에 서있던 팔목보다는 큰 편백(스기)나무가 갑자기 눈에 띄었다. 그 많은 나무 중에 왜 그 나무였을까? 그 나무를 바라보면서 이런 생각이 났다.

"너는 하루 종일 그렇게 서있으면 답답하기도 하겠다. 비가 오나 눈이 오나 그 자리에 서있는데 때로는 짓궂은 사람들이 침도 뱉고, 욕도 하고, 가지도 꺾었겠지. 그러니 너도 참 고생이 많겠구나. 그래도 먹고사는 근심 걱정은 없겠다. 그치?" 갑자기 그런 생각이 들었다. "너야말로 인간이 되어가지고 염세주의에 빠졌나. 왜 그래? 인간들은 먹고 싶은 것도 마음대로 먹고, 가고 싶은 곳도 마음대로 다니는데 뭐가 불만이야?"

그때 깨달음이 온 것이었다. 음, 내 마음에, 내 생각에 문제가 있었구나. 아는 것보다 깨닫는 지혜가 더 중요하다는 사실.

인생길은 예정일까?

"비가 엄청 쏟아지는 한겨울날."

단 한 번도 관심이 없었고, 경험해 보지 못했고, 만져보지도 못한 책. 읽어본 적도 없는 성경책을 갑자기 사고 싶어서 비가 엄청 쏟아지는 겨울날 우리 집에서 운동장 쪽으로 백 미터 정도 가면 있는 기독교 서점으로 갔다. 겨울에 무슨 비가 여름 소나기처럼 쏟아질까. 암튼 엄청 쏟아지는 날이었다.

우산을 쓰고 갔다 왔는데 바짓가랑이는 다 젖었다. 한글개역판 성경 하나를 사 들고 집에 와서 부푼 기대감을 가지고 펼쳐보았다. 처음부터 읽어보는데 누가 누구를 낳고, 낳고 재미가 없었다. 그래서 그만 처박아두었다.

몇 달이 지난 뒤에 그 성경책을 다시 보고 즐겨 읽게 되었는데 그날 샀던 날짜를 보니 희한했다. 13일이라고 적혀있었다. 그날이 12월 13일이었다. 서양에서 13일은 한국에서 말하는 죽을 사(4) 자나 같은 개념이란다. 왜 내가 성경책을 산 날이 13일일까. 뒤에 알고 보니 잃어버렸던 13수를 찾아

세우셔서 인간세상을 해방해 주셨단다. 기묘한 하늘의 천비의 상황이 아닐 수 없었다. 하늘은 내게 하시고 싶은 말씀 아니면 느끼고 깨닫게 하고 싶은 뜻이 있는 것 같았다. 정말로 감사하고 고마우신 신이시며, 절대자이시며 무소부재하신 영원한 님이신 우리의 하나님이요, 나의 하늘 부모님이셨다.

"신문 넣지 말라."

보통 사람들은 신문 사설을 많이 읽으라고 권유한다.

에스일보가 우리 집에 들어왔다. 아가씨가 신문을 배달하였다. 웬 젊은 아가씨들이 배달을 할까? 신문과 나의 인연은 특별한 이유가 있는 것일까. 그러고 보니 마누라 만났을 때도 그녀는 신문기사를 보고 "이정도 남자면 결혼하겠다. 나하고 나이도 비슷한데…"라며 혼잣말처럼 중얼거렸다던 그녀가 지금 나의 부인이 되어있으니 신문의 인연이라고 해야 할까. 신문과 무슨 사연이 있는 것일까. 새로운 소식을 전하는 것이 신문이라면 새 소식이 올 것인가. 서너 달 지나니까 아가씨가 신문값 받으려고 왔었다. 신문 넣지 말라고 했는데 계속 넣었으니 소장 오라고 했다. 그때 뒤 도로변에 에스일보지국이 있었는데 소장이 왔길래 이야기하다가 종교 말도 나왔다.

"하늘의 비밀서라는 경서는 『원리강론』."

"교리책이 있지요. 있으면 한번 가지고 와보세요."

교리는 바뀔 수 있다. 그러나 진리는 바뀌지 않는다. 진리는 불변이다. 그때 세로로 된 한자 『원리강론』을 가지고 왔는데 그 책을 읽어보고 심히 놀랐다. 이 책은 보통 책이 아니었다. 내가 의문이었던 인생 문제들이 그 책에서 거의 전부 다 풀어지는 답이 있다는 것을 알았다. '무슨 책이길래?' 생각하며 다시 제목을 보았다. "원리강론"이라고 한자로 새겨진 책이었다.

'원리'라면 본래 만들어져 있었던 피조세계의 만든 법칙을 설명한다는 뜻 같았다. 아주 유익하고 재미있는 책이었다. 재미있게 읽었으며, 참으로 신비하고 신기한 일이었다. 어느 날 원리 수련을 한다고 해서 장전동 어디 교회에 갔다. 사람들이 많았는데 백몇십 명 되는 것 같았다. 나는 맨 뒷자리에 앉았다. 첫 강좌는 끝나고 둘째 강의부터 들었다. 그 말씀이 너무 재미있어서 눈도 깜빡하지 않고 들었다. 처음 한 번 들어보고 저녁때에는 오려고 했었는데 일주일간을 거기서 강의를 듣고 돌아왔다. 참말로 재미난 내용이었다.

조는 이들이 많았었는데 나는 그 말씀의 내용이 너무 좋아서 단 1초도 눈도 깜빡이지 않을 정도로 심취했고 흥미로웠다. 신비한 말씀이었다. 강의를 듣기 전에 이미 책을 읽어봤는데 이건 천륜이거나 천비인 진리의 결정판 같았다. 감동스럽고 재미난 책이었으며, 경전 중의 경전은 원리였다.

"돈줄을 막아버렸다."

물과 햇빛과 공기가 없으면 피조만물은 살 수가 없다.

그러니까 내가 진리와 연결될 이때 즈음에는 수도꼭지를 잠그면 물이 안 나오듯이 돈줄을 막아버렸다. 수입이 없으니 힘들고 난감했다. 이게 무슨 일이래. 나의 돈줄을 막아버린다는 것은 나보고 선택하라는 뜻인가. 내가 돈의 노예가 되어서 돈 돈하고 살 것인가 아니면 신을 선택하여 신 같은 완성된 사람으로 생활할 것인가. 선택하라는 뜻 같았다. 어쩌나?

먹고 살기도 힘든 세상에서는 돈에 더욱 집착할 수도 있고, 반대로 되는 대로 살자고 생각할 수도 있고, 진리를 선택하여 살 수도 있는 것이다. 어쩐

담. 목구멍이 포도청이요, 먹어야 사는 존재가 육신을 가진 인간이다. 어차피 사람은 태어나서 늙어가는 것이고, 언젠가는 죽는 것이다. 주검 이후 또 다른 사후의 세계가 있다는 것인가? 고심 끝에 나는 신을 선택하기로 결심했다. 설마 굶어 죽겠어? 만물의 영장이라는데….

"하나님이시여. 백만 원만 주시면…."

신께 돈 달라고 기도를 하다니 이런 이런. 당돌하지고….

나는 원리의 그 말씀이 너무 좋아서 더 공부하고 싶었다.

그래서 21일 수련 코스도 있다고 하길래 수련에 동참하고 싶었다. 한 달 정도 집을 비워야 할 판이니 난감해서 기도를 했다. "돈 백만 원만 주시면 수련을 가겠습니다." 며칠 지나니 누군가가 백만 원짜리 그림을 사주었다. 돈이 궁하다 보니 그 돈도 생활비에 다 들어갔다. 이래서는 안 되겠다는 생각이 들었다. 하나님과의 약속이었기에 다시 한 번 기도를 했다.

"하나님, 요즘에 돈이 너무 궁해서 그만 다 써버리고 말았습니다. 한 번만 기회를 더 주시면 이번에는 반드시 약속을 지키겠습니다." 담담한 심정으로 기도를 했다. 기도 후에 며칠 있으니 또 백만 원짜리 그림을 사주었다. 그래서 모든 것을 접어두고 주아 수련소로 향했다. 수련을 받는 기간 동안에 임사 체험하는 시간이 있었는데 마당에 땅을 파서 무덤처럼 관을 그곳에 넣어두었는데 거기 들어가서 누우면 관뚜껑을 닫고 못질을 했다. 아찔한 순간이다. 죽는다면 사람들이 그렇게 하겠지.

"헌드레징 나갔다 오세요."

존심도 버리고 남의 돈을 구걸해 온다는 말이더냐. 말도 안 돼… . 수련하던 그때가 한여름이었는데 헌드레징을 한다면서 일본 남자와 내가 짝이 되어 모금함 하나 달랑 들고 모금하러 나갔다. 무작정 서울 가는 버스를 타고 서울 어디인가에 내렸다. 학교가 보여서 선생님들에게 가서 부탁하면 들어줄 것이라 생각을 했다. 선생이라는 직은 돈 버는 직업은 아니지만, 지식을 알고 인성을 깨닫도록 해주는 직업이니 순수할 것이라는 생각이 들어서 교무실로 들어가니 선생님이 세 분 계셨다. 다 어디 가시고 세분만 있느냐고 물었다.

"어제부터 방학을 해서 집에 갔지요."

아이쿠나 이런. 그래도 용기를 내서 큰 소리로 말했다.

"우리들은 빛과 소금이 되어 좋은 일에 쓰기 위해서 모금을 나왔습니다."
일본 식구는 모금함만 들고 한마디도 하지 않고 백 프로 말은 내가 해야 했었다. 그랬더니 세 사람이 천 원씩 삼천 원을 적선해 주었다. 고맙고 감사하다며 인사를 하고 나왔다. 어느 사무실에 들어가니 1미터 정도 되어 보이는 예수님의 가시면류관을 쓰고 피를 흘리시는 사진이 걸려있었다. 그 사장님은 선 듯 만 원짜리 한 장을 모금함에 넣어주었다. 역시 믿는 사람들이 온정을 잘 베푸는 것 같았다. 그리고 어느 아파트에 들어갔는데 몇 집 하다가 보니 경비가 와서 쫓겨나오기도 했으며, 상가나 주택이나 할 것 없이 열심히 다녔다. 내가 태어나서 남에게 구걸 같은 동정심으로 적선해 주기를 부탁해 본 것이 처음 있는 일이었다.

"오늘은 메시아를 뽑겠습니다."

수련 끝나기 전 하루, 이틀 전에 오락시간이 있었다.

삼백여 명이 넘는 사람들이 원을 그리며 둘러서서 무작위로 바로 옆에 사람과 가위바위보를 했다. 단판승이다. 거의 7, 8번 정도 가위바위보를 하고 나니 나와 일본 남자 둘이 남았는데 한일전 양상이 되었다. 내 주위에 있는 사람들은 나를 모세라고 하며 나를 응원했다. 결승은 3선승제로 하기로 했다. 2대2가 되어서 팽팽했다. 마지막 한판이 남아있었다.

가위바위보로 결정하는 메시아 게임이었다.

우리 팀들은 나의 팔을 양쪽에서 받치며 나는 모세이고, 양쪽에는 아론과 훌이라고 했다. 마지막 한판 운명의 결승전만 남았다. 이기면 바로 메시아 되는 게임이었다. 최종적으로 사회자가 큰 소리로 가위바위보를 외쳤다. 숙명인 것처럼 내가 이겼다. 우리 편은 함성을 지르며 좋아했었다.

"나는 메시아가 되었다." 와, 천운을 타고났다는 말인가.

내가 이겼다. 운명의 장난인지 예정인지…. 마지막 이긴 것이 가위인지 바위인지 보인지 기억이 가물가물했지만 어떻든 우리가 이겼다. 아니, 내가 이겼다. 나에게도 이런 일이, 이런 천운이 있었나. 일등 중에서도 메시아가 된 일등이다. 21일 수련은 은혜와 복 받는 좋은 수련 기간이었다. 집으로 돌아와서는 사람들에게 신바람 나게 원리 말씀만 전했다.

"저분이 정말로 메시아이실까?"

그러던 어느 날 사람에서 걸렸다. 메시아는 사람일까?

저분은 우리와 똑같은 인간인데 어떻게 메시아일까. 구세주 메시아는 인간이 아니면 누구란 말인가. 『원리강론』이라는 책은 내가 읽어본 책 중에는 감당이 안 될 정도의 고귀하고 거룩한 경전의 책 같아서 감동을 받았고, 이 책이야말로 역사에 없는 아주 귀한 보물 중에 최고라고 느껴졌다. 경서임은 틀림없었다. '천비'라는 것이 있다더니 이 책이 바로 하늘의 비밀을 가르쳐주는 천비임에는 틀림이 없었다.

그때만 하더라도 많은 사람이 티 종교는 이단이라고 하며 애들이 껌 팔고 구걸한 돈을 착취하여 모은 돈이며, 성이 문란하여 프리섹스를 즐기며 여자들이 담을 넘어다닌다는 터무니없는 소리들이 들려오던 시절이었다. 그래도 그 말은 어쩐지 떠도는 허풍 같았고, 이 종교는 틀림없는 진실인 것 같았다.

사람들이 아니라고 가짜라고 말도 안 되는 소리를 한다는 것은 역으로 그것은 진리이고 진짜이기 때문에 두렵고 감당이 안 되니 오히려 가짜이며 거짓이고 허구이며, 성이 문란한 집단이라고 말도 안 되는 헛소문을 퍼트리면 미진한 사람들은 그 말을 곧이곧대로 사실인 것처럼 알아듣는다는 것이다. 이것이 악마의 전략전술이구나. 속이고 속이며 사는 세상에서 모순된 존재로 태어나서 진리를 알아본다는 것은 대단한 식견이 있어야 했었다.

세상은 선과 악, 허구와 진실 진리의 대결이었다. 그러나 나는 내가 경험해 보고, 체험하고 알아본 뒤에 내가 결정하는 것이다. 남들이 아무리 좋다고 하거나 아니라고 해도 나는 나의 기준과 잣대가 맞다고 생각하기 때문에 판단은 내가 한다. 나에게는 그럴만한 능력과 자격이 있다고 생각하기 때문이다. 틀림없는 천비를 밝힌 경전이다. 모르고 아니라고 반대하는 이들은 남의 말만 듣기 때문이다. 진리를 알아듣는 귀가 따로 있겠나. 분명 따로 있을 것 같다.

"육신은 죽을 것이며, 영인체는 영원히 사는 것이 진리."

육신은 죽으면 흙이 되고, 그 영인체는 무형실체로 영원히 살 수 있다. 그런 뜻이 있기에 마음은 늙지 않는다. 마음이 선과 악이라는 두 개인 이유도 밝혔다. 죄 없는 자식, 모순되지 않은 완성된 자식을 낳는 길은 하늘로부터 축복을 받고 완성길로 나아가는 생활이 종교생활이다. 알고 보니 종교는 선택이 아니라 필수였다. 무형실체의 주인은 신이신 하늘 부모님이시었다. 삼 분만 숨 쉬지 않으면 죽는 존재가 인간이며, 삼 분짜리 육신은 늙고 죽게 만들어졌다. 순간의 선택이 영원을 좌우한다. 영원한 존재물은 무엇일까?

인간의 영인체만 영원성을 가진다. 신의 허락을 안 받은 사람도 신이 만들어놓은 공기로 숨을 쉬고, 태양의 혜택을 받고, 물을 마시며 만물을 먹고 살아는 간다. 타락하여 모순되어 무지했기 때문에 쫓겨났던 존재가 인간이라는 사실을 감지를 못하고 터부시하는 존재가 사람이다. 사람이라면 경천애인해야 사람답다고 할 수 있을 것 같다.

"나의 인생문제를 백 프로 들어주실 님."

인생의 삶과 죽음을 백 프로 풀어주실 분이 진짜.

인간으로서는 들어주기 힘든 일은 누구에게 소원을 빌어야 하나. 육신의 부모는 지엽적인 문제는 들어줄 수는 있겠지만, 근본적인 문제는 들어줄 수가 없었을 것이다. 인간의 소원을 제일 완벽하게 생사까지도 해결해 주실 분은 절대자이시며, 영원성을 가지신 창조주이신 하늘 부모님뿐이시다. 믿는 자에게 복이 있으니 선택은 자유이다. 같은 값이면 최고 신님을 선택하면 인격자요, 만물의 영장다운 선택으로 금상첨화가 될 수 있을 것 같다.

"원리와 메시아."

지구라는 별이 공중인 우주에 떠있다는 사실.

많은 책이 있지만, 인생문제와 천륜을 풀어주는 책들이 많다. 하지만 정확한 백 프로 짜리 책은 바로 『원리강론』이라는 이 책이다. 사람마다 느낌은 다를 수 있지만, 근원의 근본은 절대적이다. 천주의 이치는. 꿈을 자주 꾸는 편이지만 어제저녁 꿈은 예사 꿈이 아니었습니다. 태양을 보고 느낀 점은 다르겠지만, 태양이라는 근본은 같은 것이라고 할 수 있다. 그러나 사람에 걸렸다. 저분이 정말 메시아일까? 이론은 이미 나의 머리와 인지 과정을 통과했다. 이론과 영적인 능력을 체험했던 어느 날,

"내가 하나님이다."

존엄하시고 무소부재 하시며, 무형의 실체이신 신님의 말씀.

나무 팔걸이가 있는 의자인데 일인용 소파형 푹신한 의자였다.

그 님은 나의 왼쪽에 앉으시고 나는 오른쪽에 앉아있었다. 주위에 까만 양복을 입은 사람들이 경호를 하는지 여러 명이 둘러있었다. 그중에 아는 사람은 한 명도 없었다. 그 님께서 앉은자리에서 벌떡 일어나시더니 화선지 전지 한 장 정도 되는 하얀 종이를 펴시고 붓으로 그림을 그리기 시작했다. 어떻게 그림을 그렇게 잘 그리실까? 대단하신 솜씨로 큰 꽃송이 셋을 그리셨다.

하나는 제일 크고, 그다음 좀 작고, 그다음 작고….

세 송이 모두 다 활짝 피어있는 꽃을 그리셨는데 보기에도 잘 그리시만 아름다웠다. 하얀 꽃이었는데 꽃잎 끝부분은 붉은색이었다. 다 그리시더니 한 말씀하셨다. "내가 하나님이다." 그 말만 하고 사라지셨다. 나는 너무 당황스럽고 놀랐다. 그러고 깨었는데 꿈이었다. 이게 무슨 꿈일까? 이런 엄청난 꿈을 내가 꾸다니 신비스러웠다. 나를 그 님께서 우측에 앉게

하셨다니, 황송하고 고맙고 감사하옵나이다. 세상에 이런 일이 다 있을 수 있을까.

어릴 때는 무덤가에서 가족들과 평화롭게 놀던 꿈도 꾸었고, 때로는 쫓기는 꿈도 꾸고, 용이 바로 내 머리 위에 기다랗게 떠있는 꿈도 꾸었고, 돼지 열두 마리 새끼를 낳는 꿈도 꾸었고, 태양이 바알갛게 떠오르는 꿈도 꾸었는데 태양꿈보다도 사람, 아니 신의 모습과 목소리를 들었으니 이건 예사 꿈이 아니었다. 그날부터 통일원리가 진리라고 생각했고 이론과 영적 체험으로 나의 선택은 결정되었다. 아! 이렇게 감동적인 꿈은 없었습니다.

누가 뭐래도 그분은 엄청난 영력을 가지신 틀림없는 메시아였습니다. 인류 역사를 새롭게 가르쳐주시고 재편승해야 할 사명을 가지고 이 땅에 오신 구세주 메시아임에 틀림이 없었다. 더 이상의 해명이나 갈등은 필요치가 않았다. 참으로 신비한 일이었습니다. 감사하고 감사하옵는 일이었으므로 이제는 결정했다. 내가 가야 할 길이 이 길이다. 목에 칼이 들어와도 아닌 것은 아닌 것이고, 맞는 것은 맞는 것이다.

때로는 선택을 하고 살아야 한다. 최고 선의 주관자요, 만물의 주인이요, 피조세계의 주체이신 분을 믿는다는 것은 참으로 경이로운 일이며, 천지가 개벽 되는 일이었다. 매일 공기로 숨 쉬고 살면서 그걸 모르고 못 느낀다면 부족한 사람일 수 있다. 진리를 알고 살면 좋은 사람이고, 진리를 모르고 산다면 나빠요.

"나를 시험했다. 돈이냐, 신이냐?"

인생은 삼 분짜리라니 아직도 이해를 못 한다면 무엇에 쓸고.

이때는 거짓말같이 돈이 잘 들어오지 않았다. 수도꼭지를 잠그면 물이 안 나오는 것처럼 돈줄을 묶어버린 것 같았다. 돈 없이 사느냐 아니면 돈 때문에 항복하느냐 아니면 신을 선택하여 믿느냐. 나를 시험하여 선편과 악편으로 갈라 세우는 것인가. 그렇다면 내가 선택해야 할 길은 어떻게 해야 하리이까.

어쩌나. 재물이야. 신이냐. 선택을 해야만 할 것 같다. 만물을 필요로 하는 목구멍은 포도청이고, 무형의 공기인 숨은 삼 분인데. 삼 분짜리 인생의 선택은… 아하, 그렇구나. 선택했어.

신을 믿기로 결정했다. 만복을 가지신 신님께서 주시는 복으로 살아야 할 것 같아서 신을 선택하니 당연히 신앙생활을 해야만 했었다. 신앙생활 역시 쉬운 일은 아니었다. 그러나 신을 믿기로 선택했기 때문에 당연히 그 법도에 따라 신앙생활을 해야만 했었다. 보다 참된 사람이 되기 위한 생활이 신앙생활이다. 절제하고 선편이 되어서 살아야만 했다. 이미 결정된 생활이었다.

하루는 꿈을 꾸는데 커다란 뱀이 나의 가랑이 사이로 들어오는데 얼마나 놀랐던지 깨어보니 꿈이었다. 그날 누군가가 병풍을 하나 사 갔다. 뱀꿈도 돈이 들어오는 꿈인가. 뒤에 종교세계에 접하고 알고 보니 뱀은 사탄마귀의 상징으로 되어있었고, 꿈을 꾸어도 역시 뱀은 악마를 대신하거나 좋은 꿈은 아니었다. 그런데 이번 꿈은 달랐다. 상황에 따라서 다르게 나타나는 것 같았다.

9급과 10단의 차이

"메시아는 천이지지하신 분."

문선명 선생님은 참부모님이시며 천이지지, 생이지지하신 분이시었다. 참된 선생님! 하늘의 천운천복을 가지고 타고나신 분, 하늘이 선택하신 분, 하늘이 인정해 주신 어인을 가지고 이 땅에 오신 분이셨다. 모든 영육적인 것을 보고 느끼고 알게 해주신 그분과 한 번도 살아계실 때에 손을 잡아보거나 만나서 인사를 하거나 대화를 해보거나 식사를 해본 적도 없었다. 그런데도 나는 인류역사상 그분을 최고로 훌륭하신 분이라고 판단했다.

그분을 메시아요, 구세주요, 재림 주님이요, 참부모님이라고 믿는 이유가 확실해졌다. 피조세계의 모든 형태와 관점을 정확하게 짚어서 가르쳐주신 분이시다. 이론도 제일 으뜸이고, 영적 능력도 제일 으뜸이신 분임은 틀림없었다. 사람마다 종교를 선택하면 영적 가르침은 있는 것이다. 그러나 최고 신의 반열에든 영적 가르침인지는 본인은 잘 모르지만 분명 가르침의 역사는 있다는 것이다. 참고하시면 좋을사.

"천손이요, 천민으로 중심종대를 세워야."

수천 년 동안 지지리도 궁상스럽게 살았던 민족이 일등 민족으로. 약소한 이 민족의 배짱은 세계 1위 수준이다. 양반이라서 그럴까. 백의민족이라서 그런가? 가난도 해결 못 하고 전쟁도 겪었던 이 나라에 사람들은 배짱 하나는 대단했다. 그것이 우월감인지 아니면 귀족민족인지, 발악인지 아니면 그냥 꼴 보기 싫은 민족들이 설쳐대니 같잖아 보이는 것인지, 너희들이 감히 우리 양반민족을 능멸해? 이런 고얀 놈들….

암튼 소련놈에게 속지 말고, 중국놈은 떼국놈이고, 일본놈은 왜놈이고, 미국놈은 믿지 말라며 강대국의 틈바구니에서 얼마나 시달리고 힘들어서 악에 받쳤으면 놈들이라고 얕잡아봤을까. 강대국들 틈바구니에서 약소한 민족이 살아남는다는 것은 어려운 일이다. 깡다구일까. 일등 민족이 될 예정일까? 하긴 양반민족인 이 나라 백성들에게 온갖 나쁜 짓을 자행하고, 남의 나라 영토를 빼앗고 백성을 죽이는 오랑캐 같은 외국 놈들. 특히, 중국 일본 소련 그리고 북한 놈들은 지금도 풀지 못하는 문제…. 그들에게 온정도, 사랑도, 선행도 베풀기가 쉽지는 않았을 것 같았다. 원수 같은 놈들은 나쁜 짓만 일삼는다.

그런 민족의 자존심이 있었지만 결국 은근과 끈기로 버티면서 몰락하지 않고, 수천 년의 역사 속에 악마세력인 야욕의 나라이며 침략자인 중국과 북한 공산주의와 일제와 전쟁을 치르면서도 꿋꿋이 살아낸 민족이다. 그 생명력 또한 하늘의 보호하심으로 핍박은 있을지라도 끈질기며 망하지 않는다.

"덩치 큰 이웃 나라들의 가벼움."

현세에 와서는 서로 경제 교류도 하면서 서로의 이익을 위해서 공존하며 겉으로는 평화를 유지하고 있다. 그러나 이웃의 중국은 과거에 얼마나 많은 수탈을 자행했는데 아직도 약탈의 야욕과 그 습성을 못 버리고 헛소리를 질러대는 꼬락서니는 역겹고 더럽고 추악하여 경멸스럽다.

남의 나라 한복도 자기 것이고, 김치도 자기 것이고, 땅도 자기의 변방이라고 생각하는 중국놈들은 도대체가 언제 사람다운 언행을 하며 같이 더불어 살아갈 친구로 아니면 이웃으로 손에 손을 맞잡고 진정으로 이해하고 사랑하며 믿을 수 있는 이웃이 될 수 있을 것인가. 옛날에는 전쟁으로 남의 땅을 뺏고 굴종시키려고 수많은 목숨들을 빼앗아가더니 지금은 일대일로 정책과 동북공정을 자행하면서 약소국들을 굴종시키려 하고 있다. 문화로, 돈으로, 유교로, 화폐로, 중국을 섬기게 만들어 가고 있는 것이다. 그리고 끝없는 동북공정을 행하려는 그들을 어찌해야 하나.

이 나라 이 백성들도, 위정자들도 정신 차려야 할 텐데.

굴욕을 참는 것은 복수를 하기 위한 것은 아니지만, 잊고 살면 민족성에 문제가 있다는 것이다. 그렇게 당하고도 아직도 속물근성을 못 버린 민족이란 말인가. 지도자들이 맘이 좋아서 그런 것이냐. 아니면 그쪽 사상에 술 취하듯이 취했냐. 아니면 이익을 보기 위해서 그러는 것이냐. 아니면 아예 작정을 했나. 존심은 어데 가고 현실을 망각하고 엎어졌는가. 이 백성들이여, 지도자들이여, 정신 차리면 좋을 것 같은 생각은 나만 그런 것은 아닐 것이다. 이 나라는 하늘이 인정한 중심 나라이다.

"나의 조국이여, 깨어나라."

타고르 선생의 시구처럼 정신 차리고 살아야 할 이 민족이다.

하나님이 보우하사 우리나라 만세. 지금은 이 나라에 국격이 대단히 높아졌으며, 순천하는 민족이 된 것은 민족의 재림사상인 정도령에 나오는 예언이 실행되고 있다는 증거인 것이다. 무형실체의 주인이신 하늘 부모님께서 무한한 사랑과 천운천복을 정도령이신 재림 주님을 이 나라에 탄강하게 하시고 천운천복을 상속해 주셨다는 사실을 이 백성들은 결코 맹세코 잊어서는 절대로 안 될 것이다.

하나님께서 보호하시니 이제는 햇빛이 온 나라에 충만하게 비추어 주실 것이다. 이런 천운의 뜻을 망각하고 잃어버리면 민족의 희망은 없어질 것 같아서 안타까울 뿐. 정신 차리고 살아야 하는 때다. 아는 자는 천운천복을 받는 것이고, 모르는 자는 답답한 세상이 될 것이다. 하늘을 공경하는 좋은 문화와 새로운 문명이 시작되는 이곳, 나의 조국. 우리들의 조국. 조상 대대로 지켜온 대한민국은 천운천복의 제일의 명당 터가 되어가고 있다. 이 천운천복의 운세를 받아서 잘 지키는 일등 나라가 되기를 학수고대합니다. 등잔 밑은 어둡지마는 전등불 밑은 어디라도 밝아서 잘 볼 수 있는 것이다. 안 보인다면 문제요, 못 본다면 무지요, 무관심이요, 무능일 수 있습니다. 궁하면 통한답니다. 눈을 들어 하늘을 보라.

"육지가 탐나는 것이냐?"

남의 것에 탐욕으로 빼앗으려 달려드는 국가나 개인들.

사람을 무시하는 자들은 짐승이라고 해도 괜찮겠지. 남의 나라 사람은 사람으로 보이질 않고 짐승으로 보이니 수탈하고, 죽이는 게 일상이라고 생각하는 인간들. 마치 파리처럼 값없는 목숨으로 보이는지 모르겠다. 남을 굴욕시키려고 욕보이면 언젠가는 그도 욕을 보게 될 것이다.

선민을 우습게 여기는 하극상이 판을 친다. 가까운 일본 역시도 중국과 다를 바 없는 민족성을 가진 것 같다. 그들에게 얼마나 많이 시달리며 살아왔던가? 끝없는 왜구들의 노략질에도 불구하고 이웃 나라와 서로 친하게 지내려는 이 민족의 우월감과 자존심을 짓밟았다. 임진왜란을 일으켜서 수많은 약탈을 자행하고, 심지어는 창씨개명까지 행하면서 민족을 말살하고 속국으로 만들려는 침략주의의 야욕의 근성을 버리지 못하고 악마의 습성으로 지금도 원전수를 바다에 버리면서 결국 자기 나라에 피해를 보는 것은 당연하겠지만, 남의 나라에 수산물까지 피해를 줄 수밖에 없는 환경오염을 일으키려고 깨끗한 물에 오물을 투척하고 있다.

일본의 얄팍한 정치 지도자들은 인기가 떨어지면 한국을 물고 들어가면 인기를 만회하고 당선되고 또 당선되기도 한다. 일본 민족은 오히려 한국을 침략하고, 수많은 재산과 사람을 죽인 악랄한 과거사를 가지고 있는 얄팍한 민족인데 오히려 그 나라 백성들은 위정자들의 한국 타도에 이용당하고 있다. 위정자들의 세치의 혀에 속아 넘어가 주는 꼴로 변하여 지도자들은 한국을 물고 들어가면 계속 권력을 유지하는 것이 현실이다.

서글픈 정도가 아니라 추악한 정치 지도자들의 국수를 좋아하는 국수주의적인 민족주의에 환멸을 느끼다 못해 혐오스럽기 짝이 없다. 독도가 자기 땅이라고 우기는 것도 정치인들의 얄팍한 민족주의를 건드려서 정략적으로 이용하고 있다는 것을 국민들이 알고 있을지라도 울며 겨자 먹듯이 동조할 수밖에 없는 정치 현실. 민족주의의 그 특성을 잘 이용하고 있는 정치꾼들. 그런 하바리 지도자들의 민족주의 근성을 버릴 줄 알아야 대국이 되고, 선진국의 자격이 되어 좋은 이웃이 될 수 있으련마는….

앞으로는 한국이 세계 일등국이 되면 그들은 속이 쓰려서 모든 백성이 위장병 환자가 될지도 모른다. 일본의 운명은 섬나라이기 때문에 배는 선창가에 닻줄을 묶어놓듯이 일본은 한국과 손잡고 하나 되기 위해 한국을 돕고 동행하지 않으면 서서히 무너질지 모른다. 독도가 자기 땅이라는 해괴망측한 짓을 하고 있다니. 침략근성으로 한때는 한반도를 점령했을 때 그랬는지 모르겠지만, 항복하고 한반도를 반환했으면 깨끗이 승복하고 모든 국토를 환원시켜주는 것이 패전국의 의무이며, 법도이다. 역사를 왜곡시켜서 독도가 일본 땅이라고 교과서에 기록하고 교육을 시켜도 진실은 없앨 수 없는 것이 철칙이요, 하늘의 법도일 것이다.

세계 경찰국으로서 미국은 한마디 반드시 따끔하게 해야 한다. 한반도를 침략해서 전쟁으로 빼앗았으니 일본 나라일 수는 있었겠지만, 패전국이 되었으니 이제는 백 프로 독도까지도 반환하라고 한마디해야 하는데 가만히 보면서 정략적으로 이용을 하고 있는것이 아닌지 의심스럽다. 답답한 이런 세상에 소망을 주신 한 분이 계셨다. 철천지원수 관계를 풀어줄 그분을 믿고 이제는 희망의 나라로 갈 때다.

"국제축복결혼은 상책 중에 최상책인 신의 한 수."

국가적인 원수관계는 국제축복결혼으로 푼다.

참사랑의 진정한 결혼은 볼모가 아니라 자신의 탁월한 선택이다. 오랜 예전에는 한국의 처녀들이 평화를 위해 볼모로 중국에 잡혀가서 결혼한 적이 많았다. 더러운 오랑캐들에게 어느 처자가 깨끗한 마음과 몸을 주기를 바랐겠는가? 여자들이 수난당하고 고통받는 것은 약소국가의 설움이었다. 굳이 나열하지 않더라도 인간 말종짓은 침략국으로서 다했다는 것이 역사적인 사실로 드러났었다.

세계의 성인 되시는 예수님께서도 말씀했었다. "너의 아비는 마귀, 인간은 마귀 자식."이라고. 그 말씀이 딱 맞는 말이다. 못된 짓을 누가 하는가? 소가 할까, 돼지가 할까, 닭이 할까, 개가 할까. 모순된 악습의 혈통을 처음부터 상속받았으니 사람다운 인격자가 적다는 것이다. 암튼 악랄한 짓을 하는 그런 민족과 화해를 해야 하는데 지금에 와서 침략적인 가해자의 원수 같은 그 나라와의 백성과 결혼을 한다니 그게 말이 되는가. 말도 안 되고, 이해도 안 되는 것이 사실이다.

원수국가인 일본 여자를 며느리로 받아들이는 일은 절대로 안 된다는 것이 보통 한국 사람들의 정서이며, 더구나 피해를 본 많은 한국 사람은 당연히 반대할 수밖에는 없었을 것이다. 당연한 일일 수밖에는 없는 것이다. 그러나 적대적인 원수의 관계를 푸는 아주 좋은 방법은 국제축복결혼밖에는 없다는 것이다. 수천 명의 외교관도 해결 못 할 엄청난 방법이다. 아무리 좋은 방법이 있다고 하더라도 사용치 않으면 갑 속의 칼이다. 요리를 잘해야 칼의 가치가 있지 않겠나?

누가 고양이 목에다가 방울을 달 수 있다는 말인가?

천운천복을 가지고 불굴의 신념과 용기로서 몰매를 맞을 각오로 원수관계를 풀어나가시는 천재 중의 천재로서 하늘의 천복과 천명을 받들지 않고는 결코 성공할 수 없는 엄청난 천비로 풀어나가시는 분. 그분은 정도령이시며, 재림 주로서 참부모님만이 할 수 있는 성스러운 일이며, 팔 대 챔피언만이 하실 수 있다는 사실을 인식하시기를 바란다.

이런 일은 보통 사람들은 절대로 풀어갈 수가 없는 일이다. 오직 하늘의 천비를 알고 그 능력으로 풀어가시는 분만 할 수밖에는 없는 것이다. 참사랑의 대가이신 천운천복을 가지고 오신 그분만이 하실 수 있는 일은 천지를 개벽할 남녀의 짝을 맺어주는 참사랑의 길인 국제축복결혼뿐이라는 사실이다.

"미움은 미움으로 풀 수 없고 참사랑으로 해결."

인간이 태어나면서부터 내 속에는 두 마음이 존재하고 있었다. 감정 중의 하나는 미운 감정인 사심이고, 하나는 좋은 감정인 양심이라는 이 둘이 내 속에 있는 것이 숙명인데 아닌 척하고, 모른 척하고 산다고 하더라도 없어지는 것은 아닌 실체이다. 뭉개버리고 산다고 해도 모순된 인간성이 없어지는 것은 절대로 아니다.

사랑하는 사람끼리 결혼해도 정말 행복할지, 불행할지 모르는 것이 남녀의 결혼 생활이다.

더구나 미운 감정을 가진 원수관계를 풀어나간다는 것은 하늘의 별 따기만큼이나 어려운 난문제이다. 참사랑은 원수까지도 사랑해야 참사랑이라고 말할 수 있는 것인데 참된 세상을 이루기 위해서 참된 사랑을 할 수 있는 사람들만 많아지면 간단하다.

참사랑은 무소부재하므로 어느 곳에서나 통하는 절대적인 무형실체이며, 근원적인 에너지원이며, 생명의 근원이기도 하다. 참사랑의 근본은 글자 그대로 진짜배기 사랑이다. 그 참사랑을 완성하고자 국제축복결혼을 진두지휘 성사시켜 주셨던 분이셨다. 우주를 주고도 바꿀 수 없는 최고의 거룩한 보물이며, 실정체가 참사랑이다. 인간은 누구나 이 참사랑을 가지고 있다.

모순된 존재가 되었으니 작아진 참사랑을 회복해서 키워야 하는 것이다. 좋게 보면 자꾸 좋은 감정이 커지는 것이 참사랑이다. 당신도 가지고 있잖아. 아닌 척하지 말고, 그 참사랑만 잘 키워서 정상적으로 회복하면 인격자로 인간 완성이 되는 것이다. 고로 사랑의 반대는 미움이다.

미움은 미움으로 해결이 절대로 안 되는 것이다.

참된 사랑으로 미움은 비로소 없어지는 것이다. 내 맘속에 미움이 없다면 모든 것이 사랑스럽게 보일 것이다. 그것이 참사랑이다. 무조건 좋은 맘으로, 참사랑하는 마음으로 보면 아름답게 보일 것이다. 인간은 두 마음을 가지고 있기 때문이다. 양심은 참사랑이 커져있다는 증거이다.

"모순된 신앙자들이 미움과 편견으로 굳어진 믿음."

최고수의 참사랑의 챔피언은 누구일까?

고수는 고수를 알아보나 하수는 하수밖에는 모른다. 그분은 바로 한국 사회에서뿐만 아니라 전 세계에서도 대단한 핍박을 받으신 분이시었다. 특히, 어느 종교인들은 경기가 날 정도로 그분을 음해하고, 박해하고, 중상모략까지 더해서 난도질을 해대며, 누명을 씌우고 거짓말로 감옥까지 보냈던 것이다. 감옥살이는 어쩔 수 없이 했어도 모든 죄가 무혐의, 무죄였다.

메시아를 그렇게 박해를 했던 사람들이 누구였던가? 박해자들은 하나님을 믿는다는 알량한 신앙자들이 아니었던가. 속이 얄팍한 얕은 신앙심을 가진 그들이 선편인 하늘 편을 비난하고 수모를 주면 결국 하나님을 욕되게 한다는 사실을 꿈엔들 알 것인가. 그것을 안다면 참된 신앙자이며, 좋은 사람일 것이다. 무지에는 완성이 없듯이 아는 자를 이길 수는 없는 것이다. 오직 이길 수 있는 방법이 있다면 나쁜 프레임을 씌워서 박해하고 음해하는 길밖에 더 있을 것인가.

예수님을 피 흘리게 하여 죽인 자들은 누구였던가? 지금도 예수님을 난처하게 하고 하늘에 침 뱉는 말들을 수없이 해대는 그들이 사랑이라는 말을 입에 담을 수 있단 말인가. 이율배반적이요, 모순으로 가득 찬 중생들. 문자에 길들여진 신앙자는 큰 과오를 저지르는 줄을 모른다는 것이다. 진리를 해석도 못 하는 자들이 내가 믿는 것만이 진리라고 착각하는 편협된 고집의 믿음뿐이라는 것이라고 말할 수 있겠다.

하늘이 제대로 가르쳐준들 믿으려고 하지 않는 아전인수적인 속된 자들.

편견과 무지와 모순으로 무장된 사람들. 분명 이럴 줄 알고 예수님께서는 "원수를 사랑하라."라고 미리 말씀을 해두었던 명철한 예언이었다. 참된 메시아이셨기에 원수까지도 사랑하라고 하셨던 분이시다.

당신의 원수는 누구인가? 같은 민족인가. 같은 하나님을 믿는 신앙자인가. 누가 당신의 원수인가? 같은 하늘 아래에서 같은 공기로 숨 쉬고 살아가는 이 백성들이 원수인가. 일가친척들이 원수인가. 자기 교회를 안 믿는다고 원수 취급을 하는가. 답답해서 성경 한 구절을 보면 사도행전 5/38절에 "이제 내가 너희에게 말하노니 이 사람들을 상관 말고 버려두라. 이 사상과 이 소행이 사람에게로서 났으면 무너질 것이요, 39 만일 하나님께로서 났으면 너희가 저희를 무너뜨릴 수 없겠고 도리어 하나님을 대적하는 자가 될까 하노라."라고 말씀하시며 실수하지 말기를 바라며 일러두었던 것이다.

이 사상과 이 소행이 하나님께로 났으면 도리어 하나님을 대적하는 자가 될까 두렵다고 분명코 알려주었는데 알지도 못하면 결국 선한 사람과 양심인과 하늘 편인 선민과 애먼 사람들에게 고통과 모멸감과 좌절과 분노를 느끼게 해주는 꼴이 된다. 미련하니 어리석은 줄을 알아야 한다. 뛰는 자 위에 나는 자도 있고, 나는 자위에 천비를 알고 하나님과 소통하시는 분도 있다는 사실을 인식하기를 바란다.

인간은 자기가 아는 만큼 믿는 것이고, 아는 만큼 사는 것이다. 그 많은 목자와 선지자들과 신앙 지도자들도 있는데 매일 기도하며 양들의 꼴을 먹이는 분들이 왜 계시를 못 받는 것인지 그것이 더 궁금할 뿐이다. 생이지지나 천이지지가 안 되면 학이지지라도 해야 할 텐데 답답한 것은 나뿐만이 아닐 것이라서 하늘은 더욱 답답하고 안타까울 뿐이다.

마5/44에 "나는 너희에게 이르노니 너희 원수를 사랑하며 너희를 핍박하는 자를 위하여 기도하라." 하셨다. 그런데 반대로 그들은 원수를 사랑하기보다는 진리를 핍박하는 반대편에선 꼴이 된 것이다. "원수를 사랑하라."라는 예수님의 말씀의 뜻을 모르면 알아보기라고 해야 할 텐데 반대만이 능사는 아니라는 사실이다. 고개를 들어 저 높고 청명한 하나님의 무형실체세계와 참사랑의 심정적인 세계를 보라.

세상을 사랑하고 만인을 사랑하라는 깊은 심정세계를 알아야 하는데 안보인다고…. 안 보이면 그만일까요? 그러니 모르면 듣고 보고 배우면 간단한 일이 될 텐데 왜 무관심일까요. 숨을 쉬면서도 공기를 모르거나 없다고 말하는 것과 무엇이 다를까. 그걸 모르고 숨 쉬고 산다면 나빠요. 나빠.

나쁜 사람들을 어떻게 해야 할까요? 신님의 심정으로 사랑해야 할까요. 악마의 심정으로 저주해야 할까요. 무엇을 내려주면 좋을까요? 당연히 참사랑의 천운천복인답게 사랑해야지요. 그러면 순천자가 되어 하늘을 경외하세요. 복 받을 것입니다.

무형실체세계 주인님의 자격으로

"하늘의 징표인 어인을 받아야 재림 주가 되는 것."

하늘의 소명을 받고 오신 그 선생님께서 자기들에게 무슨 민폐를 끼쳤나? 주님으로 오신 선생님께서 밥을 달랬어, 떡을 달랬어, 돈을 달랬어, 해코지를 했어, 사람을 죽였어, 자기들을 음해했어, 자기들의 땅을 빼앗았어, 자기 종교를 박해하고 욕을 했어? 타락하여 무지몽매한 모순된 인간들이 하늘을 경외할 수 있겠느냐는 것이다. 정신 차리면 좋을 텐데…. 그걸 모른다면 나빠요.

자기 생각이고, 자기가 정한 믿음일 뿐이겠지.

하나님의 뜻도 모르면서 문자 하나에 매달려서 진리를 알아보지도 못하고, 진실이 무엇인지도 모르는 사람들이 하늘 백성이라고? 어림 반 푼어치도 없을 것 같은데…. 하늘을 믿는다는 사람들이 아무리 반대해도 하늘의 뜻은 박해를 받아가면서도 이루어지는 법이라니까. 아는 것은 적고 믿음은 자기 인식이거나 해석으로는 안 될 텐데…. 진리가 그렇게 허술하지는 않다는 사실을 알면 좋을 텐데 잘 모른다면 나쁩니다.

그런 일이 일어날 줄을 알고 지혜로우신 하나님께서는 미리 말씀을 해 두셨다. "만일 하나님께로서 났으면 도리어 하나님을 대적하는 자가 될까 하노라." 그 사상과 소행에 대적하지 말라고 말씀을 미리 해주셨다. 악은 치고 망하는 것이고, 선은 맞고 빼앗아 와서 이기는 법이 하늘의 탕감법이 라는 사실을 무지몽매한 이들이 어떻게 알겠는가? 편견으로는 안 되는 일 이다.

모순된 인간세상은 하극상이 판을 친다. 그러니 참부모님을 반대하고 박 해하던 그들이 언제 모래 무너지듯이 무너질지 참으로 안타까운 현실이다. 순천자는 흥하고, 역천자는 망한다는데 하늘 뜻도 모르고 신앙을 한다니 …. 낫 놓고 기역자를 모르는 사람이라면 무엇으로 알게 할까요? 죽음으 로, 죽으면 알까. 하늘의 뜻을 알고 살아야 참된 사람이 되고 인격자가 되 어 만물의 영장다운 완성된 사람이 될 수 있을 것이다.

수많은 사람이 아니라고 부정하더라도 하나님께서 예수님께서 인정을 하 시면 되는 것이다. 그것이 정도이다. 그 인정한 임명장이 바로 어인이다. 신 앙을 하는 목적은 내가 참된 사람이 되는 것이며, 참된 사람은 선신이 되 는 것이다. 진리를 알아볼 줄 아는 자만이 진리로 살 수 있는 것입니다. 그 것을 알고 깨닫는다면 심성이 좋은 사람이므로 양심가라고 할 수 있겠지 요. 인격자는 양심인이다.

"평화 세계 통일은 무혈혁명적인 축복결혼으로 완성."

인류 역사에 가장 중차대한 일은 결혼하는 것이다.

결혼하면 자식을 낳는데 완성된 자식을 낳았나요, 모순된 인간을 낳았나요? 모순은 혈통을 타고 태어난 인간들에게 그대로 상속되듯이 전해졌었습니다. 어두운 시대의 과거에는 무기로 남의 나라를 빼앗고 짓밟았다. 전쟁으로 빼앗으려니 어느 나라 백성이 그냥 내어줄 사람이 있겠는가? 자기 것을 빼앗기는데. 인간끼리 전쟁이었다.

그 전쟁의 속성은 자신의 몸과 마음과의 전쟁이니 부부간에 전쟁이요, 가족 간에 전쟁이요, 친척 간에 전쟁이요, 마을 사람끼리 전쟁이요, 같은 나라 백성끼리 전쟁을 하는 이유는 간단했다. 모순된 인간이 되어서 악의 습성을 주체하지 못하기 때문이다. 아니라고 말하는 자는 말귀를 못 알아듣는 자일 수 있다. 모순된 인간끼리 전쟁을 할 수밖에 없었으니 침략자들은 더 좋은 무기로 남의 것을 빼앗으려고 사람을 죽이니 엄청난 희생을 치른다.

과거 일본이 심지어 중국도 먹고, 미국까지 욕심을 내어 세계 통일이라는 불의의 야망을 드러내다가 꺼꾸러졌었다. 악마의 핏줄을 가지고 태어난 인간들이니 남의 것을 탐하고 빼앗을 수밖에 별수 있었겠냐만은….

불쌍한 인류를 하늘의 심정과 신성으로 사랑하사 재림 주님을 이 땅에 보내주셨다. 그 님께서 오신 이후로는 세계 통일은 무력으로 하는 것이 아니라는 사실을 알았다. 하늘 부모님의 참사랑의 심정을 가지고 신성하게 자연굴복하여 세계 통일이 이루어지는 것이지 전쟁으로 하는 것은 악마짓이다. 이제는 대 전환의 시대를 맞이했다. 국제축복결혼으로 자유와 참사랑으로 평화세계로 통일하여 하나로 만들어야 하는 것이 천륜이요, 천의인 하늘의 뜻이다. 그런 하늘의 참사랑의 신성을 가지시고 오셔서 부모님의 심정으로 인간세상을 평정하시려는 선생님이셨다.

총 한 방 안 쏘고, 한 사람도 죽이지 않고, 땅 한 평 뺏지 않고 참사랑으로 승리하신 것이다. 이런 위대한 논리는 천륜의 뜻이요, 하늘 부모님의 심정이시다. 하늘 부모님의 깊으신 참 사랑심으로 일관할 때 평화세계가 이루어진다.

그렇다. 대한민국에 어느 지도자가 우리보다 잘사는 선진국인 일본에 가서 색시 한 사람이라도 데려올 수 있단 말인가. 예전에는 한국 사람을 총칼로 강제로 데리고 갔겠지마는, 이제는 거꾸로 그들을 자연굴복시켜 참사랑으로 이 나라로 시집오게 하는 것이다. 이처럼 통쾌한 일이 또 있을 수 있을까.

돈을 몇억 줘서 데리고 올 수 있겠는가.

아니면 좋은 신랑감을 데리고 가서 결혼을 성사시킬 수 있단 말인가. 일본 여성과 한국 총각과 국제축복결혼을 주선해서 한국에는 수천 명의 일본 처녀들이 시집을 와서 잘살고 있다. 시골이든, 도시든 관계없이 한국 남자라면 누구나 좋단다. 아니, 참부모님께서 주선해 주시는 신랑이라면 백인이든, 흑인이든, 한국 사람이든 좋아서 결혼하는 것이다. 이것은 강제가 아니고 자연선택이다. 그만큼 존경하고 신뢰하시는 분이시기 때문이며, 그분의 축복인 국제결혼 이유를 잘 알므로 결혼에 승낙을 하는 것이다. 물론 한국의 처녀들도 일본 남자와 결혼을 하기도 했다.

세계 통일은 참사랑의 국제축복결혼으로 이루어질 것이 확실하다. 한반도를 중심하고 세계가 통일되는 그 날, 그때까지 이루어질 축복결혼이다. 참사랑의 축복결혼은 영원무궁토록 번창할 것이다. 하늘을 숭상하고 경천애인하며 경외하는 만큼 이 나라는 세계의 중심국이 되어서 번영하고 발전하게 될 것이다. 세계의 중심 나라는 한반도인 우리나라가 될 수밖에 없는 이유인 것이다. 환경을 그렇게 닦아나와서 복락의 수준까지 올려주었기 때문에 한국인들이 세계를 평정할 때가 가까워지고 있다.

하늘 부모님의 뜻은 어디에 있을까.

선생님 존함만 들어도 배알이 뒤틀리고 이단 괴수라고 말하는 자는, 내가 사탄의 혈통으로 태어나서 모순된 존재이기 때문이라는 사실을 알아야 한다. 모순된 존재이니 사심과 편견이 많아져서 하늘의 천비를 가지고 오신 분을 박해하는 꼴이니 결국 하나님을 욕되게 하는 꼴이다.

반대로 선의 양심적인 많은 사람은 선생님이라는 존함만 들어도 눈물이 나고 그분의 아픈 과거에 박해를 받았던 사실을 알면 통곡이 벌어지는 것이다. 예수님이 십자가에 돌아가셨을 때 피눈물을 흘리고 통곡을 하셨던 하나님의 심정과 같은 것이다. 재림 주를 박해하면 개인이나 가정이나 나라는 고통에 연속일 것이다. 반대로 그분을 받아들이는 개인이나 가정이나 나라는 번창하고 무궁무진 발전하는 천일국이 될 것이다.

그러므로 이제는 이 대한민국이 일등 국가로 가는 운세로 된 것은 참부모님의 천운천복의 은혜 덕분이라는 사실을 알아야 이 나라 백성다운 것이다. 공기의 혜택을 보듯이 그런 혜택을 보면서도 모른다면 무지한 인생밖에는 안 되는 것이다. 선으로 행하면 무엇이든지 잘되는 때가 되었다. 이 나라가 세계 일등국으로 가는 것은 누구 덕분일까. 그런 환경을 만들어 주셨기 때문에 한국은 무궁무진 발전하며 세계 일등국으로서 경천애인하며, 태평성대의 운수대통한 나라와 세상이 될 것이다. 깨어나라. 무지에서 깨달으라. 이 나라 백성들이여, 천운천복의 때가 도래했다.

"참사랑은 인종과 국경과 믿음을 초월한다."

사랑한다는 것은 그에게 미쳤다는 것.

사랑에 미치는 축복결혼이 평화와 자유와 행복의 지름길이다. 지금은 한국의 국격이 상승했기 때문에 일본과 국제결혼이 일부는 가능할지도 모른다고 말할 수 있을지 모르겠지만, 어려웠던 그 시절 그때는 턱도 없는 일이었다. 삼사십 년 전만 해도 어림 반 푼어치도 없는 때에 선생님은 그 일을 성공시켰다. 그런 선생님의 뜻에 동의하며 순종하므로 나의 자부는 원수의 나라라는 피를 이어받은 며느리를 받아들였다.

평화통일을 위한 자유와 행복한 세상을 만드는 일이다. 이 얼마나 눈물겹고 감동적인 일이란 말인가? 원수를 사랑하라는 예수님의 말씀의 뜻을 오늘날 신앙자들이 이해할 수만 있다면 그들이 대환영을 하고 박수를 보내야 할 텐데, 오히려 벌레 씹은 얼굴을 하고 있으니 하늘도 고개를 돌려버릴지도 모르는 일이다. 예수님이 십자가에서 피를 흘리며 운명하는 모습을 바라보시던 하나님은 차마 보지 못하고 고개를 돌려버렸다. 어둠이 세 시간이나 진행되었다. 그런 하나님의 서글픈 사정을 아는가?

얼마나 통분스럽고 억울하고 안타까운 일이었던가. 그렇게 고통받고 피를 흘리며 십자가에 희생되지 않기를 바랄 뿐이었던 하나님. 말이 나왔으니 한마디 더 덧붙이자면 그 많은 목자가 있을 텐데 어찌하여 하늘의 뜻을 알아보지 못하고 듣지도 못하는지. 그렇게 영력이 얕다는 말인지 아니면 하나님께 관심이 없다는 말인지 아니면 목구멍이 포도청이라서 아니면 어쩔 수 없는 것인지.

지금의 믿음과 생활에 만족하는 것인지….

믿음이 얕은 것 같아서 슬프다 못해 억울하다. 진리를 알아보지 못하는 현실에 가슴이 미어지는 답답함을 어이할꼬. 나만 그러지 않을 텐데…. 재림을 고대하는 일이 없다면 성경을 고치든지, 안 믿든지 해야 할 판. '하늘이시여! 저들을 깨우쳐 주시고, 저들에게도 보여주소서. 전부 개방해 주소서.'라고 말하고 싶은 것이 보통의 마음이다.

고통받으며 피를 흘리며 인간들이 최고의 악랄한 방법으로 죽이신 그 예수님께서 달리신 십자가. 통한의 십자가를 예수님께서는 쳐다만 봐도 이갈리는 장면인데 그 악마들의 형틀을 숭상시하다니…. 이제는 십자가가 아니라 예수님의 그 심정세계를 아는 믿음이 필요할 텐데 그 많은 성도 중. 아니, 목자님들도 깨닫지 못하고 하늘의 음성도 듣지를 못했다는 것인지.

아주 답답하다 못해서 억울하다. 믿음은 하나님이나 예수님께서 인정해 줘야 진정한 믿음이 되는 것이다. 내가 아무리 믿는다고 발버둥 치고 금식하고, 철야 기도를 하더라도 예수님께서 믿는 자들에게 이런 말을 했지요. 마7/23에 "그 때에 내가 저희에게 밝히 말하되 내가 너희를 도무지 알지 못하니 불법을 행하는 자들아 내게서 떠나가라 하리." 믿는 자들에게 왜 이런 말씀을 했을까요? 문자로만 판단치 말라는 것이겠지요. 하나님의 심정을, 나의 심정을 알라는 말씀입니다. 하나님이나 예수님이 인정할 수 있는 믿음은 과연 무엇일 것 같습니까?

"개척자는 욕을 먹지만 미래를 위해 투입."

인간은 자기가 아는 만큼만 이해를 하고 인정을 하며 믿으려 할 뿐. 누가 인간끼리 원수가 되어서 죽이고 미워하는 전쟁 같은 이런 악습을 풀어서 평화 세상을 만드는 일에 기여할 수 있단 말인가요? 어느 성인이 했으며 어느 종교인이 했으며, 어느 정치인이 이런 일들을 할 수 있단 말인가요? 남 탓만 하지 말고 좋은 일, 옳은 일을 하면 박수라도 보내고 동조하는 것이 참된 인간이거늘. 왜 반대를 하고, 박해를 하고, 탄압을 할까요? 마귀의 자식이라서, 모순된 존재라서….

그런 사람들이 좋은 사람이라고 하기에는 뭔가 부족하다는 것 아닙니까? 인두겁을 쓴 거죽만 인간이 아니라 속도 참된 양심을 가진 사람이면 진짜 사람이라고 할 수 있겠지요. 속은 구리고 악마의 습성으로 가득 차

가지고 사는 모순된 인간이 되어 선을 박해하는 일밖에 더 하냐고요. 선악도 구분 못 하는 지식은 어디에다 써먹나요. 지혜는 없는 것인가요? 산천은 의구한데 인성은 간데없고 재물과 기득권적인 사심의 욕심만 가득 차면 세상은 분쟁의 난리밖에 더 있을까요?

진리를 외면하는 자는 어디에서 구원을 받을까요?

그걸 모른다면 역시 나쁜 사람 아닐까요? 진리에 눈을 뜨면 좋겠습니다. 진리는 하늘 부모님의 심정과 신성으로 사는 것입니다. 지옥불에서 영원히 고통받으면 정신차려질런지…. 그렇게 안 되길 간절히 바랄 뿐입니다. 천륜은 모른다 하더라도 어느 정도는 알고 살아야 사람이라고 할 수 있을 것 같은데 말입니다. 편견에 사로잡혀 모순 속에 사는 중생이 아니라면 왜 구분을 못 하는 것일까요? 겉만 사람인데 속은 썩어서 문드러지고 인간성을 잃어버린 부패한 사람이 아니라면 이 말에 마음을 두시든, 박수를 보내주시든, 함께하시든 하시면 좋은 사람이 되어 천성에 갈 수 있을 텐데요.

원수도 사랑한다는데 우리가 같은 민족으로서 같은 하늘 아래에서 같은 공기를 마시며 무슨 원수짓을 했기에 못 잡아먹어서 환장하고 안달하는 것일까요? 모순 속에서 못 벗어났기 때문이지요. 종교적 믿음의 편견으로 미워하지 마시고 반대로 사랑해야 하는 것 아닙니까? 예수님이 원수도 사랑하라고 하신 말씀처럼 이제는 손에 손을 잡을 때이고, 옳은 것은 옳다고 말할 수 있는 의인들이 필요한 때입니다.

댁은 의인이 되기 싫은 것은 아니겠지요. 몰라서 확신이 없어서 망설였을 뿐…. 이제는 세계의 중심민족이 될 것이며, 중심 국가가 될 것이니 거두절미하고 하나 되어야 합니다. 그렇게 될 수밖에 없는 운명 속에 살아가고 있는 우리입니다. 지나온 과거는 털어버리고 타산지석으로 삼아서 하나 되어 세계 만민 앞에 일등 국민으로서 자랑스러운 천손천민이 될 수 있으시기를 바랍니다.

천비. 그것만이 하늘의 거룩한 은총입니다.

하나님의 말씀은 삶의 양식입니다. 우리들의 길이요, 진리요, 생명이고, 참사랑이시니, 몸과 마음이 하나 된 참된 사람이 되어 부부가 하나 되어 가정을 완성하시고 만물을 주관하는 영생길의 영원한 길잡이로 삼고 가시면 좋겠습니다. 그걸 모르고 고집으로만 산다면 나빠요.

"미움은 미움으로 없어지는 것이 아니다."

사람을 미워해 보세요. 어떤 현상이 벌어지던가요?

미워하면 그 사람이 자꾸 미워지고, 좋아하면 자꾸 좋아지는 것입니다. 참사랑으로 미움을 해결할 수 있습니다. 이 원한의 철벽의 문, 동토의 문, 장벽의 문을 열어서 하나 되는 길로 갈 수 있는 방법은 국제축복결혼을 하므로 해결할 수 있다는 것입니다. 미운 사람을 사랑한다는 것은 성인 수준의 감성이 깊어야 할 것입니다. 원수 같은 원한의 관계를 해결할 수 있는 첨단의 길은 참사랑 하는 길밖에는 없습니다. 먼 훗날 한국과 일본은 더 사이좋은 사돈 관계로 발전할 수 있고, 서로 참사랑을 나누며 협조할 수 있는 이웃 나라가 될 것을 확신합니다. 한·일 해저터널이 뚫리면 더 가까워질 수 있을 것이므로 정치는 정치적으로 접근하지 말고 이제는 참사랑으로 더불어 살 수 있는 방법으로 접근하면 아주 좋을 것입니다. 그러면 한국은 세계의 중심 국가로서의 위상이 정립될 것이니 눈을 들어 하늘을 보고 깨달으면 좋겠습니다. 지식으로만 사는 것이 아니라, 이성보다는 감성으로 살아야 살맛 나는 세상이 될 수 있을 것 아니겠습니까? 서로 사랑하는 마음을 가지고 진심으로 손에 손잡을 수 있는 관계면 최고일 텐데….

나도 예전에는 몰랐었지요. 1960년경부터 축복결혼의 뜻을 세우시고 미움을 삭제하려고 노력하셨던 선생님께서는 드디어 전 세계에 국제축복결

혼까지 영역을 확대하여 축복이라는 명제를 부여하시면서 인류에게 참사
랑을 실천해 오셨으니 얼마나 위대하신 분이신가를 알 수가 있었습니다.
속 좁은 사람들은 어찌하여 대천지 원수와 같은 민족의 딸을 우리 집안에
며느리로 받아들이느냐고 핏대를 세웠었지요.

그런 시각 때문에 나도 덩달아 욕도 많이 얻어먹었습니다.

내가 잘 아는 가까운 친척 형님의 아들 결혼 때문에 국제축복결혼을 할
것을 한번 권유를 했었지요. "야, 이 사람아. 우리 집안에 외국 여자가 웬 말
이냐." 내가 권했을 때는 단호하게 한마디로 무 짜르듯이 잘라버리며 거절해
버렸지요. 그리고 칠, 팔 년 후에 중국 여자를 며느리로 받아들였는데 일본
보다 중국인이 더 낫다는 말인지 모르겠습니다마는….

다른 대안이 없어서 중국 며느리를 받아들였는지는, 노총각으로 늦게 할
수는 없어서…. 하여간 나는 그만 웃고 말았지요. 내가 권할 때는 펄쩍 뛰
더니, 자꾸만 실없이 웃음이 나왔습니다. 왜 그럴까요? 결국, 미래를 바라
보는 안목이 있어야 대인이라고 할 수 있겠지요. 참사랑 하나면 됩니다.

"세계의 중심국으로서 조공을 받을 정도령이 오신다."

대인만 산다면 세상은 이미 이상세계가 되었을 것 같다.

하늘의 만복을 받을 이 민족이여, 이제는 바로 보기를 바라며 경천애인
하시길 염원하며, 미래를 위해 기꺼이 헌신하셨던 선생님의 거룩하신 참사
랑의 깊은 뜻을 인정해 주면 훌륭한 민족의 백성이 될 수 있을 것이다. 사
람이 제일주의 같아도 참사랑의 세계인 신의 범주를 벗어날 수는 없기에 3
분짜리라는 것입니다.

뜻이 이루어지면 세상 만민들의 중심 국가가 되고 중심 민족이 될 수 있
는 것이다. 이 민족이여, 깨어나라. 밝은 해가 솟는다. 정도령, 격암유록에

서도 이미 예언되어 있었던 일이 이루어지고 있는데도 모른다면 천손천민으로서 자격자가 되기는 어려울 것 같다. 자기 기준으로만 생각하면 남과의 관계는 원활하지 않을 것이며, 더구나 하늘의 뜻과는 상관이 없을지도 모른다. 경천애인이라고 입이 닳도록 말하던 민족의 지도자들이 알지 못하고 깨닫지 못하면 식자우환입니다.

모르는 것도 죄가 될 수 있을 것 같습니다. 우리 민족은 백의민족이요, 천손천민으로서 하늘의 보호를 받는 우수한 민족이었으므로 지금까지 이 나라를 유지해 왔으니 이제는 하나 된 민족성이 아주 중요하며 통일을 완성하여 세계만방에 자랑스러운 민족이 되어 일등국으로서 으뜸인 민족이 되어 천운천복 속에서 살 수 있을 것입니다. 때가 왔으니 우리 함께 받아들입시다.

"대한민국아! 슬퍼하지 마라. 너는 망하지 않을 것."

진실하게 살아온 나에게 무슨 죄가 있었겠나.

아무런 죄도 없는데 요주의 인물로 낙인이 찍혀서 수없이 매를 맞고, 수모를 당하며 감옥에서 죽을 고비를 넘긴다. 그렇게 몰매를 맞고 고통으로 힘들어서 죽었다가 살았다가를 반복하면서도 "아버지 하나님! 제 피는 옛날 선조들의 피와 다릅니다."라고 부르짖었다. 하나님을 부르면서 매를 맞고 피를 토하면서도 '아! 잘 맞았다. 역사적인 원한의 인류를 대신해서 맞았다. 내가 맞고 잊어버리고 기억하지 않겠다.'라고 생각했지요.

"하나님이시여! 이들을 용서하소서. 패라. 이놈의 자식아. 내가 대한민국을 사랑하는 애국심이 크냐, 네가 일본을 사랑하는 애국심이 크냐? 내가 구원받는 것보다 '나' 하나 죽어가지고 나라가 해원성사 되고 해방된다면 얼마나 좋겠냐?"라고 생각하면서 이를 꽉 물고 버티어온 사람입니다. 피를 흘리며 아픈 고통 속에서도 "대한민국아. 슬퍼하지 마라. 세상은 망하더라도 너는 망하지 않을 것이다."『평화를 사랑하는 세계인으로』라는 자서전에 기록된 생생한 선생님의 삶의 내용이었습니다.

평화세계를 염원하며 당당한 민족의 애국자요, 세계평화의 메신저며 참부모요, 천일국의 주인으로서 그 사명을 다하기 위해 죽음도 불사하셨던 분이십니다. 인간들은 자기보다 잘난 사람들의 꼴을 못 본다는 것일까요. 감옥을 보내거나 비하하거나 매국노요, 나쁜 선동자로 몰아서 치부해 버리는 인간들인데 아니라고 할 수 있을까요?

왜 예수님도 피를 흘리며 십자가에 돌아갔어야 했으며, 재림 주님도 왜 감옥을 여섯 번이나 갔지만 무죄였을까요. 무슨 죄가 있다고 그렇게 못 잡아먹어서 환장하는 저급한 인간들로 변해버렸느냐는 것입니다.

이제는 제발 눈을 들어서 인격자를 똑바로 볼 줄 아는 순천자들이 되기를 바라는 것은 누구에게나 같을 것입니다. 나보다 유능한 자를 인정하고 따르며, 나보다 모르는 사람에게는 잘 인도하여 함께 살 수 있는 세상이 되어야 좋은 세상이 될 수 있을 것입니다. 천륜은 서로 위하여 사는 세상이 되기를 바랍니다. 착하고 양심적인 인격자들만 사는 세상이 되면 좋겠습니다.

"하늘이 선택하신 메시아 정도령. 한반도에 강림."

우매한 모순된 인간들을 누가 어떻게 무엇으로 가르칠 것 같습니까. 선악의 대결에서는 결국 사탄이 이길까. 하나님이 이길까? 당연히 하나님께서 승리하실 것입니다. 여태까지는 사탄이 득세를 했던 세상이었다. 앞으로는 차츰 선으로 기울어질 것입니다. 알고 살면 현자요, 모르고 살면 인두겁만 썼지요. 반드시 권선징악이지요. 자기들도 그렇게 박해를 받았는데 이제 숫자가 많아졌다고 남을 박해를 하면 똑같이 되는 것이지요. 해보라고요. 하나님께서 주관하시는 하늘 편이 이기는 것은 당연한 것 아니겠습니까? 순천자는 흥하는 법이니까요. 암튼 한국과 일본의 원수관계를 풀어주실 분은 역시 하나님의 크신 참사랑심을 가지고 오신 분이십니다. 그분이야말로 인류 역사에서 가장 훌륭하신 분이십니다. 거짓을 말하는 자들은 진실을 왜곡하는 자들 아니겠습니까? 하긴 진리를 모르니까 아니라고 할 수 있겠다는 이해를 하고 동정은 가지마는 아닌 것은 아니지요. 진리를 알고 계시는 그분은 누구이실까?

무지한 신앙자들의 왜곡된 믿음과 지식으로 편견을 버리지 못하고, 이단이라는 프레임을 씌워서 감옥까지 보내며 이단 괴수라고 욕했던 그들은 누구인가요. 믿는 자들이 그렇게 하나요. 안 믿는 자들이 그렇게 하나요? 어린 신앙자들은 자기가 믿지 않는 남의 종교는 전부 다 이단이라고 치부하지요.

세상에 구십아홉 개가 가짜라도 진짜는 하나 있을 것입니다.

진짜인 그분은 한국에서 탄생하셨습니다. 흑암의 권세와 망망한 무형실체세계의 영계를 헤매시며 진리를 찾아서 무심한 인간들을 일깨우는 귀한 천비를 밝혀주신 분이십니다. 인류역사상 가장 위대하시고 거룩하신 구세주요, 메시아요, 재림 주님이요, 참부모님이시며 이민족이 바라는 정도령으로서 거룩하신 품위에 걸맞게 돋보이시는 그분은 문선명 선생님이십니다. 하늘의 신명을 받아서 하나님께서 인정해 주시는 어인을 가지고 오시는 분이라야 재림 주님이 됩니다.

자칭 주로서는 안 되지요. 가짜이니까. 하나님의 어인을 반드시 받아야만 참부모가 될 수 있는 것입니다. 그분은 누구일까요? 진짜로 어인을 받고 오신 그분은 망가진 인류사회의 순결과 참가정으로 바르게 찾아 인류의 역사를 바로 세우시는 분이십니다. 한 학자님과 성혼하여 참부모님이 되셨습니다. 의심이 나시면 하나님께, 예수님이나 성인님들에게 기도해서 물어보세요. 물어서 답을 못 구할 정도의 믿음이라면 그냥 속는 셈 치고 믿어보세요. 복 받을 것입니다. 답은 반드시 주시는 것입니다.

악마에게 속지 말고…. 진리와 진실은 처음에는 핍박을 받고 고통을 받다가 뒤에 결국은 인정하고 알아보겠지요. 그렇게 박해를 받지 않았던 종교가 인류 역사상 있었던가요? 한 번도 없었습니다. 처음에는 전부 핍박받았던 것이 종교 역사입니다. 미련한 사람이 되면 모난 돌이 정을 맞듯이 고통을 받을 수 있습니다.

"우리나라를 가장 빛내셨던 인물들."

이 나라의 진정한 주인은 누구이신가요?

이 나라 역사상 가장 훌륭한 일을 하신 분은 어떠한 분들이실까요? 언어는 인류 역사에서 가장 중요한 문명이며, 문화로서 필수인 것이다. 우리나라는 외국말과 글을 사용하지 않고 세종대왕이 만든 글자를 사용한다는 것은 참으로 거룩하고 귀하다. 글자를 만들 때에 집현전에 지도자들은 반대를 했다. 반대하는 것은 여러 이유가 있었겠지만, 중국 나라에 원성을 사면 전쟁을 치러야 할까 봐 염려했을 것이고, 누구나 쓰고 읽을 수 있는 쉬운 글자를 만들면 자기들이 기득권이나 갑질을 하기가 힘들 것이기 때문이었겠지.

그러나 세종대왕의 끈질긴 뚝심으로 인류 역사에 찬란히 빛날 한글을 만들어내셨다. 어느 나라 못지않은 문명의 새역사를 창조해 만든 것이었다. 그중에서 언어는 어쩌면 종교 못지않은 귀한 문화와 문명의 역사일 것 같다. 한국 언어가 앞으로 세계에 통용될 공용어가 될 날이 올 것이다.

우리의 말과 글을 잘 가꾸고 지키길 바란다. 그런데 기우인지는 모르겠지만, 누가 이 천주적인 한글을 훼손하는가. 자기 나라 말과 글을 못 지키면 또 다른 문화의 속국밖에는 더 될 것인지 염려스럽다.

이순신 장군은 풍전등화였던 이 나라를 소수의 십수 척으로 수백 척의 적군을 무찌른 전쟁영웅이시며, 23전 23승의 신화를 이루신 민족적인 영웅이시며 세계적인 영웅이십니다. 어려운 환경 속에서도 굴하지 않고 나라를 지켜내신 영웅님의 거룩한 뜻 앞에 감사를 드립니다. 선조와의 정치적 갈등에도 오직 나라를 걱정하셨던 분이십니다. 남의 애간장을 녹이는 왜놈들이 두려운 것이 아니라 같은 민족 사람이 더 두려운 존재였었다는 사실을 인식해야 하지 않을까요? 원수가 가장 가까운 곳에 있을 수 있답니다. 우리라는 말이 정겹도록 살아야 할 것 같습니다.

근대사에서는 박정희 대통령이다.

어떤 사람들은 일본에서 공부했고, 독재를 했고, 정치인을 탄압했다며 그의 정치적 잘못한 과라고 지적했다. 잘못한 것도 있는 것은 사실이다. 그러나 지긋지긋한 가난을 해결하기 위해 남의 나라에 가서 구걸하다시피 얻어온 차관으로 이 나라의 경제발전을 이루기 위해 애쓰셨던 분이시다. 경부고속도로를 놓을 때도 많은 지도자는 반대했다. 차도 못 만드는 나라에 고속도로가 웬 말이냐. 먹고살 것도 없는데 빚내서 도로를 닦으면 나라가 망할 것이라고 얼마나 성토를 했겠는가.

반대를 받으면서도 굴하지 않고 그때 뚝심으로 밀어붙였기에 지금은 세계 10위권 안에 드는 경제대국을 만든 것은 그분의 정치적 결단이었기에 잘한 부분은 존중하고 칭찬하고 후대의 역사에 길이 남게 보전해야 하는 것이다. 제발 뭉뚱그려서 어리석은 잣대로 폄훼하는 일이 없으면 얼마나 좋을까요. 편견으로 보지 말기를 바랍니다.

그런 가난도 해결하지 못하는 자들이 무슨 남을 평가한다고. 당신이 그때, 그렇게 가난했던 때 만백성을 잘 먹고 잘살게 할 수 있었다는 말입니까? 할 수도 없었으면 알량한 지식의 이론으로 부질없는 자존심을 부리지 않으면 아주 훌륭한 좋은 사람으로 남을 것으로 압니다. 하지 못하면서 비판만 하면 사람으로서는 부족하다고 말할 수 있겠지요.

현재, 아주 잘사는 나라가 된 그 원인은 잘사는 나라로 만들기 위한 박대통령의 애국적이며 민족적인 결단이다. 물론 '과'가 있을 수 있다. 하지만 '과' 때문에 옳은 일을 못 한다면 오늘날의 대한민국은 이런 자유와 경제적인 혜택을 누리지는 못했을 것이다. 근대사에서 이 나라 역사상 가장 훌륭하신 분 중에 한 분이심은 틀림없다고 생각합니다. 백성들이 잘 먹고 잘살 수 있는 경제대국으로 만들어가는 초석을 놓으신 분이시니 위대하신 것입니다.

한국말에 가만히 있으면 이 등이라고 하는데 왜 소인들이 일 등 하려고 야단법석들인지. 숭어가 뛰니 망둥이도 뛰고 꼴뚜기도 뛴다니 개구리가 뛰어도 인간이라면 분수를 지켜야지. 와이로를 쓰는 사람들 때문이다. "나는 있는데 개구리가 없다는 것이다." 불법으로 뇌물을 탐하는 세상에 개구리도 뛰니 세상이 이래서야 될까 싶다. 혜안을 가지는 백성이 되기를 바란다.

혼돈되고 어지러운 세상이 된 현세의 인간세상이 인평선을 지킬 때 가장 위대하며 가장 자유롭고 평화로운 세상이 될 것이다. 자유와 평화와 행복의 인평선을 이루기 위해서는 책임은 반드시 따른다. 언행일치와 책임. 진리만이 세상을 밝히는 등불이 될 것이다. 진리를 밝히신 분은 문선명 선생님이시다. 근대사뿐만 아니라 세계사에서 제일 훌륭하신 분으로 남을 것이 분명하니 이 나라 이 민족의 등불임은 틀림없습니다. 타고르 선생이 밝히신 내용처럼 된다는 것입니다. 태양이 하나이듯이 진리는 둘이 될 수 없고 하나뿐입니다.

일심으로 하늘을 향한 솔잎

"내 마음의 안식은 산이다."

속살 깊은 이곳에는 서로 상생 상극하는지….

신비는 어디에라도 있는데 이 산은 아무런 말이 없는 것 같았지만, 내게 말하고 있었다. 아침 등산은 나의 체질에 맞는 것이었다. 나는 아침형 인간이다. 그래서 그런지 나와 일체가 되어 딱 맞는 느낌. 일찍 자고 일찍 일어나는 아침형. 아침마다 등산 백에 물통을 넣고 산에 올라갔다가 내려오면서 약수터에 물을 떠 온다. 신선한 공기와 맑은 약수물을 맛보며 걸어 다니면서 보는 나무와 풀잎들을 보니 어렸을 때 추억이 되살아나게 해준다.

산천은 의구하다는데, 대신동에서 보금자리를 튼 후에 나의 인생은 완전히 전환의 시점을 맞이하게 되었다. 대신이라는 말이 크게 새롭게 변하는 곳, 아니면 큰 신, 대신해 준다는 것일까? 여하튼 모든 일이 신의 세계와 연관성이 있는 것 같았다. 신의 성품으로, 신의 언행으로, 신의 신성으로 살아야 했다. 이러다가 나도 신이 되는 것 아니야? 맞아, 나도 신이 되어야지. 나는 신이다. 그렇다면 신 같은 생각과 마음으로 생활을 해야지. 이게 내가 살아야 할 인생살이라는 것을 깨닫게 되었다.

"당신은 신이다."

어떤 젊은 아주머니가 우리 가게에 들렀다.

그림을 하나 사주어서 그 집에 가서 벽에 걸어주었다.

자주 가게에 들렀다. 가끔씩은 외식을 하기도 하며…. 그러던 어느 날은 외지로 나갔다. 한적한 곳에 차는 주차되었으며 둘밖에 없었다. 아마도 나와 다른 생각을 하고 있었던 것 같았다. 보통 남자들 같으면 이정도면 어떻게 해보려고 할 텐데…. 한참을 있다가 그녀는 나에게 조심스럽게 말했다.

"당신은 신이다." 갑작스러운 말에 나도 황당해서

"아니, 왜 신이라고 하느냐?"라고 물었다.

"여자를 밝히지도 않으니 당신은 신이다." 웃으며 하는 그녀의 말이 진심이었던 것 같았다. 나는 그럴 수 없었기에 나의 마음도, 몸도 결심하고 닦아온 수양길. 도의 길은 바로 이런 것이기에 한마디 안 할 수가 없어서

"미안합니다. 나도 도의 길을 가니 어쩔 수 없어요. 베풀어주신 온정에 감사를 드립니다." 한동안 말이 없다가 일상으로 돌아왔다. 그 며칠 뒤에도 똑같은 상황이 벌어졌다. 그녀는 "당신은 신이다." 말하고 그 길로 우리는 완전히 헤어졌다. 마지막 인사길에서 그녀는 "당신은 정말 신입니다."라고 말하며 차는 서서히 사라졌다. 도시의 길에는 수없는 차들이 왔다 갔다를 반복하고 있었다. 인생도 왔다 갔다…. 지나면 후회할 짓을 하지 말아야 하는 것이다. 양심에 어긋나는 짓은 절대 금물.

"많이 아프겠구나. 이건 아니다."

교육은 참사랑으로 하는 것이 제일 가르침.

어느 날에는 산에 가서 낭창낭창한 싸릿대 하나를 꺾어서 자식을 올바로 키우기 위해 체벌용으로 쓰겠다고 기도를 해서 가지고 왔는데 자식이 매를 맞으려고 잘못을 저질렀다. 종아리를 걷어 올리고 회초리로 때리니 금세 벌겋게 매 맞은 자국이 나타났다. '이건 아니다.'라는 생각이 들어서 "죄송합니다. 자식을 때리는 회초리는 버리겠습니다." 회초리를 꺾어서 버렸다.

그 이후로 아이들에게 손찌검이나 때리는 짓은 일절 하지 않았다. 대신 잘못하여 싸우거나 하면 누가 잘못했던 이유를 묻지 않고 무조건 경배를 백 배씩 시켰다. 그러니 아이들도 싸우는 일이 줄어들었고, 집안은 평화로웠다. 자녀 교육이 어려운 것이다. 하지만 부모가 본을 보이며 스스로 할 수 있도록 해주면 된다. 잘못하는 것은 설명을 해주며 잘못을 반복하지 않도록 알고 느끼게 해주는 것이다. 어릴 때부터 될성부른 나무로 양육한다.

"형제끼리의 다툼."

내 아들딸이 싸운다는 것은 있을 수 없는 일.

어느 날인가 두 아들이 방 안에 들어가는 것이 이상하다는 느낌이 들어서 금방 따라 들어갔다. 둘은 치고받을 기세였다. 조용히 타일렀다. "니네들 둘이 싸우면 아빠가 누구 편을 들어야 하며, 누구를 응원해야 할까. 형을 응원할까, 동생을 응원할까? 아빠가 싸우는 두 아들을 보고 기분이 좋을까 나쁠까. 이유야 어떻든 간에 형제끼리 싸우는 것은 절대로 안 된다. 너희 둘이 싸우면 아빠가 슬퍼진다. 알겠지?"

그러니 둘이 손을 잡고 누가 잘했든 잘못했든 싸우려고 했으니 서로 "형아, 미안했다", "동생아 미안했다."라고 사과를 하고 "다시는 무슨 이유라도 서로 이해하고 양보하고 사랑하는 것이 형제니라. 알겠지? 손잡고 서로 사과해라." 둘은 손을 맞잡고 사과를 했다. 아마도 그 이후로 둘은 싸우지 않았을 것 같았다. 한 번도 싸우는 기미는 없었다.

"참사랑, 사랑이 무엇일까?"

인류 역사에 가장 훌륭한 말은 '사랑'이라는 두 글자.

인생은 무엇인가. 사랑 덩어리다. 내가 살아있다는 것은 무엇이며, 죽었다는 것은 무엇인가? 사는 것과 죽는 것은 누가 만들어 놓은 것인가. 자연적인 것인가? 만들어진 법칙이다. 알고 보면 참으로 어려운 것이 사랑이라는 것이다. 사랑은 불변이라야 하는데 밥 먹듯 변하는 거짓된 사랑으로 일관하면서 사는 존재가 사람일까. 모순되었기 때문일까. 참사랑을 한다는 것은 어려운 문제이다.

볼 수도 없고, 만질 수도 없는 사랑체로 형성된 나…. 사랑이라는 뜻을 제대로 알고 살면 성인이 될 수 있을까? 인간 중에서 가장 훌륭한 사람은 참사랑을 할 수 있는 사람일 것이 분명하다. 참사랑으로 참된 사람이 되면 아주 좋을사.

"인간의 감정선은 좋은 것을 그리워한다."

좋아하는 방법을 아는 사람은 좋은 것을 좋아한다. 왜? 한편으로는 좋은 사람이니까. 진리는 종교 안에 있는 것이다. 참된 종교를 알고 선택하는 것이 좋은 일 중 하나다. 가는 말이 고와야 오는 말도 곱단다. 수수(授受)

작용법이다. 좋은 말을 먼저 주면 좋은 말이 되돌아온다. 만고불변의 진리 말씀이 주고받는 수수법이다. 최고로 좋은 말은 진리이다. 진리는 말씀이 니 말씀의 주체는 우리들의 부모 되시는 신님이신 하늘 부모님이시다. 말씀으로 창조하시니…. 말씀이 곧 법이다. 살아있는 생명력을 가진 말씀.

"양심 하나로 완성하면 만물의 영장이 된다."

살아가는 하루하루는 오직 먹고살기 위한 생필품 조달이 중점이다. 돈만 있으면 삶의 질은 달라진다는 것이 사실이다. 오직 돈. 그러니 사람들은 돈이 구세주라고 말한다. 실제로 그런 것 같다. 그러나 나는 돈도 필요하지만, 신의 세계가 더 중요하다고 생각한다. 왜? 나도 육신 벗으면 신이 된다.

나와 우리라는 인생문제를 더 심도 있게 느끼고 알아야 참된 사람이 된다. 그래서 인생은 미완성이 아니라, 완성하기 위해 노력하고 살면 신인일체가 되어 인생은 완성되어야 한다는 것이 인생결론이다. 완성된 인간. 내속에 양심이라는 신성의 성품이 있기 때문에 양심 하나면 완성된 내가 된다. 참된 사람이 되기 위한 노력을 해야 하는 나.

인생은 완성. 완성되면 만물의 영장이 되어 인격자가 되는데, 양심 하나로 될 수 있다. 양심은 이미 알고 있다. 양심은 부모보다 스승보다 주인보다 법보다도 더 우위에 있는 것이 양심이다. 양심법으로 살면 세상법은 필요가 없을 것 같다.

"중동 평화를 위한 평화공원에서 샬롬을 외치다."

지구촌 어디라도 모순된 인간들이 문제를 일으킨다.

레바논을 거쳐 들어가는 코스는 멀고도 까다로웠다. 가는 곳마다 철저한 검문검색을 거치며 겨우 예루살렘에 도착했다. 서로 다른 종교 지도자들이 이스라엘 평화의 공원에 수만 명이 모였다. 3월 날씨는 초겨울 날씨처럼 싸늘하고 추웠다. 수많은 사람이 모인 가운데 서로 종교가 다른 지도자들이 모여서 평화를 외치며 하나 되는 의식을 행하였다.

종교가 다른데도 평화를 사랑하는 이 모임은 참으로 대단한 역사의 한 획을 그을 것이었다. 서로 손에 손을 잡고 샬롬을 외쳤다. 서로 사이좋게 살지 못하는 이유는 뭘까? 특히, 종교를 믿는 사람들이 반목하며 서로 원수처럼 으르렁거리며 살아야 하는 현실은 종교에 대한 편견이요, 모순이며 무지라고 할 수 있을 것이다. 그들이 손에 손을 잡고 평화롭게 살기를 결의하며 악수를 하였다.

평화. 종교인들의 진정한 자유와 사랑으로 평화로운 세상이 되기를 바라는 뜻에서 여기 모인 것이다. 몸뚱어리는 추워서 벌벌 떨어도 마음은 평화로워서 아주 만족이었다.

"이 지구촌에 여러 가지 종교가 왜 필요한가?"

제일 중심인 단일종교 하나면 될 텐데. 나머지는 가지야.

중동 어느 나라에 우리 일행은 택시를 타고 관광을 했었다.

그런데 느닷없이 택시는 길가에 멈추었다. 기사는 차에서 내온 깔개를 바닥에 깔고 앉아서 뭐라고 "살래 살라 살라."라고 기도를 하고 일어서더니 다시 출발했다. 그들은 하루에서 몇 번씩을 시간이 되면 어떤 장소에서라도 기도를 해야 한단다. 믿음 하나만 놓고 보면 대단한 믿음인 것 같았다. 그러나 신의 입장에서 보면 굳이 그렇게 격식을 차리며 해야만 할까?

당신이 신이라면 그렇게까지 해야 믿어준다는 말일까?

진짜 신님은 "네 마음속에서 그렇게 믿고 마음으로 기도하면 돼."라고 말할 것 같았다. 네 마음을 다하고 정성을 다하는 것은 아무도 모르게 해도 신님은 인간의 양심을 보고 다 아신다.

"주님을 고난의 주로 만들어버렸다."

옛날에 인류 역사에서 가장 큰 은총의 일은 '예수'라는 메시아가 유대 땅에 탄강하신 일이었다. 해마다 12월 25일인 크리스마스는 전 세계를 흥분의 도가니로 몰아넣는다. 믿는 자나 믿지 않는 자나 할 것 없이 이날을 기린다. 하늘인 영계에 계시는 예수님은 기뻐하실까, 슬퍼하실까…?

이스라엘 베들레헴이라는 곳에서 예수님이 탄생하셔서 나자렛에서 사시다가 33세에 십자가에 피를 흘리시며 돌아가셨단다. 성경책의 해석을 떠나서 십자가에 달려서 양손, 양발에 대못이 박히고, 피를 흘리며 창에 찔리고, 가시면류관을 쓰고 그렇게 고통받으며 돌아가셔야 할 이유가 어디에 있었더란 말이냐. 예수님께서 무얼 잘못했다는 말인가? 잘못한 게 하나도 없었을 텐데…. 바른말을 하고, 정도를 지키고, 하늘의 현상인 진리를 말하는 것이 잘못인가? 하긴 모순된 인간들에게는 진리를 말하는 것이 이해가 안 되니 이단자로 밀어붙일 수밖에 다른 방법이 없었을 것이다.

얕은 믿음을 가진 그들이 생각하는 진실을 파괴하는 자로 몰아가는 것이 그들의 일이었을 것 같다. 모순된 인간의 수준으로서는 당연한 것 같았다. 주님이 피를 흘리시게 하고 고통을 준 무지한 인간들은 당연히 유죄요, 거룩하신 평화의 왕이신 예수님은 당연히 무죄라야 맞는 것인데 주객이 전도가 된 듯이 하극상이 벌어졌다. 영광의 주님이 되기 위해 이 땅에 오셨는데 고난의 주님으로 만들어버렸다.

고난의 주로 만들어 죽인 자들이 누구란 말이었던가. 진리나 정도를 모르면 편견과 사리사욕과 모순으로 존재하는 인간들이 하는 짓은 선의 주관자를 박해하는 짓밖에 더할까. 악한 자들은 선한 자를 괴롭히고, 악한 나라는 선한 나라를 괴롭힌다. 천도를 알고 정도를 지키며 살아야 참된 인간이라고 할 수 있을 텐데 모순 속에 사는 인간은 사심의 발로로 내가 모르는 것은 전부 틀린 것이며, 이단이거나 사이비라고 치부하는 것이 사실이다.

"독생자가 죽기를 바라는 자가 누구일까?"

인간은 남의 허물을 말하기를 자랑으로 여기며 좋아들 한답니다. 왜 그런 사람이 되었을까? 모순된 존재이기 때문이다.

최고신이신 하나님의 자식 되는 성자 아들이며, 독생자인 예수가 그렇게 피를 흘리며 죽어가는 모습을 하나님은 상상도 못 하시고, 반드시 원치 않았을 것은 당연합니다. 그렇게 고통받고 죽기를 바랐다고 생각하는 사람들은 어리석은 사람이며, 하나님의 깊으신 심정의 세계를 잘 모르기 때문입니다.

무지한 인간들은 결국 영광으로 오신 주님을 중상과 모략으로 선동가로 치부하며 그를 고난 속으로 밀어 넣었다. 예수님께서 하시는 일마다 그들의 귀에는 미운털이 될 수밖에 없었을 것이다.

자칭 착한 백성이며, 정단이라고 생각한 그들이 볼 때 예수는 백성들을 선동하는 이적 자이며, 반대하는 자로만 보아왔던 것이다. 예수님을 제거하는 것이 유대민족의 믿음에 도움이 된다고 판단하여 이단자로 몰 수밖에 없었던 그런 민족들이었다. 가짜가 진짜를 극하는 일이 발생했다. 하극상이 되어 대못을 박고, 피를 흘리게 하여 십자가에 고통을 맛보게 하며, 그를 비판하고 무참하게 살해해 놓고서 십자가가 희생의 대가요, 사랑의 징표나 되는 듯이 목에 걸고 거룩한 죽음이라며 대속을 외치는 세상이 되어버렸다.

죄 없는 자를 고통과 고난의 주로 만들어놓고 거룩한 십자가라고 해석하는 무지한 생각이 참된 믿음이라고 말할 수 있을까?

글쎄…, 그렇다고 한다면 그것은 나쁜 일이니 나쁜 사람들이 하는 나쁜 짓일 것 같다. 오늘날 신앙인들은 고집으로 이기주의로 신을 왜곡하며 믿는 것은 아닐까. 어떤 사람이든 피 흘리며 죽는 모습을 하나님은 원치 않겠지만, 사탄은 반대로 인간은 그렇게 고난받고 죽기를 바랄 뿐이다. 당연히 하나님의 아들인 예수께서 고통받고 죽어가는 모습을 보고 싶지 않은 것이 하나님의 참사랑이요, 신성의 심정이며 반대로 사탄은 죽기를 바랄 것은 뻔한 사실이다.

성경의 해석을 자기 맘대로 해석하게 되면 예수님은 이단자도 될 수 있고, 정단자도 될 수 있을 것 같아요. 주님을 십자가에 고통을 주고 죽이는 것만이 능사는 아닐 텐데…. 그렇게 하는 것이 하나님의 뜻이라고 생각한다는 것은 잘못된 생각일 것이다. 자기 사랑하는 독생자인 아들을 그렇게 비참하게 죽여야 할 부모는 없을 것이며, 그러한 하나님은 더더욱 아닐 것이 분명하다.

신을 믿는 유대의 일부 신앙자들은 그 후에 마사다란 곳에서 도피하였다가 960여 명이 자살해 죽었던 사건이 있었다. 어차피 죽는다면 그들은 사탄적인 악마와 같은 무지막지한 인간들에 의해서 죽으니 차라리 깨끗한 죽음을 선택한다는 것이다. 신에 대한 존경심이나 믿음을 죽음으로 대신 표현한 것이 자살이었을 것이다. 그러나 그들 민족이 신을 섬기고 경외하는데 그들이 왜 이런 고통을 당해야 하는 것일까?

자기들의 생명을 구해주려고 오셨던 주님인 예수님을 십자가에 못 박아서 죽게 한 민족이 아니던가. 그러니 그 민족들도 연대적 책임감으로 그런 대가를 치를 수밖에 없는 것이 인지상정 아닐까요. 하나님이 유대민족을 그렇게 고통받기를 바랐다면 그것은 민족적인 탕감이거나 속죄를 해야 하는 일이기 때문일 것이다.

살인자도 자기 자식이 고통을 받는다면 괴로울 텐데 하물며 자기들을 사랑해 주시는 신께서는 그들을 해방해 주려고 하시겠지. 어느 신이 자기를 믿는 자에게 고통을 주며 죽이고 싶겠는가?

이스라엘의 비극적인 삶의 또 다른 이유는 악마, 사탄 때문이다. 사탄이라는 악마의 신에 걸린 조건이 있으면 참된 신도 어쩔 수 없는 일이다. 그러니 하늘을 잘 공경하고 경외하며 살아야 한다. 하늘의 뜻을 잘 알고 살아야 환란이 없거나 적을 것이다. 무조건 나쁜 일만 주려고 한다면 그런 신이 있다면 그것은 악마요, 사탄 신일 것이 분명하다.

수백만 명의 목숨이 초개같이 이슬로 사라진 아픔은 결코 악마의 짓이지, 신의 순리며 순행은 아닐 것이 분명하다. 그리고 여기 황금사원을 놓고 아직도 유대민족인 이스라엘과 팔레스타인과 중동회 회교인들은 서로 자기 것이라고 하는 것 같았다. 같은 장소에서도 하나 되지 못해서 성전이 따로 되어있는 현실 등 지금도 통곡의 벽에서 기도하고 후회하고 회개해야 하는 풍속도를 볼 수 있었다. 게다가 십 미터 정도 되는 장벽을 높이 쳐놓고 이스라엘과 팔레스타인은 아직도 원수가 되어있는 이 현실도 하나님이 그렇게 되기를 원했을 것인가?

오히려 하나님은 장벽을 철폐하여 부소부재하는 세상이 되기를 바라시는데 모순된 인간들이기 때문에 자꾸만 장벽을 쌓는 것이 아닐까? 아니면 이것도 사탄 악마의 계략에 속은 인간들의 이기주의적인 비신앙심의 민족주의적인 형태인가를 잘 알아야 할 것이다. 모순적인 믿는 자가 안 되길 바라는 마음이다.

사람을 죽이는 자는 악마요 악한종교이며, 악한 인간이라는 것이 역사적으로도 증명된 사실이다. 그것이 옳은 길이요, 좋다고 생각한다면 말도 안 되는 말이니 나빠요. 나빠.

"그 남자는 버려라. 좋은 남자는 많다."

선택은 인간들의 몫이다. 잘한 것도, 잘못하는 것도 인간의 기준. "그 남자와 왜 사느냐. 좋은 남자 많은데 헤어져라."라고 어떤 사람이 나타나서 한마디로 회유를 했단다.

"무슨 소리냐? 내 남편인데 나는 절대로 못 헤어진다."라고 했다는데…. 명희 씨가 꿈속에서 현실처럼 한참 실랑이를 했는데 그가 사라졌는데 깨어보니 꿈이었다고 말했다. 이것은 시험이다.

끝없는 시험. 몰랐을 때는 몰라서 편하고 좋았지만, 알고 보니 이렇게 선악의 판가리 싸움 속에 살아가는 존재가 인간들의 일상적인 삶이었다. 선편으로 가려면 악편인 사탄이 그냥 두지 않는다. 그 시험에 합격을 해야 선편인 하나님 편으로 갈 수 있는 것이다. 시험에서 합격하라. 이것이 인생에서 진짜 시험이다. 최고급 종교세계에서는 반드시 필수적으로 크고 작은 탕감법이 있어서 시험이라는 것이 오게 되어있다.

이런 크고 작은 시험들이 오지 않는다면 그 종교는 고급 종교가 아님이 분명하다. 신앙에서 제일 큰 마지막 시험은 생식기의 시험이다. 참된 믿음으로 이겨야 한다.

"큰 인물일수록 탕감의 시험은 크다."

산이 높으면 골짜기기가 깊다는 것이다.

영적으로는 여러 시험대에서 싸움을 해야 하며, 내게 주어진 탕감, 내가 풀어가야 할 악업의 고리를 전부 풀어서 완전히 해결되어 다 끝날 때까지 해야 완전한 해방과 석방이 될 것이다. 개인의 탕감이 다 끝날 때까지, 가정의 탕감이 다 끝날 때까지, 민족과 나라의 탕감이 전부 다 끝날 때까지, 세계의 탕감이 전부 다 끝날 때까지, 거기에 합당한 인물은 그 탕감법이 전부 다 끝나야 완전한 자유, 해방, 석방과 더불어 만물의 영장이 되어 인격적인 사람으로서 참사랑을 누리며 영원히 살 수 있는 사람이 될 수 있을 것이다. 인간은 영원히 살 수 있는 존재다. 영존하는 것은 나의 영인체.

"인간의 근본은 무엇으로 찾을까?"

사람은 이중구조로 만들어져있다.

육신의 몸은 유형실체세계이며, 과학적이라면 마음은 무형실체세계인 종교이며, 진리이다. 몸은 물체로 구성되어있고, 마음은 공기와 같은 영인체의 진리체로 되어있다. 정치는 국민을 사랑하며 위하는 것이다. 과도한 법집행으로 고혈을 짜고 심기를 불편케 하는 정치는 타도의 대상이 될 적폐중 적폐이다.

정치가 몸의 세계이며, 유형실체세계의 한 부분이라면 종교란 무형실체의 전부라고 말할 수 있다. 행복은 나의 마음에서 신성함과 풍족함을 느끼고 몸은 할 수 있는 일을 하면서 건강하게 사는 것이다. 밥이 정치라면 숨쉬는 공기는 종교이다. 숨은 삼 분만 안 쉬어도 죽는 것이다. 거룩한 인생이란 무엇일까? 무형실체의 마음과 영인체가 거룩한 존재물이니 최고의 삶의 목표로 삼고 살아야 참된 사람이라고 할 수 있을 것 같다.

"타락하여 모순되어 오류가 발생했다."

종교 말만 나오면 싫어하거나 꺼린다. 왜 그럴까?

그가 악마 마귀 사탄의 자식이라서 그럴까 아니면 하나님을 닮은 선한 자식이라서 그럴까? 더 이상 알 필요가 없어서 아니면 서로 분쟁할까 봐서 그럴까? 왜 그런지는 간단하다. 종교에 대해서는 정확한 답을 알지 못하고 있기 때문이다. 진리가 무엇인지 정확하게 알아야 편견도, 시비도 없는 것이다.

인간의 근본은 신께서 만들어주신 것이 피조세계이므로 만물은 철저한 법칙에 의해서 존재하며, 인간도 그 법칙 속에서 남자와 여자의 생식기를 통해서 자기의 상속자인 자식이 만들어진다. 공기의 주인은 하나님이시니 살아있는 피조물의 존재 자체가 진리이다. 완성된 인간을 낳았다면 종교는 필요 없는 것이다. 모순된 존재이기 때문에 진리를 통해서 참된 사람이 되기 위한 과정이 종교이다. 완성된 인간은 사심이라는 마음이 없고 선인 양심밖에는 없을 것이다. 선으로 완성된 자는 최고의 신이신 하나님과 격을 같이하며, 하나님의 자녀는 하나님같이 살아야 하고 만복도 하나님처럼 향유하며 살아야 하는 자녀인 아들딸이다.

진리는 생식기를 깨끗하게 하고 그곳 생식기에서 참된 아들과 참된 딸이 태어나는 것이다. 완성된 자녀를 낳는다는 것은 내가 완성된 인격적인 사람이며 만물의 영장이 되었다는 증거이다. 축복결혼은 모순성을 해결해 주는 근원적인 탕감법이며 천운천복을 상속받는 거룩한 천법인 것이다.

진리로 사는 신성한 세계

"선편으로 가려면 반드시 시험을 통과해야 한다."

인간 스스로 타락해서 모순되었다. 모순된 것은 악편이라는 말이다. 영계는 천국과 지옥이 있다. 당연히 선편에 주관 받은 사람이라면 좋은 곳인 천국에 갈 것 같다. 왜 그럴까? 평상시에는 악편 쪽이거나 약간 중간쯤에 산다고 생각하면 틀림없다. 종교, 특히 고급 종교를 가지려면 반드시 이런 시험과 환란이나 탕감법이 따르기 마련이므로 통과제의는 필수.

사탄인 악마의 괴수가 그냥 하나님 편으로 가서 잘살라고 놓아주지는 않는다. 탕감법이 반드시 따른다. 인격자요, 만물의 영장인 사람만이 들어갈 수 있는 곳이 천국입니다. 인간은 선악의 유혹의 길에서 항상 선택하고 살아야 합니다. 선을 선택하는 자 거룩한 사람이요, 인격자요, 만물의 영장이 되어 영생할 자격을 갖추는 것이다. 양심 하나만 제대로 되면 만사형통일 텐데…

"일요일, 교회 가는 날이면 못 가게 방해하는 일이 발생."

완충지대 속에서 양다리 걸치고 살아가는 존재가 인간이다.

선과 악의 싸움. 선신과 악신의 싸움 가운데 살아가는 우리들이다. 왜 교회 다니는데 이런 일들이 발생할까? 내가 참된 사람이 되기 위한 시험일까? 악편에서 선편으로 돌아올 수 있는지를 시험하는 것이었다. 교회라는 곳은 바로 선악의 시험을 넘어서 선을 중심 삼고 살아갈 수 있는 현장실습이라고 하면 맞을 것 같았다.

항상 시험에 당하지 않도록 깨어있어야 한다는 이유이다. 참된 사람이 되어서 영인체를 완성해서 영원히 사는 것이다. 모순된 자신을 풀어야 할 시험이 많은 것 같았다. 치러야 할 탕감…. 교회 가는 일요일 아침이 되면 꼭 무슨 기분 나쁜 일이 발생하여 성질이 나거나 가고 싶지 않게 하는 일이 벌어지곤 했다.

참으면 해결 가능성이 있다는 것이다. 그런 고비를 세 번을 넘기니 일요일 예배 보러 가는 것에는 아무런 갈등이 없었다. 첫 번째 시험이었나? 합격한 것 같았다. 시험을 잘 이겨서 최소한의 조건의 한고비는 넘어간 것 같았다.

"돈이 아까워도 십일조를 하고 선행을 한다."

이 세상은 누구 것이며, 내 것은 어느 것이고, 얼마나 될까?

십일조는 한 달에 버는 수입에서 십 분의 일을 하는데 단돈 천 원이라도 더 했다. 한 달에 버는 수입의 십 분의 일을 내면 전부를 하늘에 내는 조건이 된다. 지나가다 불쌍한 사람들이 있으면 천 원이라도 적선을 한다. 그에게는 적은 돈이라도 보탬이 되리라는 생각으로…. 뒤에 들어보니 그런 사람들에게 돈을 갈취해가는 무리들이 있단다. 아이고 벼룩의 간을 떼어먹지. 이놈의 중생들. 거죽은 인간인 인두겁을 썼으나 악마의 탈을 쓰고 다니는 이중적이며, 모순된 인간들도 있었다.

나쁜 인간이 세상에 없다면 행복한 이상세계가 되었을 것인데….

암튼 선악의 싸움에서 내가 선편이 되느냐, 악편이 되느냐? 인생은 갈림길에서 미로를 찾듯이 헤매고 산다.

"내일은 축복식이 있는 날입니다."

내가 살아온 삶의 역사에서 가장 귀한 선물을 받은 것은 축복. 사월 초순을 막 넘어가는 날 밤 자정을 막 넘은 시간이었다. 목사님이 전화가 와서 오늘 잠실운동장에서 축복식이 있으니 서울로 올라가라는 것이었다. 한밤중에 전화를 받은 우리 부부는 당황스러웠다. 비는 밤새도록 쏟아지는데 아이들을 급하게 처남댁에 맡겨놓고 우리는 서울로 향했다. 더 넓은 운동장의 잔디밭은 발이 잠길 정도로 질퍽거렸고, 축복식의 시간이 다가왔다.

우리들은 결혼하고 난 다음에 축복을 받게 되었으므로 기성축복가정이라고 하였다. 운동장에 많은 사람이 모여있었고, 우의를 입고 비가 오는 운동장에서 축복이 시작되기만을 기다렸다. 드디어 "주례 입장"이라는 소리가 들렸다. 이제 비로소 거룩한 축복식이 시작되는가 보다.

"축복의 가치는 하늘이 내려준 최고의 선물."

어제부터 장대같이 쏟아지던 비도 축복을 받는 시간이 되니 거짓말같이 그때 그쳤다. 축복식은 무사히 끝났고, 은혜로운 시간이 어떻게 지났는지 지나갔다. 조금 있다가 탕감봉이라는 행사를 했다. 다시는 환도뼈를 사용하지 말라는 것이다. 쉽게 말하자면 바람은 절대로 피워서는 안 된다는 것이다. 아내로부터 먼저 엉덩이를 세 대 맞았는데 관리 주관하는 사람은 약하다며, 세 대를 시범으로 때리며 이렇게 때리라고 하였다.

나는 결국 아홉 대를 맞은 셈이다. 그리고 나는 부인의 엉덩이를 가볍게 때렸다. 한마디로 축복이라는 것은 인간이 태어나면서 모순된 존재로 태어났기 때문에 악습을 청산하고 선의 주관권인 하늘 부모님의 사랑과 뜻에 맞추어 살 수 있는 신성한 사람이 되어 부부가 하나 되어 가정을 완성하고 만물을 주관할 수 있는 양심인이 되라는 것이었다. 그리고 행사는 끝이 나고 우리들은 집으로 내려왔다. 카메라도 없었고, 우리는 축복받을 때 사진 한 장이 제대로 없었다는 것이 늘 아쉬웠었다.

"혈통적인 2세를 낳은 것은 천륜."

하늘이 인정해 주는 축복결혼을 받고 태어난 자녀는 악습을 걸러낸다. 축복받기 전에 7개월 성별하라는 엄명이 떨어져서 우리는 성별을 하고 있었다. 처음 남녀의 죄를 탕감하고 새로운 결의와 참사랑의 심정으로 참가정을 완성하기 위한 새 출발의 준비 기간이 성별 기간이었다. 고양이에게 생선을 맡기듯이 마누라를 옆에 두고 같이 자면서 칠 개월이라는 기나긴 시간을 참는다는 것은 결코 쉬운 일이 아니었다.

절제하고 참아야 할 것은 반드시 참아야 했다. 그리고 칠 개월의 성별 기간이 끝나고 우리는 삼 일 행사를 해야 하는데 12시가 되어도 아기 한 명이 자지를 않았다. 자는 시간을 손꼽아 기다리다가 잠이 들어서 삼 일 행사를 시작하였다. 그러고 일 년 후에 아들을 낳았는데 축복을 받고 자녀를 낳으면 2세라고 했다. 병원에서 막내아들을 낳았는데 산모는 역시 힘이 들었다.

교회 목사님이 자기가 있겠다며 나보고 집에 가서 쉬라고 했다. 나는 집에 올라와서 조금 있으니 전화가 왔는데 산모가 위급하다는 것이다. 급히 병원으로 한달음으로 달려갔다. 가서 보니 산모는 산소호흡기를 달고 있었다. '아이쿠. 이를 어쩌나. 혹시라도…' 긴장감은 여름의 수은주처럼 상승하며 가슴이 떨려온다. 어찌나 긴장되고 놀랐던지…. 휴, 다행히 큰 문제는 없었고, 산모는 안정되어갔다. 그렇게 힘들게 아들을 낳았다.

"궁합이 안 맞아요. 겉궁합도, 속궁합도."

물과 기름이라고 하는 말은 잘 어울릴 줄을 모르고 따로 논다는 말. 보살이라는 객지에서 만난 집사람의 언니뻘 되는 사람이 있었다. 성씨도 같아서 나이가 많다 보니 언니라고 불렀다. 그는 여기저기 용하다고 소문난 곳은 전부 다 가볼 심산인가 보다. 나는 본의 아니게 그의 기사 노릇을 하는 셈이 되었다.

부산과 경상도 일원에서 유명하다고 들어본 곳에는 여지없이 찾아갔다. 간 김에 나도 운명을 봐달라고 했다. 가는 곳마다 마누라와 겉궁합도 안 맞고, 속궁합도 안 맞다는 것이다. 이런 이런…. "그러면 어떻게 하면 됩니까?"라고 물었다. "헤어지는 게 상책입니다." 그분들의 답은 그 말뿐이었고, 해결 방법은 그것뿐인 것 같았다. 무책임한 말 같아서 떫기도 했다.

만나서 결혼하고 사는데 궁합이 안 맞으니 헤어지라는 것이 답이었다.

궁합이 안 맞다는데도 첫째 아들을 낳았다. 안 맞는 것이 아니라 안 맞다고 생각하고 믿는 것이겠지. 어떤 곳에서는 안 봐도 될 사람인데 굳이 왜 보려고 하느냐고 묻는 곳도 있었다. 인생의 문제는 무엇이 문제라는 것인가?

사주팔자라는 운세는 결론적으로 말하면 우리 부부는 겉궁합도, 속궁합도 안 맞다고 했다. "악연의 매듭과 거친 운명은 참사랑으로 풀면 된다." 이것이 답이다. 참사랑으로 풀면 안 풀리는 것이 없다. 우리는 아들내미 둘과 딸내미 하나를 두고 지금도 행복을 느끼면서 이혼하지 않고 잘살고 있다. 모든 궁합의 운세를 푸는 것은 서로 간절히 사랑하는 참사랑으로 하면 전부 다 해결되는 것이다.

"진경산수가 참 좋습니다."

녹야청청한 산수의 풍광에 운무는 마음을 정화시켜 준다.

아무런 연고도 없는 이곳으로 이사한 계기는 아는 사람이 오라고 해서 왔다. 단지 아쉬웠던 것은 우리를 오라고 했던 그분은 우리와 같이 신앙을 하자고 했더니 동참하지 않았고 자기가 믿는 것이 따로 있어서 말을 듣지 않았다. 그는 사업을 한다고 객지를 다녔고, 그의 부인은 바람이 나서 결국 이혼을 하는 불상사가 발생을 했다. 어쩌면 이런 일이 있다니….

문화원 사무국장은 출근하면서 우리 가게에 자주 들러서 모닝커피 한잔 하고 사무실로 갔다. 그분과 같이 가끔은 점심을 먹으러 갔는데 보통 밥집이었는데 밥맛이 아주 좋았다. 맛나는 밥은 식당의 크기와 상관이 없는 듯했다. 그는 나의 진경산수가 좋다고 그림을 달라고 할 정도로 마음에 들었던 것 같았다.

"새로운 세계를 잉태하여 출산하듯 웅비할 터."

사십이면 불혹. 오십이면 하늘의 뜻을 안다고 한다는데….

내 인생의 삶도 그 언저리로 가고 있었다. 나이란 어쩔 수 없는 나의 지나간 삶의 흔적이다. 이곳 사람들의 말은 객지에서 들어온 사람들은 다 잘 된다는 속설이 있었다. 뒤에 있는 장복산이 마을을 안으로 굽은 듯이 감싸고 있어서 외지에서 들어온 사람들은 재물을 모아서 잘 산단다. 우리는 재물은 못 모았지마는 이곳에서는 많은 일이 있었다.

그림을 많은 사람에게 지도했었고, 축복 2세인 막내아들을 얻었고, 목회라는 새로운 미지의 세계를 찾아 들어가게 된 곳이기도 했다. 그러고 보니 이곳 사람들이 말하는 속설이 어느 정도 맞는 것일지도 모르겠다.

"꿈에 그리던 나의 첫 번째 자가용."

일상에서 가장 편리함을 주는 것은 붕붕 달리는 자동차.

담아서 다니라는 조그마한 차를 할부로 구입했다. 면허는 부산에 있을 때 칠전팔기로 합격해서 면허증은 취득했었다. 처음 차가 나왔을 때 당돌하게 고속도로로 올라갔다. 남해고속도로에 올리는데 고속도로가 더 운전하기가 쉬웠다. 두려움은 성공을 방해하는 것이다.

고속도로는 내 차선으로만 가면 되었는데 시내는 끼어들기를 마음대로 하는 바람에 놀라기도 하고, 움찔거리기도 했다. 고속도로를 한 바퀴 돌고 오니 운전에 자신이 붙었다. 소형차를 타고 다니니 차선 위반이라며 딱지를 끊겠다고 달려들어서 자주 위반 딱지를 끊겼다. 고급차는 잘 안 잡고 트럭이나 소형차들을 잘 잡는다고 소문이 났는데, 그것이 사실로 증명하듯이 자주 잡혔다. 속도위반과 차선 위반. 양심대로 운전하게 해줘야지. 지나친 속도를 내면 당연히 단속을 해야지.

"아주 재미있는 일 중 하나는 가르치는 것."

배우고 익히는 일이 기쁜 일이라고 했는데 참으로 감동스러운 말이다. 누굴 가르친다는 자부심과 가르치면서 배운다는 좋은 이점이 있었다. 주지 스님이 자기 절에 와서 그림 지도를 해달라고 했다. 나는 절에 가서 그림을 가르쳤는데 부인 신도들이 칠, 팔 명 정도 되었고, 스님도 사군자부터 배웠다. 모든 분이 잘 따라 하고 있었다. 어쩌면 절에는 소재가 많은 것 같았다. 그럴 즈음에 영관장교 부인들 이십여 명이 동사무소 이 층을 빌렸단다. 매일 나가서 사군자부터 가르쳤다. 그분들은 체본을 그려주면 잘 따라서 열심히 연습했다.

내가 매일 흰 와이셔츠만 입고 다니니 색깔 있는 상표 붙은 티셔츠를 생일 기념으로 선물 받았다. 주로 단색과 밝은색을 좋아했었는데, 색깔 있는 옷을 입어보게 되었다. 이때부터 선호하는 색깔이 단색의 밝은색에서 점점 혼합된 색상으로 바뀌어져 갔다. 이 옷이 다 떨어질 때까지 입었다. 소매 끝이 닳아서 너덜해져서 버렸다. 환경에 따라 때로는 관점이 달라져서 색깔마저 변하게 되었다.

"내가 믿으면 옳은 것이고, 남이 믿는 것은 사이비일까?"

어느 날엔가 대장 부인이 물었다.

"선생님은 종교가 있습니까?" 있다고 대답을 했다. 무슨 종교를 믿느냐고 묻길래 티 종교에 다닌다고 답했다. 의아한 표정들이었다. 이단 교회에 다니시지 마시고 우리와 같이 예수님을 믿자고 했다. 진짜 종교를 믿어야 하지 않겠냐고 말했더니 선생님답지 않게 이단을 왜 믿느냐고 말했다. 알고 보니 20명 모두가 일반 교회 집사들이었다. 그러니 얼마나 안 좋게 봤을까. 나를 볼 때마다 이단 선생. 불쌍하구나. 그 영혼이….

그렇게 생각했을 것이 뻔하였다. 인간은 자기가 아는 만큼 믿고 사는 것이다. 하긴, 진리를 알아본다는 것은 그런 수준에 올라야 알아볼 수 있을 것인데…. 일상적인 믿음으로 살면 모를 수밖에 없을 것 같아서 안타까웠다. 내가 믿는 것은 진짜이고 남이 믿는 것은 가짜이니 불쌍하다는 생각을 하는 사람은 진짜 믿음을 가진 자일까? 창조주의 심정을 안다는 것이며 피조만물을 어떻게 만들었는지 왜 만들었는지 에덴동산에서 아담과 해와를 왜 쫓아냈는지 하나님의 심정과 뜻을 안다는 것인지 이해가 되지 않았다. 아는 만큼 사는 것이고, 믿음도 아는 만큼 믿는 것일 뿐이다. 신께서는 누구에게나 공평하게 사랑을 베풀어주시려고 하시는데. 인간들은 편견과 아집에 사로잡혀서 살고 있었다.

"사이비 이단을 왜 믿어요?"

세상에서 진짜보다 가짜가 더 많을지 모른다.

끊임없는 이단 시비. 어느 것이 진짜인지 누가 어떻게 알겠는가? 신만이 아실 뿐. 언제 끝날지 모르는 이단 시비이므로 그냥 대충 사는 것 같았다. 사이비(似而非)라는 말은 '비슷하나 아니다.'라는 뜻을 가지고 있다. 물건도 정품과 짝퉁이 있다. 짝퉁은 만들어서도 안 되고, 유통하여 사용해서도 안 되는 물건이다. 물건도 그렇지만 더 심각한 문제는 종교세계에 짝퉁인 사이비도 있지마는 종교에도 등급이 있었다. 자기가 믿는 종교를 이 등급이니, 삼 등급이라면 기분이 나쁠 것 같다.

구분할 수 있는 다른 방법은, 제일 등급인 최고급 종교는 생식기를 말하는 종교가 제일 등급. 아니, 특급 중 최상특급의 진짜배기 종교라고 말할 수 있다. 그런데 자기가 믿는 종교이거나 또는 세가 많다는 이유로 남의 것은 이단이니 사이비라고 딱지를 붙인다. 타락하여 모순된 존재가 하늘 부모님의 진실과 진리를 중심한 그 심정과 신성의 깊은 뜻을 알아보지 못하는 것은 어쩌면 당연한 일인 것 같다. 이제 진실한 마음으로 진리에 눈뜨기를 바랄 뿐. 누운 자 위에 기는 자, 기는 자 위에 걷는 자, 걷는 자 위에 달리는 자, 달리는 자 위에 나는 자가 있다. 나는 자 위에 근본을 아는 시공을 초월하는 영급이 아주 높으신 하늘과 같은 영적 능력을 가지신 분도 계신다는 사실이다.

"목회를 해야 합니다. 그럴 자격이 충분합니다."

내 인생의 생애 노정에서 목회라는 일이 있었던 것일까.

박 집사님은 목회를 해야 한다며 아직 정식 집사도 아닌데 나는 집사로 불렸다. 우리 교회 목사님은 예배가 끝나면 나보고 밥 먹듯이 말했다. 목사 하라고 노래를 부른다.

"내가 목사를 해야 됩니까? 나는 단 1%라도 목사 하겠다고 생각해 본 적도 없는데 목사를 하라니요. 뜬금없이…"

"신앙도 좋고, 원리도 잘 아니까 박 집사 같은 분이 목사를 해야."

"그래도 나는 준비도 안 되어있고, 무엇보다도 한 번도 생각해 보지 않았기 때문에 못 들은 거로 하겠습니다."

아니, 내가 목사라니. 말도 안 돼…. 그러나 마치 인생은 어느 분의 의도에 따라 살아야 하는 예정인 것처럼 끊임없는 목사의 길로 들어가게 만드는 듯했다. 예정이며, 숙명적인 길인가? 몇 번을 목사 하라는 말을 들었을 때 '한번 해볼까?'라는 생각이 들었다. 인생은 도전이며, 전도다. 새로운 세계에 도전하는 것은 쉬운 일은 아니나 좋은 인생 경험이 될 것 같다.

"내가 목사가 될 줄이야."

인생의 갈림길에서 중차대한 결심을 해야 할 때가 있다.

꿈에도 목사 할 것이라고는 단 0.1프로도 생각해 본 적이 없었다. 그러나 자꾸 듣다 보니 할 수만 있다면 해보는 것도 괜찮을 것 같아서 망설이고 고민하며 고심하다가 '그래, 결정했어. 내가 한다면 잘할 수 있을 것이야.' 용기를 내서 "해보겠습니다." 대답을 했다. 새로운 기를 받아서 새 출발을 해야 할 것 같아서 산속에서 그 속살을 보고 느끼고 사색하고 싶었다. 산은 언제나 말이 없는 것 같지만 많은 말을 해주고 있었다. 속된 인간이 되지 말고, 속 깊은 사람이 되라.

보면 볼수록 아름답고 고상하고 심오한 산. 깊은 심성을 가진 사람은 이 산처럼 말이 없을 것 같았다. 우리 인간들에게 이처럼 아름다움도 주고 신선함도 주고, 이 속에서 온갖 생물들이 때로는 경쟁도 하고 때로는 서로 상생도 하며 생존하고 있을 것 같았다. 말 없는 생존과 투쟁이 공존하는 곳이었다.

말은 없지만 할 말이 많을 것 같은 산. 너의 본질은 인내인가 포용인가 사랑인가 생존인가? 신님의 심정이 내게도 있다면 신선하고 신성한 사람으로 거듭나서 속물근성을 버려야 할 것 같았다. 산아! 너는 참으로 신비한 능력을 가진 것 같구나. 무어라고 말할 수 없는 속 깊은 어머님 품속과 같은 안정감을 느낀다.

"만물의 위대함과 성인."

매일 마시는 맑은 공기는 우리들을 위해 존재하는 것 같았다.

수많은 약초와 나무와 풀과 이름 모를 야생화와 산짐승 및 바위와 물까지 수없이 많은 것들이 서로 생존을 이어가는 말 없는 곳이지만, 생존의 경쟁은 치열할 것만 같았다. 이름 모를 풀하나, 꽃 하나도 대단한 역사를 가진 것 같아서 그 속내의 깊음에 감탄하며 고마운 생각이 든다. 속 깊은 사람처럼….

나무 중에 진짜 나무는 무슨 나무일까? 나요, 참나무. 그렇군. 그럼, 진짜 새는? 참새. 맞네. 그러면, 진짜 사람을 뭐라고 하면 좋을까? 진인, 참인간. 하, 그것 어렵네. 생각 좀. 로댕에게 물어봐야 할까? 아니, 반가사유상에 물어봐야 할지도 모르겠군. 생각이 깊은 것 같던데…. 박사 아닌가. 최고로 공부 많이 한 사람. 헐.

박사가 참된 사람일까? 참된 인간은 박사가 아니라도 낫 놓고 기역자를 몰라도 참된 사람은 될 수 있을 것 같다.

4대 성인님들은 언제 박사학위를 받아서 박사가 되었던가. 신의 관계와 신을 알아야 진정한 사람이 되고, 신을 경외하고 모시며 살아야 인격자가 된다. 육계도 있지마는 영계도 있다는 이런 이중 구조적인 인생 문제를 가르쳐준 분들이 성인님들이시다. 양심의 최고수는 어떤 사람일까. 신님이시다.

"비싼 보석보다 더 가치 있는 사람이 되면….."

보석은 왜 인기가 있을까? 보석은 변치 않는다.

변치 않기 때문에 가치성이 있어서 값이 비싼 것이다. 보석이 변한다면 누가 비싼 대가를 지불할까? 사람은 조석으로 변한다니 가치 기준을 측정할 수가 없을 것 같다. 모순된 존재는 파멸한다고 했는데 어찌해야 할까. 변하지 않을 충성심과 양심을 가지고 살면 참된 사람이 될 수가 있다. 사람은 어떤 사람이 가치 있는 사람일까? 양심가는 인간세계에서도 인정을 받을 수 있을 것 같으며, 더구나 하나님께서는 양심을 보고 참된 사람이라고 인정할 것 같다.

"참이란 거짓이 하나도 없는 순도 100."

순금은 백이라야 한다. 그런데 모순은 모순을 만든다.

인간이 모순된 존재라는 사실도 모르고 또 모순인지도 모르고 산다는 것은 최악의 무지한 인생이라고 할 수 있을 것이다. 참이라는 것 자체는 곧 살아있는 신이라는 뜻이다. 참된 인성을 갖춘 사람이 되어 신적 존재로 거듭나는 것이 인간들이 해야 할 일이라는 사실을 깨닫고 살아야 사람다울 것 같다.

소나무나 풀이나 참나무나 바위나 흙이나 저 버섯이나 다람쥐나 지렁이나 어느 것 하나 거짓을 말하는 존재는 없을 것 같다. 서로 상생하며 선의의 경쟁을 하고 때로는 상극을 행하기도 하는 것 같았다. 모든 존재물은 참 그 자체이다. 만물이 가지고 있는 개성체. 본질. 그 자체가 본질이며, 사랑체였다. 그것을 자연이라고 한다. 자연 그대로….

그리나 자연도 정해진 법칙에 의해서 철저하게 계산된 법칙대로 움직이는 것이 자연이다. 설계도의 법칙대로 존재하는 것이 만물이다. 법칙 속에서 스스로 존재하는 것처럼 보일 뿐이지만, 철저한 계획적인 원리의 주관성과 자율성의 법대로 유지 존속 발전하고 있음을 알 수 있다. 참나무는 참나무를 번식하고 소나무는 소나무를 번식하는 것을 보면 자연은 철저한 법칙 속에서 유지발전 존재하고 있다는 것을 알 수 있다. 우리 인간들보다 더 진실하고 참으로 살며 근본대로 존재하고 있었다.

"솔잎은 왜 하늘로 향하여 있는지."

속고 속임이 차고도 넘쳐나는 모순된 세상.

너는 언제나 푸른 충성심을 지닌 사시사철 푸른 솔. 어쩌면 푸른 그 당당한 빛깔을 그대로 유지할까. 하늘에 충성하는 충절의 기상을 나타내기 때문일까? 사람보다 더 푸른빛을 자랑하며 하늘에 충정심으로 나타내는 푸른 소나무. 하늘을 향한 충정심이 어떤 존재물보다 더 뛰어난 네 빛깔. 어느 나무보다도 더 가치 있고 값나가는 나무가 된 것은 오직 하늘에 대한 충정 때문. 바늘처럼 꼿꼿한 기상을 가진 푸른 솔인 너.

부끄럼은 나를 참되게 할 수 있는 과정일 수 있다. 충성하는 사람이 적다는 것은 인간세계에 위계질서가 무너졌다는 것일까. 하극상이 심하다는 뜻일까. 충성할 수 있는 사람이 없다는 뜻일까? 충성이란 말은 진정에서 우러나오는 진심이라는 말이다. 소나무에서 질 좋은 피톤치드가 많이 나오니 귀한 나무요, 충성스러운 좋은 나무일 것 같다.

"신과 인간은 부모와 자녀 관계."

신은 어떠한 실체이시기에 인간을 그렇게 지으셨을까?

무슨 관계일까. 남성격 주체로 계시기 때문에 신을 하나님 아버지라고 부른다. 부자 관계이니 우리는 신을 부를 적에 할아버지도, 부모님도, 손자 손녀들도 아버지라 부른다. 인간의 부모라는 뜻이다. 하나님이란 말의 뜻은 하나밖에 없는 최고의 신(님)을 줄여서 하나님이라고 부르시니 최고의 존칭이다. 하나님은 한 분밖에 없는 분이시니 최고의 높으신 님이라 부르는 것이므로 한자로 쓰면 天地神明(천지신명). 하늘과 땅에서 최고로 밝은 신이라는 뜻입니다. 아. 나는 신의 영역 안에 있는 피조물 중의 최고인 인간이다. 살아계신 하늘 부모님을 두고 부족한 인식을 드러내는 존재는 아니어야 한다.

"아니, 남자 여자가 '도.'라니요."

찾는 것은 멀리 있는 것이 아니다. 가장 가까운 곳에 있을 수 있다. 생명의 자극을 통해서 삶을 찾는 것이다. 우리가 사는 것이 '도'라는 것인데, 도(道)란 일음일양이며, 남자와 여자가 도의 완결판이다. 그렇다면 나는 도사다. 도를 사랑하는 사람이 되어야 한다. 남자 여자가 무엇이냐? 우주를 상징하는 최고의 자리에서 하나 되어 완성하는 것이다.

하늘(天)보다 높은 것은 부부(夫婦)의 지아비 부(夫) 자이다. 사람(人) 위에 하늘을 가로놓았다. 하나는 남자, 하나는 여자를 상징해서 둘을 가로놓았다는 것이다. 남녀 문제만 풀면 세상 문제, 인생 문제는 다 풀린다는 뜻을 의미하는 것 같다.

"붓 가는 대로 내 마음을 담다."

내 맘대로 쉽게 잘 되는 것은 별로 없는 것 같다.

잘한다는 것은 수많은 시행착오나 연습을 통해서 더 나아지는 것이다. 편안한 안식처이며, 내 맘대로 오고 갈 수 있는 곳이 화선지 여기뿐인가. 하얀 화선지를 깔아놓고 커다란 붓으로 먹을 찍어서 대충 고른 후에 척척 그려 나가면 재미있는 볼거리가 생긴다. 아름답고 웅장한 산세를 중심축으로 하여 먹선을 농담으로 완성한 후에 물감으로 채색을 하고, 마른 후에 물을 뿌려서 넓은 평붓으로 안개 처리를 하면 끝이 난다.

멀리 안개인 운무가 자욱하고 중간에 힘찬 폭포가 쏟아지면서 아래로 흘러내려 간다. 봄, 여름, 가을, 겨울 등 사계절을 맘대로 나타낼 수 있다. 싱그러운 채색이 힘차고 생동감 있게 산수 한 폭이 완성되었다. 가을을 채색할 때가 가장 재미있다. 무상무념으로 오직 혼자서 외로움과 자신과의 사투를 벌이는 중이다. 대자연의 위대함을 이 작은 종이에 담는 재주가 내게도 있었구나.

"어디에서 저렇게 참한 색시를."

지구촌 어디인가에 임자인 짝이 있을 것 같았다. 인연이라면…. 그의 부인을 보고 사람들이 한마디씩 던진다. "저렇게 착하고 순전한 색시를 어디에서 구했나?" 순수한 처자였기에 보는 사람마다 한마디를 하고 싶은 것 같았다. 그런 착한 그녀도 때로는 남편이 하는 일이 못마땅할 때도 있었다. 남들은 부귀영화를 위해 잘 먹고 잘살자는 주의인 데 비해서 이 양반은 줄기차게 착하고 양심적이며, 바르게 살기를 주장한다.

그림 그리는 화가라니까 결혼했지만, 삼류 작가의 수입으로는 살림살이는 고달픈 게 사실이다. 그래도 참을만하다. 왜일까? 좋은 사람이라서, 재주가 있어서 아님 운명이라서, 어쩌면 우린 숙명적인 만남이라서 그럴까. "당신, 지금 원고 준비하고 있지요?" 느닷없이 말하는 부인을 슬쩍 쳐다본다. 무엇이 궁금해서 물을까. 그렇게 말 많은 사람도 아닌데…

"당신이 쓰는 책은 장르가 불확실하지요? 소설이냐, 종교냐, 인문이냐, 교양이냐, 회고록이냐. 어느 부류에 들어가는지 나도 궁금합니다." 부인이 걱정이 아님 궁금해서 물어보는 것 같았다.

"세상에서 내 맘대로 할 수 있는 곳은 화선지."

이곳 역시 내 마음대로 하기에는 역부족일 때가 많다.

오직 자신과의 일대일로 벌이는 고독의 집착실이다. 고행의 산실이지만 때로는 내 맘대로… 하늘의 심정을 피조세계에 나타내어 신성으로 지으셨다는데 만물의 신성을 깨닫기에는 아직 부족함을 많이 느낀다. 새로운 작품이 만들어질 때마다 생기가 넘치는 반면 자연의 위대함과 아름다움에 자신이 얼마나 초라한가를 알게 되어 나의 마음 한구석을 나타내어 볼까.

생물사화

누가 알아준다고 숨 쉬나.

안 알아준들 누구에게 섭섭할까.

이름 모를 산야에 핀 야생화도

봄이면 여지없이 제 할 일 하는 듯 꽃을 피운다.

수없는 해 넘기를 누가 셈했나.

그 인고의 결실체인 순백의 씨로

새로운 생명력을 이끌어 낼 수 있을까.

정녕 이름 없는 중생에…

풀 한 포기보다 못한 것을 붙들고

좁다란 곳에서 애쓰려 하는가.

아무리 아름답고 생동감 있게 그린대도

향내는 못 내노라.

귀가 막혔나. 코가 막혔겠지.

마음이 닫힌 것인지…

시선을 고정한 나비만이 동작을 멈춘 채로

언제까지 저러고 있을까.

향내도 없는 꽃에 앉아서

오매불망 하염없이

누구를 기다리나!

그리워서.

보고파서…

"엄마의 밥은 사랑의 밥."

밥을 한 상 차려 온 부인이 "식사하세요."라는 말에 고개를 들어 바라보니 옛날 어머니의 밥 생각이 났다. 어머니께서 주시는 밥은 자신의 피와 살이요, 사랑 그 자체였었다. 이제는 부인의 사랑밥을 먹고 있다. 지금도 사랑법을 말하고 있지만 참으로 어려운 것이 사랑이라는 것이었다. 사랑밥을 먹으면 사랑법이 이루어질까…? 그럴 것 같아서 다행.

하늘은 높고 맑고 청명한데 이내 마음은 언제 저렇게 순수하고 맑아질까. 얼마나 더 닦아야 저 맑고 깨끗한 하늘처럼 될 수 있을까. 사랑법으로 살면 먹는 밥이 사랑밥이 될 텐데…. 자식에게도 사랑밥을 먹인다. 그래서인지 우리의 자녀들도 착하다. 사랑법으로 살면 사랑밥 되겠지. 사랑밥으로 살면 참사람이 될 것 같다.

말씀을 전하는 천직

"하늘의 천명을 받아 뜻을 따르는 목사의 길로 직행."

내 맘대로, 내 뜻대로…. 나는 어떻게 살아야 하는 삶인가.

너와 나는… 새로운 세상으로 들어간다. 내 인생에서 생각지도 않았던 목회를 하게 될 것 같다. 한 번도 경험하지 못하고, 생각지도 않았던 세상으로 들어가는 나의 인생개척이 시작된다. 첫 번째 발령지인 거제로 이사를 갔다. 생소하고 낯선 것은 어느 지역이나 마찬가지이겠지만, 더구나 교회 생활이라는 생소한 곳에서의 처음 해보는 생활이다.

주보를 만드는 일은 장로님이 도와주셨다. 모든 것이 준비 안 된 채 처음으로 해보는 일은 쉬운 일이 아니었다. 교회에서 첫 번 취임예배의 말씀을 하는데 말을 어떻게 해야 할지 참으로 난감했다. 드디어 사회자의 인도로 준비 찬송이 끝나고 대표 기도하는 식구기도가 끝나고 사회자의 멘트가 있었다.

"목사님의 취임말씀이 있겠습니다."

처음 서보는 단상이니 몹시도 떨리고 긴장된 순간이다.

내가 처음으로 단상에 올라서야 하는 시간이 다가왔다. 청중 앞에 처음 서는 것이며, 첫 예배의 말씀을 해야 하는 것이다. 그때 칠판이 단상 모퉁이에 있었다. 앞으로 당기면서 "인생."이라고 적었다. 선택받은 내 인생과 하늘의 뜻이라고 생각한다. 사람은 아는 만큼 사는 것이다.

"내가 아는 것은 이 우주에서 얼마나 될까? 모르는 것도 많다. 여러분들에게 가르칠 것이 없는데 무엇을 가르칠까 생각을 해보았습니다. 줄 수만 있다면 말씀을 대신 전하는 대신자 역할이라고 생각합니다. 신앙은 신성한 사람이 되고, 신의 깊은 뜻을 알고 살아야 사람답다고 할 수 있을 것 같습니다. 나도 모르게 이 길을 들어서게 되었으니 부족하더라도 많이 뜻 발전에 같이 노력하겠다는 새로운 각오와 결의를 가지고 여기에 섰습니다."

나의 심정을 말한 것 같았는데 전혀 기억이 없다. 그리고 예배가 끝나고 식사를 하고…. 다른 교회 목사님이 오셨다.

"목회는 왜 하려고 합니까?"라고 물어온다. 그분이 질문해 온 첫 마디는 나를 당혹게 했다. 뭐라고 대답을 해야 할까.

"나도 몰라요. 그냥 하게 되었습니다."

"어렵고 힘든 길인데 열심히 해보세요."

"원리는 몇 번이나 읽었어요?" 식구 중 한 사람이 물었다.

"한 천 번 정도 읽었는데 그것은 왜 물어봐요?"

"그냥." 아마도 자기 기준을 정해놓고 물어보는 것 같았다.

"새 소식을 전하는 신문."

나는 아침형 인간이다. 항상 일찍 자고 일찍 일어나는 편.

아침마다 신문을 배달하며 시작되는 것이 나의 목회 생활의 시작 같았다. 신문 배달이 힘든 것이 아니라 비가 오나 눈이 오나 바람이 부나 매일 배달한다는 것이 힘들었다. 부산 대신동에 살고 있을 때 몇 달 신문을 취급해 본 적이 있었다. 이때를 위해 연습을 시킨 것인가. 그럴지도 모르겠다. 암튼 열심히 운동도 할 겸 신문 배달을 했다.

그러다가 애기 엄마가 도와준다고 같이 배달하다가 발목을 접질려서 고생을 하기도 했다. 아무나 하는 것이 아닌지 나만 하라고 하는 뜻인지 모르겠지만, 나는 맡은 것은 열심히 하는 편이다. 신문과 나와의 특별한 관계가 있는지도 모르겠다. 새로운 소식과 진리를 전해야 한다는 깊은 뜻이 있는 것일까?

"도둑이다. 교회에 도둑이 들었다."

이사 온 지 얼마 안 된 어느 날엔가 도둑이 들었다.

밤이 되어 잠이 선뜻 들었는데 누군가 쓱 지나가는 듯했다.

나도 모르게 큰아이의 이름을 불렀다. 그런데 후다닥 하는 소리가 들려서 일어나서 불을 켜보니 문이라는 문은 다 열어놓았다. 문들을 다 잠그고 잤는데…. 누군가가 열쇠를 가지고 있는 것 같이 느껴졌다. 그 도둑놈은 담을 넘어 도망갔다. 얼마나 긴장되고 떨리던지. 이 밤을 괴롭히는 자는 누구였을까?

별로 훔쳐 갈 것도 없는데 교회에 도둑이라니…. 도둑은 양심도 없는 것일까? 양심은 있지만, 사심이 더 커져서 남의 물건을 탐하는 존재가 되었으니 도둑놈이 되었을 것이다. 이사 온 지 얼마 안 되어서 어수선할 때 한 번 털어보자는 심산일 것 같았다.

"가족들의 크고 작은 사고는 탕감."

딸내미가 놀라서 큰 소리로 울어 젖히는 소리가 들렸다.

이사 온 지 얼마 안 된 어느 날이었는데 놀라서 가보니 딸이 오빠와 동생과 같이 방에서 놀다가 창문 위로 올라갔는데 바깥 모기장 문이 힘없이 떨어지면서 같이 창밖으로 떨어졌다. 깜짝 놀랐다. 그래도 다치지 않아서 천만다행이었다. 얼마나 다행인지 몰랐다. 안도의 큰 한숨을 내쉬었다. 그 딸아이가 길 건너 슈퍼에 과자 사러 간다고 엄마 슬리퍼를 끌고 가다가 넘어졌는데 택시 바퀴가 아이 발을 타고 넘어갔다.

천만다행인 것은 슬리퍼의 단단한 굽 때문에 차바퀴가 위로 타고 가도 무게를 견디어 주어서 병원 가서 검사를 해도 아이는 아무런 이상이 없었다. 그런 사고 소식을 들을 때마다 가슴이 철렁거리는 부모들의 마음이 참 사랑의 마음일 것이다. 어느 부모 할 것 없이 황당함을 느낄 때가 많은 것이다.

"새 차를 내게 왜 줘. 처남은 어떻게 하고."

나도 좋은 새 차를 타보게 되었지만, 걱정이 되기도 하고, 좋기도 했다. 작은 처남은 사업을 하면서 그가 뽑은 에스유브이 산타 모 자동차를 두 달 타고 내게 주었다. 그 차는 새 차였고, 디자인도 좋아서 많은 사람의 관심거리였었다.

나는 너무나 고마웠다. 차를 덜렁 받아서 보니 할부로 산 차였다. 한 달에 자그마치 오십여만 원이나 들어갔다. 그 차는 잘 타고 다녔지만, 할부금이 많이 들어가서 생활하는 데 힘이 들었다. 내 형편으로는 살 수 없었지만 어쩌다 보니 좋은 차를 타게 되었다. 외형은 번지르르한 목자.

"국제축복결혼에 성공했다."

막내처남도 미혼이었기에 결혼하기를 권했다.

그는 어릴 때부터 일반 기성 교회에 열심히 다녔던 신도였었다. 어느 날인가 나는 국제축복결혼을 할 것을 권유했다. 처음에는 이단 교회라고 완강히 거절했다. 국제축복결혼은 세계 평화를 추진하는 것이며, 인류의 행복을 찾아가는 것이고, 나의 영원한 안식을 위한 최고의 행복 보따리를 만드는 것이라고 말해 주었는데, 신앙을 하다가 보니 이단 교회라고 반감이 들었던 것 같았다. 그래도 이단 교회라서 마음이 내키지 않는다며 언성을 높이며 말하는 처남의 마음은 알 것 같았다.

너는 누나와 내가 이단 교회를 다니면서 그게 좋다며 결혼까지 하라는 사이비 같은 엉터리 믿음을 가졌다고 생각하느냐고 핀잔하듯이 말했다. 그랬더니 신앙적으로 보면 그렇게 생각한단다.

그렇게 생각은 할 수 있겠지마는 네가 아는 것이 전부는 아니다. 성경을 제대로 해석하는 사람이 있다고 생각하느냐며 반문했다. 지금까지 많은 교회에서 성경의 해석을 믿고 있단다.

코페르니쿠스라는 사람 아느냐고 물었더니 안단다. "사람들은 지구는 네모라고 생각했고, 그는 둥글다고 생각했지?" 그랬더니 그거와 성경이 무슨 상관이 있냐고 따진다.

"너의 믿음은 지구가 네모지다고 생각하는 사람들과 같은 생각이고, 나의 생각은 지구는 둥글다고 생각하는 사람과 같은 생각이지. 그런 차이일 뿐이야. 너는 네가 믿는 것이 전부라고 생각하는 현실적인 일반적인 믿음의 생각이고, 나는 천륜의 진리적인 생각이지."

"많은 사람이 맞다고 생각하는 것이 맞지 않겠어요. 자형."

"아니지. 세상은 반드시 그런 것은 아니고 더구나 난해한 성경을 해석한다는 것은 하늘의 뜻을 아시는 분만 제대로 해석이 가능하겠지. 안 그래?"

"일리 있는 말이고, 이해는 가지만 믿고 따르기에는 선뜻 마음이 내키지 않네요. 뭔가를 알면 모를까."

"성경의 핵심을 하나만 짚으라면 너는 뭐라고 생각해?"

"하나님을 믿는 것."

"맞아, 믿는 것이 중요하지. 너와 나의 관계를 믿어."

"그럼 믿지요."

"믿는 것만 가지고 신앙을 하면 발전이 있겠나. 믿는 것은 기본이고 제일 엑기스는 한마디로 축복결혼을 하는 것이지."

"왜 축복결혼입니까?"

"사람은 어디에서 만들어지나."

"거기, 저… 생식기에서…." 고개를 갸우뚱거리다가

"아하, 알 것 같기는 한데요."라며 멋쩍게 웃었다.

"그래 맞아, 창조는 남자 여자의 생식기를 통해서 아기가 만들어지는 것인데 하나님께서 자녀들에게 선으로 완성되기를 바랐던 것은 오직 따 먹지 말라며 그것을 잘 지키는 것뿐이었지. 그러나 아담과 해와가 태초에 생식기를 잘못 사용하여 상대가 바뀌었기 때문이었어. 범죄한 사실을 알았기에 에덴동산에서 하나님이 쫓아냈던 것이지. 쫓겨 난 그들은 모순된 자식을 낳았기 때문이야. 믿음은 불신으로 지은 죄를 탕감하고 원상으로 회복하는 것이니 다시 천륜을 중심 하고 재림 주님으로부터 죄 사함 조건으로 축복결혼식을 하여 죄 없는 자녀를 낳을 수 있는 조건이 되는 것이지. 믿음을 넘어 절대성으로 양심을 회복하고 신과 부자 관계를 원상으로 회복하는 것이 종교를 통한 신앙이지."

"이해는 갑니다. 그러면 원죄가 청산이 됩니까?"

"그렇지, 그게 재림 주님의 특별한 은사이며, 하늘의 천운천복을 전해주는 것이니 마음 정리를 하고 누나와 내가 하라는 대로 하면 잘 될 것이야."

"알았어요. 해보지요."

그리고 성경 말씀과 원리를 공부해 보니 이해가 간다며 축복받기로 결심을 했다. 장인, 장모님도 기성축복을 받았다. 큰 처형도 미혼이었기에 축복을 받기로 했다. 그런데 짝이 일본 남자라서 거부를 했다. 그래서 이루어지지 않아서 아쉬웠다. 지구촌에 뜻을 아는 많은 미혼자와 같이 막내처남은 기쁜 마음으로 설렘을 가지고 국제축복결혼에 흔쾌히 동참해서 축복을 받았다.

"성인반열을 넘어 성자가정을 완성하신 분."

성인들도 무지한 인간들로부터 박해를 많이도 받았다.

인간은 위아래도 모르고 오직 동물처럼 먹고, 배만 부르면 살판난다는 것밖에는 모르고 사는 사람들 같았다. 그래서 동물이라고 하지는 않을 텐데…. 인류 역사상 가장 훌륭하신 분이라고 말할 수 있는 분들은 세계 4대 성인 되시는 분들이다. 예수, 석가, 공자, 마호메트와 소크라테스. 인류 역사에서 그분들이 성인반열에 든 것은 신의 세계를 알려주고, 가르쳤기 때문이다.

성인이 일반 사람과 다른 점은 성자가정의 완성자로서 언행이 일치되는 분, 경천애인 하며 순천하시는 분, 참사랑을 나누시는 분, 참된 가정을 근본으로 완성하시는 분이 성인 중에서도 가장 으뜸이 되실 분이십니다. 사람은 진리에 귀의하여 양심적으로 사는 인격자가 되면 인간세계의 공부는 다 된 것이 아닐까? 알고 살면 좋은 사람 되지만, 모른다면 나빠요.

"양심을 체크할 수 있는 양심 컴퓨터."

세상에 피조세계는 유형실체세계와 무형실체세계로 존재하고 있다. 유형세계는 만물의과학적인 세계이며, 우리 몸의 세계와 같은 것이다. 무형실체세계는 공기와 같이 보이지 않는 우리의 마음과 영인체세계이므로 종교세계이다. 하나님이라는 신이 나의 몸뚱어리 속에 들어있는데, 그것이 마음이다. 마음인 양심은 절대자이신 하나님의 접합체이며 대신이며, 신적 존재인 영인체로 구성되어 있다. 누구나 사람은 하나님의 심정인 양심이라는 신성을 지니고 있고, 한쪽 마음으로는 사탄의 대신인 사심이라는 악심이 존재하고 있다.

그러니 모순된 갈등 구조를 지닌 존재가 인간이다. 마음인 양심을 속이고 사는 사람은 나쁜 사람이다. 자신도 모르게 끓어오르는 분노와 탐욕과 만용은 사심 때문이다. 양심을 속인다는 것은 하늘을 기만하는 것이고, 신을 속이고 자신을 홀대하는 짓이다.

법보다도 상 위에 있는 것이 양심이다. 양심법 하나면 된다.

과학자들은 인간의 양심을 측정할 수 있는 양심 컴퓨터와 영들을 촬영할 수 있는 특수한 카메라를 빨리 만들면 대업을 하는 것이다. 영들의 모습. 지옥이나 천국에 사는 모습들을 촬영하여 사람들에게 보여주면 죄짓고 나쁜 짓을 할 이유가 없을 것 같다.

"세계 8대 챔피언."

어떤 성인보다도 더 많은 공로와 공적을 남기신 분이신데, 그분은 바로 진리인 하늘의 천비를 밝혀주신 구세주요, 메시아요, 재림 주요, 참부모 되시는 문선명 선생님이시다. 그분은 챔피언이다.

첫째는 하나님을 가장 잘 아는 챔피언이고

둘째는 악의 실체인 사탄을 가장 잘 아는 챔피언이고

셋째는 인간을 가장 잘 아는 챔피언이고

넷째는 영계를 가장 잘 아는 챔피언이고

다섯째는 예수님을 가장 잘 아는 챔피언이고

여섯째는 성서를 가장 잘 아는 챔피언이고

일곱째는 역사와 종교 철학사상을 가장 잘 아는 챔피언이고

여덟째는 참사랑으로 참가정 이상의 평화세계를 이루는 챔피언입니다. 그 중에 한 가지인 여덟 번째는 인류 역사상 가장 난해한 남녀의 사랑 문제를 풀어주셔서 국제축복결혼을 성사시키셨다. 특히, 옛날에는 중국에 볼모로 잡혀 결혼한 사례는 많았다. 그때는 힘없는 나라 백성으로서 남의 나라에 볼모로 잡혀가서 결혼을 한 경우는 많았을 것이다.

지금 이 시대에 자신의 의지대로 참가정을 이루기 위해 국경을 초월하여 결혼하는 국제가정들은 대단한 개척자들이며, 선구자요 선각자들이다. 그 중에서 일본 부인들이 한국 남자와 결혼하는 것은 어느 지도자, 어느 누구도 행할 수 없는 아주 어려운 일 중의 하나일 것이다. 세종대왕이 살아와도, 이순신 장군이 살아와도, 박정희 대통령이 살아와도 행할 수 없는 일을 하셨다. 아니, 예수님이나 석가님이나 공자님이 다시 환생하여 살아서 태어나신다 해도 그렇게 하지는 못하실 것 같은 아주 거룩한 대업을 성취하셨다. 불가능을 가능케 하신 천지개벽을 이루신 것은 천비를 아셨기 때

문이다. 천비의 제일은 생식기이다.

"국제축복은 천지가 개벽하는 지구촌의 빅뱅 사건."

같은 부모를 둔 형제들끼리도 마음이 맞지 않아서 싸운다.

왜 그럴까? 인간은 서로가 원수 아닌 원수가 되어서 피곤하게 의심하며 살아야 하는 존재가 되었을까. 나라끼리 서로 전쟁을 하며 뺏고 빼앗기며 적대적으로 살아온 인류사회였으니 국제가정들의 생활은 얼마나 힘이 들까. 같은 나라, 같은 지방에 남녀끼리 만나도 분쟁하는데 하물며 국제부부야 얼마나 어렵고 힘이 들겠습니까?

그런 것을 알면서도 가장 난해하고 힘든 국제부부를 왜 만들었겠습니까? 그것은 개인으로는 몸과 마음이 하나 되고 가정적으로는 부부가 하나 되어 만물을 주관하는 사람이 되면 행복의 지름길이요, 사랑의 근원이 되며 세계평화에 공헌하려는 높은 뜻이 있는 것이다. 이런 어려운 문제를 풀어가시려는 분이야말로 성인 중 성인이요, 성자 중 성자님으로서 천륜을 따르는 신인일체적이신 분이시다.

한국 민족은 과거에 약 40여 년 동안 일본으로부터 지배당했던 약소한 민족이었다. 원수 같은 일본 사람들을 사랑하고 용서하는 참사랑의 심정을 가지고 하나 되게 하셔서 국제축복결혼을 성사시키신 것은 천지가 몇 번을 개벽해도 할 수 없는 일일지 모른다. 사람의 마음을 움직인다는 것은 하늘의 별 따기만큼이나 어려운 일인데 일본 사람들의 마음의 문을 열게 했다는 것은 인류역사상 누구도 못하는 고수 중 최고수인 신의 한 수였다.

지배를 당하고 핍박을 받아왔던 한민족은 더욱 일본인들을 미워하는데 어떻게 마음의 문을 열어서 부부관계를 맺는다는 것은 천지가 몇 번을 개벽해도 되지 않을 일을 하셨다. 신이나 하실 일이었다. 그런 깊으신 뜻을 모르고 반대만 하면 나쁜 사람 중 나빠요. 예수나 석가나 공자나 어느 성인도 못했던 일을 이루어오신 분이시다. 그러니 국제축복결혼이라는 이 한 가지 내용만을 보더라도 문선명 선생님이 얼마나 훌륭하시다는 것을 알아야 참된 사람이라고 말할 수 있을 것 같다.

그다음 또 한 가지 챔피언의 내용은 역사상 가장 신의 세계인 하나님의 영적 세계와 예수님에 대해서 잘 아시는 분이시다. 그분은 생이지지하시고 천이지지 하신 분이시다. 무지와 편견에서 깨어나시길 바랍니다. 존심 높은 미국에 가서도 동양인으로 기죽지 않고 대단한 업적을 남기셨다. 진리를 많이 알려서 어느 성인보다도 저변확대를 많이 하신 분이시다. 종교는 참된 사람이 되기 위해서 믿고 수련하는 것이며 필수이지, 선택은 아닌 것 같다. 숨 쉬지 않으면 죽는 것이 근본인 것처럼 진리를 모르고 살면 숨 쉬지 못하는 경우와 같은 것이다.

"주체사상은 희망이 없다. 버리시오."

사지인 북한에서 죽을 각오로 당당하게 말씀하셨던 분이시다.

남북통일을 위해서 사지인 북한이 내준 특별전용기로 이북에 가셨다. 북한 김일성을 만났을 때 사지에서 죽음을 무릅쓰고 이렇게 말씀을 하셨다.

"피는 물보다 진하다. 우리는 피를 나눈 형제이다. 주체사상으로는 안 된다. 하나님 주의로 가야 살 길이 있다. 공산주의로는 할 수도 없고, 해서도 안 된다. 통일은 반드시 하나님 주의로 해야 이 민족이 영원한 평화와 사랑과 자유와 행복이 주어질 것이다."라고 일장연설을 하셨다. 죽음을 무릅쓰고….

김일성 주석도 껄껄껄, 허허허 웃으면서 말하셨단다.

"배짱 한번 대단한 사나이가 왔구먼. 여기가 어디라고 감히…. 여태까지 수많은 목사와 대통령 수상들이 왔다 갔지만, 이분이야말로 진정한 목사이며, 나의 간담을 서늘하게 하신 분은 문선명 선생님밖에는 없었다."라고 말했었단다. 김일성 주석의 배짱도 대단한 것 같았다. 두 분은 사이좋게 만찬을 하며 조국의 장래 문제에 대해서 의견을 나누셨다. 만백성들이여, 이런 실화를 듣고 깨달았으면 좋겠습니다. 그것을 모르면 나빠요.

"쫓겨난 자식인 인류 시초의 아담과 해와."

피조만물 중에 최고 으뜸이 만물의 영장인 인간이다.

그러나 사람들은 왜 서로 갈등할까요? 모순된 존재가 되었기 때문이다. 종교는 근본을 가르치는 것이다. 모든 분야를 다 담을 수 있는 제일 큰 그릇이 진리이다. 사람은 남녀의 생식기에서 만들어진다. 만들어지는 것이 하나님의 창조의 법칙 때문이다. 그러므로 모든 피조물은 창조된 법안에 존재한다. 사람은 아버지, 어머니의 생식기에서 만들어진다.

태초에 인류의 맨 시조인 남자와 여자가 있었는데 불륜을 저질러서 에덴동산에서 쫓겨났다. 생식기로 죄를 범하여 쫓겨난 것이 사실이고 이것이 천비였다. 인류 역사의 난 문제는 생식기로부터 잘못되었으니 생식기로 풀어야 하는 것이다. 그래서 순결운동을 하며 참사랑으로 참된 가정을 완성하자는 운동은 진리 중 최고인 으뜸 진리인 것이다.

"최고의 보물단지는 거룩한 생식기."

남자와 여자의 생식기는 서로 엇바꿔서 존재한다.

주고받는 참된 사랑으로 하나 되는 생식기에서 창조가 벌어지는 곳이니 거룩한 성물로 관리를 잘해야 한다. 하늘의 천비는 생식기라고 말하는 종교는 특급이며 최고급 종교일 수밖에는 없다.

정자와 난자가 만난다는 것만 해도 신비한 일인데 그 두 생명력을 가진 개체가 만나서 세포분열을 하면서 남자도 되고, 여자도 되는 사람이 만들어진다는 것이 신비한 일 중 최고 난이도가 높은 위대한 창조의 혁명적인 일이 아닐 수 없다. 누가 그렇게 되도록 만들었을까? 최고신이신 하늘 부모님이시다.

성서로운 인격을 도야한 사람은 생식기를 잘 지키는 순결한 사람이다. 눈물을 머금고 통곡을 하면서 하나님께서는 사랑하는 자식이지만, 비통한 심정으로 에덴동산에서 쫓아낼 수밖에 없었다는 사실이 천비임에 틀림이 없다는 것이다. 천비를 알고 사는 사람은 최고의 인성을 갖춘 인격자이다.

"결혼은 필수 자녀도 필수 천운천복을 받는 것도 필수."

결혼은 반드시 해야 하는 것이 인간의 제일의 덕목일 것이다.

만약에 결혼을 하지 않고, 아기를 낳지 않으면 인류는 백 년 안에 전멸할 것이다. 종족 번식은 하늘 부모님의 고유의 만복과 심정을 상속받는 것이다. 바닷가의 모래보다도 더 많이 낳으라고 하셨다. 왜 먹고살고 교육시키기도 힘든데 그런 말씀을 하셨을까? 육신은 먹고살만큼 만물을 충분히 만들어주셨다. 육신은 늙어가며 허물이며 껍질이니 벗어야 한다. 영인체는 무형실체이므로 영원히 영생하는 것이다. 그러니 결혼은 필수이다.

축복받은 몇몇 총각들이 자기들끼리 주고받는 말은 고약했다.

"세상에 티 종교는 음란하다고 소문이 났는데, 여기서 우리가 결혼을 했는데 이상한 것 아닌가. 말도 안 되는 일 아닌가?"

"이놈아, 너도 인간이야. 네 색시도 따먹고 너와 결혼시켜 주었다고 생각하느냐? 이런 비루한 놈을 봤나. 네 색시는 처녀였던가 아니었던가? 말해봐라." 대답을 못 하고 우물쭈물.

"그 많은 처녀의 정조를 유린하고 주었다고 생각하는 너희들은 인간이 아니야. 순결을 강조하는 것은 여기밖에 더 있더냐. 세상에 비루한 소문을 듣고 그렇게 생각한다면 너희들은 인간이 아니라 개똥보다도 못한 거죽만 인간의 탈을 쓴 인두겁의 인간으로서 사람 되기는 걸렀어. 똥도 약에 쓴다는데 너희들은 어디에다가 쓸까." 아무 말이 없기에. 한마디 더 했다.

"남의 말만 듣고 믿는 자들은 바보 중 바보보다도 못한 천치백치이며, 천하에 부족한 쓸모없는 인간이지. 너희들 부인을 믿는다면 참부모를 믿고, 하늘 부모님을 믿고, 사람답게 살기 위하여 열심히 신앙을 하고 말씀 공부도 해야 한다. 그래야 사람이라고 할 수 있지. 알겠어." 그들은 이해가 된 듯이 순순히 잘 따라주었다. 세상은 있지도 않은 남의 허물과 가십거리를 말하느라고 정신들이 없다. 거짓된 말만 골라서 하고 떠들고 다닌다면 아마도 평생 인간으로 거듭나기는 틀린 것 같다. 일부 그들도 이제는 그런 오해는 풀렸단다. 진실은 여기 있었다고 말한다.

"밥은 사랑이다."

『평화를 사랑하는 세계인으로』에 나오는 내용 중에서.

아버지 등에 업혀 배운 평화는 이랬습니다. 평화를 바라지 않는 사람은 아마도 한 사람도 없을 것입니다. 내가 태어난 1920년에는 일본이 우리나라를 강제점령했었던 때였고, 해방 이후에도 6·25전쟁과 외환위기 등 힘겨운 나날들을 여러 번 겪었었기 때문에 이 땅의 평화는 멀게만 느껴졌었던 그런 때였었습니다. 또 한두 차례의 세계대전과 베트남전쟁 중동전쟁 등 세상은 끊임없이 서로를 미워하고 총을 겨누며 폭탄을 터트렸습니다.

살이 찢기고 뼈가 부러지는 환란을 겪은 이들에게 평화란 꿈에서나 그려보던 허황된 것이었는지 모릅니다. 평화를 실현하는 것은 결코 쉬운 일이 아니었습니다. 그런 때 들판을 내 집처럼 생각하고 살았던 어린 시절이 있었습니다. 온갖 새들과 동물들이 살고 있는 숲속을 누비며 풀과 열매를 따먹다가 보면 온종일 배가 고픈 줄도 모릅니다.

숲속에 들어가면 몸과 마음이 편안해지는 것을 느낍니다.

나의 어릴 적 이름은 용맹이었습니다. 산에서 잠이 들면 아버지가 나를 부르는 소리에 얼핏 잠에서 깨어났습니다. 다시 잠든척하고 있으면 아버지는 나를 발견하고 업어주었습니다. 그때 그 기분은 아무 걱정도 없이 마음이 척 놓이는 기분입니다. 그것이 바로 평화였습니다.

그렇게 아버지 등에 업혀 평화를 배웠습니다.

내가 숲을 사랑한 것도 그 안에 세상이 모든 평화가 깃들어있기 때문입니다. 숲속에 생명들은 어쩔 수 없이 배가 고파서 잡아먹을 때도 있지마는 서로 미워하지는 않습니다. 미움이 없어야 평화가 오는 것입니다. 같은 종끼리 서로 미워하는 것은 인간뿐입니다.

지구촌 어느 나라에 가도 총검을 든 군인들이 많았고, 작은 분쟁과 전쟁이 끊임없이 많습니다. 먹을 게 없어 굶주리는 사람이 수천만이 넘는데도 군사비로 쓰이는 돈은 수조 원을 넘어 엄청납니다. 총과 폭탄과 무기를 만드는 돈을 아껴도 굶어 죽는 사람은 없을 것입니다. 나는 종교이념 때문에 서로 미워하고 서로 원수로 여기는 나라 사이에 평화의 다리를 놓는 데 일평생을 투입했습니다.

세상이 공산주의만 사라지면 곧 평화가 이루어질 것 같았지만, 냉전이 끝난 지금 더 많은 다툼이 있습니다. 그것도 종교를 앞세운 전쟁이 더 참혹했습니다. 지구촌은 쉴 날이 없이 분쟁과 테러도 많고, 사람들이 죽었습니다. 도대체 무엇을 위해 그렇게 서로 미워하고 죽이는 것인지 알고 보면 표면적인 이유도 있겠지만, 그 배후에는 종교가 버티고 있습니다.

이처럼 종교전쟁이 끊임없이 일어나는 것은 정치인들이 자기들의 이기적 욕심을 채우고자 종교 간의 적대감을 이용하기 때문입니다. 지도자의 마음이 올바로 서지 않으면 나라와 민족은 갈 곳을 잃고 맙니다. 그들은 자신의 욕망을 채우기 위해 종교와 민족주의를 이용합니다.

나의 바람은 세상을 겹겹이 에워싼 담장과 울타리를 깨끗이 헐어버리고 하나 되는 세상을 만드는 것입니다. 종교의 담장을 허물고 인종의 울타리를 넘어서 부자와 빈자의 틈을 메운 뒤 태초의 하나님이 지으셨던 평화로운 세상을 복원하는 것입니다. 배고픈 사람도 없고, 눈물 흘리는 사람도 없는 세상 말입니다.

"약속을 헌신짝처럼 버리는 사람은 가치가 없는 사람."

인격자는 약속을 생명처럼 지킨다.

명절이 되어 고향인 우리 마을에 부부를 찾아가서 약속을 했다. 축복식이 있어서 부곡에 부부로 같이 놀러 가자고 날을 잡아서 약속을 해두었다. "비용은 내가 댈 테니 몸만 가면 됩니다. 그러나 반드시 부부가 같이 가야 됩니다. 간 김에 금혼식도 해드리겠습니다." 일일이 인사를 하고 20가정을 약속을 받았고 명단도 적었다. 이삼일 전 큰형님이 전화가 와서 갈 사람이 다 떨어지고 6가정만 남았다는 것이다. 그래도 갈 것이냐고 물어온다.

한 명이라도 갈 사람이 있으면 취소는 못 합니다. 하루 전날 고향에 와서 점검을 해보니 6가정밖에 없어서 부랴부랴 혼자 갈 사람도 갈 수 있습니다. 해가 지고 겨우 스물서너 명이 한 차를 타고 갔다. 아쉽고 서운한 것은 부부는 6가정밖에 못 갔다는 것이다. 부곡에서 축복식이 끝나고 오면서 의령에 있는 모 절에 관광차 들렀다. 큰 자연 바위 밑에 불전함이 있었고, 입구에서 나는 만 원짜리 한 장을 끄집어내어 시주를 했다. 사람들은 나를 쳐다봤다. 아니 목사라는 사람이 절에 와서 시주를 하니 이해가 안 되었을 것 같았다. 돌아오면서 차에서 말했다. "종교에 대해서 여러분들은 잘 모르겠지만 결국 예수나 석가나 공자나 참부모나 잘 지낼까요. 원수같이 으르렁거리면서 내 것만 최고라며 싸울까요?", "안 싸우고 잘 지내겠지", "그럼 여러분들은 이해를 다 한 줄 알겠습니다."

그러고 "한마디 더 말하자면 내가 이곳에서 태어난 내 고향이며, 모든 경비까지도 내가 다 대고 나는 동네 어른들에게 좋은 일 한다고 하는 것인데 같은 동네 사람들끼리 불신하면 나빠요.

그러고 내가 교회 나오라면 여러분이 나오겠습니까? 아마도 내 생각에는 여러분은 절대로 교회에 나오지 않을 것입니다. 왜? 오륙십 년 이상을 살아오면서 교회라는 말만 들어도 경기 날 텐데 오라고 하면 오겠어요? 지금은 여러분이 잘 모르겠지만, 그런 뜻에서 여러분에게 복을 주려고 한 것인데 교회에 강제적으로 나올 사람이 누가 있다고 그런 말들을 하고 산통을 깬답니까. 그러고 내가 믿는 종교는 아무나 쉽게 믿을 수 없는 최고 중 최고이며, 제일 거룩한 으뜸 종교입니다. 아무나 믿지 못합니다.

오늘 아침에 나는 마을회관 구판장에 들렀습니다. 주인은 누군지 여러분들은 다 알 것입니다. 구판장에 가니 형수는 이상하다며 말을 했지요. '어젯밤에 꿈을 꾸었는데 오늘 귀인이 나타나서 좋은 데를 가자고 할 것이다.' 그러더군요. '조상의 몽시구나.' 생각하고 '형수, 거두절미하고 날 따라갑시다. 꿈은 조상이 현몽을 한 것이니 갑시다.' 쭈뼛쭈뼛하고 망설이더니 '아재, 아무래도 못 가겠다.'라고 했지요.

'오늘 하루 장사를 안 해도 되니 같이 갑시다. 조상님들이 오늘 좋은 곳으로 안내하는 것입니다.'

'아재, 내가 아무리 생각해도 가는 것은 좀 어렵겠다.'

형수는 안 간다고 해서 그냥 나왔지요. 아마도 하루 종일 후회 반, 자책 반 등 고민을 수없이 했을 것 같습니다."

참사랑으로 인도하시는 그 님

"문 닫을 시간입니다. 아기 데리고 가세요."

책을 좋아하는 사람은 인성을 찾기가 쉬울 수 있다.

우리 큰아이가 초등학교 들어가기 전에 애가 책 읽기를 좋아해서 서점에 가서 새 책을 뒤적거리니 서점주인께서 아이에게 아마도 이렇게 타이른 것 같았다. "책은 구겨지지 않게 하고, 손은 깨끗이 씻고, 절대로 침을 발라서도 안 되므로 새 책처럼 보고 싶으면 그렇게 해도 된다."라고 했던 것 같아요. 저녁 10시 정도 되면 서점에 문을 닫아요. 그러면 주인아저씨가 전화가 와서 애 데려가라고 그럽니다.

그 서점 아저씨에게 고맙다는 인사도 못 하고 우리는 다른 데로 발령이 나서 이사를 갈 수밖에 없었지요. 그 서점 아저씨는 아이에게 그렇게 많은 온정을 베풀어주어서 참으로 고맙고, 고마우며 감사드립니다. 항상 건강하시고 복 많이 받으시기를 진심으로 바랍니다.

"고향으로 가세요."

고향이라 하더라도 우리 동기생이나 도움을 받을만한 사람이나 대화를 나눌만한 사람은 없었다. 대부분은 객지로 떠나가서 살고 있다. 말은 고향이라 하더라도 읍에는 아는 사람이 별로 없었다. 면 단위에서도 자연부락에서 태어난 나는 열심히 뜻길을 따라 살았다. 목회를 더 잘하기 위해 국어국문학을 공부도 했고, 신학을 좀 더 알아가며 목회신학대학원 과정을 공부하면서 나는 바쁘게 살았다.

공적 생활의 덕분인지 아이들은 바르게 잘 자라주었다. 아이들은 부모의 선행을 잘 보고 은연중에 배우는 것이니 항상 본보기 생활을 해야 살아있는 진정한 산 교육이 될 수 있다. 글자만 배우는 것이 교육은 아닐 것이다. 교육 중에는 인성 교육이.

"오늘 우리 집에 귀인이 올 것이다."

영계는 우리들의 일상을 관찰하고 있다. 무형실체는 실존하는 세상이다. 어느 날인가 활동하다가 외사촌 누님이 사는 곳이 생각나서 그 집에 갔다. 집은 옛날 중학교 다닐 때 한번 가봤던 기억이 난다. 차를 세우고 그 집 앞에 막 들어서니 누님은 "밭에 일하러 갔다가 갑자기 집에 가고 싶어서 일하다가 들어오는 길인데, 이상하다 어제저녁 꿈에 오늘 귀인이 올 테니 잘 모시라."라고 했다는 것이다. 누님이 나한테 한 말이었다.

"네가 귀인인가 보다." 누님은 믿기지 않은 것 같았다.

"지나가다가 갑자기 누님이 보고 싶어서 왔어요. 아마 어제저녁 꿈에 조상님들이 나타나서 현몽을 하신 것입니다. 앞으로 내가 하자는 대로 하면 좋은 일이 많을 것입니다."

라고 말하고 차 한잔을 마시고 나왔다.

하늘은 역시 우리들과의 인연의 역사를 나타내시며 하늘의 뜻을 알게 역사해 주시는데 바쁜 것 같았다. 좋은 하늘의 천비 말씀을 많이 배달하고 나누어 드려야 할 텐데…. 진리는 최고의 참사랑으로 믿고 사는 것이다.

"햇살이 따가운 어느 여름날."

뜨거운 햇살은 만물을 잘 익게 한다. 인생도 전환시켜야 하는데…. 동네에 총각이 있다는 전화가 와서 주소대로 찾아갔다. 어느 여름날 오후 4~5시 정도 된 것 같은 시간에 그 집을 찾아가서 아들과 어머니를 만났다. 어머니는 포도를 한 송이 주어서 막 한 알을 집어서 먹으려는데 동네 중년 남자가 세 명이 들어왔다. 눈을 부라리며 흥분된 목소리로 다짜고짜로 한다는 말이

"나가세요. 우리는 교회 다니는 사람이고, 나는 장로인데 상관 말고 나가라." 안하무인격의 일방적 엄포였다. 황당했다.

"아니, 무슨 말이냐, 아들 장가보내 달라는 전화가 와서 찾아왔는데 느닷없이 나가라니요?"

"됐으니 상관 말고 그냥 가세요. 험한 꼴 보기 전에…."

같이 간 한 집사와 나는 그냥 나올 수밖에 없었다.

참으로 황당한 일이었다. 종교라는 것이 그렇게 편협된 생각으로 살면서 사랑을 말하고, 최고의 신이며 창조주이신 하나님과 예수님을 말하다니 어처구니없는 일이로다.

"저 집에 대학을 졸업한 총각이 있어요."

어느 날에는 총각이 있다는 집을 찾아갔다.

"우리 집에는 새로 집을 짓고부터 저녁이면 자갈 밟는 소리가 짜글 짜글 짜르르 구르는 소리가 들립니다. 큰아들 하나가 잘못되어 절에 모셔놓고 있으며, 우리는 절에 다닙니다."

그 집에 어머니가 조심스럽게 물어온다. 똑똑한 어머니 같았다.

"어째 그런 일이 있었나요. 인생살이가 만만찮고 힘드시지요?"

"둘째 아들을 장가보내주면 좋겠습니다."

"그래요, 보내드려야지요. 어머니, 아버지도 자식이 가는 길에 협조를 해야 합니다. 아들 장가는 보내드릴 테니 열심히 며느리와 아들하고 같이 다녀야 합니다. 그래야 복을 받습니다."

"절에는 어떻게 하고요?"

"절은 가고 싶을 때 가세요. 아들도 모셔놓았으니. 보통 절은 평일날 가는 날이니 교회는 일요일 오면 됩니다."

"종교를 두 개나 가지면 문제가 없을까요?"

"다른 사람과 친해진다고 그 친구가 시비를 할 수도 있겠지요. 그러나 사람은 많이 사귈수록 좋은 것입니다. 저급한 종교는 문제가 있을 수 있겠지만, 고급 종교인 고급 신께서는 사랑하시는 영역이 넓습니다. 괜찮을 것입니다."

그렇게 서로 약속을 하고 국제축복결혼이 성사되었다.

부모들도 좋아하고…. 그런데 막상 아들이 장가를 가니 마음이 싹 변하였다. 절에만 열심히 다니는 것 같았다. 약속을 잘 지키는 사람은 인격자가 되는 것인데, 헌신짝처럼 생각하는 사람들…. 자기 욕망을 채우고 나면 달라지는 것이 보통 사람들이다. 보석은 변치 않는데 사람은 수시로 변한다.

"저 양반은 어디 교회 목사가 아니냐."

하나님을 믿는다는 일부 사람들의 인격은 무릎 수준.

읍 사거리와 시가지를 다니면서 참가정 운동을 하고 전단지를 나누어 주었는데, 어느 남자가 반대하는 소리를 외치니 사람들이 그 사람을 알아보고 "저 사람은 어느 교회 목사다."라고 외치니 그 소리를 듣자마자 걸음마날 살려라고 부리나케 삼십육계 줄행랑 도망가버렸다. 목사 체면도 구기고, 도망가는 꼬락서니하고는…. 참으로 한심하고 답답한 신앙자는 예수님이 십자가에 끌려갈 때 마치 도망가는 베드로를 연상케 했다.

자기는 정단이고, 다른 신앙자들은 전부 이단이라고 생각하는 속 좁은 신앙자들. 무엇이 이단이란 말인가. 같은 하늘 아래 같은 하나님을 믿으면서…. 태양은 자기 것이던가. 바람은 제 것이던가. 공기는 그의 것이던가. 하나님의 사랑은 만인을 사랑하라는 말씀을 잊었는가?

어느 목자가 성경을 엄청 잘 안다고 해서 물었다. 하나님이 창조하신 인간의 팔이 왜 둘이고, 다리는 왜 둘이고, 손가락은 왜 열 개이며, 발가락도 왜 열 개인가를 물었는데 답은 "그렇게 만들었으니 그렇지요."라고 했다. 문자에 길들여진 목자 같았다.

"자기가 아는 만큼만 믿게 되는 것일 뿐."

종교통일의 때는 언제 오려나. 언젠가 그런 세상이 될 것이다.

하늘에서 내려주시는 가장 큰 복은 축복을 받는 것이고, 새로운 사람으로 거듭나며 가정을 완성하여 만물을 주관하는 3대 축복은 이렇습니다.

첫째는 나의 마음과 몸이 하나 되는 것이고, 둘째는 부부가 가정을 완성하여 참된 가정을 이루는 것이고, 셋째는 만물을 주관하여 돈의 노예가 안 되고 먹고 마시며 사는 행복한 사람이 되는 것입니다. 아니라고 한다면 당신은 구원받기가 어려울 것 같아서 이를 어쩌면 좋을까요. 때는 하늘을 순천하고 공경하며 인간들끼리 서로 사랑하며 양심인이 되어 선행하기를 바란답니다. 아니라고 생각한다면 나빠요.

"청천벽력 같은 '암'이라는 소리."

육신에게 빌붙는 쓸모없는 존재가 있다. 잘못되면 큰일.

바닷가 어느 동네에서는 할머니가 교회에 열심히 다녔는데 어느 날 아들이 부산에 사는데 병원에 가서 검사를 하니 암이라는 것이었는데 어머니에게는 말하지 않았단다. 상처받고 걱정할 것 같아서…. 그리고 몇 달 후에 병원에 가서 검사를 하니 암이 사라졌다는 것이다. 참으로 이해할 수 없는 신기한 일이 일어나서 의사가 아주 궁금한 얼굴로 물었다.

"할머니 요즈음 뭐하십니까?"

"나, 교회에 열심히 다니고 있어요."

"열심히 다니십시오. 암이 사라졌습니다."

"나에게 암이 있었다구요?" 심히 놀란 할머니….

"네, 암이 있었는데 없어졌으니 신기해서 물어봤습니다."

의사가 열심히 다니라고 하고, 아들도 열심히 다니라고 했단다.

우리들의 고민거리 우리들의 일거수일투족을 잘 아시며 나의 부족하고 모자람을 아버지는 채워주십니다. 믿음이 너를 구원하리라. 사랑하는 맘으로 진심을 다해 진실로 믿으면 행복해질 것입니다. 행복은 내 안에 있었다.

"우리 집에 최고의 가보인 보물이 있습니다."

보석은 비싸다. 왜 그럴까? 변치 않기 때문이다.

보석보다 더 귀한 것은 무엇일까? 어느 동네 이장님은 나의 가보요, 최고의 보물을 보여드리겠다며 자기 집에 가자고 했다. 그분은 장롱 속에서 상자 하나를 꺼냈다. 보자기로 싸여있던 상자를 푸니 보자기가 또 나왔다. 네 겹의 보자기로 싸여있었는데 한 번을 풀 때마다 상자 하나가 들어있었다.

마지막 네 번째 보자기에서 책을 끄집어내며 하는 말이

"이 책이야말로 우리 집에서 최고의 보물이요, 가보다."라고 자랑을 했다. 나는 의아한 표정을 지어 보이며 "그래요. 그러면 내가 이것보다 천 배나 보물이 되는 것을 하나 드리겠다."라고 했더니 필요 없다고 일언지하에 거절했다.

그 책이 최고 가보라는 일념에 꽂혀있던 그분이 내 말이 귀에 들어갈 리가 없었다. 금은보석을 주어도 마다할 기세였다. 책 중에서는 최고위를 자랑할 수 있는 보물이요, 진정한 가보는 이 『원리강론』을 능가할 책은 없을 것인데, 역사상 가장 상위에 있는 책은 천비 중 천비인 『원리강론』뿐일 것 같다.

"그을린 나뭇가지에도 새싹은 핀다."

『평화를 사랑하는 세계인』으로에 나오는 내용입니다.

나는 서대문형무소에 잡혀갔는데 무골충이라는 말을 들었습니다. 억울한 일을 당하면서도 그런 소리를 듣고도 이 길이 또한 내가 가야 할 길이라고 생각하면서 참고 또 참아야만 했지요. 어떤 어려움이 있더라도 나는 그 길을 가야만 했습니다.

식구들은 서로 면회를 하겠다고 새벽부터 형무소 담벽에 줄을 서서 기다렸습니다. "어떻게 사람을 미치게 해도 저렇게 미치게 할 수 있나." 형무소 간수들이 식구들을 보고 그렇게 말했습니다.

"저 사람이 자기 남편도 아니고, 여편네도 아니고, 자기 아들도 아닌데 어떻게 저렇게 지극정성일 수 있나."라고 그들은 감탄을 하며, 감동을 받은 것 같았습니다. "문 선생이 독재자이고, 착취자라더니 그게 모두 헛소리였구먼."라고 말하며 생각을 바꾸어 우리 식구가 된 사람도 있습니다.

내가 석방될 때 형무소장과 과장들이 모두 정중하게 배웅해 주었으며, 그들 모두 석 달 만에 우리 식구가 되었습니다. 수많은 사람이 나를 몰아세워 삼천리 반도에 내 한 몸 설 자리가 없어도 모두 참아 넘겼지만, 그 슬픔은 오늘날도 내 가슴속에 오롯이 남아있습니다. 나는 비바람에 부대끼고 불에 그슬리더라도 절대로 타서 죽는 나무는 될 수가 없었습니다. 그을린 나뭇가지에도 봄이 되면 새싹이 돋는 법입니다.

원리의 자율성과 주관성의 자연

"누르스름한 황금 들판이 최고."

어떤 화백이 밤새 푸르던 들판을 황금색으로 채색을 했었나.

가르쳐준 것도 아니고, 배운 적도 없는 만물들은 신비로움을 스스로 자아낸다. 제 할 일로 자연스럽게 변해가는 만물들이 참으로 아름답고 숭고하며 고상하다. 스스로 알고, 스스로 완성되어 가는 만물은 살아있는 신물이었다. 연녹색이 햇살을 받아 찬란하게 빛나며 점점 누르스름한 연노랑으로 변하며 산뜻해져 가는 따스함의 황금색으로 변하여가는 이 들판을 누가 어떻게 이런 색감으로 잘 배합하여 채색을 하신 그분은 신이시었다.

이 들녘이 나를 항상 신나게 해준다. 참으로 위대하시고 아름다움을 전부 가지신 최고의 과학자이시며, 최고의 예술가이신 최고의 무형실체의 주이신 신님이시다. 피조세계를 만들어주신 심정과 신성을 가지신 무한대의 영적인 무형실체의 주인이신 하늘 부모님이시었습니다.

"최고가의 신선한 멸치는 죽방렴 멸치뿐."

눈이 부신다. 은은한 은빛의 아름다운 빛깔을 발산하는 갈치와 멸치. 생선이 그렇게 아름다운 색을 가질 이유가 왜 있을까? 갈치도 갓 잡아 올리면 찬란한 은빛이 눈이 부실 정도의 아름다움에 감탄하는데 멸치 역시 갓 잡아 올리면 갈치 못지않은 때깔을 자랑하는 것 같았다. 크기만 작을 뿐. 이 아름다운 생선이 맛도 최고로 좋다.

좋은 죽방렴 멸치를 사달라는 연락이 왔다. 죽방렴 멸치 하는 곳을 다녀보았다. 가지런한 멸치를 보고 놀라지 않을 수 없었다. 한 박스에 몇만 원 하는 멸치와는 비교도 되지 않았다. 기가 막힐 정도로 정말 아름다운 때깔로 질서정연하게 자리하고 있었다.

이 죽방렴 멸치는 얼마인가 물었더니 한 상자에 삼십만 원 한다고 했다. 귀를 의심할 정도였다. 생산현장인데도 그렇게 비싼 값이었다. 때깔이나 상태를 보아서는 역시 최상품이었다. 은빛 나는 멸치의 비늘이 그대로 살아있는 것 같았다. 열 박스를 사고 한 박스는 선물로 해서 열한 박스를 보내주었다.

이런 멸치는 누가 사 먹느냐고 물었다. 서울에 있는 일류 백화점에서는 칠팔십만 원에 팔린단다. 죽은 멸치도 이렇게 비싼 대접을 받는데 살아있는 사람들은 푸대접을 받으니…. 언제 죽방렴 멸치처럼 비싼 대접을 받으면서 사는 세상살이가 될 수 있을까?

"생선은 살아도 가치가 있고, 죽어도 값이 나간다."

사람은 죽는다. 죽은 시신은 가치가 없다.

생선은 죽어도, 살아도 가치가 있다. 그러니 죽은 사람의 시신은 멸치값

보다 못하다. 육신이 살아있을 때는 사람마다 수입의 기준이 천차만별이다. 능력에 따라 엄청난 고액을 자랑하는 사람들도 아주 많은 것을 볼 수 있다. 그런 고가의 몸을 가지고 자랑하던 인간의 육신도 영인체가 빠져나간 시신에는 가격이 단 한 푼도 없으며, 오히려 장례비용을 지불해야 한다.

죽은 생선은 죽어도 생선이라 부르며, 그 값어치 역시 대단하다. 살아도 가치가 있고, 죽어도 쓸모가 있는 것은 만물뿐이다. 만물은 살아있으면 더 가치가 있지만, 죽어도 가치가 있다. 인간에게는 그런 만물의 기준 잣대와는 전혀 다르다.

시체는 무가치하다. 왜 그럴까? 인간은 육신 안에 영인체라는 것이 진짜이기 때문에 영인체가 육신 밖으로 빠져나가면 육신은 허물이요, 껍데기이기 때문에 무가치하다. 그러니 값으로는 인정할 수 없다는 것이다. 인간이라고 말하는 것은 육신 속에 영인체가 있기 때문에 사람이라고 한다. 인간의 영인체가 그만큼 중요하며 산 것과 죽은 것의 차이를 잘 알고 살면 대인이며, 신적인 수준이다. 그걸 모른다면 아주 나빠요.

"중·고등학교 동창회."

글자 그대로 세월은 유수같이 빨리 지나가고 있었다.

벌써 몇십 년이 지났는데 모처럼 모임이 있단다. 모처럼 다시 보니 반가운 얼굴들이었다. 서로 악수도 했는데 낯선 친구가 있어서. "얘는 누구던가?" 나의 물음에 놀란 친구가 하는 말이 "아, 이분은 선생님이셔." 그런데 나는 그 선생님이 어떤 분인지 기억이 전혀 나지 않았다.

친구들이 나를 목사라고 소개했다. 선생도 별말이 없었다. 그리고 모 대학을 나온 배선익이라는 그 친구는 자기도 교회 다니는데 집사란다. 넘지 못할 넘사벽이라고 하던 선익은 살며시 고개를 수그렸다. 자기 교회 목사가 생각났을 것 같았다. 집사보다는 높은 직책인 목사인 나를 한 번 더 생각하고 바라볼 수밖에 없었을 것 같았다. 그 친구를 오늘 여기서 만나다니….

학창 시절에 부자로 잘사는 집에서 태어나 항상 일 등을 하는 선익이에게 "어떻게 공부를 하기에 항상 일 등을 하지. 비결이 뭔데?"

"나는 책을 보통 16번 정도 읽는다." 헐. 16번씩이나. 그러니 성적이 좋구나. 우리는 한 번 읽을까 말까 한데. 누군가 말하기를 천재는 1%의 영감과 99%의 땀과 노력이라고 했는데 그 말이 맞는 것 같았다. 우린 천재는 못 되는가 봐. 피와 땀과 노력도 없이 성적이 좋아야 한다는 막연한 생각만 가지고 살아가니 그게 문제로다. 노력해야만 아는 학이지. 암튼 그 친구는 그때에 일 등을 하여 모 대학교 특채로 들어갔었다.

또한, 친구가 궁금하다. 그 친구는 지금 무슨 일로 뭘 하며 살고 있을까. 초등학교 다닐 때 공부를 잘하여 일 등을 하던 박명신이라는 친구였다. 세월은 말없이 많이 흘러갔고, 나도 나이가 들었는지 그런 것이 궁금했다. 그러나 아직 만나지는 못했다. 한양 어디에 살고 있다는 소식은 들었다.

"가장 편안한 안식처는 가정이요, 주택이다."

정도로 행해야지 사도로는 어림도 없는 세상인 줄 모르고….

물질만능주의자로 만들어가는 이 세상에서는 희망이 있겠는가. 삼십 대의 젊은이들이 자기 자본보다 더 많은 빚을 내고 심지어 영끌까지 해서 집을 사야 하는 이 통탄할 나라…. 집 없는 설움에 고민하지 않고 살 수 있는 세상을 왜 못 만들어서 이 난리냐.

가장 행복을 누릴 수 있는 곳은 가정이다. 자가주택에서 마음껏 자유를 누리며 살고 싶은 것이 인간이다. 어쩌면 평생토록 집 사기 위해서 돈 벌어야 하는 경우 없는 세상에서 살아야 하다니….

"사람들에게 밥을 먹이는 기쁨."

평화를 사랑하는 세계인에 나오는 진실한 삶의 한 부분이다.

"보자, 우리 애기 눈이 있나 없나." 어머니는 눈을 벌려보는 것입니다. "오산집 쪼끔눈이." 눈이 작았던 탓에 그렇게 불렸습니다.

그래도 눈이 작아 볼품없다는 말은 안 들었습니다. 관상가들은 말하기를 작은 눈을 가진 사람은 종교 지도자 기질이 들어있다고 했습니다. 내 코도 별나기는 마찬가지여서 한눈에 봐도 누구 말도 듣지 않을 것 같게 생긴 고집불통 코입니다.

상사리에는 증조할아버지 때에 이사를 와서 수천 석의 농사를 손수 지으시며 자수성가로 가문을 일으키신 증조할아버지는 술과 담배를 일절 하지 않으셨으며, 그 돈으로 다른 사람에게 밥 한 끼라도 더 먹이시는 것을 보람으로 아는 분이셨습니다. 돌아가실 때는

"팔도사람에게 밥을 먹이면 팔도강산에서 축복이 몰려든다."라는 유언을 남기셨습니다.

그래서 우리 집 사랑방은 늘 북적거렸습니다. 이웃 동네에 소문이 나기로 아무 동네 문 씨네 집을 찾아가면 밥을 거저 준다고 소문이 났습니다. 어머니는 곧 식사준비를 척척 해내시면서 한 번도 불평을 하지 않았습니다. 그래서 어머니는 훌륭하시다는 것입니다. 증조할아버지는 틈틈이 짚신을 삼아서 장에 내다 파셨고, 늙어서는 "후대에 우리 자손이 잘되게 해주십시오."라며 오리를 여러 마리 사서 놓아주곤 하였습니다. 사랑방에는 한문 선생을 들여 청년들을 무료로 가르쳤습니다. 마을 사람들은 우리 집을 "복받을 집."이라고 불렀습니다. 그래서 나도 평생 밥 먹이는 일을 했습니다.

내가 밥을 먹는데 밥을 못 먹는 사람이 있으면 마음이 아프고 목이 메여 숟가락질하던 손이 그냥 멈추어버립니다. 세계를 돌며 가난과 배고픔에 고통받는 이들을 볼 때마다 남들에게 밥을 먹이는데 조금도 아까워하지 않으셨던 할아버지의 모습을 떠올립니다.

"사랑밥을 식구들에게 먹이면 복."

보통 가정에서는 주부나 전업주부인 남편이나 가사를 하면서 불평을 합니다. "아이구, 내 팔자야. 내가 무슨 일복이 많아서 밥하고 빨래하고 청소하고 애기 낳아서 키워가면서 이렇게 살아야 하나. 아이고 내 팔자야."라고 불평하는 이들이 많이 있지요.

남편들도 밥상머리에 앉아서 반찬이 짜니, 싱겁니 해가며 불평을 하다 보니 돌이 바짝 하고 씹히는 것입니다. 머리카락이 하나 나오면 또 잔소리를 합니다. 그런데 신비하게도 잔소리하는 그 사람에게는 자주 그런 일이 발생합니다. 그러니 머리카락이 나오면 아무 소리 없이 들어내고, 돌이 있어도 아무 소리 없이 들어내면 얼마나 좋을까요. "내가 하는 이 밥을 먹고 우리 남편이나 아들딸이 건강하게 잘 자라주고, 남편도 돈 잘 벌어오고 아이들도 공부 잘하는 사람이 되기를 바라옵니다."라는 마음으로 이 밥을 지어서 먹이면 집안이 다 행복하게 잘됩니다, 어머니는 가족에게 밥을 해먹이면서 불평하지 않았다는 것입니다. 그러니 복을 받는 것이지요.

"이곳에는 일하기가 좋을 것입니다."

늘 가까이 있었지만 여기서 살 것이라고는 생각지도 못했는데….

어릴 때부터 배 타고 건너다니던 때가 엊그제 같았던 삼치(삼천포)에 살 것이라고는 상상도 못 했다. 설렘을 가지고 이사를 했다. 왜 그런지 다른 곳에 가는 것보다는 야릇한 감정이 솟구쳐 올라왔다. 부자 식구님이 있어서 일하기가 수월할 것이라면서 인사 발령이 났는데 시는 군 단위보다는 도시인 것은 사실이다. 섬에서 육지로 연결하는 것은 다리뿐이다. 예전에 사람들은 배를 타고 삼치로 다니던 그때에 말하기를 "여기에 다리를 놓으면 참 좋겠다."라는 말들을 많이 했다. 그때는 전혀 이루어질 수 없는 상상에 불과했었다. 바다 위에 다리를 놓다니 참으로 세상이 많이 변했다. 물살이 세기로 유명한 곳인데 바다에 다릿발을 세우고 다리를 놓는다니 대한민국이 많이 변했고 잘사는 세상이 되었나 보다. 기술도 엄청 발전했음을 알 수 있었다.

거기 현장소장이 다리 위에 중심 세로줄을 놓고 상판을 완전히 덮기 전에 거기를 건너본 적이 있었다. 밑을 내려다보니 무서웠다. 절대로 내려다보지 말고 앞만 보고 걸으란다. 그분의 설명은 전부 한국 기술로 이루어졌다는 것이다. 대한민국의 기술이 얼마나 발전했는지 알 수 있는 대목이었다. 독일 같은 데서 기술을 안 가르쳐주니 기술자들이 일하면서 정상적인 기술을 가르쳐주지 않기 때문에 어깨 너머로 배웠다는 것이다.

한국 사람들이 그만큼 두뇌 회전이나 눈치가 빠르다는 말이다. 다릿발을 세우는데 물을 가로막고 커다란 독을 넣고 땅을 파서 거기에 바닷물에 견딜 수 있는 세면으로 독광을 만들어서 굳히고 위로 쌓아 올리면서 발을 세웠다는 것이다. 대단한 노력과 기술이 필요했을 것 같았다.

높은 건물을 세우거나 이런 난공사를 하는 사람들의 심장도 대단하다. 우리는 10층 높은 건물 같은 곳에서 내려다보는 것도 아찔하고 무서운데 어떻게 저 높은 곳을 오르내리면서 작업을 한단 말인가. 대단한 담력을 소유한 기술자들과 인부들이었다. 내가 하지 못하는 일들을 해주니 얼마나 감사하고 고마운 일인가.

"전학은 할 수 없습니다. 자리가 없어요."

한곳에 머무를 수 없는 인생. 돌고 돌아다녀야 하는 삶.

삼월에 인사 발령이 나다 보니 이사를 가야 되는데 아이들 전학이 문제였다. 이사는 무사히 잘했는데, 큰애가 고등학교에 들어간 해였다. 그런데 전학이 안되는 이유를 학교에서 담당 선생님이 법전까지 보여주며 설명했다.

첫째는 삼월 개학기라서 자리가 없어서 안 된다.

둘째는 군 단위에서 시 단위로 오기 때문에 안 된다.

쉽게 말하자면 시골에서 도시로 오기 때문에 안 된단다. 며칠 후에 또다시 찾아가도 같은 말이었다. 벌써 두 달이 지났다. 세 번째 다시 찾아가서도 교육청에 전화를 해달라고 부탁을 했다. 도 교육청과 전화 연결이 되었다. 나는 당당하게 현재의 심정을 전했다. 지금이 전시(전쟁) 때도 아닌데 부모와 자식이 떨어져서 살아야 합니까? 나는 목회를 하다 보니 발령이 났는데 부득불 아이가 전학을 해야 될 입장이었으며, 군 단위에서 시 단위로 오는 것이 불법이라고 합니다.

내가 아이를 더 좋은 학교에 보내기 위해서 유학을 보내는 처지도 아니고 더더구나 지금은 전쟁 때도 아닌데 부모와 자식이 같이 못 살고 떨어져 살아야 하는지 그 이유를 저는 이해하기가 어렵습니다. 설령 티오가 없다 하더라도 책상 하나 더 놓으면 될 것인데 내가 이사를 해서 자식을 전학하는 이유는 그것뿐입니다. 선처를 부탁합니다. 담당자를 바꿔달라더니 전학이 해결되었다. 암튼 감사합니다. 고맙습니다.

"아이들의 편견과 오해."

아들은 그 학교를 잘 다니고 있었다. 걸어서 십 분이나 십오 분 거리밖에는 안 된다. 그런데 소문은 목사 아들과 선생 아들이 제일 농땡이라는 말이 들렸다. 우리 아들이 왜 농땡이라는 걸까? 착한데 웬 농땡이…. 농땡이라고 소문난 아들은 대학시험에도 합격했다. 생각해 보니 지각을 하는 모양이었다.

어느 한날에는 내가 밖에 서있었는데 아들과 친구인듯한 녀석과 같이 오다가 발걸음을 멈추었다. 집 앞에선 아들이 다 왔다면서 "여기가 우리 집이다."라고 하니 "아, 이단 교회라고 하던 거기가 여기라고. 네가 여기 산다고…."라며 심히 실망한 듯했다. 이해가 안 된다는 듯 경멸스러운 눈초리를 던지며 고개를 절레절레 저으며 실망이 아주 큰 것 같았다. 실망과 의혹으로 상기된 그 아이는 심히도 충격을 받은 것 같은 말투였다.

아들이 걱정이 되어서 이렇게 말했다.

"까만 안경을 쓰고 세상을 보면 까맣게 보이고, 노란 안경을 쓰고 세상을 보면 노랗게 보이는 것이다. 누가 어떤 생각을 가지고 어떤 마음을 먹느냐에 따라 사람의 정도와 인격이 달라지게 보이는 것이니 신경 쓰지 말라."라며 나는 아들을 격려했다.

"사랑하는 내 자녀들에게 미안한 일."

교회 생활에 우리들의 하루하루는 바쁘게 시간 가는 줄도 모르고 살다 보니 자녀들에게는 신경을 많이 쓸 수 없이 하루하루가 지나갔다. 딸이 중학교 다니던 때였는데 어느 날 학교 갔다가 오는데 보니까 애가 조그마하게 보여서 나도 놀랐다. 아니, 내 딸이 키가 왜 그렇게 작지.

교복이 치마였는데 다리통이 통통해 보였다. 나도 모르게 큰일 났구나. 병원엘 갔는데 의사의 말이 충격적이었다.

"이미 성장판이 닫혔습니다."

"방법이 없습니까?" 나는 절박한 심정으로 물었다.

"없습니다."라고 무 자르듯이 말하는 의사 선생님. 어쩌면 이런 일이 있을 수 있나. 초등학교 다닐 때만 해도 걱정 없었고, 어릴 때 병원에 데리고 가면 발이 길쭉하다며 애는 아주 키가 클 것 같다고 말했는데 아쉽고 안타까운 일이었다. 자녀를 키우면서 가장 가슴이 쓰리고 아리는 것은 딸내미 키 때문이었다. 십 센치만 더 컸으면… 아니, 오 센치만 더 컸더라도….

내가 자주 후회하는 일 중 하나가 바로 이것이었다.

"너는 키만 조금 더 컸으면 백 점인데 그게 좀 아쉽다."

막내아들도 대학 다닐 때 친구들이 하는 말을 나에게 전했다.

막내아들도 키가 큰 편이 아니라서 아쉬운 것 같았다. "키만 조금 더 컸으면 백 점인데."라는 친구들의 말을 들을 때 아쉬웠을 것 같았다. 그래도 아들은 괜찮은 편이다. 친구도 잘 사귀고, 성격도 무난하니 친구들이 많다. 막내가 초등학교에 다니고 있을 때였다.

"피다 피. 피가 난다. 괜찮아?"

학교에서 어느 놈이 면도날로 아들의 머리를 그었다.

사건이 나기 전에 다섯 명이 씨름인지 힘자랑을 했던 모양이다. 아들이 모두를 제압했단다. 그리고 교실에서 그 봉변을 당한 것이다. 다행히 깊이 들어가지는 않았지만, 손가락 한 마디의 길이로 그었던 것이다. 그 가해자를 처벌하지는 않았다.

"싸악 싸악. 싸그르르."

파도는 왜 밀려왔다가 밀려갈까. 인생도 파도처럼….

화력발전소 옆에 아주 멋있는 몽돌밭이있다. 몽돌들이 많았는데 발전소 지으면서 좋은 몰동들을 묻었다는 것이다. 돌멩이도 아름다운 작품 중 하나가 된다. 여러 가지 모양과 색상을 가지고 있으며, 파도에 씻기고 닳아서 둥글둥글하게 닳아서 보기에 아름답고 좋다. 아침이면 그곳에 자주 갔다.

파도가 확 밀려오는데 '싸악 싸악 싸그르르' 파도에 이리 뒹굴, 저리 뒹굴 밀려다니는 자갈 구르는 소리다. 파도가 밀려왔다가 밀려가면서 자갈들은 서로 부딪히고 닳으면서 둥글둥글한 몽돌이 된다. 잠시 물렀다가 또다시 저글저글하며 자갈 구르는 소리가 쌓인 피로를 확 뚫고 지나가서 속이 시원해진다. 이른 아침의 파도 치는 바다가 너무 너무 좋다. 한참을 돌아다니다가 집으로 돌아오면 귓가에 싸그르르 자갈 구르는 소리가 한동안 내 속에서 재생되기도 한다.

"삼천포 내 고향으로." 동백공원에 가면 인어 동상이 있으며, 「삼천포 아가씨」라는 노래가 항상 흘러나온다. "비 내리는 삼천포에 부산 배는 떠나간다 어린 나를 울려놓고 떠나가는 내 님이여 이제 가면 오실 날짜 일 년이요 이 년이요"

어릴 때 우리 동네 여자친구 오빠가 삼천포에서 순경으로 근무하다가 사고로 순직을 했다. 그런데 그 친구는 얼마나 슬피 우는지. 오빠에 대한 향수와 오라버니를 얼마나 사랑했으면…. 가슴에 사무친 한도, 아쉬움도 얼마나 쌓였을까? 삼천포 내 고향으로 노랫소리를 들으면 그 친구 생각이 난다.

암튼 몽돌밭에서 파도에 의해서 싸그르르 굴러가는 이 바다가 좋다. 바다는 언제나 우리들의 힘든 심신들을 씻어주고, 달래 주고, 얼러주는 묘한 힘을 가지고 있는 것 같았다.

"깊고 넓은 바다를 닮은 내 마음."

열 길 속의 우물 깊이는 알아도 한 길 속의 사람의 마음은 모른단다. 항상 보이는 곳은 넓은 바다. 시시각각으로 변하는 넓은 바다를 보고 있노라면 나도 모르게 마음이 저 바다처럼 깊고 넓어진다. 보기에는 조용하고 아름답고 우리들을 위로해 주는 듯하다가 어느덧 성난 파도는 하얀 거품을 품어내며 거칠게 달려들어서 해안가를 파고든다.

광활한 이 바다와 무한대의 우주 속에서 존재하는 이 지구라는 별도 참으로 신기하고 신비한 존재물이다. "나는 너희 인간들을 위해서 만들고 키울 테니 마음대로 가지고 가되 씨를 말리지는 말라."라고 말하는 것 같았다. 바닷속에는 수많은 생물이 생육 발전하며 모든 것을 다 품는 듯 서로 공존하는 바다는 아름답고 좋다. 내 마음도 저 바다처럼 넓고 깊어진다.

"진리를 선택하는 것은 공기와 같은 필수."

사람마다 눈높이가 다르지만 탁월한 인성을 갖추면….

종교를 선택하는 것은 쉬운 일이 아니다. 무엇이든 가지는 것은 오히려 두렵고 떨리는 일일 수 있다. 사탄이라는 악마의 존재가 때로는 훼방의 역사를 하기 때문이다. 인간 역시 나쁜 속성을 가진 모순된 존재이다. 그러니 진실을 따라가고 진리를 받아들이기에는 주위의 사람들이 허락하지 않고 오히려 방해를 하는 것이 사실이다. 복을 주려는데, 복이 무엇인지 알지 못하고 사는 것 같다. 매일 숨을 쉬면서도 공기의 귀중함을 모르고, 공기의 주인이 누구인지 모르고 공짜로 마구 마구 들이마실 뿐. 만든 주인에게 관심이 없으면 나빠요.

"신님의 마음과 어버이의 마음과 내 맘이 같을까?"

내 마음과 보이지 않는 신님의 마음과 같으면 만사형통할 것 같다. 답은 간단한데 나의 어떤 마음을 신님은 좋아하실 것인가.

신을 경외하는 마음. 양보하는 마음. 사랑하는 마음. 남을 배려하는 마음. 뜻길에서 신의 소원을 풀어주려는 마음. 선을 지향하는 양심인이 되려고 사생결단하는 마음. 몸과 마음이 하나 되려는 마음. 부부가 가정을 완성하려는 마음. 만물을 주관하여 재물의 노예가 되지 않으려는 주관성을 갖춘 마음. 신께서는 이런 마음으로 살면 좋아하실까. 그렇게 살면 너도 신이잖아.

"사랑의 무덤을 남기고 가야 한다."

『평화를 사랑하는 세계인으로』에서.

남보다 높은 지위에 올랐거나 부귀영화를 누렸거나 재물이 많거나 지식이나 명예나 죽음의 문앞에서는 모두를 버리고 떠나가야 합니다. 생명줄을 놓쳐버리면 다 끝나는 것입니다. 세월이 흘러가면 그것도 다 망각하거나 잊어버리고 맙니다. 그러므로 내가 태어난 동기와 목적이 나로 말미암은 것이 아니듯이 내가 살아야 할 목적도 나를 위함이 아닌 것을 깨달아야 합니다.

사랑으로 말미암아 태어났으니 사랑으로 살아야 합니다.

누구나 한번은 육신의 옷을 벗고 죽습니다. 우리말로는 돌아간다고 합니다. 돌아간다는 말은 본래 출발했던 곳, 즉 근본으로 다시 돌아간다는 말입니다. 우리가 살고 있는 우주는 순환하는 것입니다. 사람이 죽어서 돌아가는 곳은 어디일까요. 몸과 마음으로 이루어진 사람의 생명에서 몸을 벗어버리는 것이 죽음이니 본래 마음이 있던 곳으로 돌아가니 그것이 죽음입니다. 육신은 땅속에서 썩어서 만물의 거름이라도 되겠지요.

죽음의 그 경계를 넘지 않고 하루하루를 어떻게 살아야 할 것인가.

가장 중요한 것은 그림자 없는 삶인데 정오 정착적인 삶은

첫 번째로 양심이 거리끼는 일을 하면 양심에 그림자가 생긴다.

두 번째로는 남보다도 훨씬 더 많은 일을 하며 한순간도 헛되이 쓰지 않고 열심히 일한다면 귀한 삶이 되는 것입니다. 남들이 한 그루의 나무를 심을 때 두세 그루의 나무를 심는 것처럼 부지런하고, 성실히 살아야 하는 것입니다. 위하여 사는 것입니다.

개인의 욕심, 개인의 욕망이 이웃을 해롭게 하고 사회를 망치는 것입니다. 세상의 모든 것은 지나가 버립니다. 사랑하는 아내와 남편 부모와 자식 등 모든 것이 지나가고 삶의 마지막에는 죽음뿐입니다. 죽음의 강을 건너가면 명예도, 지식도, 학벌도, 재산도 이미 지나가 버린 뒤입니다. 인간은 사랑 속에서 태어났으니 무덤 속에 남는 것도 사랑뿐입니다. 사랑으로 얻어진 생명이 사랑을 나누며 살다가 사랑 속으로 돌아가는 것이 우리들의 인생이니 우리 모두 사랑의 무덤을 남기고 떠나는 인생을 살아야 합니다. 사랑이라는 결과물은 영인체를 완성하는 것입니다.

"살 생."

여름이 되면 아주 귀찮은 존재가 있다. 눈에 잘 보이지도 않는 모기라는 존재인데 모기는 왜 존재할까? 때로는 없었으면 좋겠다는 생각을 하게 된다. 여기서 우화 같은 어느 모기의 죽음에 대해서 원망스런 한마디는 이랬다.

"스님, 파리가 가까이 가면 손을 휘저으면서 쫓으시면서 모기가 윙윙거리

고, 가까이 가면 '이놈의 모기떼!'라며 싫어하면서 때려죽이려는 이유가 있습니까."

"야, 모기야, 파리는 두손 두발을 들고 죽으라고 싹싹 빌잖아."

"도를 닦는다는 불자가 어찌하여 살생을 합니까?"

"평생에 도움이 안 되는 얼간아, 남의 피를 빨아먹는 놈을 죽이는 것은 살생이 아니야. 정의이며 정도라는 것이야."

라고 말하면서 모기를 찰싹하고 때려죽였다는 것입니다. 피 빨아 먹는 모기처럼 살지 말고 파리처럼 싹싹 빌면 좋은 일이 있을 것이며, 하늘에 살려 달라고 싹싹 빌면 살 수 있을 것임이 틀림없습니다.

"천운천복을 상속받는 신바람은 진리의 말씀 잔치."

잔치 중에 가장 신바람 나는 잔치는 말씀 잔치.

천비를 알리는 말씀 잔치의 제목이 거창하다. 부흥회도 일 년에 한 번 또는 두 번씩, 그것도 일주일 동안 계속해 봤다. 속 빈 강정이냐, 아니냐. 천비를 알려주니 진리에 눈을 뜨는 것 같기도 하다. 몸 마음이 하나 된 사람은 완성된 사람이다. 완성된 사람이 되기 위해서 종교를 믿고 신앙생활로 참된 사람이 되자는 것이다. 들을 때는 흥미롭고 재미있어서 눈에 광채가 나고, 은혜로움에 전적으로 공감하고 좋아들 한다고 하더라도 막상 진리를 선택하는 것은 매우 두려운 것 같았다. 진리인이 된다는 것은 죽음을 각오해야 하는 것이다. '내가 그것을 믿어도 될까?'라는 떨림과 무서움과 두려움이 있기 때문이다. 그런 고민도 하지 않고 산다면 수치심도 없다고 할 수 있을 것 같다.

"1초 사이에 무슨 일이."

시간이 많은 것 같아도 1초가 중요하다.

순간과 찰나에 운명이…. 사고라는 것이 순간적이다.

1초 사이에 사고로 돌아갈 수도 있다. 단 1초 사이에 벌어질 수 있는 것이 교통사고이거나 일반 사고일 것이다. 그 1초를 잘 비켜 가면 사고를 면할 수 있는 것이다. 그 일 초를 어떻게 넘길 수 있는 것인가에 따라 운수니 기적이라는 말을 사용한다. 운수든, 기적이든 1초를 잘 넘기게 되면 어쩌면 죽어야 할 그 시간에 상해를 입는 정도로 변할 것이고, 다치는 그 순간을 잘 피하면 찰과상 정도로 변할 것이다. 1초의 순간을 잘 피해야 한다.

"내 꿈대로 했으면 좋았을 것인데, 더 파야지."

건물을 짓기 위해 터를 파야 하는데, 좀 더 팠더라면….

좀 더 팠어야 했는데 왜 안 파는 것이야…. 더 깎으면 좋다구….

권사님은 꿈을 꾸었다. 지금 땅보다도 1~2미터 정도 더 깎으면 썩비릉이라는 바위가 나올 텐데, 나올 때까지 일, 이 미터를 더 깎으면 된다는데…. 그렇지 않으면 세 명은 죽을지 모른다고 꿈 해몽을 했다. 짓는 사람들은 건축비 때문에 힘이 들었을 것이며, 완공 후에 보는 사람들은 말이 많을 수밖에 없는 것이 신축건물평가다. 입맛대로 지을 수 있는 세상이 되면 얼마나 좋을까?

건축물은 돈과 비례하는 것 같다.

"전답도 없이 무얼 먹고 살까?"

어느 식구 집에 심방을 갔었는데 집터도 작고, 집도 옛날 집을 조금 손을 봐서 살고 있는데 땅 한 평 없는 것 같은 산골 오지인데 무엇을 먹고살까? 오히려 내가 더 걱정을 할 정도였다. 그런데 그 식구가 헌금도 많이 하고 신앙도 아주 좋은 식구였다. 우리는 외적 부분만 보고 호불호를 따지는 것은 아닌가.

편견을 버려야 했다. 그 식구의 마음 씀씀이는 제일 좋은 것 같았다. 한 번 자리 잡으면 옮기는 것이 쉬운 일은 아닐 것이다. 부모님께서 살아왔던 곳에서 살고 있는 착하고 좋은 식구. 이런 가정들이 더욱 잘 되어야 한다. 하늘이시여, 굽어살펴주시옵소서.

"꽃이 없는 열매인 무화과."

껍질 안에 피어있는 꽃. 꽃이 열매인 과일.

이천 년도 더 지난 그 시대에 있었던 이야기인데도 오늘날 귀감이 되는 말씀이다. 그 시절 주님으로 이 땅에 오신 예수님도 먹을 것이 없었다. 가진 자들은 배불리 먹었지만 그 제자들은 가난에 찌들었고, 예수님도 배고픔이 설움 중 하나였을지 모른다. 어느 날 예수님께서 배가 고프고 시장하였다. 마치 무화과나무가 저만치 보여서 기대감을 가지고 가까이 다가갔다. 요깃거리는 할 수 있겠다는 희망을 가지고 갔는데 열매가 하나도 없었다. 실망…. 그 자리에서 저주를 해버리고 말았다.

"너는 열매 맺지도 못하는 나무가 살아서 무얼 해."라고 했을까. 제자가 이상하게 여겨서 다음 날 아침에 궁금하여 그 나무 있는 데로 갔다. 그는 깜짝 놀랐다. 하루 밤사이에 나무는 말라 죽어있었다. 세상에 이런 일이 있을 수 있나. '저주'라는 말이 무서운 것인가. 예수님의 능력이 무서운 것인가?

고난 후에 인내의 열매는 달다

"아범은 어디 있냐? 아범은 괜찮아?"

걱정해 주시고, 찾아주시는 분은 참사랑의 주인이시었다.

참 아버님께서 오셨다. 부인의 꿈에 걱정스러운 얼굴로 찾아오셨던 아버님. 영적 세계는 시공을 초월하였다. 이중구조로 만들어진 세상. 몸과 마음과 같은 천주. 육신과 영인체의 이중구조의 세계가 존재하고 있는 것이 사실이다. 우리들이 잘 모르고 살아갈 뿐인데 보이지 않는 세계를 아는 것은 깨달았다는 의미이다. 무형실체세계는 분명히 존재하고 있었다.

"아범은 어디 있나? 아범은 괜찮아?" 걱정스러운 모습으로 찾아오셔서 아범이라고 부르셨던 참아버님은 염려와 걱정이 많으셨던 것 같았다. 대단하신 영력을 가지신 참아버님. 나에게 사고가 발생한 것을 어떻게 아시고 꿈에라도 찾아오셨을까? 세상 사람들이 그런 위대하신 분을 알아주면 천운천복을 받을 텐데….

"다문화가정의 자녀들."

평화의 사도격인 국제가정이라는 말이 아주 생소하였을 때….

교차 축복결혼으로 태어난 다문화가정의 자녀들이 많아졌다. 수만여 명의 아이들이 초등교육부터 받고 있었고, 우리 한국 사회에도 다문화가정이 많은데 나에게 들리는 말이 "국제가정의 애들이 바보."라는 소리가 들렸다. 아니 이게 무슨 말인가 싶어서 가까이 사는 애들을 일부 불러서 테스트를 해봐야겠다는 생각이 들었다. 그런데 실제로 글을 못 읽는 애들이 있었고, 어떤 애는 학원에서도 오지 말라고 하는 애가 있었다.

이대로 두면 안 돼. 그 아이들을 공부를 시켜야 했는데, 어쩌나.

마침 그때 우리 큰아들이 대학교에 다니다가 한 해 쉬고 있어서 아들보고 애들 공부를 좀 시키라고 했다. 글을 못 읽는 애가 공부하려고 왔는데 금방 나가는 것이었다.

"아니, 애가 금방 왔는데 삼십 분이라도 가르치지." 궁금하고 답답한 마음으로 아들에게 물었다. "그 애는 오 분이면 됩니다." 그렇게 진단한 아들을 믿고 있었다. 몇 달 지나니 그 애가 글을 잘잘 줄줄 잘 읽었다. 학원에서도 오지 말라고 했던 다른 애도 공부를 시켰다. 몇 달 지나니 글도 잘 읽고, 학교 시험에서도 좋은 점수를 받으니 선생님도 놀라고 학원 선생님도 놀랐다.

암튼 그리고 많은 세월이 흘렀는데 십몇 년이 지난 어느 날 글을 잘 못 읽던 아이는 취직을 하여 일도 열심히 하고 신앙도 잘하며 축복결혼도 받았다. 전부 내 자식처럼 생각하고 자녀들을 잘 길러야 희망적인 미래가 있을 것이다. 신앙도 좋고, 능력 있는 아이들로 잘 양육해야 했다. 그게 우리 민족들이 하나 되는 공동체의 선구자적인 역할일 것 같다.

"원수도 참사랑으로 풀어간다."

원수는 누구일까. 왜 인간은 원수가 되었을까?

이 고난 속에서 서로 미워하고 원망하고 남의 것을 탐내면서 살까?

일제감정기 때에 징용으로 끌려가서 이와테 탄강에서 강제노동을 한 사람이 있었는데 그 집에 아들이 국제축복결혼을 했고, 일본 며느리가 들어왔으니 그 시아버지가 얼마나 반대가 심했겠어요.

"이 불효막심한 놈 같으니라고 족보에서 당장 빼버리겠다. 우리 집안에 원수 나라 여자를 절대로 받아들일 수가 없다. 당장 데리고 나가거라. 너하고는 맞지 않는 짝이니 집을 나가든지 죽든지 알아서 해라." 그 집 아버지는 엄청나게 역정을 내셨겠지요. 얼마나 골이 났겠습니까? 일본 며느리를 박해한 그 세월이 자그마치 십 년이랍니다, 십 년. 십 년이면 강산도 변한다는데 시아버지의 원망을 며느리는 다 들어주었지요. 참사랑의 심정으로….

십 년이 되니 시아버지는 며느리에 대한 박해를 멈추었는데

"요즈음에 며느리를 다정하게 대하시는데 일본 며느리 밉지 않으세요?" 궁금하여 집안 식구들이 물었답니다.

"이젠 안 미워. 내 마음속에 쌓였던 한이 다 풀렸어. 그동안 며느리를 미워한 것이 아니야. 징용 가서 쌓인 한을 괜히 며느리에게 한풀이한 것이지. 이 아이 덕분에 내 한이 풀렸어. 이제부터는 내 며느리이니 이쁘게 봐주어야지."

일본인들이 지은 죄를 며느리가 대신 갚은 것입니다. 이것이 인류가 평화 세계로 가는 속죄의 길이랍니다. 사랑하면 좋게 보이는 것입니다. 마음속에 미워하는 사람이 없어야 인격적인 사람이 되겠지요. 우리들은 참사랑의 챔피언들입니다.

"다문화 합창단을 만들면 좋겠습니다."

노래는 즐거움을 제공해 준다. 제일 좋은 것이 노래.

식전행사에 초·중·고등학생 50여 명이 노래를 하고, 율동도 했다.

행사 후에 군수님은 전화로 고맙다는 인사를 해왔고, 한두 시간 후에 다시 전화가 왔다. 오늘 감동을 많이 받은 것일까. 축사를 해서 고맙다는 인사일까?

"아이들 다문화 합창단을 만들면 좋겠습니다."라고 하시길래

"네, 좋습니다. 그렇게 하겠습니다."라고 답했다.

그래서 다문화 합창단을 만들었고, 군에서 몇백만 원의 지원도 받았다. 그런데 서류가 왜 그리 복잡하고 많고 까다로운지 나의 개인적인 일 같았으면 포기를 했을 것이다. 암튼 몇 번이고 수정을 거친 후에 겨우 통과되었다. 감사드립니다. 순수한 아이들이 부르는 좋은 노래. 감성을 자극한다.

"자녀는 3명 이상 낳아야 사람으로서 기본 도리를 하는 것."

왜 3명 이상의 자녀를 낳아야 할까. 그 이유는 무엇일까?

3명 이상의 자녀를 낳는 것이 인간의 책임 분담이라는 것이다.

강제성은 없으니 자율적인 선택의 문제일 뿐이다. 왜? 삼수는 신의 완성수이며, 하늘과 땅과 사람의 관계 역시 3수다. 머리·몸통·팔다리 등, 입법·사법·행정, 아침·점심·저녁 등 세 부분으로 구성되어있는 것이 아주 많다. 조부모, 부모, 나 이렇게 3대를 중심 삼고 가족관계도 형성되어 있다.

우리나라에도 지금 결혼한 가정에 아기는 1명도 채 안 된 0.81명이라고 하며, 서울은 0.61명 정도 된단다. 인구가 점점 줄어들어서 학교도 폐교되

는 곳이 많다. 인구절벽의 시대란다.

하늘 뜻을 아는 사람들은 가정당 웬만하면 3명 이상씩 낳으라는 권고를 한다. 나라에 충성하고 애국하며 세계 평화를 위한 하늘 백성들이다. 바닷가의 모래알만큼이나 많이 낳기를 바라시는 분은 하늘 부모님이시다. 왜 그렇게 많이 낳으라고 하셨을까? 영계는 번식이 없고 영원히 살 수 있지만, 땅은 번식을 하고 먹고살아야 하니 치열한 생존경쟁이다.

십몇 년 동안에 이백 조나 되는 돈을 투입했지만 아무런 효과가 없다는 것이다. 수조를 쓴다고 해도 바꾸기가 어려운 것이 자녀 낳는 문제다. 가치관 하나만 인식시켜주면 간단한 것을 만사가 돈으로 해결되는 것은 아니다. 육신은 잠깐 쉬었다가 가는 정자와 같은 것이고, 영인체는 영원히 살기 때문에 영생의 준비를 잘해야 하는 것이다. 번식은 육신만이 할 수 있다.

"삼 일 동안 억울해하며 우는 여자."

장인어른은 몇 년 전에 돌아가셨고, 장모님께서도 돌아가셨다.

성화식을 하겠다는 우리와는 반대로 다른 형제들은 장례식을 하겠단다. 다수결 원칙대로 그쪽 편이 많았다. 다수결로 정하다 보니 중간에 있던 가족들은 그쪽 편을 들었다. 하는 수 없이 그들이 믿는 종교대로 장례식을 하겠다고 결정되었다. 장례식은 무사히 마쳤다.

남들에게는 우리가 양보를 해줘서 자기들 종교법대로 장례식을 하게 됐다고 말을 했단다. 남에게는 그래도 서로 좋은 이미지를 주기를 바라는 의미에서 그랬던 것 같았다. 착한 마누라는 집에 와서 3일 동안을 울었다. 부모님을 영계에 잘 보내드려야 한다는 것을 알고 있기 때문에 그렇게 하지 못한 것에 대한 후회와 미련과 자책으로 할 수 있는 것이 우는 길밖에 없었다.

"독사다. 독사. 이를 어쩌나."

여름이 되면 문을 열어놓으면 시원한 편이다.

책상에 앉아서 업무를 보고 있었다. 고개를 들어 우연히 현관을 쳐다보았다. 그 순간 나도 깜짝 놀랐다. 바깥 현관문은 유리로 된 문이고, 중간에 들어오는 문은 나무문이었다.

바깥문을 통과하여 들어온 독사가 중간 문 장첩으로 고정되어 있는 그 사이로 들어오다가 마침 바람이 불어서 뱀이 문틀과 문 사이에 끼었다. 천만다행이었다. 나는 얼른 까꾸리를 가지고 와서 몰아내어서 땅속에 파묻었다.

"당신들이 믿는 종교는 사람을 만드는 공장 같다."

진짜 보석을 좋아하면서도 가짜 보석을 끼고 다닌다.

어느 바닷가에 활동하러 갔다. 다니다가 보니 목이 말라서 동네 구멍가게를 들어갔다. 이곳에 결혼할 사람이 없는가 물었더니 없다면서 주인아저씨는 청서라는 내 친구가 거기서 결혼을 했는데 지금은 완전히 새사람이 되었다며 가정연합은 사람을 만드는 공장 같다며 자랑스럽게 말했다.

그 친구는 술담배를 완전히 끊고 지금은 새사람이 되었단다.

"장가가기 전에는 술 마시는 일이 업이라 할 정도로 술을 엄청 좋아했는데 지금은 완전히 다른 사람이 되었으니 거기는 사람을 만드는 공장이라고 말해도 모자람이 없을 것 같습니다."

"맞아요. 종교를 믿는다는 것은 사람이 사람답게 좋은 사람으로 변하게 만드는 곳이지요. 참된 종교는 인간이 인간다운 사람으로 거듭나게 하는 것입니다."

"당신은 불치병에 걸렸으니 3개월 안에 죽을 것이요."

청서는 사람답게 살아보기 위해 국제축복결혼을 하기로 마음먹었다. 모든 서류를 준비하고 정성을 들이고 있었다. 그의 부인될 사람은 제주도에서 진짜 부모님이 십육만의 여성들이 한·일 자매결연을 할 때 자기도 왔었단다. 일본에 살 때 건강이 안 좋았던 그녀는 유명한 몇 군데 병원엘 갔었는데 앞으로 두어 달 있으면 죽을지도 모르니 결혼도 못 할 것이라고 말했다는 것이다.

제주도에 다녀온 후로 그녀의 몸에 이상 반응이 나타나 차츰 좋아졌다. 그리고 이 남자를 만나서 결혼하여서 일 년 후에 아기를 데리고 일본으로 갔다. 병원에 아기를 데리고 가니 의사들이 깜짝 놀랐다. "어찌 된 일이냐?"라고 했다.

"한국 남자와 축복결혼을 하여 애기를 낳았다."라고 그녀는 말하니 의사들은 이런 사실을 보고 놀랐다. 그 후 그녀는 아이를 하나 더 낳아서 아들 딸 둘을 두었고, 지금은 행복하게 잘 살고 있다. 두어 달 있으면 죽을지도 모르는 불치병이라고 했었는데, 참으로 이상한 일이라고 말했다.

"국제가정 부인들의 한국 시집살이."

지구촌은 점점 하나의 세상으로 좁혀들어갈 것이다.

지금은 좋은 세상을 열어두었기 때문에 다문화시대가 되어서 많은 외국의 젊은이들이 한국으로 시집도 오고, 장가도 들어서 다문화가정들이 많다. 그 중에 일본 며느리들이 많은데, 어느 부인이 효부상을 받았다. 물설고 낯선 외국 땅에 와서 말도 안 통하지요. 음식도 입에 맞지 않지요. 환경도 다른데 시어머니의 병수발까지 들어야 하는 시집살이는 고생의 연속이었겠지요.

귀 막고 삼 년, 입 막고 삼 년, 눈 가리고 삼 년, 설령 봐도 못 본 척하며 시집살이했던 옛날 우리 한국 사회의 며느리들처럼 살아야 하는 국제부인들. 시집살이가 얼마나 고달프면 이런 노래가 있었을까요. "밀방아도 찧었소 길쌈도 하였소 물명주 수건을 적시면서 울어도 보았소 아리아리 살짝 흐으흐으 흥"

한국 사회에 시집살이가 그만큼 고달팠다는 것입니다. 외국 부인들은 새 시대의 선구자들이며, 평화세계를 열어가는 본을 보이시는 개척자들입니다. 참사랑은 모든 것을 해결할 수가 있습니다.

"일본 며느리를 얻고 싶어요. 제발 그렇게 해주세요."

어느 총각의 아버지와 어머니는 찾아와서 하소연을 했습니다.

내 아들이 33번이나 한국 여자와 선을 봤는데 결혼이 안 돼. 이제는 한국 여자들이 싫으니 방법이 없어. 일본 여자를 내 아들과 결혼시켜달라고 애원하다시피 했습니다. 결혼시켜 주겠다고 약속을 하고 그 집에도 몇 번을 갔다. 집은 부잣집처럼 아주 잘 지었으며, 방이나 거실에는 그림들이 여러 점 걸려있었다.

그림 모으시는 게 취미냐고 물었는데 이 그림들은 아들이 보내주었단다. 궁금해서 아들은 뭐하느냐고 물으니 아들은 판검사라고 했다. 참으로 대단하신 집안이었다. 그림들이 전부 한국에서 최고로 잘나가는 일류급 유명한 화가들의 작품들뿐이었다.

"우리 막내만 공부를 못했지요. 제발 좋은 짝을 맺어주십시오."

"네, 꼭 맺어드리겠습니다. 걱정하지 말고 계십시오."

그리고 축복결혼 준비는 잘 진행되었으며, 몇 달이 지나서 짝이 맺어져서 사진이 왔다. 아니, 그런데 이게 무슨 날벼락이란 말인가. 그렇게 일본 며느리를 원하더니 사진도 보지 않고 안 하겠답니다. 기가 찰 노릇이었다. 엊그제까지만 해도 아무런 문제가 없었는데…. 그 아버지는 환불을 해달라고 졸랐다. 당장 해주시오. 안 해주면 내가 벽에다 대가리를 박고 죽겠다며 벽에다가 머리를 박으려고 달려들었다. 이런 영감은 처음 봤다. 자식을 판검사로 키운 그 할배의 정성은 대단했지만, 약속은 헌신짝 버리듯이 했다.

"야, 이 사람아. 우리 집안에 외국 여자가 웬 말이냐?"

축복은 아무나 받는 것이 아닌 것 같았다.

친척 형님의 막내아들이 결혼이 늦어져서 좋은 색시를 얻어 주겠다고 말했다. 그 형님께서 "우리 집안에 외국 여자라니 말도 안 되는 말은 집어치워라."라고 했다. 벌레 씹은 맛이었다. 그 이후에 한 번도 결혼에 대해서 말하지 않았다. 7년이 지난 후에 그 집에 며느리로 받아들였는데, 중국인의 며느리였다. 에구머니나. 이게 무슨 일이고…. 한 치 앞도 모르는 인생살이를 그대로 보여주었다.

"유엔군이 열어준 감옥 문."

평화를 사랑하는 세계인에 나오는 내용 중에 일부이다.

기성교회의 시기로 목사들이 경찰에 고발했습니다. 나는 1948년 2월 22일 남한에서 올라온 스파이란 죄를 뒤집어쓰고 평양 내무서로 끌려갔습니다. 흥남감옥으로 이송되어서 거기 있는 동안 6·25전쟁이 일어났습니다. 국군은 수도 서울을 지키지 못하고 남쪽으로 밀려 내려가니 맥아더 장군의 인천상륙작전을 통해 흥남까지 밀고 올라갔습니다. 흥남감옥은 미군의 폭격 목표가 되었는데 하루는 예수님이 눈앞에 나타나 눈물을 흘리고 가는 모습을 보고 문득 예감이 이상하여 사람들에게 말했습니다.

"나는 12미터 이상 떨어지지 마십시요!"라고 외쳤습니다. 그리고 얼마 지나지 않아서 1톤짜리 폭탄이 12미터 밖에 떨어졌습니다. 폭격이 시작되자 자기가 죽을 자리를 본인이 파고 그 속에 들어가야 하는 기구한 짓을 시키는 그들이었습니다. 그때가 1950년 10월 13일 미군의 비29폭격기를 통해서 흥남은 불바다가 되었습니다.

"흥남감옥 탈출." 그때가 새벽 2시쯤 당당하게 다른 죄수들과 같이 걸어서 흥남감옥을 나왔습니다. 2년 8개월 만에 감옥에서 나온 나의 몰골은 참으로 처량했습니다. 흥남감옥에서부터 나를 따르던 박정화를 찾았습니다. 가족들은 다리가 부러진 그를 버리고 떠났습니다. 12월 2일 밤, 다리가 부러져 가족도 버리고 간 사람을 업고 남쪽을 향하여 걷기 시작했습니다. 그는 나에게 짐이 되는 것이 싫다며 몇 번이고 목숨을 끊으려고 했던 것입니다. 나는 그를 달래기도 하고, 호통도 치면서 끝까지 함께 했습니다.

어린 김원필을 몰아치며 자전거를 끌고 밤새 팔십 리 길을 한참을 걷다보니 임진강에 도착을 했습니다. 강을 건너자마자 유엔군이 강을 못 건너게 막아버렸습니다. 때를 잘 맞춰야 합니다. 때…. 강을 건너자 김원필이 "선생님은 임진강이 막힐 것을 아셨습니까?"라고 조심스럽게 물었습니다. "알고 말고지. 하늘길을 가는 사람 앞에서는 그런 일이 많이 있다네. 한 고개만 넘으면 살 길이 있는데 사람들은 그걸 모른다네. 일분일초가 시급한 상황이라 여차하면 자네 멱살이라도 잡고 건널 참이었네."라고 말해 줬습니다.

피난민들에 뒤섞여가는 내내 이렇게 기도를 했습니다. "지금은 비록 이렇게 떠밀려 내려가지만, 곧 다시 올라오겠습니다. 반드시 자유세계의 힘을 모아 북한을 해방하고 남북을 통일하겠습니다."

"남북통일을 바라신다."

남북통일을 해야겠다는 이런 기도를 하고 내려오신 참부모님은 남북통일을 얼마나 갈망하고 이루고 싶었겠습니까? 이제는 이 시대에 제일 큰 과제는 이민족의 소원이 통일인 것처럼 남북통일을 이루어야 할 때입니다. 하늘 부모님과 참부모님의 뜻을 이루어드려야 하는 우리 민족의 소원은 통일입니다.

"우리의 소원은 통일, 꿈에도 소원은 통일."

이 노래를 마음 깊이 새기면서 살아가는 이민족이 되어서 통일을 이루어 세계의 중심 국가가 되기를 간절히 바랍니다. 민족이 남북으로 갈라진 것은 한쪽은 악한 편이고, 한쪽은 선한 편이라는 사실이라는 것입니다. 이 문제가 어느 한 개인의 삶도 아니요, 문제도 아닙니다. 우리들의 소원이며, 민족의 소원이며, 더 나아가서 천주적인 명제입니다. 남북통일은 세계 통일의 전초입니다.

"국제시장."

선과 악의 싸움은 어제오늘 일이 아니었다.

목숨을 잃고 땅을 빼앗기며 고통과 비극의 역사를 겪어온 불쌍하고도 처량한 민족이었다. 전쟁의 처참함을 맛보지 못한 요즘 젊은이들은 6·25가 북침인지 남침인지 헷갈리는 듯합니다. 이 민족의 젊은이들에게 살아있는 산 역사를 보여준 훌륭한 영화는 바로 「국제시장」이라는 영화였습니다. 영화는 이랬습니다.

중공군의 개입으로 미군도 견디다 못해 철수하는데 흥남에서 '매러디스 비토리호'는 피난민들을 태우기 위해 무기를 버리며 피난민들을 싣고 남하

했습니다. 9만여 명의 피난민을 싣고 남쪽으로 가는 미군들 역시 이 나라를 얼마나 걱정했겠습니까.

이런 역사를 거쳐왔는데 도대체 이 나라 일부 사람들은 '미군 철수.'라고 외치는 것은 무지함을 드러내는 것입니다. 선악의 판가리로 마지막 선의 세계를 만들어야 하는 것이 이 나라 사명입니다. 우리는 백의민족이요, 천손천민으로서 정도를 지키며 살아야 하는 경천애인으로 순천하는 순진한 백성들입니다.

"성장기의 성화 학생들."

세상은 넓고 직업마다 천차만별이라 할 일도 많은 것 같다.

청소년 성화 학생인 남자애들이 성장하니 부인 식구는 더 이상 통제를 못 하겠다고 했다. 나는 하는 수 없이 애들까지 맡을 수밖에 없었다. 어른들 예배하기 전에 삼십 분간 애들은 일찍 와서 예배를 드렸다. 시작하고 오분도 채 되기 전에 산만한 습성을 그대로 드러냈다. 모두 일어서게 했고, 의자 하나에 양쪽 끄트머리에 한 명씩만 앉고 핸드폰은 금지시켰다.

그렇게 하니까 분위기가 좀 잡혔다. 성화 교사는 행정 담당만 하고 나는 말씀만 했다. 주로 원리 말씀 공부를 했고, 아이들은 잘 따라주었다. 언젠가 집체교육을 받으러 가서 원리시험을 봤는데, 우리 교회 식구가 백 점을 받았단다. 가르친 보람이 있었다.

"우리 어머니의 얼마 남지 않은 육신의 시간."

세월이라는 시간은 누구도 예외는 없었다.

어머니 연세도 구순을 넘어서서 백수가 내일모레다. 돌아가시기 달포 전이었다. 나는 어머니가 돌아가시기 일 년 반쯤 모시고 살았다. 노후에 어머니는 치매와 싸웠다. 모시는 동안에 식사는 잘했지만, 대소변을 아무 때나 하는 바람에 방안은 항상 지린내와 노인 냄새가 고약해서 촛불을 켜두기도 하였다.

요양원에 보내기에는 우리들 형편으로는 어림도 없었다. 하는 수 없이 내가 모시고 살지만, 육신이 쇠약해가고 정신이 혼미해져 가는 어머니를 보면서 인간 육신의 덧없음을 느끼는 순간이었다. 하나님은 왜 영인체를 만드셨을까? 육신은 허물이니 노쇠하면 벗어버리는 것인데 벗기까지 이런 곤욕을 치러야 한다. 사람마다 조금씩은 다르겠지만, 나이 들어갈수록 어린아기가 되는 이유는 영계에 갈 때가 다 되어간다는 신호인 것 같았다.

돌아가시기 달포 전 어느 날 목욕을 시키고 몸을 닦아주는데 오른쪽 옆구리가 벌겋게 유리 벽처럼 보였다. 칠, 팔 년 전 어머니는 배 아파 죽는다고 고통스러워해서 병원에 갔더니 "맹장이 터져서 췌장암이 되었으므로 수술 안 하면 2시간 안에 사망합니다." 의사의 진단이었다. 어머니는 배를 움켜쥐고도 "내 몸에 칼을 못 댄다."라며 고통을 참으면서도 수술을 완강히 거부하였다. 수술을 포기하고 퇴원시켜 달라고 했다. 팔 년을 더 사시다가 결국 어머니는 세상을 떠나셨다. 성화했을 때 독신축복을 받았기 때문에 성화식은 해드렸다.

역사가 서린 옛 도읍의 터

"얼이 서려 있었던 옛 왕궁터 옆에서…."

예순을 바라본 나이에 다른 곳으로 이사를 하게 되었다.

이삿짐을 전부 다 넣을 곳이 없어서 컨테이너 하나를 사서 짐을 가득 넣어두고 이사를 했다. 그래도 2.4톤 트럭 한 대 하고 작은 트럭 한 대로 이사를 했다. 아주 쓸모가 없어 쓰레기가 되기 전에는 못 버린다. 공부는 못해도 책은 좋아한다. 지금도 책을 산다.

"목사님을 스님 세 분이 호위하며 모시고 오시던데요." 호리호리하신 분이 오시는 것을 보았다며 어느 식구님이 꿈 이야기를 했다. 스님이 세 분이 나를 호위를 하고 오시더라는 것이었다. 낯선 곳이라 네비 없이는 다닐 수 없었는데 그곳은 옛 왕터가 있던 바로 옆이었다. 터는 비좁았지만, 이곳은 그런 역사적인 상서로운 곳 같았다. 이곳에서도 교회를 지어야 할 처지인데 교회 지을 준비는 너무너무 안 되어있었다. 중심 식구들을 모아놓고 부흥회를 하겠다며 회의를 했는데, 할 필요가 없다며 부흥회를 해도 사람들도 별로 오지 않으니 굳이 할 필요가 없다는 것이었다.

부흥회를 언제 했느냐고 물었더니 보통 주말에 3일 정도 했는데 별 효과는 없었다고 했다. 나는 일주일간 하겠다며 준비하라고 했다. 시간도 오후 2시에 일주일간 하겠다고 통보를 했다. 모든 식구가 눈이 휘둥그레졌다. 아니, 무슨 이런 목사가 다 있어. 속으로 전부 다 그렇게 생각했을 것 같았다. "내가 하면 하나님의 역사가 있을 것."이라며 시작한 부흥회였다. 녹색 대문에 보라색 줄을 쳐주시는 것을 보면 내 마음만이 아니고 하늘의 뜻이기도 했었다. 부흥회 맨 마지막 날에는 새 식구가 구십두 명이나 참여를 했다. 대박이 났었다. 하나님의 역사가 내렸었다.

"타락, 인류 역사에 가장 큰 천지를 뒤집은 죄."

사람의 귀는 좋은 말씀을 들을 때 감동한다.

말씀은 하늘에서 내려준 천비를 알려주는 것이 부흥회 때 말씀이었다. 부흥회 때 새로 오신 분들은 일요일마다 오후 사랑방이라는 이름으로 한 시간 동안 한 강좌를 하고 마치면 차와 다과로 담소하는 시간을 가졌다. 그때 같이 부흥회에 와주었던 분이 왜 교회에 다녀야 하는지 인간에게 무슨 죄가 있어서 신앙을 해야 하는지 몰라서 교회에 안 다닌다고 했다. 그래서 그다음 주에 타락론을 강의하였다. 에덴동산에서 타락한 것이 천비입니다.

"헌 옷을 수출하는 고물상을 운영합니다."

신 사장이라는 분은 보통 사람들이 입고 있는 옷차림으로 부흥회에 왔다. 차를 마시면서 대화를 해보니 헌 옷을 수선 정리하여 동남아에 수출한다고 했다. 고물상인 폐품 처리하는 공장을 한다기에 그런 줄로만 알았는데 영문학을 전공했다는 말에 사람은 겉모습만 보고 판단해서는 안 될일이었다.

식구가 세 명이나 거기서 일을 하고 있었다. 참으로 고마우신 분이다. 그와는 많은 대화를 했고, 자기 부인도 자폐증 같은 병으로 힘든 가정을 가지고 있었는데 부인을 오히려 사랑하며 살고 있다는 것이었다. 사업이 잘되어서 공장을 하나 더 늘려서 공장에서 같이 식사도 했었다. 누구라도 하는일은 잘 되어서 모든 사람이 행복하게 잘 살았으면 얼마나 좋을까? 내 생각이 그렇다면 우리들의 생각도 그러하면 좋을 것 같았다.

"40~50대 가장들의 수난."

지식이 많다 보니 가화만사성이라는 귀한 말을 소홀히 생각하는 세상이다. 신 사장의 친구도 농장을 경영하는데 옛날 같지 않아서 수입이 반 토막 났다는 것이다. 돈을 많이 벌어줄 때는 괜찮았는데, 수입이 줄다 보니부인들의 성화가 대단하다는 것이었다. 40~50대가 요즘 대부분 그런 사람들이 많다면서 가정에 불화설까지 생겨서 고민이란다.

그의 절친도 지금 이혼 경지까지 갔다는 것이다. 그래서 같이 한번 오라고 했는데 기어이 오지 않았다. 그러고 얼마후에 그 친구는 어떻게 되었냐고 물었더니 결국 이혼을 했다는 것이다. 아쉽다. 오라고 할 때 왔으면 이혼을 막을 수도 있었을 텐데, 아쉬움이 많이 남았다. 학교에서는 지식 공부만 하지, 근본적인 인생 공부는 하지 않는 것이다. 생식기 교육, 예절 교육은 물 건너갔고, 육신의 몸뚱어리 과학적인 만물 교육만 남았으니 어디에서 인생의 희망과 행복을 찾을 수가 있을까?

"점점 발전되는 영농법."

생각을 하면 부자가 된다. 새로운 작물법.

탱크에는 물을 가득 넣고 고기를 키운다. 물 위로는 스티로폼에 구멍을 뚫어서 채소를 꽂아놓고 물 위에 띄우면 채소는 물을 먹고 잘 자라는 수경재배를 하는 것이다. 아주 생산성이 효과적이요, 좋은 재배법이란다. 작은 장소에서 생산을 많이 하고, 많은 소출을 내는 방법들이 개발되어서 식량 문제와 일손을 들어주게 되는 과학적인 영농법이 될 것 같다. 사람의 지혜와 지식은 대단하여 기술은 점차 발전되어질 것이다.

이미 한 장소에 3~4층을 만들어 작물을 재배하는 기술이 발전되었다. 그러니 수입이 몇 배로 많아진 것은 끊임없는 기술개발 덕택이다. 인성은 발전이 안 되어도 기술은 엄청나게 발전되어간다. 과학교육 덕택이며 끊임없는 연구결과이다.

"오늘 메뉴는 맑은 오리탕."

고향에서 어렸을 때 먹어본 그 맑은탕 오리 국물맛이었다.

아니, 이 맛은… 바닷가에서는 맑은 오리탕의 이런 맛에 익숙해져 있었다. 겨울이오면 오리들이 떼 지어 날아온다. 그중에 가끔씩 거물에 걸리는 경우가 있었다. 그 오리를 잡아서 털을 뽑고 불에 살짝 그슬려서 물을 많이 붓고 무를 숭숭 썰어 넣고 끓인다.

그리고 가까운 이웃과 나눠 먹는다. 맑은 기름이 위에 뜨면서 아주 뜨거우니 조심해서 먹어야 한다. 그런데 오늘 먹어보는 맑은 오리탕은 몇십 년 만에 먹어보았던 그 맛을 보니 예전에 고향에서 먹었었던 그 맛 그대로였었다.

"이제, 진짜 목사 같은 목사가 왔다."

어느 권사님께서 중심식구들이 모여있는데 진짜 목사가 왔다고 말했다. "그게 무슨 말인가요?" 의아해서 물었다.

"우리 장로님이 그러는데 진짜배기 목사가 온 것 같다."라고 우리 장로님이 말하더라며 박 권사님이 입을 열었다. 진심 어린 칭찬인가…? 고래도 춤추며 움직인다는 칭찬. 듣기에는 좋은 말이 칭찬이다. 기분이 좋아서 "무슨 이유 때문인가요?" 물었다.

"첫째 설교 잘하지. 강의 잘하지. 산수원이나 평화대사나 일반인들에게도 잘하지. 심방 잘하지. 부흥회도 잘하지. 사람 좋지. 돈 안 밝히지. 못하는 게 없잖아요. 그러니 진짜배기 목사이지요."라며 자랑스럽게 말하는 권사님. "어허, 그래요." 칭찬을 들으니 괜스레 기분은 좋아진다. 사실이 그렇다. 이곳에서는 좋은 일들이 많이 일어나고 있다. 식구들의 마음이 선한 것 같았다.

"목사님, 앞에 잠깐 나들이나 갑시다."

어느 신앙 좋은 김 권사님께서 교회에 와서 갑자기 나가자고 말했다. "어디로요?" 따라나서기는 했지만 궁금했다.

"그냥 가." 양복점 판매장에 들어가더니 기어이 양복을 사주셨다. 감사하고 고마웠다. 이런 분들만 있다면 천국인 이상세계는 금방 이루어질 것 같았다. 양복을 선물 받아서 그런 것이 아니라 신앙 좋고, 모심의 생활 좋고,

활동 잘하고, 불평하지 않는 참된 신앙자이시었다. 길이길이 나의 가슴속에 남아있는 그립고, 보고 싶은 분들이다. 마음을 나눌 수 있는 진실한 사람들도 많다. 참된 신앙자는 순수하며 충성심을 지녔다.

"사람의 형상은 나라의 축소판 같은 것."

인간은 크게 세 부분으로 나눌 수 있을 것 같다.

머리, 몸통, 팔다리 등으로 구분한다면 국가 역시 머리 부분 지역과 몸통 부분의 지역과 팔다리 부분의 지역으로 나눠볼 수 있을 것 같다. 머리는 인체를 움직이는 몸통 기관이니 수도라고 말하면 가슴은 머리보다는 크고 머리의 지시를 받아 기능을 잘할 수 있는 수도권으로 수요와 공급과 움직일 수 있는 기능적인 일을 한다면 팔다리는 지방이다.

팔다리가 제대로 움직이지 않는 형상과 같은 나라가 우리가 살고 있는 이 나라가 아닌가 싶다. 지방을 홀대하는 정책으로 통치를 한다면 심각한 문제이다. 손발이 정상적으로 잘 움직여야 모든 만물을 제때 길러서 수확하여 먹기 좋게 요리를 해서 입으로 공급하면 그 영양분으로 몸통 전체가 기능을 잘 유지하므로 살아 움직이는 사람이 된다.

정부도 역시 그런 관을 가져야 할 텐데 머리와 수도권인 몸통만 비대하여져서 가분수가 된 꼴이 되어버렸다. 지방인 팔다리는 왜소하다 보니 휘청거린다. 팔다리가 약하니 몸을 움직이지 못할 것 같아서 걱정스럽다. 저러다가 쓰러지면 큰일이다. 정말 쓰러지면 스스로 일어나기는 불가능할 것 같아.

"진리를 제대로 알고 믿어야 최고의 가치를 갖는다."

진리는 영원 불변 거룩한 공기와 같은 무형실체이다.

하늘 부모님의 전부가 진리이다. 믿는 자들이 하나 되지 못하는 답답함은 그놈의 글자, 문자 때문에 하나 되지 못하는 것이다. 문자주의자들이 무섭다. 곧이곧대로 믿기 때문이다. 다른 말로 하자면 맹신을 한다고 하면 믿는 자들이 발끈하겠지. 끝없는 논리 전쟁. 논리 토론과 교리로는 해결이 안 날 것이다.

인간은 왜 완성되지 못하였을까. 모순은 왜 생겼나? 태어날 때부터 모순된 인간으로 태어났기 때문인데 지금 이 시대에도 성추행의 문제는 어떻게 풀 것인가. 『태할배와 궁장』을 읽어보면 간단히 풀 수 있을 것이다. 참된 인격적인 인간이 된다면 무슨 문제가 있을 것인가. 답은 간단하다. 생식기가 최고의 보물 중에 제일 으뜸이다. 그게 진리이기 때문이다.

"세계 경찰역을 담당해야 하는 미국."

얼마 전에 아프카니스탄에서 미군이 갑자기 철수를 했다.

수조 원을 퍼부었으며 미군도 아까운 목숨을 잃은 사람이 수천 명이나 되었다. 세계 최강 대국인 미국 사람들이 남의 나라에서 피를 흘리고 죽었고, 게다가 수조 원의 돈을 쏟아부었답니다. 자그마치 20년 동안…. 결국, 미군은 손을 들고 철군을 했었습니다.

그 원인이야 여러 가지가 있겠지만, 아프가니스탄의 백성들이 문명률이 너무 낮았답니다. 월급을 줘가면서 교육을 시켜도 잘 따라오지 않는다는 것이 첫째 이유인 것 같습니다. 그러니 더 이상 남의 나라에 피를 흘리지 않겠다는 바이든 대통령의 통치 철학인 것 같습니다. 월급 줘가면서 교육을 시켜도 깨닫지 못하는 민족이면 벌써 그만두어야 했었는데….

그 뒤에 바로 이런 뉴스가 나왔습니다. 미군이 철수하면 대한민국도 끝장난다는 보도도 있었습니다. 지금 우리나라 역시 좌파와 우파가 첨예하게 대립하고 있습니다. 이러다가 이 나라가 어디로 가겠습니까? 진정한 의인이 되는 참사랑의 지도자가 필요한 것이 지금 이 나라의 현실입니다. 하늘을 봐야 하늘이 보인다.

"오늘 회의는 진해에서."

회의는 지역마다 한 달에 한 번씩 돌아가면서 회의를 한다.

오늘은 해군 부대가 있는 바닷가. 이곳에 분위기는 애들도 군기가 잡혀 있을 정도로 예절이 바른 것 같았다. 진해는 막내아들이 태어났던 곳이며, 내가 그림을 가장 많은 사람에게 가르친 곳이며, 그중에 어떤 남자는 스텐으로 만든 문진 두 개를 만들어서 내게 선물로 주었다. 거기에 있을 때 목회를 시작하는 발령이 나온 곳이며, 난생처음으로 새 차를 뽑아서 운전을 했던 곳이기도 했다. 그러므로 무엇보다도 감회가 새로웠던 곳이다.

회의를 마치고 점심을 먹고 풋살장에서 남자 목사들은 축구를 했다. 그날 최고로 8골인가를 넣었다. 숫만 때리면 들어갔다. 골을 넣을 때의 그 기분은 좋다. 신기한 일이었다. 진해는 무슨 연관이 있나? 암튼 오늘은 최고로 즐거운 날이었다.

"우리와 엠오유를 맺읍시다."

나의 전생은 스님이라고 할 정도로 목탁소리가 듣기에 좋다.

활동을 잘하는 김 권사님께서 스님 만나러 가자고 해서 갔다. 남자답게 생긴 스님과 만나서 악수를 하고 앉았는데 차를 마시며 스님이 하신 말씀이 "우리 절과 티 종교와 엠오유를 맺읍시다."라고 제의를 했다. 나는 놀랐다. 그래서 정신을 차리고 "하시면 좋겠습니다."라고 답을 했다. 참으로 정감이 가는 주지스님께서 나더러 전생에 스님이었을 것 같다는 것이다.

그분은 일반 절에 있을 때 스님도 결혼해야 한다고 했다가 파계 당했단다. 스님도 기도 중에 여기에 우물을 팠더니 물이 아주 좋다는 것이었다. 물맛이 좋다기에 마셔보니 좋은 물맛이었다. 역시 스님이 정성 들인 대로 물맛이 아주 맛있고 좋은 것 같았다. 정성 들이는 만큼 좋은 일이 생긴다.

"법도 모르는 내가 법의 전문가가 됐어."

어떤 할머니가 부흥회의 인연으로 오후 사랑방에 나오시는 분이었다. 아침에 동산에서 산책하다가 거기서 만났다. 반가워서 할머니 요즘 어떻게 지내시는가 물었다. "법 공부를 해가며 재판을 스무 번도 더했어."라며 요즘 재판하러 다닌다며 정신이 없다고 했다. 자기 땅이 몇백 평 있는데 어느 놈들이 자기 것이라고 한다는 것이다. 어떻게 자기 땅으로 만들었는지 모르겠다.

그래서 그것을 되찾기 위해 법 공부를 해가며 수십 번째 재판을 하고 있다는 것이다. "도둑놈, 사기꾼들이 착한 나를 혼자 산다고 업신여겨서 그런 것 같다."라며 할머니는 이를 갈았다. 세상에 변호사를 대려니 비용도 없어서 하는 수 없이 이 무식한 내가 법 공부를 해가며 재판을 받는단다.

이런 세상이 제대로 된 세상이야. 미친것들이 설쳐대는 세상에. 착하게 양심적으로만 살아온 나를 법의 법 자도 몰랐던 나를 늙어 뒷방차지나 할 나를 법 공부를 시켜. 덕분에 법대를 나온 기분이야. 무지하고 무식한 것들이…. 아직도 해결은 안 됐어. 이런 빌어먹을 세상. 지식은 배워서 뭣하려나…. 무지한 할머니를 골탕 먹이려고 그러나….

신성한 심정으로

"너 거기 가면 죽는다."

　교회가 너무 협소하고 지은 지 오래되어서 새롭게 건축을 해야 하는데 준비가 전혀 안 되어있으니 자비 백만 원의 돈으로 통장을 만들어서 건축위원장도 새롭게 선임을 해두었다. 누군가 불쏘시개 역할을 해야만 했었다.

　다른 데로 간다는 것이 잘못된 선택이었나. 이삿짐을 다 싸놓고 내일이면 이사를 간다. 하루 전날 마당에서 있으니 귀에 쟁쟁하게 들렸다. "너 거기 가면 죽는다."라는 말이 생생하게 들렸다. 아, 이 일을 어쩌나. 그런 소리가 들리는데 이제 와서 물릴 수도 없는 것이었다. 진퇴양난이라더니…. 겨자를 씹은 맛보다 더 떫었다. 엿다. 모르겠다. 죽기 아니면 까무러치기라더니 하는 수 없이 다음 날 이사를 갔다.

　새로운 곳에 와서 보금자리를 풀고 며칠 지났다. 마음은 항상 불안하고 초조한 긴장 상태였다. 어느 날 거실에서 아무런 생각이 없이 그냥 서있는데 또 그 소리가 들렸다.

"너, 여기 있으면 죽는다." 두려움의 나날들이었다. 이런 큰일 났구나. 이제 어떻게 하나. 이런 문제를 가지고 기도하는 것도 그렇고, 그렇다고 안 하는 것도 그렇고 암튼 설마 죽기야 할까. 하나님께서 참부모님께서 보호해 주시겠지.

마음은 좌불안석으로 늘 긴장할 수밖에 없었고, 조마조마하였다. 운전할 때도, 오고 갈 때도…. 그렇게 애간장을 녹이는 긴장된 3~4년을 보냈다. 죽는다는데 언제 어떻게 왜 죽을 것인가. 차 사고 아니면 심장마비 아니면 하여간 모르겠다. 어쩌다가 아, 죽는다는 것이….

어느 날인가 어린 젊은 여자아이가 눈에 들어왔었다. 왠지 모를 일이지만 그 아이가 자꾸만 눈에 밟혔다. 마음에도 그렇고 몸뚱어리는 그에게 자꾸만 시선이 갔다. 이게 무슨 현상인가, 아니 영적, 육적 시험인가. 아, 그럴지도 모른다. 여기 있으면 죽는다는 말을 알 것 같았다. 아, 풀었다. 이제야 알겠다.

실감이 나는 것 같이 느껴졌다. 그렇구나. 조심하고 또 조심해야지. 그녀도 자꾸만 접근하는 것 같았지만 나는 잘 이겨냈다. 아, 죽는다는 말이 이 말이었다는 것을 비로소 깨닫게 되었다. 따 먹으면 죽으리라고 한 에덴동산의 말씀처럼 따 먹으면 죽는 것이다. 잘 참았다. 아휴. 노래 한 곡조는 마음을 정화시킨다. 희로애락을 담고 있는 최고의 예술이요 삶이 노래이며, 심정을 담은 노랫가락 한 자락이 마음을 풀어주는 것이다.

「님이여」

님이여 님이시여 기어히 가시나요 뒷산에 접동새가 어태도록 우는데 가시면 떠나시면 어쩌라 어쩌라고

「한오백년」

한 많은 이 세상 야속한 님아 정을 두고 몸만 가니 눈물이 나네 아무렴 그렇지 그렇고 말고 한오백년 살자는데

"자연 속에 있는 만물. 유실수의 열매를 맛보며."

나의 마음을 달래주는 것은 작물을 키우는 재미와 유실수나무 열매였다. 그나마 다행인 것은 대지가 천 평 정도 되는데 대지 주위의 가장자리에는 잣나무와 호두나무가 있고, 감나무, 매실, 사과, 뽕나무, 살구나무, 모과나무, 개복숭나무, 무화과나무 등이 한두 그루씩 있어서 열리는 과일을 맛볼 수 있어서 다행이었다. 내가 처음 부임해서 심었던 나무도 아주 잘 자라서 열매를 맺게 되었다. 만물은 참으로 신비했다.

어쩌면 그렇게 철저한 법칙 속에서 제 할 일을 잘하는 책임성이 아주 강한 존재물이 만물이었다. 지금은 두 번째로 부임해 와서 보니 나무들이 많이 자랐다. 사과나무 한 그루가 있었는데 이십여 개의 사과가 열렸다. 나무는 30센치 정도 자랐다. 그런데 그 사과가 왜 그렇게 맛이 좋은지. 그 이유는 몰랐었다. 다음 해에 기대감을 가지고 있었다. 사과 열매가 전보다는 좀 적게 열렸다. 사과가 어느 정도 자라서 따서 먹어보니 왜 맛이 그렇게 없는 것인지…. 아직 사과나무에 대해서는 잘 몰라서 그런 것 같았다.

그런데 살구 열매가 맛이 아주 좋았었다.

앞으로 나의 집을 짓는다면 각종 과일나무를 2~3그루씩만 심어서 취미 농사를 하면서 만물과 더불어 살고 싶은 것이다. 하여간 재미있는 농사를

해보고 싶은 것이다. 그러나 아직 천 평이라는 땅도 못 사서 그런 계획이 실현될런지….

"국가의 부름을 받아 녹을 먹고…."

우리 어머니 형제는 오빠 둘과 다섯분의 자매가 있었는데, 우리 엄마가 제일 첫째였다. 어릴 때 가보았던 이모님이 막내를 낳고 건강이 좋지 않아서 수십 년을 힘들게 살았다. 이모부는 병간호를 잘했으며, 자녀들 또한 잘 성장하였다. 첫째는 교장 선생님이었고, 둘째는 국세청에 근무하다가 개인 사무소를 차렸고, 셋째아들은 경찰에서 수십 년을 청렴하게 근무하여서 청장까지 지냈던 훌륭한 아우였다. 공직을 그만두고 국회의원에 출마를 했다. 예비경선에서 여론조사는 분명히 앞섰다. 공천이 결정되기 하루이틀 전에 후보는 다른 사람으로 결정되어서 발표가 되는 비루하고 험악한 정치판이었다.

당규대로 하면 무소속으로도 출마는 할 수가 없게 되었다. 국가의 녹을 먹고 살았었는데 정권이 바뀌고 나니 고위직에 있을 때 문제를 끄집어내서 감옥에 갈 수밖에 없는 안타까운 정치 현실이 되어버렸다. 정권만 바뀌면 고위공직자들은 수난을 당한다. 이런 정치풍토는 하류급의 복수혈전 같은 정치는 끝내야 한다. 서로 정적을 만들 수밖에 없는 정치, 문제 있으니 선거법을 반드시 바꾸어야 한다.

"달을 우롱할 정도로 아름다운 경관. 농월정."

여름의 달밤이 얼마나 멋이 있었으면 달을 우롱한다고 했을까?

사람들은 무더위를 피해서 산으로, 들로, 강을 찾아서 다닌다.

바위 속에 흐르는 물은 여름인데도 차갑고 깨끗했다. 보기에 아주 좋은 바위들이 참으로 예쁘다. 한 덩어리의 바위가 어쩌면 이렇게 물을 받아 흘리며 아름다움까지 제공하는지 참으로 좋은 곳이다. 언제라도 풍덩 하고 뛰어들어가고 싶은 물 맑고 정취 있는 곳이다. 옛 선인께서 아름다운 경관에 빠져서 이곳에 머물다가 밤이 되어 달이 뜨니 그 경치는 가히 가관이라서 달을 우롱할 정도로 아름다워서 농월정이라고 이름을 붙여주었단다.

암튼 아름답고 좋은 곳이다.

"사지에서 벗어나니 이제야 살 것 같아."

바다는 언제나 우리를 기쁘게 반겨준다.

여기 있으면 죽는다는 그곳에서 조심하면서 지내다가 그곳을 피해서 오니 일단은 마음이 아주 홀가분하고 편해졌다. 명희 씨는 갯냄새를 맡지 않으면 살 수 없다는 듯이 바다를 좋아했다. 수영을 못해도 바다는 좋아한다. 바다는 늘 우리들의 마음 깊이를 헤아리는 듯했다. 언제나 그렇게….

여기도 A타입이어서 십 년 이상을 노력했지만, 아직 땅도 매입하지 못하고 교회도 못 짓고 있었다. 그러니 식구들의 보이지 않는 갈등도 있었다. 성전 건축은 쉬운 일이 아니었다. 모두가 한마음 한뜻으로 내 집을 짓는다는 생각을 가지고 하늘을 모시는 성전 건축에 협조를 하고 마음을 모아야 했다. 지극정성으로 최선을 다해야 하는 일이다. 뜻이 있는 곳에 길이 있다고 했으니 아마도 길이 곧 나타나겠지. 좋은 일만 있으면 좋겠다.

"전 세계가 팬데믹으로 고난을 겪는 중."

세상은 느닷없는 코로나19라는 것이 이웃 나라 중국에서 발생하여서 한국으로도 묻혀 들어왔다. 자연 발생된 것인지 실험실에서 잘못되어 누출된 것인지는 아직까지 오리무중이란다. 설령 자기 나라에서 자연 발생했던 누출사고로 발생했던 아니라고 발뺌하고 뒤집어씌울 것이 뻔하다.

개인이나 나라는 책임지려 하지 않고 남 탓하는 것이 똑같다. 모순된 인간들이 사는 세상에는 거기서 거기인 오십 보 백 보일 수밖에 없을 것 같다. 부패한 마음 심보를 가진 모순된 나라 백성들이니 아니라고 할 것은 분명했다. 남을 괴롭히는 개인이나 나라도 남의 나라를 침략하거나 굴종시키려는 악마와 같은 나라들 때문에 세상은 시끄럽고 전쟁하고 난리들이다. 이런 세상에 평화란 단어는 물 건너간 것 같은 느낌이다.

"찍혔다. 속도를 감시하는 도깨비."

물 흘러가듯이 가는 것이 좋은 운전법이다.

어디 보자. 오늘은 정신없는 차가 몇 대나 걸렸을까?

어머나, 무슨 이렇게 많이도 걸렸구먼. 장비값은 나오겠구먼. 하여간 법을 안 지키더니 고소하다…. 우린 실적을 올려서 기분 좋은 일이고, 돈이 많이 들어와서 더더욱 좋은 일이고…. 네들이야 기분이 나쁘든 말든 무슨 상관. 명분이야 좋을 것 같았다. 사고예방을 위하여 단속을 한다면 되는 것이다.

그런데 죄인 아닌 죄인을 만드는 법이 과연 정도일까? 속도 십 킬로 더 밟는다고 사고가 나지는 않는 것이다. 부주의한 운전자들과 부주의한 보행자들이 딱 마주치는 지점에서 사고가 발생하거나 같은 차끼리 부주의할 때 발생하는 것이다. 시골길을 가다가 보면 노인보호구역이라는 곳이 있는데 삼십 킬로 제한속도로 지정되어 있었다. 거기서 딱지가 같은 시간대에 십일 분 차이로 두 번이나 찍혔고, 심지어 벌점까지 정해져서 선량한 국민을 죄인으로 만드는 기분 나쁜 통지서가 날아들었다. 법 없어도 살 수 있는 사람들이 많은데 이렇게 국민들을 불편케 하는 죄인을 만드는 법.

"과학자들은 양심 컴퓨터를 빨리 만들었으면…."

세상법이 없어도 살 수 있도록 만들어진 존재가 인간이다.

최고의 제도와 법의 측정은 이미 우리 인간들의 육신 속에 존재하고 있는 것인데 그것은 양심입니다. 무슨 법이 필요합니까? 양심 하나면 만법을 주관할 수 있을 것입니다. 과학자들은 빨리 양심 컴퓨터를 만들기를 간곡히 부탁합니다. 양심을 속이고 살기 때문에 기계의 힘을 빌려야 하는 어처구니없는 현실이 서글프기는 하지만 방법이 없으니….

거짓말을 하고 변명을 일삼는 지도자가 무슨 통치를 한단 말인가요?

하루빨리 그것을 만들어 양심법을 통과할 수 있는 사람 중에 선정을 하면 좋을 것 같습니다. 모든 분이 자유와 평화와 행복의 길이 무엇일까요? 존경받을 수 있는 양심가요, 인격자요, 만인을 사랑할 수 있는 가족 같은 사람이면 좋겠지요.

"인기 있는 가수는 대중들이 만들어주었다."

노래는 최고의 기쁨을 제공해 주는 요소를 가지고 있다.

요즘 보면 코로나 때문인지는 모르겠지만, 가요대전이 방송국마다 있을 정도로 많은 것 같다. 서로 시청자를 잡기 위한 경쟁인가. 심사하는 이들을 보면 대중성이 있는 가수들이 대부분이다.

가왕이라는 어느 분은 오디션을 보러 갔을 때 네 목소리는 듣기에 좋지 않은 목소리이므로 가수를 안 하는 것이 좋겠다는 소릴 들어서 실망을 했단다. '못한다', '무능하다', '목소리가 좋지 않다', '가수 되기 어렵다.' 이런 말들은 기를 죽이는 말이다. 그분은 열심히 노력했고, 그 이후에 부르는 곡마다 대 히트를 하였다. 전문가라는 사람이 그런 핀잔을 주었지만, 결국 최고의 가수가 되었다.

노래 잘하는 가수는 전문가의 교육법이 필요할 것 같다. 그러나 유명한 가수가 되는 것은 노래 전문인인 작곡가나 작사가도 아니고 선배 가수도 아니다. 일반 대중인 국민들이 그 노래가 듣기에 좋아서 자꾸 들어주다 보니 인기 있는 노래가 되었다. 그렇다면 인기 있는 가수는 일반 대중들이 만들어주었다는 것이니 재미있는 일이다. 그래서 대중가수라고 하는가.

"신성하고 신비한 꿈."

꿈이란 것은 육신의 삶에서 영혼이 활동하며 존재하는 공간이다.

꿈은 항시 자주 꾸지만 선명한 꿈이 있고, 희미하게 기억되는 꿈도 있고, 전혀 기억이 잘 안 나는 꿈도 있다. 어둑어둑한 산을 넘어가니 주위가 훤해진다. 동쪽 하늘에 태양이 떴다. 아니, 태양이 하나가 아니고 둘이나 뜨다니…. 하나는 달이겠지 생각하고 다시 보니 태양은 둘이나 떴다. 아니. 이게 무슨 꿈일까? 아주 좋은 꿈이면 좋겠다. 동녘 하늘에 태양이 둘이다. 꿈 중에서는 해 뜨는 꿈이 제일 좋은 꿈으로 생각하고 있다.

금년에는 아주 좋은 일이 둘이나 있으려나 보다. 그래야 할 텐데…. 태양은 하늘을 상징하는 것이다. 꿈과 우리들의 육신의 삶과 밀접한 관계가 있는 것이다. 현재 일이나 미리 앞으로 일어날 일들을 가르쳐주는 것이다. 많은 꿈 중에서 해 뜨는 꿈이 제일 좋은 꿈인 것 같아서 좋아요. 매일 좋은 일만 있으면….

"때가 되었다."

이제는 악습을 정리해야 할 때가 되었다.

지금 정치적으로 혼란한 이 시대는 하늘의 뜻대로 살 수 있는 신통의 세상이 되기 위해서 이런 과정이 필요하다는 것이다. 악습과 사심과 구태와 모순은 정리를 하고 정비하여 선의주관권인 순천하는 세상, 하늘의 뜻에 따르는 시대로 들어가고 있다. 제발 사랑하는 국민들이여, 깨어나소서.

저 타고르 선생의 시에서 이렇게 밝혔습니다. 남의 나라인데도 "나의 조국이여, 깨어나소서."라고 했습니다. 그런데 정작 이 나라 백성들과 지도자들은 남의 나라 사람들같이 느껴지는 것은 무슨 이유일까요? 주인의식이 없는 이 나라 같습니다. 더 이상의 갈등은 자칫 패망의 길로 갈 수 있다는 것을 명심하시면 좋겠다. 이제는 어둠이 아니라 광명의 세상으로 발전하기를 간곡히 바란다. 그게 만백성들의 바람이요, 희망이랍니다. 제발 그러기를 바랍니다. 착한 백성들이 살고 있는 나라이니 좋은 일만 일어나려면 좋은 사람들이 많아야 천운천복 만사형통할 것입니다.

"태활배와 궁장."

문제가 있으면 답은 반드시 있게 마련이다.

세상살이에 정답은 없단다. 그러나 잘 모르고 살아갈 뿐. 정답은 분명히 존재하고 있는데 잘 모르고 살아가는 것은 아닌지. 인생론에 관한 내용이다. 세상을 살아가면서 고민하고 힘든 삶들이 왜 그런지. '나'라는 존재는 어떻게 태어났으며, 무슨 일을 하고 어떻게 사는 것이 제대로 사는 것인지, 사는 방법과 인생담을 통해서 적었을 뿐이다. 숨을 쉬고 사는 것이 필수인 것처럼 신과 인간의 만남은 우연이 아니라 필연이었다. 모든 것이 존재의 목적이 있는 것처럼 알고 살아야 제대로 된 삶이 될 것 같았다.

몸과 마음이 하나 되고 부부가 가정을 완성하고 만물을 주관할 수 있는 사람이라는 사실이다. 숨 쉬는 공기에 관심 없듯이 인생 수업에 무슨 관심일까. 인간은 모두가 거룩한 성인이 되어야 한다. 신적 가치로 살아야 성인이 될 수 있을 것 같다. 최고의 인격자가 되는 것, 만물의 영장이 되어 참된 사람이 되는 것이다.

"때가 되었다. 드디어 성전 건축."

십여 년 동안 성전 건축을 하려고 해도 못 했었는데 이제야!

암튼 코로나19로 땅값도 조금은 내린 것 같았다. 전 세계가 팬데믹이라는 고통에 시달리게 되었고, 지구촌에서는 각 나라의 지도자들이 지역을 봉쇄를 하면서 오고 가는 관광이 두절되었고, 집 안에서만 생활을 할 정도로 힘이 들었다. 우리도 우여곡절 끝에 오륙백 평 정도 땅을 구입하고 몇십억짜리 건물을 짓게 되었다.

참으로 힘들고 어려운 사정 끝에 성사된 일이었다.

땅을 구매하려니 평수가 작거나 가격이 맞지 않았으며, 위치도 중요하였다. 좋은 곳을 구매하게 된 것은 코로나 때문에 거래가 잘 되지 않았고, 주인은 매물을 급하게 처리할 수밖에 없는 사정으로 몰리게 되어서 구매할 수 있는 기회가 되어 성사되었다. 가정집을 짓는 것도 힘든데, 교회 짓는 것은 더욱 힘이 드는 일이었다. 암튼 지금은 땅도 구입하고, 교회도 짓게 되었으며, 오뉴월경에 준공식을 할 수 있게 진행되고 있다. 무슨 일이든지 쉽게 이루어지는 일은 없는 것이다. 하늘도 성원해 주시며 감동하고 있을 것만 같았다. 사십여 년 전에 지은 에이타입의 건물이 제 역할을 했었지만, 지금은 새로 건축된 성전이 필요한 때다. 좋은 환경에서 좋은 사람들이 행복하게 살아야 한다.

"보이스톡 합시다. 따라 따라."

보이스톡의 전화가 왔다. 보니 외국인 것 같아서 받지 않았다.

내게 누가 미국에서 전화를 하겠나. 전화가 두 번이나 걸려와도 받지 않았다. 그랬더니 카톡을 하면 좋겠습니다. 카톡을 주고받다가 보니 아는 목사님이었다. 문자를 보니 미국에서 살고 있는 예전에 알던 목사님이 전화가 와서 받았다. 서로 인사를 반갑게 하고 그분은 "엊그제 갑자기 교회장님이 보고 싶어져서 전화번호를 알아가지고 연락을 하게 되었습니다. 잘 계시지요?"라고 말했다.

"아, 그러셨군요. 정말 반갑습니다."

"목사는 어떻게 하게 되었어요."

"목사를 할 생각은 단 일 프로도 없었는데 하게 되었지요."

질문을 해와서 그동안의 경위를 간략하게 말했다. 나의 뜻과 의지가 아니었고, 나는 목사를 해야 할 팔자인가 보다며 그동안 목사의 팔자로 선택된 길은 "하나님은 이 무지하고 불쌍한 사람이 그 길로 들어가기를 바라고 계셨던 것 같았습니다."라고 말하며 그러고 요즘 나는 『태할배와 궁장』이라는 소설책을 출판했다고 말했다.

그분은 반갑다며 친절한 대화를 한 시간 가량했다. 나는 기분이 너무 좋았다. 전화로 통화를 하고 난후에 미국에서 책을 구매해서 읽어보고 좋은 감상평을 전해주었다. 하늘의 역사라며… 처음으로 받은 은혜로운 독후감이었다. 너무너무 감사하고 고맙습니다. 복 받을 기여.

"세계 중심국으로 설 때가."

미국 나라는 대단한 나라임이 틀림없다.

'살기 좋은 나라.'라는 인식 때문이었다. 개척시대에는 자기 자신을 보호하고 지킨다는 명목 아래 총을 소지하도록 하였을 것 같았다. 그때는 잘했는지 모르지만, 지금은 그 총이 사람을 아무 때나 죽이는 살인무기로 변하여 가끔 미국사회를 충격에 휩싸이게 하기도 한다.

그런 개척시대에 신발을 신고 잠자다가 여차하면 도망가거나 피신하기 쉽다고 생각해서 신발을 집 안이나 방 안에서 신었는지 모르겠다. 그러다 보니 요즘 신종코로나 때문에 그런 문화도 아무래도 영향이 좀 있는 것 같다. 바깥에서 병균이 신발에 붙어서 들어올 수도 있지 않을까.

한국의 문화들이 요즘에 각광을 받고 있다. 모르긴 몰라도 앞으로 한국 사회의 전반적인 전통들과 중심국으로서의 위상이 점점 커지고 있으며, 그런 때가 가까워지고 있다. 자부심을 가지고 사는 한국 사람이 되면 좋을 것이다. 우리 것은 세계 것이라는 말처럼 된다. 요즘에 인기 있는 비티에스 그룹이라든지 『오징어 게임』이라는 것도 전 세계를 재미로 몰아가고 있다. 한국이 중심 국가로 될 수밖에 없는 여러 가지 징조들이 어디에서나 일어나고 있었다. 감동적인 현상이다.

반만년의 역사를 가진 이 나라에 정도령께서 오심으로 그 환경과 배경이 천운천복의 운세를 가지고 일등 국가로 접어들 수 있는 환경권을 만들어놓았기 때문이다. 하늘 부모님과 참부모님의 공로와 공덕이었으며, 순천할 수 있는 이 나라의 경천애인하는 백성들 때문일 것이었다. 세계 속에서 자랑스러운 한국인으로 국격을 높이며 순천할 수 있는 천운천복의 위대한 민족의 기반을 닦았으므로 이제는 맘대로 하늘을 향하여 높이 날아도 될 때다.

"신인일체가 되면 행복한 세상이 될 것."

『태할배와 궁장』에서도 밝혔듯이 한국은 중심 나라가 된다는 것이 하늘의 뜻이다. 그런데 중심국민으로서는 아주 부족한 점들이 너무 많이 보인다. 빨리 시정하고 하늘을 공경할 수 있는 환경과 문화로 가야 할 텐데…. 선거제도도 바꿔야 하고 국민성도 천손천민다운 삶을 살아야 하고 하늘을 경외하면서 세계의 중심국다워야 한다.

동해물과 백두산이 마르고 닳도록 하나님이 보우하사 우리나라 만세 무궁화 삼천리 화려강산 대한 사람 대한으로 길이 보전하세. 무소부재하신 하늘 부모님의 은혜가 충만하신 이 땅, 이 민족으로 거듭나길 바란다. 신통으로 해야만이 방통할 텐데….

"신통일한국을 위한 싱크탱크 2020희망 전진대회"

남북통일은 우리 민족의 특별한 숙원으로 반드시 이루어야 한다.

하늘의 뜻이기도 한 남북통일은 세계 평화의 본원국이며, 종주국의 사명이다. 세계 중심국이 되어야 할 이 나라는 하나님의 보호 아래 세계의 최고 정상들이 축하해 주고 축사를 보내주는 이런 희망 전진대회나 평화포럼이나 서밋들의 행사들을 주관하고 있다. 미국의 트럼프 전 대통령과 일본의 아베 전 수상 등 많은 정치 지도자가 축하해 주는 이 한반도의 통일과 세계 평화를 위한 행사를 실행하고 있었다. 이것은 하늘의 뜻이며, 인류의 숙원 과제이니 반드시 이루어야 한다.

평화통일로 행복을 바라는 것은 어느 민족 어느 나라나 바라는 것이다. 누가 어떻게 이루어 나아가느냐가 문제일 것인데 그 어려운 일을 잘 풀어서 진행하고 있다. 세상은 엄청나게 선의 뜻대로 하늘 부모님의 뜻대로 진행되고 있다는 것이다. 계시를 받는 선지자들과 선인들이 많은데 이 나라 이 민족의 선인들도 중심권에 들어있으므로 깨어날 때가 되었다는 사실이다.

천운천복의 운 때를 놓치면 고난 길이 보이는 법입니다. 때라는 것은 항상 오는 것이 아닙니다. 물은 항상 들어왔다가 나가지만 천운천복의 운 때는 왔을 때에 잡지 않으면 나가고 말 것입니다. 만백성들이시여, 기쁨으로 환영할 때이며 행복의 축제를 올릴 때가 되었습니다.

"의인을 찾아서, 신세계의 희망봉에서다."

『인류의 눈물을 닦아주는 평화의 어머니』에 기록된 내용.
"왜 사람들은 아프리카를 검은 대륙이라고 부를까요?"

아프리카 최남단에 가면 희망봉이 있습니다. 나는 세계평화고속도로의 출발지를 희망봉으로 정했습니다. 인류를 구원해야 할 평화의 어머니이자 독생녀로서 내가 아프리카에 희망을 주고 눈물을 닦아줘야 했습니다. 월드서밋 아프리카 2018을 준비하면서 세네갈을 택한 이유는 하늘이 준비한 의인이 있었기 때문입니다. 그곳은 이슬람권으로 8백만 혹은 1천만 이상의 신도를 거느린 종단장들이 독생녀의 현현을 열렬히 환영하고 있기 때문입니다. 세네갈의 만슈르듀프는 이슬람의 가장 영향력 있는 지도자 중 한 사람입니다.

그는 나의 말씀에 감화되어 마키살 대통령이 주관하는 2017년 월드서밋을 자신이 직접 준비했습니다. 그는 나의 인류 구원에 관한 간절함과 진솔함에 감동되었습니다. 내가 단지 명예나 권력, 그 어떤 세속적인 이익을 추구하는 것이 아니라는 사실에 마음이 움직인 것입니다. "참어머님의 아들이 되겠습니다."라고 그는 신앙적으로 고백했습니다. 나아가 모든 행정력을 동원하여 축복행사를 지원했습니다. 전국적으로 생중계를 할 수 있도록 지원을 했는데 나는 원고 없이 신아프리카 섭리와 인류 구원에 관해 설파했습니다.

"나는 참 어머님과 함께 신아프리카를 건설하고 싶습니다."라며 마키살 대통령은 감사인사를 했습니다. 그 후 요하네스버거에서 2019 남아프리카 공화국 효정 패밀리 10만 축복축제가 열렸습니다. 아프리카 대륙이 십만 축복가정들로 말미암아 세계의 빛이자 등불인 신아프리카가 될 것을 축원했습니다.

사무엘 하데베는 오백만 신도를 거느린 종단장으로 영적 지도자입니다. 그는 자신을 장차 오실 주님을 증거하실 선지자로 지칭하며 "평화운동을 위해 평생을 바쳐 오신 한학자 총재를 독생자 참어머님으로 남아공과 함께 아프리카가 환영한다."라고 증거했습니다. 남아공 국영방송 SABC에서 축복행사 전반에 걸쳐 생중계해서 온 나라가 축제 분위기였습니다. 은당가 주교는 2017년 축사자로 참가했습니다.

그런데 뜻밖에도 "축사자가 아니라 축복을 받으라."라는 하늘의 계시가 내렸습니다. 그는 계시대로 축복을 받았으며, 나는 은당가주교를 미국의 매디슨스퀘어가든대회에 초청했습니다. "어머니는 이제껏 인류가 고대하고 찾던 어머니입니다." 그는 대중 앞에서 나를 증거했습니다.

자신을 소개할 때에도 "나는 참어머님의 아들입니다."라고 자랑하게 되었습니다. 하나님의 눈에는 모든 사람이 하나의 색입니다. 피부색으로 오랫동안 핍박받던 아프리카가 이제 참부모님을 받아들임으로써 암울했던 과거로부터 해방되고 있습니다. 참가정으로 거듭나 새 역사, 새 시대를 맞아 모든 인류 앞에 빛을 발하는 소망의 대륙으로 거듭나고 있습니다.

"신통일 한국시대 안착 범국민 기도회"

『인류의 눈물을 닦아주는 평화의 어머니』 중에서

백여 년 전에 안중근 의사는 만주 하얼빈역에서 거사를 감행한 후에 체포되어 뤼순 형무소에 수감되었다. 결국, 사형선고를 받았다. 어머니 조성녀 마리아는 아들에게 간결하면서도 단호한 편지를 보냈다. "네가 늙은 어미보다 먼저 죽는 것을 불효라고 생각하지 마라. 옳은 일을 하고 받는 형이니 비겁하게 삶을 구걸하지 마라. 대의에 죽는 것이 어미에 대한 효도이다. 여기에 너의 수의를 지어 보내니 이 옷을 입고 가거라." 형이 집행되기 전에 하얀 수의를 입고 하늘을 우러른 그의 눈망울이 "천하를 응시하니 어느 날에 뜻을 이루고 동풍이 차가우나 장사의 뜻이 뜨겁다."라는 단호함을 넘어 어머님의 말씀을 되새기는 듯 처연하게 비칩니다. 안중근 의사의 사후에 일본 헌병들이 찾아와 어머니를 추궁했으나 "국민으로 태어나 나라를 위해 죽는 것은 국민 된 의무."라며 오히려 태연하게 반박을 했습니다.

백여 년 전 섭리의 조국 대한민국의 광복을 위해 싸운 애국지사의 어머니에게서 사생결단의 강인함을 엿볼 수 있었습니다. 문선명 총재와 나는 한평생을 하나님의 조국 광복을 위해 한 점 부끄럼 없이 살았습니다. 결코 뒤돌아보지 않고 오로지 앞만 보고 걸었습니다. 처한 상황에 연연하지도 않았고, 좌고우면하지도 않았습니다. 낮이나 밤이나 어느 한순간에도 하늘 부모님을 가슴속에서 내려놓고 산적이 없었습니다.

소련의 크렘린궁에서도 레닌 동상을 철거하고 하나님을 받아들이라고 강하고 담대하게 말했습니다. 북한의 주석궁에서도 김일성 주석과의 담판으로 남북통일을 위한 새로운 활로를 개척했습니다. 하나님의 조국광복을 위해서라면 한치도 망설이지 않았습니다. 그런 우리에게 불리함이 닥칠 때마다 하늘 부모님은 불기둥과 구름 기둥으로 인도해 주셨습니다.

나는 참아버님 성체 앞에서 "생이 다하는 날까지 이 땅에서 천일국을 정착시키겠습니다."라고 눈물로 다짐을 했습니다. 입 안이 헐고 끼니를 거르고 쓰러질 것 같은 상황에서도 한시도 쉬지 않았습니다. 아버님과의 약속 "기필코 내가 이루어드리겠다."라는 다짐을 눈앞에 걸어두고 살았습니다. 나는 참아버님께 7개 국가를 복귀해 새로운 천일국을 열겠다고 언약을 했습니다. 이제 모든 문명의 결실은 대한민국을 중심으로 합니다. 태평양문명권도 한국에서 결실을 맺게 됩니다. 그것은 하늘의 천명입니다. 새롭게 떠오르는 밝은 태양을 가슴으로 맞이해야 할 때입니다.

이상은 평화의 어머니 중에 나온 결심의 말씀이셨다.

경천애인은 숙명적인 팔자

"하나님은 최고의 예술가."

서쪽 하늘을 바라보니 저녁노을은 언제나 환희 그대로였다.

어린 시절 때부터 보아왔던 그 장면과 똑같았다. 수십 년의 세월이 흘렀어도 신님의 자연현상은 변함없이 그대로였다. 화폭의 색감은 감히 화백의 단계를 넘어 신인 경지를 넘어 신님의 영원한 능력이라야 가능할 것 같다. 언제나 그렇듯이 변함없는 그 능력이 경이로우시다.

나의 미진한 필력이 때로는 자신의 만족감에 희열을 느끼기도 하고, 때로는 고심을 분출하기도 한다. 누구에게도 말하지 못하는 자신과의 처절한 싸움 속에서 고독스럽게 행해지는 작업이다. 산골짜기에 이름없는 풀하나도 황금의 왕관보다도 더 가치 있고 귀하다는 사실을 깨달을 때 생화와 무생화의 가치를 인식하게 될까. 그림 속의 꽃은 아름다워 보여도 향기는 낼 수가 없는 법이다. 만물세계의 아름답고 오묘한 작품은 하늘 부모님의 최고의 작품이시었다. 최고의 예술가는 하나님이시고, 그중에 최고 최상의 걸작품은 인간인 사람이었다.

사람은 최고의 아름다움을 간직하고 살아야 인격자요, 만물의 영장이라고 할 수 있을 것인데 무엇에 정신을 팔고 살아갈까? 최고의 아름다움은 양심이다. 양심적으로 사는 사람은 최고로 거룩한 인간이며, 최고로 거룩한 인간은 하나님께서 만들고 싶어 하셨던 으뜸 중에 제일 걸작품으로서 인격을 완성한 참된 사람일 것이다. 그래야 거룩하신 참된 진리의 주체이시며, 참사랑의 근원이신 최고의 무형실체의 주인이신 하늘 부모님 앞에설 수 있을 것 같다. 나를 사랑해 주시는 최고의 님이시다.

"양심의 마음 문을 열면 진리의 세계로."

아름다운 그림. 생동감 있는 작품은 자연만물이다.

가장 열기 어려운 것이 마음 문이다. 무지한 중생은 죽을 때도 깨닫지를 못하는 것인데 그들에게 하늘의 천비를 알려주려니 마음 문도 걸어 잠그고, 귀들도 닫고 산다. 자기 이익이 되는 것은 마음 문도 활짝 열어젖히다가 사기도 당한다. 귀도 활짝 열어서 듣다가 팔랑귀가 되어 낭패를 보기도 한다. 진리를 듣기에 귀 좀 열어주면 좋은 사람 거룩한 인격자가 될 텐데….

그 말씀을 전하는 전당인 성전이다. 새로운 건물을 신축하여 하늘에 봉헌하고 여기에서 많은 사람이 인격자요 만물의 영장이며, 신인일체가 될수 있는 사람으로 거듭나게 해드려야 한다. 하늘 부모님도 천지인 참부모님도 함께 운행하시는 은혜롭고 성스러운 전당이다. 육신이 있을 때 영인체가 성장 완성하는 것이 필연이며, 숙명자로서 태어난 목적을 완성하는것이다.

"나 자신을 아는 것만 해도 껍데기는 깨진 것."

인간은 무형실체인 영인체만 완성하면 태어난 목적은 달성.

무형실체인 너의 마음인 영인체는 늙지도 않고 죽지도 않는 것이지. 수천 년, 수만 년, 아니 영원히 이 만물세상을 바라보며 영들끼리 행복을 누리고 천 년이고, 만 년이고 살아가겠지. 인간이라는 너의 생명체에 감사하라. 그게 네 영혼이니라. 영원히 살게 해주신 신님이신 하늘 부모님께 경외하며 감사하라.

너도 영인체가 있으니 영원히 사는 착한 신이 되어야지. 신이 되는 것은 필수이니 너도 선신이 되어 행복하게 영원히 살아야 할 텐데 걱정되는 것은 악신이 되어 천만년을 불행하게 살까 봐 그게 걱정이라면 걱정이야. 살아있을 때 죽을 각오로 참 선행으로 영인체 성장 완성을 위해 살아야 영생이라는 영원한 애천세상에서 아름다운 꽃이 필 거야. 완성된 만물의 영장인 영인체로 활짝 필 꽃. 영원한 영생꽃 좋아요.

"팔자와 선택."

사람을 고등 동물이라고 한다.

그러나 동물보다는 차원이 한 단계 높게 만들어진 존재물이었다. 지혜를 가졌고 심정과 신성을 지녔으며, 신을 닮은 신적인 존재가 사람이다. 소는 소를 낳고, 돼지는 돼지를 낳지만, 사람은 직립원인인 사람을 낳는데 완성된 참사람을 낳을 수 있다면 이미 최고의 격을 갖춘 자로서 신성을 지닌 완성된 사람은 인격을 가진 만물의 영장이다. 존재물은 무형실체와 유형실체로 존재하는데 인간은 이중구조로 만들어졌기 때문에 이 둘을 다 가지고 있다. 우리들의 마음은 무형실체이기 때문에 양심과 직결되어 있다. 양심은 하늘 부모님이 실체적 전개이며, 몸은 만물의 상징적 존재이므로 만물이 반드시 필수.

태어난 것이 나에게 주어진 팔자인데 좋거나 나쁘거나 타고난 좋은 팔자와 좋지 않은 팔자를 바꾸어가는 삶의 지혜가 필요할 것 같다. 좋은 일은 좋게 발전하게 하고, 나쁜 일은 삭제해 나아가는 방법을 알고 살면 행복한 삶의 지름길이 될 수 있을 것 같다. 팔자타령을 적극적으로 하면서 살아라.

못난 사람 못난 대로 살아간다. 그러나 잘난 사람 잘난 대로 살고 모든 인생이 잘난 사람으로 팔자를 바꿔가며 운수대통, 재수대통할 수 있는 팔자 좋은 사람으로 살아보자. 천운천복을 상속받으면 댁의 팔자는 바르나 뒤집어엎어나 좋은 팔자로 사는 좋은 사람이 되어서 영원히 살 팔자다.

"인명은 재천이니 숙명이지만 운명은 내 손으로 개척."

내 인생의 절반은 내 의지대로 살았을까?

아니, 내 맘대로 어느 정도 가능했고, 절반은 신의 뜻대로 살아야 하는 것이 인생인 것이었다. 나는 태어날 때 남자로 여자로 태어나도록 예정됐으며, 이미 선택된 존재였다. 내 인생은 나의 것이면서 내 인생은 부모님의 것이고, 더 나아가서 신이신 하늘 부모님의 것이었다.

내가 내 맘대로 다 할 수 있는 것 같지만 내 맘대로 다 되는 것은 절대로 아니라는 사실을 알고 있다는 것이다. 태어나는 것도 내 의지는 아니었고, 선택되어 태어나고 보니 '나'라는 존재가 있었을 뿐이었다. 나에게 예정적으로 미리 정해지는 팔자와 내가 취사선택해야 하는 것이 인생이다.

나에게 정해지는 팔자의 예정된 길의 선택은 하늘의 뜻에 의해서 정해진 것 같다. 나의 인생 팔자를 어떻게 선택하고 살아야 하는지는 자신의 마음과 생각에 달렸다. 지나온 세월과 내가 살아온 삶에는 자신의 책임성이 부여되어 있다는 사실이다. 세상은 내가 모르는 것들이 많지만, 무형실체의 세계를 무관심으로 살고 있다면 무심하고 무지함을 드러내는 것이니 나빠요. 마음과 영인체를 지닌 영원한 존재가 사람이라는 사실을 인식하면 좋은 사람이며, 인격자일 것이다.

"천보가정에 오른 신종족 메시아."

그해는 더웠다. 한낮의 찌는 더위는 그늘을 찾게 만든다.

사백삼십 가정을 만들어야 한단다. 종족을 만드는 일인데 난감하였다. 무작정 차를 타고 가다가 보니 마을회관을 찾아갔지만 사람이 없었다. 가다가 보니 완사까지 갔었다. 마침 마을회관에 이십여 명이 모여있어서 참가정에 대한 말씀을 했다. 조금 있으니 "춤추는 시간입니다."라며 젊은 여강사는 들어와서 자기들 시간이라며 양보를 하지 않았다. 대충 수습을 한 그 이후로 자신감을 얻어서 그 무더운 여름철에 사백삼십 가정을 완료하였다.

믿음의 부모 덕도 컸었다.

무덥다 보니 사람들은 마을회관에 오후 시간이 되면 나와서 놀았다. 1시에서 4시 사이가 피크였다. 어떤 마을에서는 강의를 하다가 쫓겨나다시피 분위기가 안 좋은 곳이 있었다. 어떤 마을에서는 드럼프를 하는 두패가 있었는데 그들도 시끄럽게 떠들며 놀았고, 나도 더 큰 목소리로 강의를 했다. 끝나니 모두가 협조를 잘해주었던 마을도 잊을 수가 없다.

암튼 천보가정에 등록되었고, 천보의 보라색 옷을 입고 영광스러운 자리에 섰다. 하늘 부모님과 천지인 참부모님께 항상 감사를 드리며 오늘도 내일도 뜻을 위해서 열심히 살아야지. 그게 인생의 살아가는 보람인 것 같다. 오직 양심을 중심하고 하늘을 경외하며 살아야지. 참된 사람이라면….

"삼 분짜리 인생에는 무형의 공기가 제일 필연."

인간 육신의 제일 주식은 물과 햇빛과 공기이고, 제이 주식은 음식물. 보이지 않는 공기가 보이는 만물보다 상위 수준에 존재하고 있다는 것을 알 수 있다. 이 두 세계를 피조세계라고 하는데 그 주인은 무형실체의 주인이신 절대자이며, 영원히 무소부재 하시는 하늘 부모님이시다.

사람은 삼생애를 산다. 엄마 배 속 삶은 과거 물속세계였고, 육신으로 사는 한평생은 기중세계인 땅의 세계이고, 육신 벗고 사는 세계는 참사랑의 세계인 영원한 세상인 미래의 세계인 무형실체세계라는 영계이다. 삼 세계를 살아야 하는 것이 인생이며 이것은 필연이요, 숙명이다. 그 뜻을 알고 살면 만물의 영장이 될 수 있을지도 모른다는 것이다. 세상에서 가장 가치 있는 존재는 완성된 사람이다. 영장은 영인체를 가진 영생할 존재이다.

"신과 나와의 관계."

인간은 방대하고 기나긴 우주의 역사 속에 한점으로 찍혀있다.

방대한 우주도 하늘 부모님도 내가 없으면 나에게는 존재하지 않는 것이다. 때문에 나는 우주를 대표한 내가 되는 것이며, 누구도 지울 수 없는 만물의 영장으로 선택되었다. 사람답게 살기 위한다면 반드시 하늘을 선택하며 사는 것은 공기와 같은 필수이다. 그럴수록 나의 인생은 좋아질 것이다. 하늘의 부름을 받는 팔자대로 살아야 하는 것이 인생이다.

거룩하신 하늘 부모님께서는 인간 완성, 인격 완성, 가정 완성하여 만물의 영장이 되기를 바라신다. 하늘 부모님을 알고 산다는 것은 천만다행이요, 천운을 가진 행운이요, 만물계의 최고위에 자리하고 있다는 만물의 영장인 사람이다.

순천자는 흥한다고 했으므로 지음해 주신 하늘 부모님을 경외하면서 살면 팔자 좋은 사람으로 인성을 갖춘 훌륭한 인격 완성자로서 참된 사람이 될 것 같다. 신을 경외하면 신성이 살아있는 인격자며, 대인이라는 증거이다. 좋은 것에 자극을 느끼게 되면 더 나은 인생길이 된다. 천운천복을 받고 행복을 만들어가면서 살면 태어난 목적을 달성한 숙명적인 성공자이다.

"내가 선택한 길도 팔자소관."

타고나는 것이 팔자라지만 선행으로 좋은 인생으로 바꾸어 나간다. 이 세상에 태어난 것은 나의 팔자이므로 자랑하며 긍휼로 살아야 한다. 이렇게 살라고 인연을 맺게 해주셨으며 세상을 알게 해주시고 무형실체도 알게 해주신 하늘 부모님께 감사를 드립니다. 나를 아는 모든 분께 감사드리며, 살아온 삶에 미련 없고 후회 없는 인생살이였다는 것에 감사드립니다. 사람은 성공과 실패의 중간위치에서 살다가 성공하는 사람과 실패하는 사람으로 바뀌는 것은 자기 자신의 선택의 결과인 것이다. 좋은 팔자로 되었으면 아주 좋을 것 같은 인생이 되는 것이다.

아는 것이 중요하고 깨닫는 것은 더 중요하고 가치 있는 일이며, 실천하고 살면 금상첨화가 될 것이다. 나의 무형실체인 마음과 영인체를 가지고 산다는 것을 깨닫는다면 만물의 영장은 될 수 있을 것이다. 있는 것과 없는 것의 차이. 가진 것과 못 가진 것의 차이. 살아있는 것과 죽은 것의 차이를 깊이 성찰하고 살면 행운아이므로 천운천복을 가질 팔자 좋은 사람이라고 할 수 있을 것 같아서 좋아요. 내가 숨을 쉬고 아직 살아있다는 것은 나의 덕이 아니니 감사하며 살아야 할 뿐.

"책 한 권이 팔자를 바꾸었다."

좋은 책 한 권이 감동적 인생을 살도록 팔자를 바꾼다.

책 속에 길이 있다는데 보통길이 아니었고, 고속도로를 뛰어넘은 천국 길이 뚫려 있었던 바로 그 책은 『원리강론』이었다. 나에게도 존재하고 있는 양심을 정상적으로 성장시키기 위해서는 경천애인하며 종심소욕불유구하여 천법을 어기지 않고 살 수 있는 지식과 지혜와 믿음을 주시며, 선의 주관권에서 살도록 역사해 주신 하늘 부모님과 참부모님께 진심으로 감사드리옵니다.

경서 같은 책 한 권에 나의 팔자는 좋은 팔자로 변해가게 만들어가고 있었다. 하늘은 맑고 청명하여 햇살은 눈이 부시었다. 나의 양심도 저 맑은 하늘처럼 깨끗하고 부끄러움이 없는 삶이라야 한다. 그런 인생길이 되기를 노력할 뿐이며, 도의 완성은 이런 것 같았다. 자기가 살아온 삶에 대하여 책임을 질 수 있을 때 '잘 살았다.'라고 할 수 있을 것 같았다.

육신 벗고 하늘나라에 가면 그 책임이 바로 자기의 인격적이며, 만물의 영장으로서의 인생값으로 나타나는 영인체가 될 것이므로 사는 곳이 정해질 것이다.

그것은 영인체를 완성했느냐 못했느냐에 따라서 가는 길이 사는 길이 완전히 극과 극일 수 있다는 것이다. 선으로 완성된 영인체는 영원한 복락 속에서 사는 애천권인 천국의 삶일 것이고, 그러지 못한 영인체는 반대가 될 것이다.

이것이 숙명적인 하늘법의 결정이며 필연일 뿐이다.

그러하니 같은 값이면 한평생 사는 것인데 무결점으로 살았더라면 더 좋은 팔자였고, 비록 잘못되고 비도덕적인 삶이었더라도 전부 회개하고 털어서 깨끗한 양심적인 마음으로 살고 있다면 좋은 팔자이니 좋은 사람이 되었다는 것이다. 좋은 것은 더 좋게…. 기회는 살아있을 때 해야 한다. 인생은 삼 분짜리.

몇십 년 살다가 가는 짧은 인생이라는 사실은 반대로 마음인 영인체는 영생한다는 천륜의 뜻을 알고 살아가니 기분은 하늘을 날 것 같아서 좋아요. 그렇게 살았다면 팔자 좋은 사람으로 댁도 마찬가지인 것 같아요. 왜? 읽어보는 행운을 얻었으니 좋은 사람 되려고 노력할 것이니 좋은 팔자가 된답니다. 애천권의 삶이 되게 살아가는 것은 내가 해야 할 운명이요 숙명이며, 나의 책임이었으며 알고 보니 그게 참된 인간으로서 행복이었소.

"팔자가 좋은 '나'로 만들어가다."

처음 결혼했던 그 여자와 부부관계를 맺어서 천륜으로 살아가는 삶의 지속성으로 혈통의 족보인 가계도를 깨끗하게 이어가며 살고 있다. 수십 성상을 살아오면서 결혼하여 아들도, 딸도, 손자 손녀를 두었다는 것은 진실하고 참되게 살고 있다는 증거이다.

한 사람인 나의 아내도, 나의 남편도, 행복하게 못 해주는 사람이 무슨 행복을 찾아서 여기저기 집적거리고 다녀도 행복을 찾기에는 요원할 것 같다. 지금 있는 나의 배필인 임자와 가족부터 행복하게 해줄 수 있는 사람이 되면 대단한 부부의 참사랑법이라고 할 수 있을 것 같다.

나의 피붙이들도 이 할아비의 천륜의 뜻대로 살아주면 좋을 것이며, 이 나라 백성들도 그렇게 살아준다면 일등 국가 되고 세계 중심국의 백성다울 것 같다. 한 번 왔다 가는 인생이지만, 무형세계에서 영원히 살 영인체를 완성하는 삶으로 사는 것이 제일이다. 인간은 좋은 일보다는 나쁜 짓을 한 것이 기억에 오랫동안 남아서 자신을 괴롭히기도 한다.

나쁜 짓들은 전부 탕감하고 회개하여서 좋은 기억만 남기고 선의 행적만 남을 수 있는 삶을 살다가 인생을 마감한다면 나의 삶은 어느 정도 소기의 목적을 이루었다고 볼 수 있겠다. 하늘을 향해 한 점 부끄러움이 없다는 말이 맞는 말인데 티끌 한 점 아쉬움이 없어야 좋은 사람이라고 할 수 있을 텐데….

부질없는 것에 허송세월하며 아까운 시간을 낭비하지 말고 선의 공적을 많이 쌓고 살아야 후회가 없을 것이며, 나는 인격자요 만물의 영장이라고 큰소리칠 수 있을 때까지 그리고 살아야 사람다운 것이다. 인생은 단 한 번뿐이며 삼 분짜리이다.

인간은 '3분의 특혜로 억겁'이라는 영원한 세상을 살아가면서 자손만대까지 영원무궁한 인생살이가 이어질 것이다. 내가 아직 살아있다는 뜻은 3분이라는 시간이 우리 인간들에게 엄청난 특혜요, 팔자다. 팔자 타령하며 영원히 살 준비를 잘하면 후회 없는 삶이 될 것 같다. 나는 우주를 대표한 '나'였었다.

내가 낳은 자녀들과 내가 만든 작품들과 내가 집필한 책들과 나를 아는 분들과 나의 마음과 같이 진리를 공유하면서 감회에 젖어들기도 한다. '아이 좋아라.'라고 할 수 있는 작품이 있었던가. 그런 내용의 뜻 있는 글로 만든 책이 있었던가. 그런 벗이 있었던가. 무형실체세계의 주인이 되기 위해서 나의 할 일을 제대로 했었다면 기쁨이 내 안에 가득하여 살아가는 보람은 영생의 삶을 보장받는 최고의 선물이 될 것 같다.

3분 특혜와 억겁

펴 낸 날 2022년 05월 20일

지 은 이 박재형
펴 낸 이 이기성
편집팀장 이윤숙
기획편집 서해주, 윤가영, 이지희
표지디자인 서해주
책임마케팅 강보현, 김성욱
펴 낸 곳 도서출판 생각나눔
출판등록 제 2018-000288호.
주   소 서울 잔다리로7안길 22, 태성빌딩 3층
전   화 02-325-5100
팩   스 02-325-5101
홈페이지 www.생각나눔.kr
이 메 일 bookmain@think-book.com

• 책값은 표지 뒷면에 표기되어 있습니다.
  ISBN 979-11-7048-410-3 (03810)